Cet ouvrage a bénéficié du soutien
de la Région Occitanie Pyrénées-Méditerranée

La Région
Occitanie
Pyrénées · Méditerranée

Pour être tenu régulièrement informé de nos publications,
consultez notre site web : www.ho-editions.com

Orphelin X

Collection « H&O thriller »
dirigée par Henri Dhellemmes

Titre original : *Orphan X*

Éditeur original : Minotaur Books

ISBN 9782845473973

Gregg Hurwitz

Orphelin X

thriller

traduit de l'anglais (États-Unis)
par Olivier Bosseau

H&O

Ce livre est une œuvre de fiction. Tous les personnages, organisations et événements décrits dans ce roman sont soit le produit de l'imagination de l'auteur, soit utilisés de manière fictionnelle.

À tous les mauvais garçons et les mauvaises filles, les rebelles et les justiciers : Philip Marlowe et Sam Spade, Bruce Wayne et Jason Bourne, Bond et Bullitt, Joe Pike et Jack Reacher, Hawk et Travis McGee, les Sept Samouraïs et les Sept Mercenaires, Mack Bolan et Frank Castle, les trois John (W. Creasey, Rambo et McClane), le capitaine Achab et Guy Montag, Mike Hammer et Paul Kersey, le Lone Ranger et le Shadow, Robin des Bois et Van Helsing, Beowulf et Gilgamesh, Ellen Ripley et Sarah Connor, Persée et Coriolan, Hanna et Hannibal, l'Homme sans Nom et le Professionnel, Parker et Lucy, Arya Stark et George Stark, Pike Bishop et Harmonica, Lancelot et Achille, Shane et Snake Plissken, Ethan Edwards et Bill Munny, Jack Bauer et Repairman Jack, le Tueur et the Killer, Zorro et le Frelon Vert, Dexter et Mad Max, les Douze Salopard et l'Inspecteur Harry, le Terminator et Lady Vengeance, Luke la main froide et Lucas Davenport, Logan et James « Logan » Howlett, V et Vic Mackey, Hartigan et Marv, Sherlock et Luther, Veronica Mars et Selina Kyle — des méchants tellement méchants qu'ils en deviennent bons.

Ripley : C'est mal ce que tu fais.
Luther : Ouais, je sais bien.
Ripley : Alors, pourquoi tu le fais ?
Luther : Parce que c'est *juste.*

Extrait de *Luther,* créé par Neil Cross

PROLOGUE

L'épreuve du feu

Evan, douze ans, se tient raide dans le confortable siège passager de la berline noire qui file en silence. L'enfant présente une coupure à la joue et un hématome sur la tempe. Du sang chaud coule le long de son cou et vient se mélanger à la sueur de son corps. Sa peau est à vif à l'endroit où les menottes ont serré ses poignets. Les battements de son cœur résonnent violemment dans sa poitrine et dans sa tête.

Il rassemble toute la puissance de sa volonté pour ne rien laisser paraître de sa panique.

Il n'est dans la voiture que depuis cinq minutes. Elle dégage une bonne odeur de cuir qui évoque le luxe.

Le chauffeur a dit son nom : Jack Johns. Mais rien d'autre.

L'homme est âgé, la cinquantaine au moins. Il a un visage carré, agréable et large, comme celui d'un receveur de base-ball, avec le regard pénétrant qui va généralement avec.

Jack tire un mouchoir de la poche de son pantalon, le secoue pour l'ouvrir et le tend à Evan par-dessus le levier de vitesses.

— Pour ta joue.

Le garçon observe l'étoffe délicate.

— Il va être taché.

Jack a l'air amusé.

— Ça ne fait rien.

Evan s'essuie le visage.

Il a toujours été le plus petit du groupe d'enfants, le dernier à être choisi pour le sport. Il a dû subir une série de défis pour trouver sa place sur ce siège, pour se faire choisir.

Aucun des garçons n'avait su quoi penser lorsque l'Homme-Mystère était apparu pour la première fois et qu'il s'était mis à les regarder jouer et se battre sur le vieux terrain de basket au bitume craquelé. Caché derrière ses Ray-Ban, passant les doigts à travers le grillage, fumant cigarette sur cigarette, il marchait lentement, jamais pressé, et pourtant, chaque fois, il semblait disparaître aussi vite qu'il était apparu. Les hypothèses abondaient. C'était Chester-le-Maniaque. Un riche homme d'affaires cherchant un enfant à adopter. Un trafiquant d'organes. Ou un recruteur de la mafia grecque peut-être.

Evan était prêt à sauter le pas. Et l'homme venait de le faire disparaître de la circulation aussi sûrement que s'il avait été enlevé en pleine rue par une soucoupe volante.

C'est une épreuve du feu, pense Evan, une sorte de recrutement sans doute. Mais il n'a pas la moindre idée de ce dont il s'agit vraiment.

Tout ce qu'il sait, c'est que l'endroit où on l'emmène ne peut pas être pire que celui qu'il laisse derrière lui, à East Baltimore.

De son estomac s'échappe un grondement dont il a un peu honte, même ici, même maintenant. Il regarde son reflet dans le rétroviseur latéral, son visage est émacié. Peut-être que là où il va il y aura de la nourriture en abondance.

Ou peut-être que ce sera lui *la nourriture.*

Il est nerveux. Il se racle la gorge.

— Qu'est-ce que vous attendez de moi ? demande-t-il.

— Je ne peux pas te le dire tout de suite.

Jack conduit un moment en silence, puis il se rend compte que sa réponse n'est pas satisfaisante pour un enfant dans la situation d'Evan.

— Je veux bien te le dire, reprend-il sur un ton qui frise l'excuse, mais le problème, c'est que je ne vais pas te mentir, ni maintenant, ni jamais.

Evan l'observe avec attention. Il décide de le croire.

— Est-ce que vous allez me faire du mal ?

Jack continue à conduire en regardant droit devant lui.

— Ça arrivera, oui, finit-il par répondre.

1

La boisson matinale

Après avoir récupéré un jeu de silencieux pour pistolets chez un armurier à neuf doigts de Las Vegas, Evan Smoak prit le chemin du retour dans son pick-up Ford en faisant de son mieux pour ne pas se laisser distraire par la profonde coupure qui lui entaillait l'avant-bras.

Cette blessure s'était produite lors d'une altercation dans un relais routier. Généralement, il n'aimait pas se mêler de situations qui ne le regardaient pas lorsqu'il n'était pas en mission, mais là, une fille de quinze ans avait eu besoin de son aide. Et maintenant il se retrouvait à s'efforcer de ne pas perdre trop de sang dans sa voiture. Une fois rentré chez lui, il pourrait s'occuper comme il le fallait de cette blessure. Mais, en attendant, il avait utilisé l'une de ses chaussettes en guise de garrot et avait serré le nœud avec ses dents.

Il avait hâte de rentrer à son appartement. Cela faisait maintenant une journée et demie qu'il n'avait pas fermé l'œil. Il pensa à la bouteille de vodka triple distillation qui l'attendait dans le congélateur. Il imagina une douche chaude et un lit moelleux. Et il pensa aussi au téléphone dans la boîte à gants qui allait sûrement sonner d'un jour à l'autre.

Progressant lentement vers l'ouest à travers les embouteillages de Beverly Hills, il entra dans le Wilshire Corridor, une avenue de tours résidentielles qui passaient pour de véritables gratte-ciel à Los Angeles. Son immeuble, pompeusement nommé Castle Heights, occupait l'extrémité est de l'avenue, ce qui assurait aux étages les plus élevés une vue panoramique sur le centre de la ville. La dernière rénovation, qui remontait aux années 90, donnait à l'ensemble un côté chic rétro, avec des appliques étincelantes en laiton et du marbre rose saumon. Castle Heights n'était ni snob ni branché dans une ville qui aspirait aux deux, ce qui répondait parfaitement aux besoins d'Evan. Cet immeuble attirait des chirurgiens et des hommes d'affaires grisonnants, de riches retraités et de vieux membres de country clubs. Quelques années auparavant, un joueur médiocre des Lakers y avait emménagé, apportant avec lui son lot de paparazzi, mais il avait rapidement été relégué dans une équipe plus modeste, permettant ainsi aux résidents de retrouver le confort d'une vie paisible et discrète.

Evan franchit la porte cochère vitrée et fit signe au voiturier qu'il se garerait lui-même, puis il descendit la rampe qui conduisait au garage de l'immeuble. Son pick-up s'insérait parfaitement dans un emplacement entre deux piliers de béton, protégé d'une bonne partie des regards et à l'écart de la lumière des néons.

À l'abri de son véhicule, Evan dénoua le garrot de son avant-bras et examina sa blessure. Les extrémités en étaient propres et nettes, mais l'entaille restait impressionnante. Du sang avait séché dans les poils les plus fins de son avant-bras et la coupure elle-même ne s'était pas complètement refermée. Les dégâts étaient toutefois superficiels. Six points de suture, sept peut-être.

Il sortit son téléphone portable de la boîte à gants. C'était un RoamZone au caoutchouc noir durci, revêtu d'un boîtier en fibre de verre et d'un écran Gorilla Glass. Il le gardait toujours à portée de main pour être sûr de l'entendre sonner.

Toujours.

Après avoir jeté un coup d'œil au rétroviseur pour s'assurer que le parking était vide, il sortit du véhicule et enfila l'un des sweat-shirts noirs qu'il gardait derrière le siège conducteur. Il remisa les silencieux dans un sac en papier de supermarché et jeta par-dessus la chemise et la chaussette ensanglantées.

Après avoir vérifié la batterie du RoamZone — deux barres —, il le glissa dans la poche avant de son pantalon et monta les escaliers jusqu'au rez-de-chaussée.

Avant de franchir la porte du hall, il s'arrêta pour respirer profondément, se préparant au passage d'un monde à un autre : trente-deux pas depuis la porte du parking jusqu'à l'ascenseur, une montée rapide jusqu'au dernier étage, et il serait enfin en sécurité.

Il entra dans le hall qui dégageait une odeur de fleurs fraîchement coupées. Conscient du bruit de ses chaussures sur le carrelage, il se faufila dans l'agitation de l'immeuble, lançant un léger sourire aux résidents qui allaient et venaient avec leurs sacs de courses et leurs téléphones à la main. Evan avait la trentaine, une bonne forme physique, mais il n'attirait pas l'attention par une musculature particulièrement développée. C'était un type normal, pas spécialement beau.

Castle Heights s'enorgueillissait de ses mesures de sécurité, notamment en ce qui concernait la surveillance de l'ascenseur. Evan eut un geste en direction de la réception, placée en surplomb ; le gardien était incliné dans son fauteuil, surveillant une série de moniteurs.

— Au vingt et un, Joaquin, lança Evan.

Une voix derrière lui l'interpella :

— Pourquoi vous ne dites pas « l'appartement-terrasse » ? Le 21, *c'est pourtant bien l'étage* de l'appartement en attique, non ?

Une main s'agrippait à son avant-bras blessé. Evan sentit aussitôt une brûlure sous son sweat-shirt. Il se tourna vers la femme trapue et rabougrie — Ida Rosenbaum de l'appartement 6G — et se força à sourire.

— Vous avez raison, M'dame.

— Et d'ailleurs, poursuivit-elle, nous avons une réunion de copropriété dans la salle de conférences du *dixième*. Et elle commence maintenant. Vous avez déjà raté les trois précédentes, si je ne me trompe...

Pour compenser sa perte d'audition, la vieille femme parlait tellement fort que tout le hall était à présent informé du manque d'assiduité d'Evan.

Un tintement de sonnette annonça l'arrivée de l'ascenseur. Mme Rosenbaum serra davantage le bras d'Evan et planta sur Joaquin un regard autoritaire.

— Il va à la réunion de copropriété.

— Attendez ! Retenez l'ascenseur ! lança une autre voix.

C'était Mia Hall, la femme du 12B, qui poussait d'un coup de hanche la porte vitrée. Elle tirait son fils d'une main et balançait un gros sac à main de l'autre, un iPhone coincé entre la joue et l'épaule.

Evan poussa un soupir de lassitude et libéra subrepticement son bras de la poigne de Mme Rosenbaum en entrant dans l'ascenseur. Il sentit le sang sourdre à nouveau, collant le sweat-shirt à sa peau. Courant vers eux, son petit de huit ans toujours au bout du bras, Mia entonna une tirade chantée à son portable : « Joyeux anniversaiiiire, en retard, joyeux... désolée ma voiture est tombée en panne et j'ai dû aller chez le garagiste qui m'a dit que j'avais besoin de nouveaux freins qui coûtent les yeux de la tête, et j'ai pas pu aller récupérer Peter à l'école, et il est allé chez un de ses copains, ce qui fait que j'ai oublié de t'envoyer avant un message d'anniversaiiiire, joyeux anniversaire ! »

Elle releva le visage et laissa tomber son téléphone dans son sac à main.

— Désolée, désolée ! Merci.

Tout en se dirigeant vers l'ascenseur, elle interpella le gardien à la réception.

— Eh, Joaquin, bonsoir! Y aurait pas une réunion de copropriété en ce moment?

— En effet, confirma Mme Rosenbaum d'un ton sec.

Joaquin haussa les sourcils comme pour dire à Evan « j'suis désolé pour toi », et les portes de l'ascenseur se refermèrent sur le groupe. Dans cet espace clos, le parfum d'Ida Rosenbaum était difficilement supportable.

Il ne lui fallut pas longtemps pour briser le silence.

— Tout le monde est tout le temps pendu à son téléphone portable, fit-elle remarquer à Mia. Et vous savez qui avait tout compris avant tout le monde? Mon Herb — paix à son âme. Il disait toujours: « Un jour, les gens finiront par parler toute la journée à des écrans et ils n'auront plus besoin des autres êtres humains. »

Tandis que Mia répondait à l'interpellation de Mme Rosenbaum, Evan porta son regard sur Peter, qui le fixait de ses yeux noirs. Ses fins cheveux blonds étaient peignés bien à plat, à l'exception d'une mèche qui se tortillait sur sa nuque, défiant les lois de la gravité. On avait posé un pansement coloré sur son front bombé. L'enfant baissa les yeux, et Evan prit soudain conscience de l'air froid sur son mollet: la chaussette qu'il avait retirée. Il avança légèrement son autre jambe, faisant disparaître sa cheville nue du champ de vision du garçonnet.

La voix de Mia attira son attention.

Il était clair qu'elle lui avait posé une question. Evan leva les yeux vers elle. L'arête de son nez était couverte de taches de rousseur, invisibles sous la faible lumière, et sa chevelure châtain, luxuriante et désordonnée, resplendissait. Il s'était habitué à la voir comme une « mère célibataire frénétique », toujours à courir, légèrement essoufflée, jonglant avec la boîte à goûter Batman et le cartable de Peter. L'éclairage de l'ascenseur la présentait sous un jour nouveau.

— Pardon ? demanda-t-il.

— Vous ne trouvez pas ? répéta-t-elle en ébouriffant affectueusement de la main les cheveux de Peter. La vie serait ennuyeuse s'il n'y avait pas d'autres personnes pour venir la compliquer, vous ne trouvez pas ?

Evan sentit que le tissu de sa manche était empesé de sang.

— Bien sûr, répondit-il.

— Maman ? Maman. *Maman.* Mon pansement, il se décolle.

— Vous voyez ce que je veux dire ? dit Mia à Mme Rosenbaum qui ne lui rendit pas son sourire. (Elle fouilla dans son sac à main.) J'en ai d'autres.

— Ceux des Muppets, demanda Peter d'une voix un peu rauque qui ne correspondait pas à celle d'un enfant de huit ans. Je veux Animal.

— Tu *as déjà* Animal. Sur la caboche.

— Alors Kermit.

— Kermit, c'était celui de ce matin. Piggy ?

— Nan ! Gonzo.

— OK. Tiens, voilà Gonzo !

Tandis qu'elle lissait du pouce le nouveau pansement sur le front de son fils tout en l'embrassant, Evan risqua un rapide coup d'œil vers la manche de son sweat. Le sang continuait de sourdre. Le tissu noir était plus foncé à l'endroit de sa blessure. Il bougea, et les silencieux s'entrechoquèrent dans le sac de courses qui pendait au bout de son autre bras. Un rond sombre était apparu sur l'emballage, sans doute le sang de la chaussette qui avait imbibé le papier. Evan serra les dents, retourna le sac et le posa par terre, la tache vers le mur.

— C'est *Evan,* c'est ça ?

Mia avait reporté son attention sur lui.

— Vous faites quoi dans la vie ?

— De l'importation.

— Ah oui ? Et vous importez quoi ?

Il jeta un coup d'œil aux numéros d'étage. L'ascenseur semblait monter avec une lenteur affolante.

— Des produits de nettoyage industriel. Principalement aux hôtels et aux restaurants.

Mia appuya son épaule contre la paroi de l'ascenseur. Il manquait un bouton à son blazer qui s'ouvrait largement sur son chemisier.

— Eh bien ? Vous ne me demandez pas dans quoi *je travaille, moi* ? (Elle avait dit cela sur le ton de la plaisanterie, à la limite de la séduction.) C'est *comme ça* que fonctionnent les conversations, vous savez.

Procureure de district, juridiction de Torrance. Veuve depuis cinq ans. Elle avait acheté, il y a quelques mois, le petit appartement du douzième étage avec ce qui lui restait de l'argent de l'assurance-vie.

Evan s'exécuta avec un sourire avenant :

— Vous travaillez dans quoi ?

— Je suis procureure de district, clama-t-elle d'un ton grandiloquent. Alors vous feriez mieux de bien vous comporter.

Evan répondit en sifflant pour montrer qu'il était impressionné. Elle acquiesça du chef, satisfaite, et sortit de son sac à main un muffin parsemé de graines de pavot. Du coin de l'œil, Evan remarqua que Peter était toujours en train de fixer sa cheville.

L'ascenseur s'arrêta au neuvième étage et un groupe de résidents entra, en tête desquels plastronnait Hugh Walters, président du comité des propriétaires et grand spécialiste des monologues.

— Excellent, excellent, s'exclama-t-il. Il est essentiel que le plus de monde possible soit présent à la réunion de ce soir. Nous allons trancher la question des boissons à servir le matin dans le hall.

— D'ailleurs, je..., commença Evan.

— Décaféiné ou normal, l'interrompit une voix.

— Mais qui boit du déca, de toute façon ? demanda Lorilee Smithson, du 3F, troisième épouse de Walters, dont le visage avait pris des traits légèrement félins du fait de décennies de chirurgie plastique.

— Les gens qui font de l'arythmie, intervint Mme Rosenbaum.

— D'accord, Ida, répliqua Lorilee. Tu me parles avec condescendance parce que je suis jolie.

— Non. Simplement parce que tu es *bête.*

— Je propose que l'on serve du kombucha, suggéra Johnny Middleton, du 8E.

Ce quadragénaire à implants capillaires avait emménagé dans l'immeuble quelques années auparavant en compagnie de son père, un homme veuf, ancien directeur financier à la retraite. Comme toujours, Johnny portait une tenue de sport arborant le logo du cours d'arts martiaux mixtes auquel il participait (ou du moins dont il parlait sans cesse) depuis deux ans. Il poursuivit :

— Ça contient des probiotiques *et* des anticorps. C'est *bien meilleur pour la santé* que le déca.

L'ascenseur s'arrêta à nouveau, et d'autres résidents s'entassèrent dans la cabine, pressant Evan contre la paroi du fond. Il ressentait des picotements sur toute la surface de sa peau et les battements de son cœur faisaient bourdonner ses oreilles. Les zones de guerre, les terrains à haut risque le trouvaient serein et concentré, mais les bavardages de Castle Heights avaient le don de le désorienter complètement. Mia détacha son regard du muffin qu'elle mâchouillait et leva les yeux au ciel.

— Nous n'avons pas beaucoup entendu parler de *vous* ces derniers temps, Monsieur Smoak, lança Hugh en affichant un air de dédain étudié.

Ses yeux inquisiteurs scrutaient le monde à travers des lunettes à monture noire tellement démodées qu'elles devaient sûrement être à nouveau à la mode.

— Voudriez-vous intervenir sur la question des boissons matinales ? demanda-t-il.

Evan s'éclaircit la gorge.

— Je n'ai pas de véritable besoin en kombucha.

— Peut-être que si vous faisiez un peu de sport de temps à autre, au lieu de passer vos journées à remplir des feuilles de calcul…, marmonna Johnny à mi-voix mais de façon bien audible, provoquant un petit rire nerveux de la part de Lorilee et des regards accusateurs des autres personnes du groupe.

S'exhortant à la patience, Evan baissa les yeux et constata que la tache sur sa manche poursuivait son extension. Il croisa les bras d'un air nonchalant pour la dissimuler.

— Votre sweat-shirt… murmura Mia.

Elle se pencha vers lui, apportant avec elle l'agréable parfum d'une lotion à la citronnelle.

— … il est humide, poursuivit-elle.

— Je me suis renversé un truc dans la voiture, éluda Evan.

Les yeux de Mia demeurant fixés sur sa manche, il ajouta :

— Du jus de raisin.

— Du jus de *raisin* ?

L'ascenseur s'arrêta brusquement.

— Oulala, s'exclama Lorilee. Qu'est-ce qui s'passe ?

— Peut-être que tes grosses lèvres ont pressé le bouton d'arrêt, lança méchamment Mme Rosenbaum.

Les occupants de l'ascenseur s'agitaient comme du bétail entassé dans un enclos. Un mouvement confus à côté d'Evan attira son attention. C'était Peter qui s'était accroupi pour relever discrètement la jambe de son pantalon de ses petits doigts et mettre à découvert sa cheville étrangement nue. Evan écarta le pied et renversa sans le vouloir l'emballage de supermarché. L'un des silencieux roula hors du sac et cliqueta sur le sol.

Peter écarquilla les yeux, ramassa le silencieux et le remit dans le sac d'Evan.

— Peter, le tança sa mère, relève-toi. On ne traîne pas par terre comme ça. Qu'est-ce qui te prend à la fin ?

L'enfant se releva timidement en se tortillant les doigts.

— J'ai laissé tomber quelque chose, dit Evan. Il l'a ramassé pour moi.

— Mais c'est quoi, ce truc ? demanda Johnny.

Evan ne répondit pas, choisissant de traiter cette apostrophe comme une question de pure rhétorique.

Johnny parvint finalement à décoincer le bouton rouge, et l'ascenseur put reprendre son ascension. Tandis que le groupe débarquait au dixième étage, Hugh maintint les portes ouvertes et regarda Peter puis Mia.

— J'en déduis que vous n'avez personne pour garder le petit, lança-t-il.

Les femmes qui se trouvaient à proximité prirent un air indigné.

— Je suis mère célibataire, répliqua Mia.

— Les directives indiquent expressément qu'aucun enfant n'est autorisé à assister aux réunions de copropriété.

— Très bien, Hugh, dit Mia, avant de poursuivre avec un sourire radieux : Vous risquez de perdre une voix pour le vote concernant les bégonias près de la piscine.

Hugh fronça les sourcils et sortit de l'ascenseur en compagnie des autres membres du comité. Evan tenta de rester en arrière, partiellement caché par Mia et Peter, mais Mme Rosenbaum tendit la main et l'agrippa de nouveau par l'avant-bras, faisant une fois de plus craquer les croûtes qui se formaient sous son sweat-shirt.

— Allez, on y va, dit-elle. Vous habitez dans cet immeuble. Vous devez remplir vos obligations comme tout le monde.

— Je suis désolé, s'excusa Evan. Je dois retourner à mes feuilles de calcul.

Il se libéra de la main de Mme Rosenbaum dont les doigts ridés étaient maintenant maculés de sang. Il lui donna de petites tapes délicates sur la paume, profitant de ce geste pour essuyer les phalanges de la vieille femme.

Les portes se refermèrent. Mia enveloppa dans un sachet le reste de son muffin qu'elle fourra dans son sac à main, puis elle poussa un soupir en levant la tête vers le plafond de l'ascenseur. Ils continuèrent à monter les étages en silence. Evan tenait fermement le sac en papier dont il avait froissé le haut pour couvrir la tache. Il s'efforçait de tenir son pied sans chaussette et sa manche ensanglantée face à la paroi la plus éloignée de Mia et de Peter.

Ce dernier regardait maintenant droit devant lui. Ils atteignirent le douzième étage, Mia lança un au revoir et sortit, suivie de son fils. Les portes de l'ascenseur étaient déjà en train de se refermer lorsqu'une petite main surgit par la fente. Les parois coulissantes s'arrêtèrent avec une brève secousse avant de se rouvrir.

Le visage de Peter apparut, affichant un air de gravité qui contrastait avec le pansement coloré collé sur son front.

— Merci de m'avoir couvert, chuchota-t-il.

Avant qu'Evan puisse répondre, les portes de l'ascenseur s'étaient refermées.

2

La forteresse de solitude

La porte d'entrée du 21A était exactement identique à celle des autres appartements de l'immeuble, conformément aux normes du comité des propriétaires, et jamais elle n'avait attiré le regard inquisiteur de Hugh Walters lors de ses inspections mensuelles. Ce que Hugh ignorait, c'est que la fine couche de bois dissimulait en fait une porte en acier capable de résister aux flammes durant six heures, qu'elle était protégée contre les coups de bélier et pouvait parer à toute tentative pour en forcer les charnières.

Arrivant enfin devant chez lui, Evan enfonça la clé dans la serrure d'apparence ordinaire. Lorsqu'il la tourna, un réseau de barres de sécurité caché à l'intérieur de la porte s'activa avec un léger bruit métallique.

Il entra, reverrouilla la porte derrière lui, désactiva l'alarme, laissa tomber le sac ensanglanté sur une petite table en verre et poussa un soupir.

Enfin chez lui.

Ou, du moins, l'une des versions de chez lui.

Les fenêtres et les grands balcons exploitaient l'ensemble du panorama qu'offrait une terrasse courant sur deux des façades de l'immeuble. À vingt kilomètres à l'est scintillaient les lumières du centre de la ville. Au sud s'élevait Century City.

La disposition de l'appartement était largement ouverte, avec des sols en béton gris métallisé divisés par une cheminée centrale libre, de nombreux piliers et un escalier en acier qui montait en spirale jusqu'à un loft qu'Evan utilisait rarement et qu'il avait converti en salle de lecture. La cuisine comportait des plans de travail en béton coulé, des appareils électroménagers en acier inoxydable, des luminaires en nickel brossé et un mur en carrelage de style métro à effet miroir. Cet îlot surplombait une zone spacieuse semée de tapis d'entraînement, de divers appareils de sports et d'un coin salon.

Les fenêtres et les portes coulissantes en verre étaient en Lexan, une résine thermoplastique polycarbonate pare-balles, et les écrans pare-soleil rétractables apportaient une deuxième et discrète couche de blindage. Fait de minuscules anneaux entrelacés à l'instar d'une cotte de mailles, le métal était composé d'un variant rare de titane. Ces écrans étaient capables d'arrêter la plupart des munitions utilisées par les snipers, en supposant que ceux-ci seraient venu à bout des vitres pare-balles. Ils offraient un bouclier de protection supplémentaire contre les engins explosifs, tout en obscurcissant la ligne de vue des traqueurs ou des assassins potentiels.

Sans compter qu'ils constituaient une excellente protection contre le soleil.

Même les murs avaient été renforcés.

Evan avait réalisé ces mises à niveau petit à petit, au fil des années, en faisant appel à différents fournisseurs, expédiant les différentes pièces à différentes adresses et assemblant une grande partie de ces équipements hors de l'appartement. Lorsqu'il avait besoin de professionnels, Evan faisait en sorte qu'ils ne sachent jamais précisément ce qu'ils étaient en train de faire. Avec une planification méticuleuse et beaucoup de patience, il avait construit cette forteresse de solitude sans que personne ne puisse en soupçonner l'existence.

Il aimait beaucoup le monde qu'il avait créé derrière la porte du 21A. Et pourtant, il était prêt à l'abandonner à tout moment.

Il se dirigea vers la cuisine ; ses pas résonnèrent sur le béton poli. La seule touche de fantaisie et de couleur provenait d'un mur végétalisé installé à côté du poêle. C'était un jardin vertical alimenté par un système de goutte-à-goutte dans lequel il cultivait de tout : menthe et camomille pour le thé, coriandre, persil, sauge, basilic et piments pour les omelettes. Bien qu'on fût en décembre, la camomille était en fleur grâce à l'environnement soigneusement contrôlé de l'appartement-terrasse.

Il arrivait à Evan de penser que le seul être vivant avec lequel il partageait sa vie était un mur.

Mais il avait les Commandements, et les Commandements étaient tout ce qui importait.

Il se dirigea vers le réfrigérateur Sub-Zero, sortit du tiroir de la partie congélateur une bouteille givrée d'U'Luvka, une vodka polonaise dont le nom venait d'un certain type de cristal. Il en versa une bonne dose dans un shaker rempli de glace qu'il secoua jusqu'à ce que ses paumes adhèrent au métal gelé. Puis il versa le contenu dans un verre à Martini réfrigéré. Il but et ferma les yeux de plaisir en savourant la brûlure du froid qui franchissait ses lèvres.

Il longea le jardin aromatique vertical et sortit par l'une des portes coulissantes orientées au sud. Le sol du balcon était recouvert d'un gravier de quartz qui craqua bruyamment sous ses pieds, ce qui était précisément son but. Un logiciel de détection des craquements intégré dans les fenêtres et les cadres de porte captait le signal acoustique précis de ces petits cailloux, donnant l'alerte pour toute pression d'un objet de plus de vingt kilos. Les capteurs se déclenchaient également si quelque chose s'approchait du verre.

Tout au bord du balcon, une jardinière carrée contenait un assortiment de petites plantes grasses ainsi qu'un parachute de base jump caché derrière un panneau encastré, au cas où Evan aurait à évacuer l'appartement en urgence.

Il posa les coudes sur la balustrade et avala une nouvelle gorgée de vodka qui lui réchauffa les joues. Au loin, le croissant de lune que formait Marina del Rey scintillait au bord des eaux nocturnes du Pacifique.

Un mouvement dans l'immeuble voisin attira son attention. Evan se trouvait face à l'appartement 19H, juste de l'autre côté de la rue. Joey Delarosa apparut brièvement derrière les stores. Muni d'une cuillère en bois, il était en train de manger à même la casserole devant un match de football américain. Comptable dans une grande entreprise, il passait la plupart de son temps libre à manger et à regarder la télévision. Une fois par mois à peu près, il écumait les bars de Westwood, rentrait chez lui en titubant et appelait son ex-femme en pleurant. Ces appels recevaient invariablement un accueil glacial, Joey n'ayant pas respecté l'injonction d'éloignement, tant physique que téléphonique, ni payé la pension alimentaire de son fils depuis trois ans. Sa dernière incartade conjugale avait plongé celle qui était alors son épouse dans un coma de deux jours et avait laissé à son fils une séquelle permanente qui le ferait boiter pour le restant de ses jours, étant entendu qu'à six ans les cartilages d'un enfant sont encore très fragiles. La porte de service de la cuisine de Joey, qui s'ouvrait près du vide-ordures, comportait un verrou Schlage qu'Evan pouvait forcer en cinq à sept secondes avec une clé de tension.

Evan s'était fait un devoir de connaître parfaitement son environnement. Il avait mémorisé tout un catalogue d'informations et de plans concernant ce qui se trouvait autour de lui et autour de chaque résident, de chaque cage d'escalier, de chaque tableau électrique et de chaque chien bruyant du quartier.

Le Troisième Commandement, qu'on lui avait martelé depuis ses douze ans, était : « Domine ton environnement. »

Il passa un moment à siroter sa vodka et à respirer l'air frais.

Par habitude, il jeta un œil sur son RoamZone. Malgré la batterie lithium-ion à haute densité, il ne restait plus qu'une barre au téléphone. Il entra dans l'appartement pour le brancher au chargeur sur le plan de travail de la cuisine et synchronisa l'appareil au système de haut-parleurs intégré afin de pouvoir l'entendre sonner depuis n'importe quel endroit de son immense appartement. Le numéro était assez facile à retenir : 1-855-2-NOWHERE[1].

Il comportait un chiffre de plus que nécessaire, mais, compte tenu des conditions dans lesquelles se trouvaient généralement les personnes qui l'appelaient sur cet appareil, il fallait quelque chose de simple et de facile à mémoriser.

Le téléphone noir n'avait pas sonné depuis dix semaines. Ce qui signifiait qu'il pouvait le faire aussi bien dans les prochaines secondes que dans plusieurs mois. Evan ne pouvait pas le savoir. Mais peu importait le temps que cela prendrait, il attendrait.

Pris d'impatience, il se répéta mentalement le Septième Commandement comme un mantra : « Une mission à la fois. Une mission à la fois. »

Il se dévêtit complètement, ne gardant que son boxer, puis alluma un feu, plaça des bûches de bouleau dans l'âtre et brûla tous ses effets ainsi que le sac en papier taché et la chaussette ensanglantée. Il marcha sans faire de bruit jusqu'à la salle de bains de la chambre principale, les deux silencieux en main, qu'il posa sur le marbre. L'élément central de la chambre était un lit Maglev qui flottait littéralement à cinquante centimètres au-dessus du sol grâce à une plaque que des aimants au néodyme incroyablement puissants repoussaient du sol. Des câbles maintenaient la plaque en place,

1. « Nulle part » en anglais. [N.d.T.]

empêchant la moindre oscillation. La société finlandaise qui l'avait conçu expliquait que le magnétisme avait un effet bénéfique pour la santé, affirmation que peu de preuves médicales venaient corroborer. Mais c'était plutôt son aspect irréel qui avait plu à Evan : pas de pieds, pas de tête de lit, rien. Le minimalisme à son paroxysme.

Dans la salle de bains, il poussa du coude la porte de douche en verre dépoli qui coulissa en silence. Il fit couler l'eau, aussi chaude que possible. Elle nettoya toute la crasse et la sueur, et lui permit de mieux voir la blessure de son avant-bras. Rien de grave. L'entaille était plutôt nette, elle devrait bien cicatriser. En sortant de la douche, il s'essuya, puis s'occupa de la plaie. Au lieu de points de suture ou de sutures adhésives, il préféra coller la peau à la Super Glue. Au fur et à mesure de la guérison, la peau repousserait la colle séchée à l'extérieur de la blessure.

Il retourna dans la chambre. Le dressing contenait une vingtaine de tee-shirts gris à col en V, une douzaine de jeans foncés assortis et autant de sweat-shirts. Après s'être habillé, il hésita et regarda le dernier tiroir.

Il lâcha un soupir et l'ouvrit. Il repoussa dans un coin les boxers pliés. Une encoche de la taille d'un ongle sur la bordure du bois était la seule indication d'un double fond.

Il tendit la main mais arrêta son geste à quelques centimètres de l'encoche.

Il pensa pendant quelques secondes à l'objet caché en dessous, puis il remit les boxers en place et ferma le tiroir. La journée avait été longue et il n'était pas opportun d'ouvrir ce double fond, avec tout ce que cela impliquait.

Après un rapide détour par la cuisine pour récupérer un glaçon, il retourna dans la salle de bains et récupéra les silencieux. Il entra dans la douche encore humide, saisit la poignée qui contrôlait l'eau chaude et la tourna dans le sens inverse des aiguilles d'une montre. La commande était électronique et ne fonctionnait qu'avec la paume de sa main. Quand il l'eut tournée jusqu'au bout, une porte pivota vers l'intérieur; dissimulée dans les carreaux, elle révélait une pièce cachée.

Il avait mentalement baptisé cet espace irrégulier de quarante mètres carrés: « la Voûte ». Sous couvert d'une prétendue rénovation, il avait muré l'espace de rangement situé au fond de l'appartement. Relégué sous l'escalier commun menant au toit, la pièce présentait des poutres apparentes, de simples murs en béton et laissait apparaître le bas des marches. Aucun autre appartement ne disposait d'un tel espace et personne n'aurait pu se douter de son existence.

Accessible uniquement par la porte dérobée de la salle de bains, Evan avait placé dans cette pièce l'ensemble de son arsenal et un établi près du mur, sous les escaliers à l'envers. Au centre, sur un bureau de tôle en forme de L se trouvait un amas de tours d'ordinateurs, d'antennes et de serveurs. Une rangée de moniteurs le long d'un mur montrait les entrailles de Castle Heights; on pouvait y voir les couloirs et les cages d'escalier de l'immeuble sous différents angles. Il était facile de pirater les caméras de sécurité taïwanaises, bon marché mais solides, installées dans tout l'immeuble.

Un ordinateur non connecté à Internet contenait ses informations bancaires. Son compte principal se trouvait au Luxembourg sous la référence Z$Q9R#)3, protégé par un mot de passe de quarante mots formant une phrase incompréhensible. Le compte n'était accessible que par téléphone et les transferts d'argent ne pouvaient se faire que par commandes vocales. Il n'y avait pas d'accès électronique, pas de transactions virtuelles, pas de cartes de crédit. Evan avait disséminé des comptes secondaires dans d'autres paradis fiscaux (les Bermudes, Chypre, les îles Caïmans), et tout document lié à l'un ou l'autre de ces comptes passait par une série de fidéicommis et de sociétés écrans basés à Road Town, sur Tortola, l'une des îles Vierges britanniques. Comme Jack aimait autrefois à le répéter, il s'agissait « d'engrenages à l'intérieur d'autres engrenages ».

Evan avait fait du chemin depuis qu'il avait abandonné East Baltimore.

À côté du tapis de souris sur le bureau, un saladier en verre contenait un plant d'Aloe vera de la taille d'une balle de tennis, blottie entre plusieurs galets de verre bleu cobalt. Evan laissa tomber le glaçon entre les feuilles pointues et dentelées : un système d'arrosage simple dont Vera avait besoin chaque semaine.

Il plaça les silencieux dans l'un des casiers où il rangeait ses armes, puis sortit et ferma la Voûte derrière lui.

De retour dans la pièce principale, il s'assit sur le tapis, le dos droit, les mains délicatement posées sur ses genoux, et entra en méditation. Il observa de l'intérieur la forme de son propre corps. La pression qu'il exerçait contre le sol. Le poids de ses paumes. Le canal respiratoire, du nez à la gorge jusqu'à la poitrine. L'arôme des bûches de bouleau brûlant dans l'âtre lui emplissait les bronches. Il focalisa son regard sur les volutes que dessinait le bois de l'armoire en santal, les fils du tapis turc, la façon dont les stores diffusaient les lumières de la ville en les transformant en une lueur orange vaporeuse. L'objectif était de tout voir comme pour la première fois. C'était ça, l'objectif. Partout. Tout le temps.

Sa respiration était son soutien.

Il plissa les yeux, ni ouverts ni fermés, rendant ainsi l'espace autour de lui vague et incertain, comme dans un rêve où il n'y aurait eu ni passé ni avenir. Il se libéra de la journée, des quatre heures de route depuis Las Vegas, du couteau, du bourdonnement de la voix de Hugh Walters dans l'ascenseur. L'air conditionné lui chatouillait la nuque. La blessure de son avant-bras dégageait une chaleur lancinante qui n'était pas complètement désagréable.

Il se rendit compte que son épaule gauche était légèrement de biais et rectifia sa posture un peu incurvée, l'abaissant de quelques millimètres jusqu'à sentir les muscles s'étirer. Il aligna corps et esprit, jusqu'à ce qu'ils deviennent respiration, et seulement respiration, jusqu'à ce que le monde ne soit plus qu'une respiration, et rien d'autre.

Il resta un moment dans cette position, plongé dans un calme extraordinaire.

Il fut soudain arraché à cet état de quasi-transe. Evan cligna plusieurs fois des yeux pour les acclimater à la lumière et recouvrer une pleine conscience. Il comprit ce qui l'avait tiré de sa méditation.

Le téléphone noir sonnait.

3

Aussi détruite que moi

Le fait que le téléphone RoamZone sonne pouvait paraître assez banal.

Et pourtant.

Le numéro direct, 1-855-2-NOWHERE, à l'origine acquis par l'intermédiaire d'un service de voix sur IP (VoIP) bulgare, était configuré de telle sorte que les appels soient numérisés et envoyés sur Internet à travers un tunnel de réseaux privés virtuels cryptés et acheminés via quinze centrales téléphoniques virtuelles dans le monde entier vers le point d'accès Wi-Fi et l'adaptateur VoIP appartenant à Joey Delarosa, le résident de l'appartement 19H, de l'autre côté de la rue. De là, il revenait sur Internet via le réseau LTE de Verizon. Si, par un vrai miracle, on parvenait à détecter le flux de données jusqu'à ce point et qu'on fasse irruption dans l'appartement de Joey, Evan aurait tout le loisir de contempler cette débâcle derrière ses écrans pare-soleil.

Après chaque contact important, Evan changeait le service d'hébergement de son numéro. Actuellement, ce numéro était géré par une entreprise de la province chinoise du Jiangsu, un cauchemar juridictionnel et logistique. Le téléphone se connectait parfaitement au réseau GSM, fonctionnait dans cent trente-cinq pays et utilisait des cartes SIM prépayées disponibles en distributeurs automatiques qu'Evan détruisait et remplaçait régulièrement.

Il se leva, et ses pieds nus résonnèrent sur le sol en béton ciré alors qu'il se dirigeait vers le plan de travail de la cuisine.

Il décrocha le téléphone, cela ne souffrait pas d'hésitation.

— Vous avez besoin de mon aide ?

La voix lui parvint avec un très léger décalage.

— C'est vous… je veux dire… c'est pas une blague ?

— Non.

— Attendez. Vous… *attendez.*

Une jeune femme. Un peu moins de vingt ans. Accent hispanique, peut-être du Salvador.

— Vous existez vraiment ? Je pensais que vous étiez comme… comme une légende urbaine. Une sorte de mythe.

— C'est ça.

Evan attendit. Il entendit une respiration, plus rapide que la normale. Cela n'avait rien d'inhabituel.

— Je suis en danger. J'ai pas de temps à perdre, si… si… (Un sanglot étouffé.) Je sais pas quoi faire.

— Comment t'appelles-tu ?

— Morena Aguilar.

— Comment tu as eu ce numéro ?

— C'est un type qui me l'a donné, un Noir.

— Décris-le.

Le Premier Commandement : « Ne présume de rien. »

— Il avait une grosse barbe avec des taches de gris. Et un bras cassé. En écharpe.

Clarence John-Baptiste. Des trafiquants de méthamphétamine avaient pénétré dans sa maison de Chatsworth l'automne dernier. Ils l'avaient retenu prisonnier, lui et sa fille, et n'avaient pas été tendres avec eux.

— Tu habites où ?

Elle lui donna une adresse à Boyle Heights, à l'est de la ville, de l'autre côté du fleuve Los Angeles. Territoire de Lil East Side.

— Quand est-ce que tu veux qu'on se rencontre ? reprit Evan.

— Je peux pas… Je sais pas.

Il attendit à nouveau.

— Demain, dit-elle. Demain vers midi.

— Où ?

— J'ai pas de voiture.

— Chez toi, c'est un lieu sûr ? demanda Evan.

— Le midi, oui.

— Alors, midi.

Le midi, c'était bien. Il lui faudrait trois heures pour inspecter les immeubles environnants, étudier toute la zone, chercher des émetteurs numériques et repérer d'éventuelles traces de matériaux explosifs. Si c'était un guet-apens et qu'il fallait se battre, il se battrait, mais en ayant posé ses conditions.

Neuvième Commandement : « Joue toujours offensif. »

* * *

Plus tard, dans la Voûte, Evan buvait une infusion de camomille fraîche en pistant Morena Aguilar sur différentes bases de données.

Hormis les renseignements les plus sensibles sur le terrorisme, les bases de données des forces de l'ordre sont pour la plupart numérisées et accessibles sur Internet. N'importe quelle voiture de police peut accéder à une grande partie des casiers judiciaires et civils avec un terminal de données mobile, comme l'ordinateur portable Toughbook de Panasonic que l'on trouve connecté au tableau de bord de chaque véhicule de patrouille du Los Angeles Police Department. Chacun de ces appareils est directement relié au CLERS, au CLETS, au NCIC et au CODIS[1] ainsi qu'à une centaine d'autres bases de données nationales et fédérales.

En réussissant à pirater le portable d'un seul véhicule de patrouille, on avait accès au tableau de commande de Big Brother.

Evan n'était pas un hacker exceptionnellement doué, mais il avait réussi à pirater plusieurs véhicules de patrouille et à télécharger un tunnel SSH inversé dans leurs ordinateurs portables, ce qui lui laissait toujours ouverte une porte virtuelle dérobée.

À présent, depuis sa pièce cachée, sirotant une infusion, Evan parcourait l'autoroute de l'information à sa guise, récupérant tous les détails nécessaires à la mission du lendemain.

* * *

Morena Aguilar avait passé les quarante-cinq dernières minutes sous le porche d'une vieille maison délabrée, assise sur une poubelle retournée, les mains coincées entre ses jambes et ses bras minces collés l'un à l'autre. Ses pieds nus frappaient nerveusement le bois craquelé ; ses genoux tremblaient. Ses cheveux noirs étaient tellement tirés en arrière qu'ils avaient pris la forme exacte de son crâne avant de retomber en boucles désordonnées après un élastique. Le regard inquiet, la tête baissée, des gouttes de sueur scintillaient sur ses tempes.

Elle était effrayée.

Garé après un carrefour derrière une carcasse de voiture rouillée, Evan inspecta à nouveau la rue à travers une lunette de tir. Sur une touffe de gazon sec du jardin devant la maison

---

1. Respectivement : California Law Enforcement Radio System, California Law Enforcement Telecommunication System, National Crime Information Center et Combined DNA Index System. [N.d.T]

de Morena, une mère adolescente, *latina* elle aussi, portait sous son bras un bébé en couche-culotte. Elle le déposa dans un grand bac en aluminium rempli de sable. L'enfant paraissait métis, les yeux verts très clairs et une peau caramel. Tandis qu'il se mettait à creuser dans le bac à sable de fortune, sa mère alluma une Marlboro et rejeta une bouffée de fumée vers le ciel tout en grattant une tache de naissance en forme de fraise qu'elle avait sur l'avant-bras. Elle devait avoir dans les dix-huit ans tout au plus, mais son visage était empreint d'une expression sinistre. La poche arrière de son pantalon laissait deviner la présence d'un téléphone portable. Une autre jeune mère arriva à côté d'elle en traînant une poussette sur le gazon sec. D'un geste rapide de la main, la première sortit une cigarette d'un paquet et l'offrit à la seconde. Elles ne parlaient pas. Elles restaient là, côte à côte, à fumer et à regarder la rue. Deux jeunes filles qui n'avaient rien de mieux à faire.

Une fois qu'Evan se fut assuré qu'elles ne représentaient aucun danger, il baissa son viseur, saisit une mallette en métal noir et sortit du pick-up.

Morena le vit s'approcher et se leva en se serrant dans ses propres bras. Evan monta les marches du porche. Les années avaient marqué le visage de la jeune femme où apparaissaient des rides dues au stress, et une dureté se dégageait de ses jolis yeux marron. Elle sentait la laque.

— Je fais du porte-à-porte pour vendre des prêts hypothécaires inversés, dit Evan. Fais signe de la tête que tu n'es pas intéressée.

Elle s'exécuta.

— Je vais faire le tour du pâté de maisons et j'entrerai par le jardin de derrière. La porte arrière est ouverte. Laisse-la comme ça. Maintenant, prends un air énervé et rentre dans la maison.

Elle entra par la porte grillagée tandis qu'il quittait le porche pour reprendre son chemin dans la rue.

Dix minutes plus tard, ils étaient assis l'un en face de l'autre sur des chaises de jardin déglinguées dans le minuscule salon de la maison. Evan se trouvait devant une fenêtre tachée de graisse. Sur une table basse devant lui, la mallette noire verrouillée était posée. Une mauvaise combinaison, et l'on recevait aussitôt une décharge de huit cents volts. La valise contenait un microphone à commande vocale, une caméra à sténopé et un brouilleur à large bande de très haute puissance pouvant neutraliser tous les appareils de surveillance des alentours.

La valise contenait également quelques feuilles de papier.

L'air était étouffant et empestait la fiente d'oiseaux. Dans une chambre contiguë, un perroquet en piteux état s'agitait dans sa cage. La porte ouverte laissait voir deux matelas sur le sol, ainsi qu'une commode, un miroir fendu et un étui à trompettes cabossé appuyé contre un aquarium depuis bien longtemps vide.

— Carotte, s'il te plaît ! criait le perroquet. S'il te plaît ! S'il te plaît, arrête !

Par-dessus l'épaule de Morena, Evan pouvait distinctement voir la rue et les deux jeunes mères qui continuaient à fumer en silence dans le jardin d'en face. Les gémissements du bébé devinrent audibles, mais aucune des deux ne fit le moindre geste pour le consoler.

Evan remua sur sa chaise. Ce mouvement fit aussitôt se redresser Morena. Elle portait une chemise boutonnée et amidonnée tachée de sueur qui laissait voir l'inscription « Benny's Burgers » et un badge où son nom était à moitié effacé. Elle agrippait fermement son pantalon en polyester.

— Tu es nerveuse, dit-il. C'est parce que je suis là ?

Elle acquiesça d'un rapide signe de tête et retrouva un instant l'air qu'elle avait dû avoir étant petite fille.

— Tu sais te servir d'une arme ?

La pause dura assez longtemps pour laisser Evan penser qu'elle ne répondrait pas.

— J'ai déjà tiré au pistolet, finit-elle par dire, et il sut qu'elle mentait.

Elle essuya la sueur de son front. Ses sourcils épilés étaient bien arqués et elle avait un piercing dans le nez.

Il sortit le pistolet qu'il portait dans un étui à la hanche, le retourna et le lui tendit. Elle fixa l'arme dans la paume d'Evan.

C'était un Wilson Combat 1911 haut de gamme qui avait été personnalisé selon les spécifications d'Evan. Semi-automatique, huit cartouches dans un chargeur en acier inoxydable et une neuvième dans la chambre. Canon allongé, réglé avec une rampe d'alimentation et une entrée à la chambre du canon modifiées pour en faciliter l'alimentation et fileté pour recevoir un silencieux. Les viseurs en hauteur étaient du type *straight eight* (alignement vertical) de sorte que le silencieux, une fois vissé, ne bloquait pas la visée. Sûreté manuelle ambidextre, puisqu'il était gaucher. Pédale de sûreté arrière pour s'assurer qu'il ne pouvait pas tirer s'il n'était pas tenu en main. Rainurage à l'avant de la poignée de dix-huit lignes par pouce, et une crosse Simonich étudiée pour garantir une adhérence maximale au moment du tir. Poignée « queue de castor » pour empêcher le marteau de frapper la base du pouce. Revêtement noir mat afin de disparaître dans l'ombre sans le moindre miroitement.

Evan lui fit signe de prendre le pistolet.

— Juste le temps qu'on parle. Pour ne pas que tu sois nerveuse.

Elle souleva l'arme avec précaution et la posa sur le coussin à côté d'elle. Lorsqu'elle expira, ses épaules s'affaissèrent légèrement.

— Ce n'est pas pour moi que je suis nerveuse. C'est pour elle, *mi hermanita*, ma petite sœur, Carmen. Moi, je suis foutue depuis longtemps. Mais elle, c'est une enfant. Elle a jamais fait de mal à personne de toute sa vie. Elle est à l'école maintenant. Et c'est vraiment une *bonne élève*. Elle n'a que onze ans.

Evan lança un coup d'œil vers l'étui à trompettes dans la chambre avant de fixer à nouveau son regard sur Morena.

— Quel âge tu as ?

— Dix-sept ans.

Elle inspira profondément. Nouvelle pause. Elle ne semblait pas se rendre compte de la longueur de ses silences. Elle n'était pas hostile, mais renfermée.

— Mon père est parti quand on était jeunes. *Mi mamá* a découvert qu'il était mort il y a quelques années. Elle… elle est morte l'année dernière. Elle avait un cancer des ovaires. Et c'est à ce moment-là que *lui* est arrivé. Il s'est mis à payer le loyer. Et il nous a permis de rester ici.

De l'autre côté de la rue, le bébé n'arrêtait plus de pleurer. L'une des mamans tendit la main et fit gentiment ballotter la poussette.

— Carotte, s'il te plaît ! cria à nouveau le perroquet dans le dos d'Evan, depuis la chambre. S'il te plaît. S'il te plaît, arrête !

Evan se concentra sur Morena. Il ne voulait pas poser de questions. Il voulait qu'elle se sente libre de raconter son histoire à son rythme.

Elle tira un téléphone portable de la poche de son pantalon.

— Il m'a donné ce téléphone. Comme ça, il peut m'envoyer des messages quand il veut. Je dois rester localisable, j'imagine. Mais je m'en fiche. Pour le moment, il se sert que de *moi* mais… Ma sœur grandit. Et bientôt… Il arrête pas de répéter qu'elle « devient une vraie petite femme ». (En disant cela, sa lèvre supérieure se plissa.) L'autre nuit, il voulait déjà… avec elle… J'ai réussi à… le distraire. Ça, je sais faire. Mais il a dit que la prochaine fois… la prochaine fois… (Elle se mordit la lèvre pour ne pas trembler.) Vous pouvez pas comprendre.

— Alors aide-moi à comprendre.

Elle se contenta de secouer la tête. Au-dehors, un lointain bruit de musique rap annonçait l'approche d'une voiture. Un type était assis sur le hayon et tenait un immense téléviseur tandis que son copain conduisait. La voiture disparut, mais le bruit de la musique mit du temps à s'atténuer.

— Tu as un endroit où aller ? demanda Evan.

— Chez ma tante. À Las Vegas. Mais ça changera rien.

— Pourquoi ?

Morena se pencha en avant, soudain en colère.

— Vous ne *comprenez pas*. Il dit que si je l'emmène quelque part, il nous poursuivra. Ils ont des tas de bases de données. Il peut retrouver n'importe qui. N'importe où.

Sa colère s'apaisa aussi vite qu'elle était montée. Elle serra les poings et les pressa contre ses lèvres qui tremblaient.

— J'ai été bête de vous appeler. Ne dites rien à personne, s'il vous plaît. Je vais trouver quelque chose. Je finis toujours par y arriver. Pardon, je dois partir travailler maintenant.

Il savait que son service ne reprenait pas avant 14 heures et que le fast-food était seulement à sept minutes à pied. Il demeura assis, et elle n'eut aucun mouvement pour sortir, se contentant de balancer légèrement son corps d'avant en arrière.

— C'est que je veux pas…

Elle cligna des yeux et des larmes se mirent à couler sur ses joues lisses.

— Je voudrais juste qu'elle soit jamais aussi détruite que moi.

Elle leva une main pour s'essuyer les joues, et Evan vit sur l'intérieur de son avant-bras ce qui ressemblait à une marque récente de vaccination. Mais, vu son âge, ce n'était pas possible.

C'était une brûlure.

Les yeux d'Evan se tournèrent dans la direction des jeunes mamans de l'autre côté de la rue. La première portait une cigarette à sa bouche, et soudain il comprit que cette tache en forme de fraise n'était pas une tache de naissance. Son regard se posa sur le bras de l'autre jeune fille qui poussait le landau d'avant en arrière. Et elle aussi avait une marque semblable au même endroit.

Morena vit qu'Evan l'observait à nouveau et elle baissa rapidement le bras pour dissimuler le stigmate. Mais il avait pu noter la brûlure en forme de cercle. De la taille d'un calibre .40 environ.

Comme, par exemple, celui d'un Glock 22, le pistolet standard du Los Angeles Police Department.

Evan se rappela ce qu'avait dit Morena un peu plus tôt : *Il peut retrouver n'importe qui. N'importe où.* Le summum de l'abus de pouvoir. L'esclavage au grand jour. Les filles de l'autre côté de la rue avaient elles aussi des téléphones portables pour rester localisables. Et des bébés. Il comprenait maintenant la dureté sur leurs visages, et cette résignation désespérée.

Morena se leva pour partir. Elle lissa le devant de sa chemise de travail et pencha son visage en arrière pour empêcher les larmes de couler de ses yeux.

— Merci d'être venu, dit-elle, mais vous ne pouvez pas comprendre.

— Maintenant si, répondit Evan.

Elle le regarda.

— Toute la rue ? demanda-t-il.

Morena se laissa retomber sur sa chaise.

— Tout le *bloc*.

Sa voix faiblit à nouveau.

— Je veux juste l'empêcher de mettre ses sales pattes sur ma petite sœur.

— Tu n'as plus à te faire de souci pour ça, lui assura Evan.

4

J'attendrai

Evan profita du trajet de retour pour effectuer une ronde de ses planques et les vérifier une à une. Il possédait de nombreuses propriétés dans toute cette zone : une maison dans le Westside, un chalet dans la vallée, une maison de style ranch dans un quartier minable à proximité de l'aéroport international de Los Angeles. Il s'assura que les pelouses étaient arrosées, que le courrier indésirable était retiré des porches et que les systèmes de variation de l'éclairage fonctionnaient. Les façades banales cachaient des véhicules de remplacement, des équipements essentiels à la réalisation de ses missions et des stocks d'armes. Jack lui avait longuement expliqué l'importance qu'il y avait à maintenir disponibles de multiples « chargements », c'est-à-dire des équipements prêts à servir en cas d'urgence.

Car Evan ne savait jamais quand il aurait à disparaître. Il figurait en bonne place dans de nombreuses listes officieuses des personnes les plus recherchées au monde. Il devait être plus que prudent dans les aéroports, aux frontières et dans les ambassades, quand bien même il n'avait eu à mettre les pieds dans une ambassade qu'une seule fois au cours des cinq dernières années (pour y neutraliser un employé impliqué dans un trafic d'êtres humains).

Lorsqu'Evan atteignit Castle Heights, le soleil couchant baignait tout un pan du bâtiment dans une lueur orange. Il se gara et traversa le hall, remarquant, sur le comptoir, une demi-douzaine de bouteilles de kombucha flottant dans un bac de glace fondue. Apparemment, la nouvelle offre de rafraîchissements n'avait pas connu le succès escompté par le comité des propriétaires.

Dans le coin salon, en face de la porte, un froissement de papier se fit entendre et le visage de Johnny Middleton apparut au-dessus de la rubrique sportive du *LA Times*. Il surveillait le stock de kombuchas.

Evan pressa le pas. Un crissement de pantalons de survêtement en nylon annonça que Johnny venait de quitter son siège rembourré.

— Evan. *Evan!*

Evan ne put faire autrement que de s'arrêter.

Johnny arriva à sa hauteur. Manifestement irrité, il jeta un coup d'œil aux boissons délaissées du comptoir. Quand il regarda à nouveau Evan, son visage rond affichait une expression arrogante.

— Vous devriez venir faire un peu d'exercice.

Il tapota le logo d'arts martiaux qui ornait son survêtement et montrait deux poings qui s'entrechoquaient. Original.

— Je peux vous faire entrer dans mon club sans problème.

Avant qu'Evan ne pût répondre, Johnny fit mine de lui donner un coup de poing.

La main s'approcha lentement et sans force. Evan visualisa parfaitement l'une des répliques possibles : maîtriser le coude de son adversaire d'une main et replier son poignet de l'autre, ce qui aurait pour effet de briser l'os du coude en arrachant les tendons, puis réaliser une clé de bras pour faire tomber Johnny avant d'écraser du genou sa côte flottante lors de l'impact au sol.

Au lieu de cela, Evan tressaillit légèrement.

— C'est pas vraiment mon truc, dit-il.

— Très bien, chef, répondit Johnny en reculant, les bras écartés en signe de magnanimité. Mais pensez-y.

Evan se dirigea vers l'ascenseur. Il y pénétrait lorsque son attention fut attirée par un raffut en provenance de la porte qui donnait sur le parking. Mia et Peter apparurent, marchant maladroitement sous le poids des sacs de courses dont leurs bras étaient chargés. Evan retint l'ascenseur tandis que la mère et son fils se traînaient à l'intérieur, encombrant rapidement tout l'espace.

Alors qu'ils montaient, Evan eut bien du mal à distinguer Peter sous les énormes sacs à provisions qui le submergeaient.

— Besoin d'un coup de main ? demanda-t-il.

— Non merci, ça ira, répondit Mia.

Un iPhone sonna quelque part dans les poches de la jeune femme. C'était la musique des *Dents de la mer.*

Mia sépara du genou les différents emballages qu'elle portait et fouilla à tâtons dans son sac à main. Une pochette en plastique en provenance d'une pharmacie lui glissa des mains, mais Evan la rattrapa avant qu'elle ne touche le sol. Le téléphone cessa de sonner et Mia lâcha un soupir de résignation avant de rassembler ses affaires.

Evan se rendit compte que Peter l'observait. Le garçon avait baissé la tête et scrutait maintenant la cheville d'Evan. Ce dernier remonta doucement la jambe de son pantalon avec des affèteries de magicien — *ta-da* — afin de lui montrer sa chaussette. « Laisse tomber mon petit, y a rien à voir », semblait-il lui dire.

Le regard interrogateur de l'enfant se fixa à nouveau sur le visage d'Evan.

— Evan *quoi* ? demanda le garçon.

— Pardon ?

— Votre nom de famille, c'est quoi ?

— Smoak.

— Comme la fumée d'un feu ?
— Oui, mais ça s'écrit différemment.
— Et vous avez un deuxième prénom ?
— Danger.
— C'est vrai ?
— Non.
Le garçon esquissa un petit sourire.
Mia détourna le regard pour cacher qu'elle souriait également.
Une sonnerie annonça l'arrivée de l'ascenseur au douzième étage.
— Tu as terminé ton interrogatoire de M. Danger ? demanda Mia en ébouriffant les cheveux de Peter avant de le tirer hors de la cabine.
Evan baissa les yeux et remarqua qu'il avait gardé en main le sac de pharmacie que Mia avait presque renversé, mais les portes de l'ascenseur s'étaient déjà refermées et il était trop tard pour le lui restituer. Il poursuivit donc sa montée jusqu'au dernier étage, décidé à lui rendre son bien à une autre occasion.
Car ce soir-là, il avait du travail.

* * *

Evan se débarrassa du sac en plastique de Mia sur le plan de travail de la cuisine et consulta la collection de vodkas qu'il gardait soigneusement rangée dans le congélateur. Il opta pour un flacon de Jean-Marc XO. Élaboré à partir de quatre variétés de blé français, cet alcool était distillé neuf fois, puis micro-oxygéné et filtré au charbon. Tandis qu'il s'en versait deux doigts sur des glaçons, il remarqua qu'une boîte de pansements était sortie du sachet de pharmacie de Mia. Des pansements Muppets, bien sûr. Les couleurs criardes offraient un tel contraste avec le gris et l'acier de la cuisine que l'objet avait sauté aux yeux d'Evan. Cet orange fluorescent et ce vert éclatant le troublaient, sans qu'il comprenne exactement pourquoi.

Il replaça la boîte dans le sac et but une gorgée de vodka en se dirigeant vers la Voûte. L'alcool descendait le long de sa gorge comme un bas de soie qui se déchire, la texture du désir.

Morena Aguilar lui avait fourni deux éléments de poids : le téléphone portable, posé sur le bureau en tôle à côté de son fidèle petit plant d'Aloe vera, et un nom : Bill Chambers.

Les informations concernant William S. Chambers du LAPD ne manquaient pas sur le Net. À la suite de plusieurs importantes descentes de police effectuées fort à propos, il avait pu gravir les échelons et passer de patrouilleur à inspecteur de seconde classe, pour finalement décrocher, quatre ans plus tôt, une place dans la division très convoitée de la Brigade des Gangs et Stupéfiants. Ceci expliquait comment il était parvenu à tailler son petit royaume despotique au beau milieu du territoire de Boyle Heights, contrôlé par Lil East Side. Chambers bénéficiait d'une position idéale pour rendre des services aux membres des gangs qui lui rendaient la pareille. Les criminels lui offraient ainsi l'opportunité de garder un harem de filles à sa botte, et peut-être même l'aidaient-ils à surveiller le bloc dont il avait fait son territoire. Evan découvrit de multiples enquêtes des Affaires Internes, toutes aboutissant à des preuves égarées ou au revirement de dernière minute des témoins clés. Puis il s'intéressa à l'argent. Les comptes bancaires de Chambers présentaient de nombreux retraits et dépôts en espèces juste en dessous du seuil de dix mille dollars qui obligeait les banques à déclarer ces opérations. Des activités douteuses, sans aucun doute. Mais rien qui constituât une preuve irréfutable.

Or le Premier Commandement exigeait une preuve irréfutable.

Evan saisit le portable de Morena, un appareil en plastique minable à l'écran taché, aussi léger qu'un faux ; c'était un modèle jetable venu du Mexique. Lorsqu'il consulta l'historique des SMS, il lui sembla que la température de la Voûte avait soudainement chuté et il sentit un frisson lui parcourir la nuque. Plusieurs messages explicites provenant d'un numéro récurrent contenaient des ordres et des instructions à caractère sexuel destinés à Morena, certains incluant des photos de filles *latinas* manifestement mineures dans des poses plus que suggestives. Evan fixa un instant le visage d'une enfant qui ne devait pas dépasser les quatorze ans. Aucune émotion ne transparaissait sur ses traits, elle avait les yeux rouges, éteints, totalement déconnectés de son corps et de ce que celui-ci faisait.

Il reposa le téléphone et prit son verre, mais la vodka ne lui disait plus rien. Rien ne lui disait plus rien. Il s'aperçut qu'il brûlait d'indignation et s'obligea à penser au Quatrième Commandement : « N'en fais jamais une affaire personnelle. »

Il n'avait jamais enfreint un commandement, et il n'allait pas commencer aujourd'hui.

Il se plongea dans les bases de données du Net avec une énergie renouvelée et remonta à la source du numéro de l'expéditeur des messages. Il correspondait à un lot de téléphones prépayés vendus en gros à Costco l'année précédente. Un simple proxy inverse lui permit de neutraliser le pare-feu de Costco et de vérifier les données des magasins les plus proches du domicile de Chambers. Rien. Puis, il inspecta différents Costcos entre la maison de Chambers et d'autres endroits, dont Boyle Heights, pour finalement trouver ce qu'il cherchait. Un magasin situé sur le chemin entre le domicile du flic et le siège du LAPD. Un compte au nom de Sandy Chambers. La photo sur la carte de membre montrait l'épave que Bill avait épousée, une petite femme au teint blafard et aux épaules voûtées, comme un escargot en train de se replier sur lui-même pour disparaître dans sa coquille. Son sourire était forcé et comme séparé de son visage, on aurait dit qu'il était collé par-dessus.

Evan remonta l'historique des achats de Mme Chambers pour trouver la date à laquelle avait été expédié le lot de téléphones prépayés. Des caisses de Heineken, des préservatifs Trojan, des meubles de jardin, beaucoup de nourriture et un appareil photo numérique complétaient le tableau de ses emplettes. Enfin, sept téléphones jetables, achetés le 13 février, ainsi qu'un ensemble de gants de cuisine et un paquet de brosses à dents souples.

Il était indéniable que, considérés dans leur ensemble, ces indices avaient un certain poids, mais ils pouvaient quand même être interprétés de différentes manières et raconter différentes histoires. Or, lorsqu'Evan intervenait, il n'y avait qu'une seule issue possible, et cette issue exigeait une absolue certitude quant aux faits. Evan souleva son verre et essuya de sa manche la marque de buée laissée sur le bureau. Lorsqu'il arrêta de frotter, la surface de métal était à nouveau impeccable.

Le téléphone de Morena vibra sur le bureau, annonçant la réception d'un SMS.

DEMAIN SOIR. 10. QU'ELLE SOIT PRÊTE.

Evan scruta fixement ces mots, attendant que son dégoût reflue et que sa colère se transforme en un calme imperturbable. Il répondit alors :

J'ATTENDRAI.

5

D'autres choses

Evan rapporta son verre à la cuisine, le lava, l'essuya et le rangea. Le réfrigérateur contenait toute une série de produits soigneusement espacés sur des étagères transparentes. Il but une bouteille d'eau tout en se préparant un steak de thon Ahi qu'il saisit à la poêle et saupoudra de coriandre, de paprika et de poivre de Cayenne. Une fois cuit, il y ajouta un brin de persil cueilli dans le jardin vertical et posa l'assiette sur le plan de travail, entre un couteau et une fourchette. Le poisson se découpait en tranches parfaites. Evan interrompit pourtant sa fourchette en pleine ascension vers sa bouche.

La boîte de pansements, visible à travers le plastique fin du sac de pharmacie, paraissait lui faire de l'œil. La grosse tête verte de Kermit, avec son sourire qui ressemblait à une tranche de pastèque, semblait le regarder.

Evan soupira. Il reposa la fourchette où se trouvait encore un morceau de thon sur son assiette et se leva. Il prit le sac plastique et sortit.

* * *

Le raffut était perceptible dès la sortie de l'ascenseur. La télévision hurlait, la voix aiguë du jeune garçon et les avertissements étouffés de Mia perçaient à travers la porte du 12B.

L'honorable Pat Johnson sortit sa tête de tortue du 12F et regarda Evan passer devant lui.

— J'imagine qu'elle est débordée, déclara le juge, compréhensif, avant de refermer sa porte.

Evan frappa deux coups mais personne ne l'entendit. Il frappa plus fort, et la porte s'ouvrit violemment.

Les cheveux en bataille, un torchon de cuisine coincé à la taille de son pantalon de survêtement, Mia apparut, une casserole fumante à la main. Derrière elle, Peter courait un peu partout, autour de la table basse, du canapé et jusque dans la cuisine, laissant derrière lui un sillage de Legos, de figurines et de bandes dessinées. Sur l'écran de la télévision, Daffy Duck s'agitait, offrant sans le vouloir une bande-son appropriée à la scène. Des marques de crayon de couleur tachaient le bas des murs.

Poursuivant un adversaire imaginaire, Peter brandissait un sabre laser en émettant un vrombissement futuriste assez perçant pour faire vibrer les dents d'Evan. Il avait un bandeau sur un œil, façon pirate, fixé par ce qui ressemblait à du ruban adhésif. Un bol de macaronis au fromage était renversé sur le plan de travail de la cuisine.

Evan souleva le sac en plastique et l'agita devant les yeux de Mia.

Les mains occupées, elle eut un geste du coude.

— Vous pouvez… hum… entrez, entrez. Une petite seconde. Pardon. Je vais juste…

Elle se retourna et apostropha son fils qui passait en courant près d'elle :

— Bon sang, dis-moi que ce n'est pas du ruban super adhésif !

Peter s'arrêta net et dit :

— Si je fais de la place à table, Evan Smoak, il pourra rester dîner ?

* * *

Evan s'assit devant un bol de spaghettis à la sauce tomate et une briquette de jus de fruits percée de son indispensable paille coudée.

— Je suis vraiment désolée, dit Mia. Je n'ai pas pensé à acheter autre chose à l'épicerie.

— C'est parfait, répondit Evan. Vraiment.

En face de lui, Peter rayonnait de bonheur. Quelques touffes de cheveux manquaient sur un côté de sa tête, là où Mia avait dû arracher le ruban adhésif.

— Tu veux voir ma chambre ? demanda le garçon.

— Peut-être après le dîner, intervint Mia.

— C'est celle-là, là-bas.

Tout y était tel qu'Evan l'avait imaginé, avec des autocollants Batman, un poster de Kobe Bryant et une affiche de pirates qui disait « ON N'ENTRE PAS ».

— Ma chambre est au même endroit, dit-il. Mais neuf étages au-dessus de la tienne.

— Je pensais que tu habitais au 21*A*, pas au 21*B*.

Evan hésita.

Mia esquissa un sourire.

— Son appartement est plus grand que le nôtre, mon chéri.

— Ah, dit Peter. Tu es plus riche que nous.

Mia déglutit. Avant qu'elle ou Evan puisse répondre, Peter souleva son bras pour examiner une nouvelle égratignure sur son coude.

— Il me faut des pansements.

— *Encore une coupure* ? s'étonna Mia. Et comment tu te l'aies faite, celle-là ?

— En jouant à la balle aux prisonniers.

— Je pensais que c'était avec un ballon en mousse.

— Oui, mais le sol est pas en mousse.

Peter jeta un coup d'œil à Evan.

— Je suis un enfant adopté, affirma-t-il. C'est nul, parce que je saurai jamais vraiment d'où je viens. Ma maman a pas pu avoir de bébés parce qu'elle a des ovaires qui sont pas bons. Mon papa est mort.

Il tourna la tête vers Mia, qui feignait de sourire, et s'exclama :

— On peut avoir un sapin de Noël, dis ?

Evan n'était pas habitué à cette suite chaotique de phrases qui composent généralement la conversation d'un enfant de huit ans.

Mia se tint le front dans la main en tirant sur sa frange comme si elle allait l'arracher.

— On en a déjà parlé, Peter. C'est trop tôt.

— On est le 4 décembre !

— Justement, il sera complètement sec au moment de Noël.

— Alors on en prendra un autre.

— On va pas en faire collection, non plus.

Ils continuèrent à se chamailler tandis qu'Evan les écoutait sans rien dire. Il fouilla dans ses souvenirs, à la recherche d'une scène de famille comme celle-là. Mais il n'y en avait pas.

Ils terminèrent le repas et Mia demanda à Peter d'aller ôter ses vêtements sales pour se mettre en pyjama.

Tandis que le garçon disparaissait dans sa chambre, Evan se leva pour aider Mia à débarrasser la table. Elle ne lui avait pas demandé son aide, et elle ne le remercia pas.

Côte à côte, ils lavèrent les couverts puis les essuyèrent.

— Vous vous demandez sans doute comment je peux vivre ici avec mon salaire de procureure de district, dit-elle. C'est avec l'argent de l'assurance-vie de mon mari.

— Ah, fit Evan.

— Ici, c'est agréable et sûr.

Mia lui tendit une assiette avec encore un peu de mousse sur le dessous ; il la lui redonna et elle la passa à nouveau sous l'eau.

— En tant que procureure, je reçois parfois des menaces.

— Vous êtes directement visée ?

— La plupart du temps, ce sont les saloperies qu'on trouve habituellement sur Internet. Les abrutis, aujourd'hui, se vantent de tout sur Facebook. De ce qu'ils ont fait, de ce qu'ils vont faire. De tous leurs « exploits » en général.

— Ça ne paraît pas très intelligent de leur part.

— S'ils étaient intelligents, ils se feraient pas truands, répondit-elle en haussant les épaules. On vit dans une culture de célébrités, aujourd'hui. Ou une culture d'apprentis célébrités. Le jeu s'appelle la « visibilité ». Si vous n'êtes pas tweeté ou liké ou YouTubé ou Instagrammé, vous n'existez pas.

Elle frotta avec force un reste de sauce tenace. Ses mains rougissaient sous le jet d'eau chaude.

— Moi, ça me va, de toute façon. Comme ça, c'est plus facile pour garder un œil sur les types que j'ai mis sous les verrous.

— Ça vous fait peur, parfois ?

— Parfois, oui.

— N'hésitez pas à me le dire si vous avez besoin d'aide.

Elle sourit et lui donna un petit coup de coude.

— Vous êtes gentil. Mais ces types sont des assassins. Pas des importateurs.

— Vous avez raison.

— Et vous ? demanda-t-elle.

— Moi ? Je ne suis pas un assassin.

— Très drôle. Vous m'avez comprise. (Elle fit tournoyer sa main dans les airs.) Toi, tu es d'où ? Tu as de la famille dans le coin, tout ça... ?

— On se tutoie, alors... Je n'ai plus de famille.

— Ah, je suis désolée.

Elle tendit à Evan la dernière assiette, et il l'essuya et la rangea dans le placard. Une photo aimantée de Peter tenant un ballon de football retenait une feuille de papier sur laquelle était écrit à la main : « Agissez de façon à pouvoir dire la vérité sur la façon dont vous agissez. – Jordan Peterson. »

— Ça vient d'où, cette phrase ? demanda Evan.

— D'un livre que j'ai lu. J'essaie d'en afficher un peu partout dans l'appartement, comme des règles de vie pour Peter. Je les change tous les deux jours.

— Ça doit vous demander beaucoup de travail.

— Élever un petit être humain, c'est de toute façon beaucoup de travail, vous ne croyez pas ?

Evan fut assailli par le souvenir furtif d'une scène de sa propre enfance : Jack à ses côtés sur un stand de tir, la main posée sur son épaule, en train d'évaluer ses tirs.

— Oui, dit-il. C'est vrai.

Ils avaient fini la vaisselle. Tandis qu'Evan remerciait Mia pour le dîner, Peter sortit de sa chambre et lui fit un check en guise d'au revoir, lui laissant les doigts tout collant de jus de fruits.

De retour chez lui, Evan regarda l'assiette qu'il avait laissée sur le plan de travail gris. Le filet de thon se trouvait toujours bien au centre de l'assiette blanche. Les carreaux du mur de la cuisine brillaient, projetant une multitude de reflets foncés sur sa silhouette qui baignait dans l'apaisante lumière bleue du paysage urbain.

En jetant le poisson à la poubelle, il remarqua que les jointures de sa main droite étaient légèrement souillées de rouge à cause du jus de fruits de Peter.

Il fit le tour du plan de travail et se lava les mains.

6

S'il te plaît, arrête!

Tuer un flic n'est pas une mince affaire.

Evan était assis dans l'obscurité de la chambre exiguë que Morena Aguilar partageait avec sa petite sœur. La chaise, empruntée à la cuisine, remplissait l'espace entre les deux matelas. De sa main libre, Evan tenait le bout d'une ficelle ordinaire qui traversait la pièce jusqu'à la poignée de la porte fermée où était attachée l'autre extrémité. Il attendait, parfaitement immobile.

Les rideaux tirés laissaient passer un peu de la lumière des lampadaires de la rue ; il entendait des voix en provenance des jardins alentour. Même là, dans cette chambre fermée à clé puant la cage à oiseaux malpropre, il arrivait à détecter une légère odeur de barbecue.

La montre Victorinox attachée à la boucle de sa ceinture affichait 9 h 37. Il était en position depuis plus d'une heure, et il restait encore vingt-trois minutes avant le viol programmé de Carmen Aguilar par le détective William S. Chambers.

— S'il te plaît, arrête! cria le perroquet. Carotte, s'il te plaît!

Le téléphone portable de Morena reposait sur le genou droit d'Evan ; sur le gauche, son Wilson Combat 1911. Il avait marqué d'une petite flèche l'acier du silencieux afin de pouvoir toujours le placer dans la même position. En plus du chargeur déjà en place dans le pistolet, il en avait trois autres dans les poches de son pantalon cargo. C'étaient des cartouches prêtes à l'emploi, testées sur un champ de tir improvisé dans le désert. Comme le disait Jack : « Le son le plus puissant que tu entendras en pleine action, c'est un clic. »

Généralement, Evan préférait les balles à pointe creuse Speer Gold Dot, mais, cette nuit, il avait opté pour des projectiles de deux cent trente grains. Cette munition — la plus lourde — pouvait atteindre les deux cent soixante mètres à la seconde, juste en dessous de la vitesse du son. Bien sûr, le silencieux se chargerait de la détonation, mais, en considération de l'animation qui régnait dans le voisinage, Evan devait s'assurer que la balle elle-même ne ferait pas de bruit.

Dans l'obscurité, les griffes du perroquet faisaient cliqueter bruyamment la cage. Un motif de tranches de pastèque décorait les draps jaunes et délavés d'un des deux lits. Le vieil étui à trompettes était posé dans un coin, près de la porte. Une pauvre chaussure Converse rouge, trouée au bout, gisait sur le côté, dans le placard ouvert. Evan pensa à Peter et à ses pansements colorés en voyant un autocollant d'Elmo à moitié décollé sur l'aquarium vide et taché. L'image du garçon se dissipa aussitôt, remplacée par celle de l'homme en chemin vers cette chambre.

— S'il te plaît, arrête ! cria gaiement le perroquet. S'il te plaît, arrête !

Evan prit son souffle. « N'en fais jamais une affaire personnelle. Ne présume de rien. N'en fais jamais une affaire personnelle. Ne présume de rien. »

Il sentit le poids du pistolet sur sa cuisse. Les armes avaient toujours été là pour lui, loyales et fiables, une constante dans sa vie. L'acier et le plomb réagissent toujours de façon prévisible. Ils sont finis, immuables, maîtrisables. Evan pouvait compter sur eux. Les gens, par contre, sont faillibles. On ne peut pas se fier à la chair et au sang, aux tendons et aux os.

Trop souvent, cela se termine mal.

* * *

Il fait encore noir dans la chambre quand l'alarme sonne, mais Evan est réveillé depuis déjà longtemps. Cette première nuit dans la maison de Jack, il l'a passée en grande partie à regarder le plafond. Il se lève et examine la pièce. La chaise à roulettes est parfaitement centrée derrière le bureau et l'étagère au-dessus contient une rangée de livres classés par ordre de hauteur ainsi qu'une tasse remplie de crayons non taillés. Les volets sont ouverts, et la fenêtre en saillie laisse entrer les premières lueurs de l'aube. Il n'y a aucune trace de poussière ou de désordre. Chaque élément est là où il doit être, bien aligné, placé avec précision.

La nouvelle maison d'Evan est une ferme de deux étages située dans une zone rurale à Arlington, dans l'État de Virginie. La fenêtre de sa chambre donne sur une étendue verte de chênes comme il n'en avait jamais vue auparavant, sauf à la télévision.

Il trouve Jack à l'étage inférieur, dans un bureau garni d'étagères en bois foncé. L'homme lit un gros ouvrage sur la guerre du Péloponnèse. Un vieux tourne-disque fait entendre un air de musique classique. La photo d'une femme dans un cadre en argent terni repose sur un guéridon. Elle a des cheveux brun foncé qui lui descendent jusqu'à la taille, un petit menton et des yeux souriants derrière de grandes lunettes.

Aux pieds de Jack, Strider lève sa tête de Scooby-Doo en notant la présence d'Evan. Le chien doit peser au moins cinquante kilos, il a un pelage roussâtre et une inquiétante bande de fourrure à rebrousse-poil court tout le long de sa colonne vertébrale.

Evan attend que Jack lève les yeux. En vain. Le vieil homme reste assis, immobile comme une gravure, plongé dans son livre. Tout en lui paraît maintenant différent de l'Homme-Mystère au visage mince et au teint cireux, toujours tapi dans l'ombre, silhouette indistincte qui observait à travers le grillage en allumant toujours une nouvelle cigarette.

Evan demande enfin :

— Pourquoi vous m'avez choisi ?

Jack lui répond, sans détourner le regard de son livre :

— Tu sais ce que c'est que d'être sans défense.

L'intonation est celle d'une affirmation, mais Evan se rend compte qu'il s'agit en réalité d'une question. Plus précisément, d'une chose à laquelle on lui demande de répondre.

Le visage d'Evan est brûlant. Ses lèvres sont serrées, mais il se force à donner une réponse.

— Oui.

— Pour ce que nous allons entreprendre, dit Jack en posant enfin le livre sur ses genoux, j'ai besoin de quelqu'un qui connaisse ce sentiment, qui en ait fait l'expérience. Dans sa chair. *N'oublie jamais ce sentiment.*

Evan ferait n'importe quoi pour l'oublier, mais il sait qu'il vaut mieux ne pas le dire.

— Personne ne devra jamais savoir ton vrai nom, dit Jack.

— D'accord.

— Ton nom de famille, c'est… ?

Evan le lui dit.

— Tu y es attaché ? demande Jack.

— Non.

— Tu veux en choisir un nouveau ?

— Comme quoi ?

Un long silence s'ensuit. Puis Jack suggère :

— Le nom de jeune fille de ma femme, c'était Smoak. Avec un a *au milieu et un k à la fin. Tu veux le prendre ?*

Evan note ce « c'était », au passé, et il comprend que c'est un cadeau que Jack lui fait. Tout en jaugeant le prix d'une telle acceptation, il fait de son mieux pour ne pas regarder la photo encadrée sur la petite table. Puis il répond :

— Bien sûr.

— Tu ne te serviras de ce nom que dans ta vie personnelle, dit Jack. Les personnes avec qui tu travailleras ne devront jamais en avoir connaissance.

— Et sous quel nom me connaîtront-ils alors ?

— Il y en aura beaucoup.

Jack se lève, des clés dans une main, le visage sévère.

— Il est l'heure, dit-il.

Ils laissent à Strider une gamelle pleine et prennent le pick-up au lieu de la berline car la majeure partie du trajet qu'ils vont parcourir sera faite de chemins de terre.

Au bout d'une demi-heure, ils commencent à monter une pente sévèrement escarpée et se retrouvent violemment cahotés le long d'un sentier tracé parmi de hauts arbres dont les branches basses crissent sur les vitres. Ils finissent par déboucher à l'arrière d'une grange.

Evan suit Jack dans le bâtiment qui sent le foin et le fumier. Jack referme la lourde porte. Il n'y a là qu'une lampe suspendue qui se balance en projetant une faible lumière.

Evan sent son cœur battre plus vite et regarde Jack qui ne tourne pas une seule fois la tête.

Soudain, des bottes font craquer le foin derrière lui. Un homme de grande taille surgit de l'ombre, une barbe dense recouvre son visage rougeaud. Il tient un couteau à lame courbe. Il ne sourit pas mais laisse apparaître ses dents.

— Salut, fiston, dit l'inconnu. Je suis là pour te donner une leçon sur la douleur.

Une onde de peur traverse le corps d'Evan. La lame du couteau oscille de façon menaçante dans la main robuste de l'homme, reflétant la faible lueur qui passe par les fentes de la porte.

Jack tourne son visage carré vers Evan et lui dit :

— Le Premier Commandement : Ne présume de rien.

Le barbu fait tournoyer le couteau avec agilité et l'offre à Evan par le manche. Il dit quelque chose, mais Evan ne parvient pas à comprendre, assourdi qu'il est par les battements de son cœur.

L'homme répète :

— Prends ce couteau, fiston.

Evan obéit et prend l'arme de ses doigts tremblants. Puis il regarde Jack. Et maintenant ?

Le barbu s'adresse à nouveau à lui :

— Plante-le dans la paume de ta main

Le regard d'Evan passe rapidement de l'homme à la lame puis revient à l'homme.

— Ah, bon sang, dit le barbu en reprenant le couteau.

Il saisit le poignet d'Evan, approche la lame du centre de sa paume et la plonge dans la chair tendre du garçon.

Evan pousse un cri.

— Ça fait mal ? demande l'homme.

— Ouais, plutôt…

Une gifle puissante s'abat sur le visage d'Evan, qui recule en chancelant, la joue en feu.

— Et maintenant, tu n'as plus mal à la main, n'est-ce pas ?

Evan regarde l'homme sans un mot, ses oreilles bourdonnent.

— Alors, tu as mal à la main ?

Chaque mot est parfaitement délibéré, comme des pierres lancées une à une.

— Nan. J'ai mal au visage.

L'homme montre à nouveau les dents, une entaille en guise de sourire.

— La douleur est relative. Subjective. Un ongle incarné te fera un mal de chien jusqu'à ce que tu reçoives un coup de pied

dans les parties. Je suis là pour t'apprendre la différence entre la douleur physiologique et la douleur ressentie.

Il saisit l'autre poignet d'Evan et lève le couteau. Evan tressaille et baisse la tête ; la douleur dans sa main blessée se réveille. La lame ne descend pas. Le regard de l'homme reste fixé à celui d'Evan.

— Anticiper la douleur provoque la peur, et la peur intensifie la douleur, dit-il. S'attendre au soulagement de la douleur augmente la capacité des récepteurs opioïdes dans le cerveau et, du coup, diminue son intensité. La façon dont ton esprit réagit *à la douleur détermine la douleur que tu vas réellement ressentir.*

La voix de Jack surgit soudain, quelque part derrière Evan.

— La douleur est inévitable, dit-il. La souffrance, elle, est facultative.

Evan libère sa main. Du sang coule par terre. Il sent que Jack est à ses côtés, mais il ne dit rien, il ne fait rien, et un sentiment de trahison se répand comme un feu de poudre sous sa peau.

Mais Jack est bien en train de faire quelque chose : il observe. Et Evan se rend compte qu'il est mis à l'épreuve, que c'est encore un test qu'il doit passer. Il comprend que la façon dont il réagira maintenant sera déterminante, et que cette épreuve est la plus importante à laquelle il ait été confronté jusqu'à présent.

Avant qu'Evan puisse dire quoi que ce soit, l'homme barbu explique :

— Tu dois apprendre à maîtriser les centres cérébraux qui se déclenchent lorsque ton corps détecte la sensation de douleur. Contrôle ton cortex insulaire, éloigne-toi de cette sensation en te concentrant sur ta respiration. Je vais t'apprendre à répondre à la douleur, à la garder dans une boîte, à mettre cette boîte sur une étagère et à continuer ta putain de vie.

La gorge d'Evan se serre tandis qu'il avale sa salive.

— Et comment vous allez vous y prendre ?

La barbe de l'homme se hérisse à nouveau autour de son sourire.

— La pratique conduit à la perfection.

Evan se tourne vers Jack, qu'il regarde dans les yeux pour la première fois ; il a l'impression que celui-ci lui adresse un clin d'œil et l'assure de sa confiance. Mais peut-être est-ce seulement dans l'imagination d'Evan.

Le foin humide exhale un relent fétide. Evan retient son souffle dans ses poumons jusqu'à avoir mal. Enfin, il expire. Se tournant vers l'homme, il tend le bras, ouvre la main, lui offre sa paume intacte.

— Alors, qu'est-ce que vous attendez ? demande-t-il.

* * *

Le téléphone portable de Morena sonna dans l'obscurité, interrompant Evan au beau milieu de ses pensées. Il s'empara de l'appareil posé sur sa cuisse. Un SMS :

JE SUIS DEVANT. ELLE EST PRÊTE ?

L'odeur fétide de la cage à oiseaux envahit ses narines tandis qu'il tapait la réponse.

DANS LA CHAMBRE.

Un instant plus tard, il reçut un nouveau message de l'inspecteur Chambers.

PARFAIT. DÉGAGE MAINTENANT. JE VEUX ÊTRE SEUL AVEC ELLE.

De l'autre côté des rideaux bleu lavande, une voiture approchait, un gros modèle, à en juger par le bruit. Le véhicule s'immobilisa, puis le moteur vrombit furieusement avant d'être coupé. Le brouhaha du quartier se fit de nouveau entendre : des rires dans un jardin, une annonce publicitaire en espagnol depuis une radio hurlante, un avion qui passait dans le ciel. Et maintenant, des pas qui s'approchaient de la maison.

Evan se demanda combien de fois déjà Morena avait entendu ces pas pendant qu'elle attendait dans cette chambre.

Le perroquet s'agita. « S'il te plaît, arrête ! S'il te plaît, s'il te plaît, arrête ! »

Le bruit de pas s'interrompit. On introduisait une clé dans la serrure de la porte d'entrée. Les charnières grincèrent. Le plancher craqua. Les craquements se rapprochèrent. Encore et encore.

La poignée de la porte de la chambre bougea de haut en bas. La porte était verrouillée.

Une voix rauque lança depuis l'autre côté :

— Je sais que tu as peur, Carmen, mais je serai gentil.

On entendit le bruit feutré d'une main caressant le bois.

— La première fois, c'est pas obligé que ce soit une expérience douloureuse. Je sais m'y prendre, tu sais ?

La poignée s'agita à nouveau.

— Je vais prendre soin de toi, ma poule, n'aie crainte.

Evan posa le téléphone et saisit son pistolet.

Des brumes de sa mémoire surgit une autre phrase de Jack : « Gros problème, grosse balle, gros trou. »

— Allez, ouvre, je t'ai apporté des fleurs. Ouvre la porte que je te les montre.

La poignée de la porte remua avec plus de force. Le perroquet criait désormais sans discontinuer. La main d'Evan serrait plus fermement la ficelle.

— J'en ai marre maintenant de tes gamineries. Ouvre la porte… Mais tu vas l'ouvrir, cette putain de porte, oui… ?

Avec douceur, Evan tira sur la ficelle. La poignée bougea, libérant le verrou avec un bruit sourd.

La voix de Chambers retrouva un ton calme.

— Ah, voilà. Tu vois que tu peux être une gentille fille quand tu veux.

La porte grinça en s'ouvrant, poussée par une grande main puissante. Un avant-bras musclé apparut dans une manche retroussée. Le visage de Chambers émergea de l'obscurité tandis qu'il plissait les yeux pour mieux distinguer l'intérieur de la chambre. La peau de ses joues était marquée de taches et rasée de près, ses cheveux courts, son regard dur.

Chambers esquissa un pas en avant, faisant bruisser la bâche en plastique qui recouvrait le sol. Ses sourcils se froncèrent.

— Putain, mais vous êtes *qui*, vous ?

Il baissa le regard et remarqua, stupéfait, la bâche étendue sous ses pieds. Quand il releva la tête, ses yeux avaient changé d'expression.

— Ah, fit-il. Ah, nan…

7

On ne sait jamais trop à quoi on a affaire au zoo

— Tu veux savoir un truc qui va *vraiment* te trouer le cul ? demanda Tommy Stojack en contournant son établi et en tirant une dernière bouffée de sa Camel Wide. Bientôt on pourra *imprimer* une arme avec une putain d'imprimante 3D. T'auras qu'à entrer les données à un bout pour que ça te recrache un flingue de l'autre. J'aimerais bien voir ce que vont faire ces enfoirés à Washington pour arriver à réglementer ça.

L'armurier à neuf doigts extirpa la cigarette de dessous sa moustache de biker et passa le mégot sous le robinet avant de le jeter sur une douzaine d'autres qui flottaient dans un gobelet rouge rempli d'eau. La moindre étincelle pouvait transformer l'atelier en un cratère de météore.

— Mais, bon, on va pas faire peur aux braves gens, pas vrai ?

Evan le suivit dans les sombres profondeurs de l'atelier qui, entre de mystérieuses machines-outils, des amoncellements de lames de toutes sortes et des caisses remplies d'armes plus ou moins anciennes, semblait tout droit sorti du Moyen Âge. Le soleil de Las Vegas en réchauffait toutefois les murs et l'air sentait la poudre et la graisse à fusil. La chaleur irritait la coupure de son avant-bras et donnait à Evan l'envie de se gratter — comme prévu, la plaie cicatrisait en rejetant des morceaux de colle séchée.

Tommy était l'incarnation même de l'homme d'armes. Il s'était spécialisé dans l'achat, la modification et la revente de toute sorte d'armements à l'usage de divers groupes d'opérations occultes travaillant pour le compte du gouvernement, même s'il ne le disait jamais aussi explicitement. Evan avait déduit de ses tics de langage et de comportement qu'il avait appris son métier dans les forces spéciales de la marine américaine. Ils s'étaient rencontrés pour la première fois sept ans plus tôt, à la faveur d'un réseau labyrinthique de connaissances, et les deux hommes s'étaient peu à peu rapprochés. Il leur était difficile d'établir une relation de confiance sans avoir jamais échangé la moindre information personnelle, mais, après s'être étudié réciproquement au cours de plusieurs rencontres secrètes, ils étaient parvenus à un modus vivendi. Ils se comprenaient au moyen de conversations codées et de références étranges qu'eux seuls partageaient ; ils avaient compris leur éthique respective et les avaient jugées compatibles.

— Il y a des inconvénients, bien sûr, dans l'impression d'armes à feu, continua Tommy. Des problèmes de contrôle de qualité, en particulier. Mais, bon, qu'est-ce que ça peut te foutre, à toi, hein ? Tu fais qu'appuyer sur la détente, de toute façon. Du moment que ça tire, t'es content, pas vrai ?

Il lui adressa un clin d'œil appuyé et montra la cafetière poisseuse sur le plan de travail derrière Evan.

— Bon, je vois que t'as envie que je la ferme et que je passe à ce qui nous intéresse tous les deux.

Tommy avait assemblé de nombreuses armes pour Evan. Ayant accès à des carcasses et à des ossatures vierges, sans numéro de série, il pouvait fournir des armes fantômes, des armes qui, techniquement, n'existaient pas.

Mais, ce matin-là, après avoir exécuté un flic véreux, Evan avait besoin d'un tout autre service.

Il posa la main sur le holster Kydex attaché au niveau de sa hanche et saisit le Wilson 1911 qui se libéra en émettant un clic. Evan fit pivoter le pistolet et le tendit à Tommy.

— Je voudrais que tu fasses fondre le canon et le percuteur.

— Toi, t'as fait parler le plomb.

— Ouais.

— Et ça a fait mouche sur des méchants ?

— Un seul.

— Et le Seigneur dit : « Observez la justice et faites le bien. »

Les neuf doigts de Tommy démontèrent le Wilson avec l'habileté et la célérité d'un croupier distribuant les cartes. Il chaussa des lunettes de soudure, alluma le chalumeau et réduisit en scories le canon, la glissière, le percuteur et l'extracteur. Puis il remonta l'arme avec de nouvelles pièces avant de la rendre à Evan.

— Et voilà. C'est à nouveau un fantôme. Comme toi.

Evan introduisit un chargeur neuf, tira la glissière et entreprit de ranger l'arme dans son holster, mais Tommy interrompit son geste :

— Hé là, tout doux, cow-boy !

Il lui indiqua un tube de métal caché dans l'ombre qui servait à tester les armes. C'était un tuyau d'acier d'un mètre de long, rempli de sable et incliné à 45° vers le bas. Evan s'équipa de protections pour les yeux et les oreilles et visa l'entrée du tube. Il vida un chargeur entier, et les cliquetis du métal amortis par le sable résonnèrent dans toute la pièce.

Evan acquiesça et se tourna vers Tommy qui, après avoir bu le reste du café, ouvrit une boîte de tabac à chiquer Skoal et s'en enfila un bon morceau derrière la lèvre inférieure. Evan avait connu beaucoup d'hommes aux habitudes singulières, mais jamais encore il n'avait vu quelqu'un passer d'un stimulant à un autre avec autant de facilité et d'enthousiasme que Tommy.

— Je sais que tu préfères faire parler la poudre, mais, au cas où tu aurais à lutter de près... disons de suffisamment prêt pour déconcerter l'ennemi grâce à une haleine de chacal, par exemple...

Tommy se saisit d'un couteau à lame rétractable posé sur un établi, l'ouvrit et le tendit à Evan.

— Je viens de les recevoir. C'est toujours bien d'être au goût du jour.

Evan examina la lame d'oxyde noir. AcierS30V traité thermiquement, manche en titane et G10, pointe tanto pouvant pénétrer un gilet pare-balles. Un modèle des forces spéciales de la marine américaine, de fabrication Strider. Evan s'y entendait assez dans le maniement des armes blanches, sans toutefois y exceller. Un adversaire maîtrisant véritablement la technique philippine n'aurait eu aucune difficulté à le tailler en pièces. C'est pourquoi il tenait tant à porter une arme à feu lors des combats au couteau.

— Merci, dit Evan.

— Je sais que tu aimes les Strider.

— J'avais un chien qui s'appelait comme ça.

— J'ai du mal à t'imaginer enfant.

— Clôture blanche, tarte aux pommes, balle de base-ball.

Lui lançant un sourire narquois, Tommy se laissa tomber sur une chaise à roulettes qu'il fit glisser d'un coup de pied sur le béton parfaitement lisse du sol jusqu'à se réceptionner près de ce qui ressemblait à un vieux mortier d'infanterie. Il se saisit d'une caisse en bois et en sortit un projectile d'un vert terne plus épais que son avant-bras.

— Qu'est-ce que tu dirais d'une petite virée dans le désert, histoire de jouer aux fléchettes, mais dans une version pour les grands ?

— Plutôt tentant, répondit Evan. Mais je dois partir.

— Pas de problème. Prends quand même le temps de me mettre quelques biffetons dans la poche et je te laisse filer.

Evan lui tendit une liasse de billets de cent dollars que Tommy jeta sur l'établi sans prendre la peine d'en vérifier le montant. Evan se dirigea vers la sortie. En arrivant à proximité de l'épaisse porte de métal, il ne put résister à l'impulsion qui le poussa à s'accroupir pour s'assurer que la caméra de sécurité installée près du chambranle était bien débranchée, comme ils en avaient convenu.

Elle l'était.

Il lança à Tommy un regard d'excuse.

Tommy leva les yeux, surpris en train de compter les billets.

Les deux hommes s'adressèrent des sourires penauds.

— On n'est jamais trop prudents, pas vrai, frérot ?

Tommy cracha un filet de tabac et mit la liasse de billets dans la poche de sa chemise.

— On ne sait jamais trop à quoi on a affaire au zoo[1].

1. Référence à l'expression « Who's Who in the Zoo », également un dessin animé de 1942 mettant en scène Porky en gardien du zoo. [N.d.T.]

8

Intacte

L'odeur du gril se mêlait aux gaz d'échappement et rendait l'air encore plus dense autour des quelques tables éparpillées en face du Benny's Burgers. À l'intérieur, de rares clients occupaient les banquettes et les tables pour deux, mais la chaleur étouffante de Los Angeles dissuadait quiconque de s'installer sur le carré de béton fendu et brûlant qui faisait office de terrasse.

Evan y prit toutefois place et, à travers la vitrine, observa une fillette, assise seule dans un coin, qui faisait du coloriage. Concentrée sur son œuvre, elle poussait de sa langue l'intérieur de ses joues.

Evan se rendit compte à quel point une enfant de onze ans est encore bien jeune.

Quelques instants plus tard, Morena Aguilar sortit en reculant par les portes battantes de la cuisine, des assiettes savamment empilées le long des avant-bras. Elle servit les plats, jeta un coup d'œil à sa jeune sœur, puis s'occupa des autres tables. Au bout d'un certain temps, elle sortit sur la terrasse, plissa les yeux à cause du soleil et laissa tomber devant Evan un menu plastifié taché de ketchup.

— Vous voulez commander, M'sieur ?

Elle finit par lever les yeux de son calepin et ne put retenir un sursaut en reconnaissant Evan.

— Respire, lui dit-il. Souris. Hoche la tête comme si je venais de te demander quelque chose.

Morena s'exécuta, sans grande conviction.

— On est libres, maintenant ? demanda-t-elle.

— Oui.

Il ne remarqua à quel point elle était crispée que lorsque ses épaules se relâchèrent et s'affaissèrent d'un bon centimètre. Elle baissa la main tenant le calepin et le stylo, et il put voir, sur son avant-bras, la cicatrice rouge vif laissée par le canon brûlant du pistolet de l'inspecteur Chambers.

— On peut retourner à l'appartement ? demanda-t-elle. Reprendre nos affaires ?

Il lui avait dit d'emmener Carmen chez une amie jusqu'à ce qu'il la recontacte. Le délai n'avait finalement pas excédé une nuit, mais il pouvait voir sur son visage que, pour elle, cela avait duré une éternité.

— Oui, répondit Evan.

— Vous pouvez vous occuper de Pokey ? Il était à *mamá*.

Il lui fallut quelques secondes pour comprendre. Le perroquet.

— Je trouverai une solution, dit-il.

— Qu'est-ce qui lui est arrivé, à *lui* ?

Evan haussa les épaules. Un geste minuscule, qu'elle comprit immédiatement.

— Et s'ils pensent que c'est moi qui ai fait le coup ?

— Il avait beaucoup d'ennemis, répondit Evan, mais elle ne parut pas convaincue. Quand on trouvera le corps, tout le monde comprendra qu'aucune fille de dix-sept ans n'aurait pu faire ça.

Du coin de l'œil, Evan remarqua à travers la vitre que Carmen avait changé de position ; elle n'était plus de profil mais s'était tournée de face et avait interrompu son coloriage pour l'observer. Elle avait dû remarquer qu'on la regardait, tout comme lui avait remarqué qu'elle le regardait. Ils échangèrent un regard et elle se replongea aussitôt dans ses crayons de couleur.

Evan leva le menu et fit semblant de le parcourir.

— Je dois y aller maintenant, dit-il à Morena. Je n'ai qu'une chose à te demander. Juste une chose. Alors, s'il te plaît, écoute-moi bien.

— D'accord. Tout ce que vous voudrez.

Morena retint son souffle.

— Trouve quelqu'un qui a besoin de moi. Donne-lui mon numéro : 1-855-2-NOWHERE.

— Oui, je m'en souviens. Bien sûr que je m'en souviens.

— Peu importe le temps que ça prendra. L'essentiel, c'est que tu trouves quelqu'un qui soit dans une situation aussi terrible que l'était la vôtre, à ta sœur et toi. Une personne qui ne sache plus comment faire pour s'en sortir, qui n'ait plus aucun espoir. Tu lui parles de moi, tu lui dis de m'appeler. Et tu lui dit que je serai là, à l'autre bout du fil, pour l'aider.

Morena prit le temps d'assimiler ce qu'il venait de dire avant de répondre.

— Seulement *ça* ?

— Seulement ça.

— C'est tout ce que ça va me coûter ?

— Oui.

Elle avait l'air sceptique. C'était toujours la même réaction. Mais Evan savait qu'elle le ferait, qu'elle honorerait son engagement, comme tous les autres avant elle. Il n'était jamais entré en contact avec un seul d'entre ses « clients » après la fin d'une mission, et pourtant il y avait toujours eu un appel suivant sur le téléphone noir.

— OK. Je serai très *heureuse* de faire ça pour vous, vous pouvez me croire, mais…

Elle baissa les yeux sur les gros lacets défaits de ses fausses baskets de marque.

— Quoi ?

— Pourquoi vous ne les cherchez pas vous-même ?

— Si c'est moi qui cherche, je vais toujours tomber sur le même type de gens, avec les mêmes types de problèmes. Tu vois ce que je veux dire ?

Le visage de Morena n'avait pas changé d'expression, ses sourcils épilés étaient toujours arqués et immobiles.

Il tenta à nouveau de se faire comprendre.

— Quand ce sont d'*autres* personnes qui cherchent, elles trouvent des gens que peut-être, moi, je n'aurais pas trouvés.

— Parce qu'on va dans des endroits différents ? Avec des personnes différentes ?

— Oui. Et parce que tu as vécu des choses que je n'ai pas vécues. Ce qui signifie que tu peux *voir* des choses que moi je ne peux pas voir.

Il reposa le menu et conclut :

— Donc, j'ai besoin de ton aide, comme toi tu as eu besoin de la mienne.

Ce qu'il *n'avait pas ajouté*, c'est que l'acte d'aider, en lui-même, était une source de force, et même de guérison. Il voulait que Morena ait quelque chose d'important à réaliser, qu'elle ait une tâche sur laquelle se concentrer. Elle aurait à faire des recherches, à évaluer des situations, et finalement à intervenir pour donner une seconde chance à quelqu'un au bout du rouleau. Et quand elle aurait terminé ce travail, quand elle aurait transmis ce numéro impossible à localiser à cette personne sans défense, elle passerait de l'autre côté de l'équation, elle ne serait plus une victime : elle serait sur le chemin de la convalescence.

La guérison totale est un mythe, mais cette tâche pouvait l'aider à gravir une marche de l'escalier.

— Alors, je vais trouver quelqu'un, dit-elle. Et ça sera rapide. Je veux laisser tout ça derrière moi aussi vite que possible. Sans vouloir vous offenser.

— Je comprends, rassure-toi. Fais-le vite, mais fais-le bien.

— D'accord.

— Ne donne mon numéro qu'à une seule personne. Tu comprends ? Seulement à *une* autre personne. Et ensuite, tu l'oublies pour toujours. Il ne sert qu'une fois. Ce n'est pas une ligne de secours.

Elle se mordit la lèvre inférieure.

— OK. Alors, c'est bon ? On en a terminé ?

— Pas tout à fait. Ton père biologique. Tu avais raison. Il est mort il y a quelques années. Il possédait des biens qui n'ont pas été réclamés. Un compte courant avec trente-sept mille neuf cent cinquante dollars. Tu es co-titulaire de ce compte.

— Non, c'est impossible.

— Désormais, ça l'est.

Elle glissa le stylo derrière son oreille, laissa tomber le calepin dans la poche de son tablier et toussa, incrédule.

— Comment ça ?

Evan sourit.

— La banque va t'envoyer une carte de crédit à ton nom. Elle arrivera chez ta tante. Ton père était syndiqué, ce qui incluait une petite police d'assurance-vie. Cinquante mille dollars. Personne n'a touché à l'argent. C'est toi, maintenant, qui en es la bénéficiaire. Ça te permettra de démarrer une nouvelle vie. Tu auras dix-huit ans dans deux mois. En attendant, tu peux demander l'émancipation ou rester sous la garde de ta tante, c'est comme tu veux.

Il se leva et s'éloigna de la table.

— Voilà, on en a terminé.

Evan nota à nouveau un mouvement à travers la vitrine du restaurant et vit que Carmen les observait.

— Tu t'es bien occupée de ta sœur, dit-il. Tu peux vraiment être fière de toi.

Les yeux de Morena se remplirent de larmes. Elle battit plusieurs fois des paupières et adressa un petit signe de la main à sa sœur.

Carmen lui rendit son salut, exhibant sans le savoir la peau intacte de son avant-bras.

Tandis qu'Evan s'éloignait, Morena appuya ses phalanges serrées contre ses lèvres, tentant désespérément de reprendre son calme. Elle se rendit compte qu'elle ne l'avait pas remercié.

Sans doute n'avait-elle pas besoin de le faire.

* * *

L'après-midi suivant, après avoir effectué la ronde de ses planques, Evan passa par Boyle Heights et fit le tour du pâté de maisons de chez Morena. Les jeunes mères étaient là, dans le jardin, de l'autre côté de la rue, une main occupée par une cigarette, l'autre par une poussette. Il se gara une rue plus loin et gagna la maison de Morena par la porte arrière.

Les chaises de jardin et les matelas dans la chambre n'avaient pas bougé de place, mais les draps avaient disparu et le placard était vide. L'aquarium portait toujours l'autocollant d'Elmo. Evan regarda derrière la porte et vit que les filles s'étaient approprié la trompette, ce qui provoqua en lui une étincelle inattendue de bonheur.

— Carotte ? cria le perroquet. S'il te plaît, s'il te plaît ? S'il te plaît, arrête ! Carotte ?

Il appela la société protectrice des animaux et leur demanda d'envoyer quelqu'un à cette adresse. Il sortit de la chambre et traversa la pièce principale vers la petite cuisine. Tout avait été nettoyé, rangé. Sur le plan de travail, un sac à moitié rempli de graines pour oiseaux était posé sur un morceau de papier où était écrit à la main : « Je n'ai pas le loyer pour ce mois. Je ne sais pas quand je l'aurai. Je suis désolée. J'espère que vous comprendrez. »

Evan regarda un moment la note, la chiffonna et posa six billets de cent dollars à la place.

Avant de partir, il donna à manger à l'oiseau.

9

Un putain de saint

Le glaçon brûlait le bout des doigts d'Evan tandis qu'il tournait la poignée d'eau chaude de la douche, activable par ses seules empreintes digitales, pour entrer dans la Voûte. Il se dirigea vers le bureau de tôle et posa délicatement le cube de glace entre les feuilles du minuscule plant d'Aloe. Il lui sembla que la petite Vera n'était pas indifférente à cette attention.

Il glissa le RoamZone noir dans sa poche, quand bien même celui-ci ne devait sans doute pas sonner de sitôt. Cela faisait seulement cinq jours qu'il avait tiré trois balles dans le corps de l'inspecteur William Chambers. Il faudrait assurément plus de temps à Morena Aguilar pour lui trouver un nouveau client. L'intervalle le plus court, jusqu'à présent, entre la fin d'une mission et l'appel suivant, avait été de deux mois, période qu'il mettait généralement à profit pour vivre tranquille et se reposer.

Il pensa prendre la voiture pour se rendre au Wally's Wine & Spirits de Westwood Boulevard et y acheter une bouteille de vodka Kauffman Luxury Vintage. Distillée quatorze fois et filtrée à deux reprises, une fois au charbon de bouleau, une autre au sable de quartz, elle était produite avec la récolte de blé d'une seule année, ce qui en faisait l'une des rares vodkas millésimées, à l'instar du vin ou du champagne. Raffinement excessif, sans doute, comme son prix, mais cet alcool était le plus pur et le plus limpide qu'Evan eut jamais goûté.

Il enfila un sweat-shirt, attrapa ses clés et prit l'ascenseur. Inévitablement, celui-ci s'arrêta au sixième étage, et Evan sentit le parfum floral de Mme Rosenbaum avant même que les portes ne s'ouvrent pour la laisser entrer.

Il se prépara mentalement à subir d'autres anecdotes sur son bien-aimé Herb — paix à son âme —, mais Ida se contenta de jeter un coup d'œil caustique par-dessus ses lunettes roses en lui annonçant :

— J'ai ouï dire que vous étiez allé en cachette rendre visite à Mia Hall, et à pas d'heure en plus !

Le pas-si-honorable Pat Johnson, du 12F, avait donc dû passer le mot.

Evan évoqua en pensée l'élégante bouteille de vodka Kauffman en forme de poire, sa récompense, s'il parvenait à survivre à ce trajet en ascenseur et au trafic de l'après-midi.

— Non, M'dame.

Elle renifla.

— Comme si on avait pas assez de problèmes avec cette maudite pourriture sèche. Non, mais vous vous rendez compte ? Ici, à Castle Heights ! Tout le cadre de ma porte d'entrée tombe en morceaux. J'ai déposé dix plaintes en deux mois, mais vous pensez que ces bons à rien du syndic ont seulement bougé le petit doigt ?

— Non, M'dame.

— En plus, mon fils vient pour les vacances avec sa femme et mes deux petits-enfants — deux petits anges. Il m'a dit que si la porte n'était pas réparée d'ici là, il s'en occuperait lui-même. Vous imaginez ça ? L'associé d'une grande entreprise comptable du New-Brunswick obligé de bricoler une porte ?

Par bonheur, ils atteignirent enfin le hall et Evan profita de ce que Mme Rosenbaum fouillait sa boîte aux lettres pour dévaler les escaliers jusqu'au garage. Il venait à peine de contourner le pilier qui cachait son pick-up quand une voix l'interpella.

— Hé, Evan ! Attends !

Il se retourna et vit Mia qui courrait vers lui en se dandinant sur ses chaussures à talons, encore en tenue de travail.

Elle s'arrêta et examina ses pieds.

— Oh, et puis merde, marmonna-t-elle en ôtant ses chaussures pour poursuivre sa course en simples collants. Pardon, je suis désolée, je sais que ça va te paraître un peu bizarre, mais est-ce que tu pourrais me prêter ton pick-up ?

Evan ne sut quoi répondre.

— La femme du 3B m'a bloqué avec son Range Rover à la con. Beth je-sais-pas-quoi.

— Pamela Yates ?

— Ouais, c'est ça. Bref, de toute façon, les Beths et les Pamelas, c'est le même genre de bonnes femmes. C'est bien connu.

Mia parvint au niveau d'Evan et manqua de glisser sur une tache d'huile.

— Je dois immédiatement aller chez mon frère, à Tarzana, pour récupérer Peter. C'est un trajet que je fais souvent, mais c'est que… le petit ne passe pas beaucoup de temps avec, disons, des modèles de comportement masculin. Ouais, je sais, c'est plus vraiment à la mode. Mais tu vois ce que je veux dire. Je suis rentrée à la maison juste pour déposer quelques dossiers, et là, quand j'ai voulu repartir… Regarde-moi ça.

Elle désigna de la main le Range Rover qui bloquait son Acura.

— Et pas moyen de mettre la main sur Beth-Pamela.

À cet instant seulement, Mia remarqua les clés dans la main d'Evan.

— Ah, tu *pars*, tu ne viens pas d'arriver… Et tu vas où ?

Il cligna une fois des yeux, puis deux.

— Je vais acheter de la vodka.

— C'est pour ça que tu prends ta voiture ? Quelle vie, dis-moi ! Écoute, peux-tu, *s'il te plaît*, me prêter ton pick-up pour aller chercher le petit ? Et je te rapporte la vodka par la même occasion. Tu aimes quoi ? Absolut ? Smirnoff ?

Il la fixait sans rien dire.

Le téléphone de Mia sonna ; cette fois, c'était la musique de *Snoopy*. Elle décrocha.

— *Je suis en route*, Walter. J'arrive.

Elle raccrocha.

— Allez, s'il te plaît, supplia-t-elle. Je te promets de pas lui faire la moindre égratignure. Et si j'en fais une, c'est moi qui paierai, bien sûr.

— Je ne prête pas mon pick-up.

— Pourquoi ? Il y a de la cocaïne cachée dans les roues, ou quoi ?

Il tourna son regard en direction de la porte menant au hall, espérant que Pamela Yates en surgirait miraculeusement, mais le battant resta obstinément fermé.

— Allez, dit-elle. C'est quasiment une urgence.

Il eut un sourire forcé.

— OK, je vais t'y conduire.

* * *

— Ah, *merde*, s'exclama Mia.

Son pied avait taché d'huile le tapis de sol impeccable du pick-up d'Evan. Il essaya d'évaluer les dégâts.

— Ça ira, dit-il.

Cependant, Mia ne regardait pas ses pieds, mais son téléphone.

— J'ai un appel manqué du boulot !

Elle rappela le numéro affiché tout en faisant signe à Evan de prendre la 405, où la circulation était aussi encombrée et à l'arrêt que dans un parking.

Bon sang, il était en plein trafic. À Tarzana. Pour récupérer un enfant.

La situation ne pouvait donc aller qu'en s'améliorant.

À côté de lui, Mia parlait au téléphone sur un ton sérieux.

— Ici la procureure de district Mia Hall. J'ai besoin de cette information immédiatement !

Elle raccrocha, s'inclina sur son siège et soupira.

— Merci. Vraiment. Tu me sauves la vie, sur ce coup-là.

Elle s'acharna plusieurs fois sur le bouton pour baisser la vitre, mais rien ne se passa.

— La vitre descend pas ?

C'était tout simplement qu'il n'y avait pas assez de place dans la portière après qu'Evan eut installé un blindage en Kevlar dans le panneau intérieur. Les vitres elles-mêmes étaient en verre feuilleté blindé. La Ford F-150 était dotée d'une suspension renforcée pour supporter le supplément de poids et, comme c'était le véhicule le plus vendu en Amérique depuis des décennies, elle avait également l'avantage de passer inaperçu pratiquement n'importe où. Et ce n'étaient pas les seules modifications qu'Evan avait effectuées sur le pick-up. Il avait aussi désactivé les systèmes de sécurité, retiré les airbags et supprimé les commutateurs à inertie des pare-chocs qui permettaient d'interrompre le fonctionnement de la pompe à carburant en cas de collision. Il avait renforcé le pare-chocs avant afin de protéger le radiateur et le refroidisseur intermédiaire, tous deux trop vulnérables à son goût. Si une roue crevait ou était l'objet d'un tir, les pneus à roulage à plat se réparaient d'eux-mêmes grâce à un composé adhésif spécial distribué en interne à chaque rotation de la roue, et un « deuxième pneu », dissimulé à l'intérieur du premier, prenait la relève. À l'arrière, des espaces rectangulaires se fondaient parfaitement dans la carrosserie, offrant des possibilités de stockage sécurisé que leur aménagement, légèrement plus bas que le hayon, rendait indétectables. À l'instar d'Evan lui-même, ce véhicule était prêt aux éventualités extrêmes les plus variées sans toutefois jamais attirer l'attention.

Mia appuya à nouveau sur la commande de descente de la vitre.

— Bon, ben alors quoi ?

— C'est cassé, intervint Evan.

— Ah…

Le regard de Mia se posa soudain sur la manche de son sweat-shirt.

— Et la tache ? Celle de la semaine dernière.

Il lui fallut un moment pour comprendre qu'elle parlait du sang qui avait coulé à travers le vêtement lorsqu'ils s'étaient retrouvés entassés dans l'ascenseur. Qu'est-ce qu'il allait bien pouvoir lui répondre ? Qu'il avait toujours une douzaine de sweats noirs identiques à portée de main ?

— Elle est partie, fit-il.

— Une tache de jus de raisin, vraiment ?

Elle le dévisagea, incrédule, puis s'installa plus confortablement dans son siège.

— Whaa, merde, s'exclama-t-elle en se rendant enfin compte du trafic. Pourquoi t'as pas pris par Sepulveda ?

* * *

Evan attendait maintenant dans la voiture, moteur en marche, face à la petite maison en bois. Mia finit par sortir de chez son frère, suivie de Peter, dont la chevelure gardait encore quelques traces de l'incident du ruban adhésif. Son sac à dos, presque aussi gros que lui, se balançait, pendu à l'une de ses épaules, menaçant de répandre son contenu à chaque pas. Alors qu'elle l'aidait à s'asseoir sur la banquette arrière du pick-up, son iPhone retentit au son de la musique des *Dents de la mer.* Elle fronça les sourcils en fixant l'écran, puis agita l'appareil en direction d'Evan.

— Pardon, c'est l'appel que j'attendais. C'est confidentiel.

— J'ai vraiment besoin de…

— D'acheter de la vodka, oui, je sais. Tu me donnes une seconde ?

Avant qu'Evan pût répondre, elle s'était déjà éloignée.

Silence sur la banquette arrière. Evan regardait Mia qui arpentait la pelouse brunâtre en gesticulant énergiquement, le téléphone plaqué contre son oreille. À l'évidence, cet appel ne se terminerait pas de sitôt.

Evan ajusta le rétroviseur pour pouvoir garder un œil sur Peter. Il s'éclaircit la gorge.

— Ta mère est toujours très occupée, pas vrai ?

— Ouais. Elle enferme les assassins, et tout ça. Quand un type tire sur quelqu'un, tu vois. Comment est-ce qu'on peut tirer sur quelqu'un ?

— Deux fois dans la poitrine, une fois dans la tête au cas où il porterait un gilet pare-balles.

Peter avala sa salive.

— Je veux dire, comment est-ce qu'on peut *tuer* quelqu'un ?

« Ah », pensa Evan.

— Avec de la pratique, j'imagine. Beaucoup de pratique.

— Je comprends pas pourquoi des gens font du mal à d'autres gens.

Peter souleva le bras avec précaution, sa manche de chemise glissa, laissant apparaître un hématome sur son biceps.

Evan repensa à toutes les blessures que le garçon présentait à chaque fois qu'il l'avait vu, front écorché, coude écorché, et il comprit soudain la situation. Il se retourna et pointa l'ecchymose du menton.

— Tu t'es pas fait ça en jouant à la balle aux prisonniers, je me trompe ?

Les grands yeux noirs de l'enfant l'observaient. Peter hocha lentement la tête de gauche à droite.

— C'est Josh Harlow, expliqua-t-il de sa voix rauque. Il est en CM2. Qu'est-ce que je peux y faire ?

— Un bon coup de genou.

— Ah ouais ?

— S'il est plus grand que toi, oui. Mais non, je plaisante, pour le coup du genou.

— Ah. Alors je fais *quoi* ?

— Je ne sais pas. Demande à ta maman.

— Ah, bon, d'accord.

Le dos tourné à eux, Mia agitait un doigt en l'air. La conversation était visiblement passé en mode conflit. Evan tapota le volant avec impatience. Il se demanda où pouvaient bien se trouver Morena et Carmen à ce moment précis. En route pour chez leur tante, ou peut-être déjà là-bas, en sécurité. La secousse qui avait agité les bras de Chambers au moment du premier impact lui remonta en mémoire. Puis lui revint l'expression du visage du flic, illuminée par la lumière furtive des trois tirs étouffés par le silencieux, tandis que son corps tombait sur la bâche en plastique. Le choc d'abord, puis l'effroi, et enfin la terrible compréhension de ce qui était en train de se passer.

Peter avait dit quelque chose.

Evan leva les yeux vers le rétroviseur.

— Quoi ?

— À chaque fois qu'il me cherche des noises, je pense toujours que je vais *faire quelque chose,* que je vais me défendre, mais je le fais jamais.

Evan sentit comme une vive démangeaison la nécessité de fuir cette conversation, cette maison, Tarzana, et de rentrer chez lui, dans sa cuisine impeccable, de se préparer un martini en secouant tellement le shaker qu'il se formerait une couche de glace à sa surface. Peter tapa des talons contre le siège devant lui dans une réaction d'impuissance et de découragement.

Evan regarda le gamin et éprouva une douleur à la poitrine. Il inspira profondément.

— Tu sais ce que c'est, la plus belle expression du monde ?

Peter leva les yeux vers lui.

— « La prochaine fois », dit Evan. La prochaine fois, tout peut changer. Et pas seulement en bien, tu me suis ? Tu peux gagner au loto ou te faire écraser par un VBTT.

— C'est quoi un VBTT ?

— Un véhicule blindé de transport de troupes.

— Ah.

— Mais ce qui est important, c'est que « la prochaine fois », ça veut dire que le monde t'est grand ouvert. « La prochaine fois », ça signifie qu'il y a une possibilité. « La prochaine fois », ça veut dire la liberté.

Mia ouvrit la portière côté passager, monta dans le véhicule et donna une petite tape impatiente sur le tableau de bord.

— Bon, on peut y aller ?

* * *

Peter dormait dans les bras de Mia. Elle eut quelque peine à le porter de l'ascenseur jusqu'à son appartement. Quand ils atteignirent la porte, elle fit signe à Evan en balançant sa hanche vers lui.

— Les clés sont dans mon sac à main, dit-elle à voix basse. Vite. Vite.

Un sac à main de femme, rempli d'objets intimes. Il hésita un instant avant de plonger la main en territoire inconnu.

— Non, la poche sur le côté. *L'autre côté*. Nan, ça ce sont les clés du bureau. Ouais, voilà. Celles-là. Super. T'es trop gentil.

À l'instant où la clé tourna dans la serrure, Mia se retourna et poussa la porte avec l'épaule. Evan récupéra la clé sur la serrure et entra à son tour.

— Désolée, murmura-t-elle d'une voix enrouée par-dessus son épaule. Entre une seconde, je t'en prie. Ah, mais ne te sers pas de ces toilettes.

Elle pointa la salle de bains du menton.

— Apparemment, le Play-Doh bouche les canalisations.

Elle disparut dans la chambre de Peter, laissant Evan seul dans le salon. Il déposa les clés sur un coin de meuble et se retourna dans l'idée de ressortir discrètement, lorsqu'il remarqua un post-it collé à côté du téléphone mural.

C'était une autre de ces citations que Mia se plaisait à recopier : « Consacrez-vous à ce qui a du sens, pas à ce qui vous arrange. »

Ces sentences étaient bien différentes des Commandements qui régissaient sa propre vie. L'écriture en était visiblement féminine ; Mia les avait collées un peu partout sur les murs et le réfrigérateur. Qu'est-ce qu'elle lui avait dit, déjà ? « Élever un petit être humain, c'est beaucoup de travail. » Evan pensa à ces vies régies par des codes différents du sien, à ces routes qu'il n'avait jamais prises et qui ne s'étaient jamais éclairées pour lui. Il relut le post-it et se dit en lui-même : « Ça veut dire quoi, tout ça ? »

Au lieu de filer à l'anglaise, Evan décida de s'asseoir sur le canapé et attendit patiemment dans le silence de l'appartement.

Quelques minutes plus tard, Mia sortit de la chambre de Peter en étirant le bas de son dos.

— Ouf ! Il va falloir que j'empêche ce gamin de continuer à grandir.

Mia passa par la cuisine et revint dans le séjour avec deux verres de vin ; elle lui en offrit un. Puis elle se laissa tomber sur un coussin à ses côtés.

— C'est un bon gamin. Dieu merci.

Elle but une gorgée de vin et se pinça les lèvres. Evan sentit qu'elle voulait parler et resta coi.

— Avec mon mari, on n'a pas pu avoir d'enfants, alors on a décidé d'adopter, un an après nous être mariés.

Elle se pencha pour poser son verre sur la table, et sa jupe remonta de quelques centimètres, dévoilant ses genoux.

— On venait d'acheter cet appartement quand…

Elle passa la main derrière sa tête, retira un élastique de son poignet et attacha ses cheveux en queue-de-cheval.

— Cancer du pancréas. C'est pas comme ça que notre histoire devait se terminer, en principe.

Elle frappa doucement ses genoux avec les paumes de ses mains et conclut :

— Mais c'est quand même comme ça que ça s'est terminé.

Une veilleuse en bas du mur l'éclairait par-derrière, créant un halo autour de son épaisse chevelure châtain. Evan remarqua la courbe délicate de sa nuque, une tache de naissance sur sa tempe, la façon dont ses lèvres charnues se rejoignaient. Il avait déjà remarqué beaucoup de choses chez Mia, mais jamais ce genre de détails.

— Tu regrettes ?

— De m'être mariée ? Pas une seule seconde.

Elle serra les lèvres, pensive.

— Je vais te dire ce que je regrette. Pas les disputes, ça non, parce que tout le monde est amené à se disputer. Non, c'est les disputes *à la con* que je regrette. Tu vois ce que je veux dire ? Du genre, « Tu m'as parlé sur un ton méprisant pendant le dîner », ou « Je t'avais pas dit de le marquer dans ton agenda, est-ce que je te l'avais pas dit ? » Une chose en entraîne une autre, le ton monte. Et il faut toute la journée suivante pour que la tension s'apaise. C'est tellement de temps perdu.

Elle secoua la tête et la lueur de la veilleuse lança des reflets dansants dans ses cheveux.

— Comprends-moi bien, c'était un vrai mariage, avec de vrais problèmes, bien sûr, mais on s'aimait vraiment. Ça, oui, je l'aimais. Un mec normal, il peut aimer un million de femmes. Mais un *mensch*, un vrai mec, il aimera une seule femme d'un million de façons.

Elle tendit la main vers son verre de vin.

— Qu'est-ce que je raconte, moi… Ça aurait été tellement plus simple s'il m'avait juste quittée. S'il s'était barré avec sa secrétaire.

— Ça se fait encore, ça ?

— Je pense pas, non, dit-elle avant de prendre une autre gorgée de vin. Mais *mourir* ?

Elle secoua la tête.

— C'est de la torture, tu vois, parce qu'il ne sera jamais complètement parti de moi. C'est une sorte de martyr, un putain de saint. Dans mon esprit, il est devenu parfait.

— Il a de la chance, souffla Evan.

Mia le dévisagea, les yeux dans les yeux, pour la première fois depuis qu'elle s'était assise. La climatisation soufflait sur leurs nuques, une ampoule bourdonnait dans la cuisine, et, au loin, Evan pouvait entendre l'ascenseur se déclencher.

— Bon Dieu, dit-elle, je n'arrête pas de blablater. J'imagine que c'est ce qui se passe tout le temps avec toi. Tu ne dis rien, alors les gens se sentent obligés de remplir les blancs.

Le regard d'Evan s'était subrepticement fixé sur sa bouche, et il sentit qu'elle aussi regardait la sienne.

Un vrombissement sortit de la poche d'Evan, un bruit en tel décalage avec la situation qu'il ne comprit d'abord pas de quoi il s'agissait.

Le téléphone noir.

En train de sonner.

Cinq jours seulement après avoir terminé sa dernière mission. Morena avait dit qu'elle voulait rapidement passer à autre chose, mais là, ça allait trop vite. Et cela ne pouvait avoir qu'une seule signification : que quelque chose clochait.

Ce téléphone n'avait jamais sonné en présence d'une autre personne. Evan était rarement en compagnie d'autres personnes, et il était rare que ce téléphone sonne.

Il se rendit compte qu'il s'était crispé sur son siège. Il sortit le RoamZone de sa poche et se leva.

— Je suis désolé, dit-il. Il faut que je parte.

Il s'était déjà tourné vers la porte lorsqu'il remarqua, trop tard, une lueur de douleur dans les yeux de Mia.

Il répondit au téléphone en pénétrant dans le couloir.

— Vous avez besoin de mon aide ?

— Mon Dieu, oui. S'il vous plaît.

Une voix féminine inconnue avait répondu.

— Ils vont me tuer.

10

Un roman d'espionnage

Evan fut saisi d'une méfiance instinctive. Il se rendit compte qu'il pressait fortement le téléphone contre sa joue et s'obligea à relâcher un peu la pression de sa main.

— Comment avez-vous eu ce numéro ?

— Par une fille. Une hispanique.

La respiration irrégulière de la femme parasitait par moments la communication.

— Vous êtes l'Homme de Nulle Part ? Pour de vrai ?

Il monta par la cage d'escalier nord-est, en courant, afin de ne pas perdre le signal, mais sans trop forcer, pour garder une voix ferme.

— Le nom de cette fille ?

— Je me souviens plus. Attendez. Miranda quelque chose. Non, *Morena.* Elle a pas voulu me dire son nom de famille.

— À quoi elle ressemblait ?

— Les cheveux tirés en arrière. Mince. Des sourcils épilés.

— Des marques sur les bras ?

— Une cicatrice. Un vaccin, peut-être.

Evan se sentit un tout petit peu rassuré. Il se souvint de ce qu'avait dit Morena. « Ça sera rapide. Je veux laisser tout ça derrière moi aussi vite que possible » Mais malgré tout…

— Comment vous appelez-vous ? demanda-t-il.

— Je peux pas vous donner mon nom. Les types qui sont après moi, ils *ne plaisantent pas.* Comment je peux savoir si vous êtes pas avec eux ? Ou qu'ils sont pas avec cette fille que vous m'avez envoyée ? Tout ça, ça peut très bien être un piège.

Les mots arrivaient de façon précipitée, saccadée.

— Alors, vous proposez quoi ? demanda Evan.

— Je sais pas. Je sais pas. Putain, comment j'ai pu en arriver là ?

Il monta plusieurs autres étages en maintenant le téléphone contre son oreille, laissant de longs blancs pour faire parler la femme. Eu égard aux soupçons qu'il ressentait, il avait besoin de davantage de données : un changement de ton, un bruit de fond, une altération dans le débit de voix de sa correspondante aurait indiqué qu'elle avait répété son discours. Sans la respiration profonde qui se faisait entendre dans l'appareil, Evan aurait pensé qu'elle avait déjà raccroché.

Il arriva enfin à l'étage en terrasse et avança rapidement dans le couloir en direction de son appartement.

— On peut peut-être se rencontrer dans un lieu public, dit-elle. À un endroit où vous pourrez rien me faire.

— Un lieu public.

— Oui. Un restaurant très fréquenté, par exemple. Allô ? Vous êtes toujours là ?

Evan pénétra dans l'appartement et s'appuya, de dos, contre la porte fermée.

— Oui, je suis là.

— À la Bottega Louie. Dans le centre. Demain, à midi. Je porterai des lunettes de soleil Ambre.

Et elle raccrocha avant qu'il puisse répondre.

* * *

Tout ça ne lui disait rien qui vaille.

Il n'aimait pas ne pas connaître le nom de son client. Il n'aimait pas que celui-ci fixe lui-même le lieu de rendez-vous. Il n'aimait pas ce côté roman d'espionnage, ce rendez-vous si bien planifié qu'il ressemblait à un piège. D'un autre côté, un tueur professionnel aurait-il eu recours à une ruse aussi éculée ? Un subterfuge qu'on retrouvait trop souvent dans les films hollywoodiens et qui était la marque d'un manque évident d'expérience. Ou bien, plus sournoisement, ce stratagème usé n'était-il qu'*apparence* et précisément destiné à lui faire baisser la garde ?

Pour toutes ces raisons, Evan avait décidé d'élever d'un cran supplémentaire son niveau habituel de prudence. Il avait remplacé son pick-up par une Chrysler blanche qu'il gardait dans l'une de ses planques secondaires, près de l'aéroport. Il était maintenant au volant de ce véhicule passe-partout, au quatrième étage d'un parking en plein air. À l'aide de jumelles tactiques, il observait la Bottega Louie, le point de rencontre situé de l'autre côté de la West Seventh.

La femme avait voulu un lieu public bondé, et ce restaurant-pâtisserie haut de gamme correspondait parfaitement à cette description. Des clients bien habillés remplissaient les quelque mille mètres carrés de marbre qui s'étendaient depuis un bar baroque jusqu'à un four de briques. D'autres clients attendaient aux comptoirs des commandes à emporter, près de la porte, penchés sur de somptueuses rangées de macarons.

Une femme portant des lunettes de soleil Ambre buvait de l'eau à une table près des vitrines de la pâtisserie. Evan avait passé en revue trois niveaux du parking avant de trouver l'angle parfait pour un sniper, et c'est là qu'il s'était posté.

Ou bien elle n'avait aucune notion tactique, ou bien elle s'offrait comme un appât.

Très attirante, même s'il était difficile de bien voir son visage derrière les énormes montures de ses lunettes, elle avait l'air d'avoir un peu moins de quarante ans. Ses cheveux teints, d'un noir brillant, étaient attachés presque au sommet de son crâne en une sorte de drapé froncé qui se terminait en arrondi au niveau de la nuque. Son rouge à lèvres carmin ressortait sur sa peau de porcelaine. Huit centimètres de bracelets ornaient son poignet droit, alternant de délicates lanières de cuir, de perles et de tresses colorées. Ses ongles, au vernis d'un violet intense, tapotaient nerveusement la table. Une frange haute et inégale couronnait son front.

Evan augmenta le grossissement des jumelles pour mieux distinguer le tatouage derrière son oreille, une mini-constellation de trois étoiles dont la disposition asymétrique se révélait étrangement plaisante. Il passa mentalement en revue toutes les affiliations militaires et autres symboles de gangs qui auraient pu correspondre à ce motif. Mais ce n'était rien d'autre qu'une touche personnelle, sans plus.

Son langage corporel exprimait la tension et la réserve, bras croisés, épaules arquées. Sous la table, ses genoux s'agitaient fébrilement de bas en haut. Soit elle était réellement nerveuse, soit elle jouait incroyablement bien la comédie.

Evan consulta sa montre de gousset et composa un numéro sur son téléphone.

La serveuse décrocha à la deuxième sonnerie.

— Bottega Louie.

— Bonjour, pourrais-je parler à Fernando Juárez, s'il vous plaît ?

— Fernando Juárez ? De qui voulez-vous parler ?

— C'est un des employés qui travaillent chez vous. J'aurais quelques questions importantes concernant ses déclarations de revenus.

— Ah. D'accord, pardon. Une seconde, s'il vous plaît.

À travers le réticule millimétré des jumelles, Evan observa la serveuse qui se faufilait entre les tables pour aller parler au barman. Puis elle se tourna vers un homme qui rassemblait des bouteilles. C'était ce même homme qui avait fumé une cigarette dans la ruelle voisine avant de commencer sa journée de travail, ce qui avait donné à Evan l'opportunité de s'approcher de lui avec, à la main, un billet de cent dollars flambant neuf et un morceau de papier plié en quatre.

La serveuse remit le téléphone sans fil à Fernando Juárez. Dans son viseur, Evan put voir les lèvres de l'homme bouger avant même d'entendre sa voix dans le portable.

— Allô ?

— Répétez après moi : « Oui, d'accord. Je m'occuperai de ça quand je rentrerai chez moi. »

— Oui d'accord. Je m'occuperai de ça quand je rentrerai chez moi.

— Vous vous souvenez de notre arrangement ?

— Oui.

— Elle est assise à la table vingt et un. C'est le moment.

— Merci, Monsieur.

Fernando raccrocha. Il termina de rassembler les bouteilles, nettoya le comptoir du bar, se dirigea vers la femme aux lunettes de soleil Ambre, et lui remit le message. Evan la regarda déplier le papier.

Son message lui enjoignait de sortir du restaurant et de se rendre au kiosque à journaux de l'autre côté de la rue.

En lisant les instructions, le dos de la femme se courba comme si elle était prise de paranoïa. Ses cheveux lisses lui fouettèrent le visage lorsqu'elle tourna la tête d'un côté puis de l'autre, scrutant les clients du restaurant autour d'elle. Evan se concentra sur son visage. Elle était effrayée. Elle but une gorgée d'eau pour se calmer avant de prendre ses affaires et de partir à la hâte.

Le trafic était dense sur Grand Avenue, l'une des artères principales du centre-ville, et la femme dut attendre avant de pouvoir traverser. Evan la suivait avec ses jumelles. Quand elle s'approcha du kiosque à journaux, il composa un autre numéro. Le kiosquier, assis sur un tabouret de bar, lisait l'édition du jour pliée en trois de *La Opinión*. Il décrocha un vieux téléphone rafistolé au moyen de ruban adhésif isolant.

— *Hola.* LA News'n'Views.

— Une femme s'approche, elle porte des lunettes noires. Vous la voyez ? Je voudrais lui parler… Ce sera très rapide.

Le Latino jeta un coup d'œil alentour, haussa les épaules avec indifférence et tendit le combiné à la femme qui arrivait vers lui.

— C'est pour vous, dit-il en retournant à son journal.

La femme s'éloigna autant que le permettait le cordon du vieux téléphone.

— Mais, qu'est-ce que ça veut dire ?

— Moi non plus je ne suis pas sûr de pouvoir vous faire confiance. Je veux bien vous rencontrer dans un restaurant bondé, mais ce n'est sûrement pas vous qui le choisirez. Vous voyez le bus qui s'approche ? Dans une minute et demie, il sera à l'arrêt situé à quelques rues au sud de là où vous êtes. Il vous conduira à Chinatown. Vous descendrez à Broadway and College. Le Lotus Dim Sum se trouve sur la place centrale. Je vous retrouve là-bas. Partez maintenant.

Elle releva la tête pour voir l'autobus qui avançait bruyamment dans sa direction.

— Et si je n'y vais pas ?

— Alors, je ne pourrai rien pour vous.

Cette fois, il fut le premier à raccrocher.

* * *

Malgré toutes ces précautions, Evan devait maintenant s'exposer car il ne pouvait faire autrement que de s'approcher de la femme. Elle s'était assise dans un coin du restaurant, dos à la vitrine. Des homards et des poissons-chats remuaient sans grand entrain dans des aquariums tandis que de petits chariots en métal brillant remplis de dim sums étaient poussés par des serveurs d'un bout à l'autre de la salle, laissant derrière eux une traînée de vapeur et des odeurs alléchantes.

La chemise Woolrich d'Evan était pourvue de faux boutons ; elle était, en réalité, maintenue fermée par de petits aimants qui s'ouvraient facilement en cas de besoin, comme par exemple celui d'accéder rapidement à son pistolet de hanche. Les poches de son pantalon cargo dissimulaient des chargeurs supplémentaires ainsi que le fameux couteau Strider, ceci sans que personne puisse rien suspecter. Il portait des bottes Original SWAT, plus légères que des chaussures de course, et qui passaient totalement inaperçues une fois recouvertes par les jambes de son pantalon.

Il était aussi prêt qu'on pouvait l'être.

Tandis qu'il se frayait un chemin entre les serveurs et les chariots, la femme releva brusquement la tête et cessa de se ronger l'ongle du pouce. Evan vit son propre reflet dans les verres des lunettes Ambre : un gars ordinaire, de taille moyenne, le genre d'homme qui ne retient pas l'attention.

— Changez de siège avec moi, lança-t-il abruptement.

Elle lâcha un bref soupir puis obéit.

La vitrine dans le dos d'Evan était un point de vulnérabilité, mais il préférait faire face à la salle de restaurant et, surtout, il avait choisi de s'asseoir là où elle — et tout éventuel complice qu'elle aurait pu informer — n'avait pas prévu qu'il prenne place. Comme le dictait le Neuvième Commandement : « Joue toujours offensif. » Il n'avait jamais enfreint un Commandement, et ce n'était pas ce jour-là qu'il allait commencer.

Ils s'installèrent chacun de leur côté sur des chaises de métal incurvées, se dévisageant avec méfiance.

Le teint de la femme était si pâle qu'il en était presque lumineux. Elle remua ses lèvres d'un rouge intense, puis les serra anxieusement. Elle aurait pu être attirante au point de le distraire s'il avait été disposé à l'être.

— Dites-moi votre nom, attaqua-t-il.

Elle baissa le regard sur ses mains.

— Écoutez, poursuivit Evan, si j'avais voulu vous faire du mal ou si j'étais là pour vous tuer, je connaîtrais déjà votre nom, vous ne croyez pas ?

— Katrin White, répondit-elle, les yeux toujours baissés.

— Bien. Et maintenant dites-moi pourquoi on vous veut du mal.

Un chariot s'arrêta à leur table. Evan pointa du doigt plusieurs plats que le serveur posa sur la nappe amidonnée.

— Je dois de l'argent à des personnes dangereuses. Beaucoup d'argent.

— Combien ?

— Deux millions.

Elle se gratta le cou, fixant du regard la nourriture qu'aucun des deux n'avait encore touchée.

— C'était à Vegas.

— Vous êtes accro aux jeux.

— Ça ne veut pas dire que je mérite de mourir.

— Personne n'a dit ça.

— En l'occurrence, dit-elle, tout le monde ne partage pas cet avis.

Un type entra dans le restaurant, il portait une chemise ample ; Evan le fixa. Leurs regards se croisèrent un instant, puis un homme âgé en costume passa devant l'individu suspect en direction du pupitre de réservations. Lorsque la vue fut à nouveau dégagée, l'homme à la chemise ample saluait une femme avec qui il avait sans doute convenu de dîner.

Evan se reconcentra sur Katrin.

— Quel casino ?

— C'est une salle de jeux clandestine. Un truc privé. Il n'y a pas d'endroits fixes. Pas de noms, pas d'adresses, rien. Vous leur donnez votre numéro, ils vous appellent et vous disent où aller. Vous devez payer pour entrer.

— Combien, au minimum ?

— Deux cent cinquante mille. Ensuite, ce sont eux qui payent vos mises.

— On peut vite perdre le contrôle.

— À qui le dites-vous.

Ses genoux s'agitaient sous la table, comme à la Bottega Louie, et Evan se demanda depuis combien de temps elle vivait dans un tel état de nervosité. Il pouvait observer les effets du stress sur son visage tendu.

— Ces types adorent faire des exemples avec les mauvais payeurs. Ils veulent montrer à tous de quoi ils sont capables. Ils ont arraché la peau d'un homme d'affaires japonais comme si c'était un k-way. Le type était vivant. Enfin, au début. Et maintenant… (Sa voix se brisa et elle termina sa phrase d'une voix chevrotante.) Maintenant, ils tiennent mon père.

Elle passa un doigt sous ses immenses lunettes, d'abord d'un côté, puis de l'autre, et reprit la parole après un long silence.

— Tout ce que j'ai, c'est un numéro de téléphone. Ils m'ont dit… ils m'ont dit que j'avais deux semaines pour payer.

— C'était il y a combien de temps ?

— Dix jours.

Les épaules délicates de Katrin tremblèrent.

— C'est ma faute. C'est moi qui l'ai foutu là-dedans. J'ai pas l'argent et maintenant ils vont le tuer.

— Je n'ai jamais perdu un seul client, dit Evan.

— Jamais ?

— Jamais.

Les lunettes de soleil glissèrent sur l'arête de son nez et Evan vit distinctement le reflet d'une lumière de l'autre côté de la vitrine, derrière lui. Instinctivement, il se redressa, les sens à l'affût. Il étira la jambe pour arrêter un chariot de dim sums qui passait à sa hauteur à ce moment-là, faisant cliqueter les assiettes et osciller les paniers vapeur. La serveuse qui le conduisait commença à protester, mais Evan ne l'écoutait pas.

Sur le côté en acier inoxydable du chariot, il aperçut le reflet déformé de l'immeuble de trois étages derrière lui.

À une fenêtre du troisième étage, un petit cercle parfait de lumière.

La lunette d'un sniper.

Il agrippa le poignet de Katrin et la tira sur le côté au moment même où une balle lui frôlait l'oreille et perçait un trou dans le dossier chromé de la chaise vide, à l'endroit précis où le cœur de Katrin se trouvait un instant auparavant.

Étendu sur le métal brûlant du chariot renversé, Evan eut le temps de penser que, pour la première fois de sa vie professionnelle, il jouait en défensive.

11

OK, et maintenant ?

« Sortir du point de mire. » C'est la première règle lorsqu'on vous tire dessus.

D'une roulade, Evan se dégagea du chariot renversé et tira Katrin loin de la vitrine brisée tandis que deux autres balles atteignaient la table. Le bruit des munitions n'était pas celui d'un petit fusil, mais plutôt le cliquetis plus net d'un gros calibre .30 ou plus. L'écho des détonations résonnait dans toute la salle, créant un effet miroir perturbant et désorientant. Evan traîna Katrin vers le centre de l'établissement, faisant tout son possible pour se dégager de la ligne de mire du sniper.

Les autres clients se ruaient confusément en hurlant vers les sorties. Evan se redressa, il tenait toujours Katrin par le bras ; il avança à travers la cohue, bousculant un autre chariot au passage. Un escadron de brioches bao au porc se répandit bruyamment à ses pieds. De sa main libre, il ouvrit d'un geste sa chemise et s'empara de son pistolet.

Une partie du sol éclatait dans leur sillage et des morceaux de carrelage leur frappaient les mollets. Lorsque, finalement, ils se trouvèrent hors de la zone de danger, une femme âgée tomba, un genou au sol. Elle allait se faire piétiner quand la marée humaine la remit sur ses pieds et l'emporta par une porte latérale. Les gémissements aigus d'un bébé s'élevèrent au-dessus des cris.

— Ils vous ont suivie ! cria Katrin. C'est vous qui êtes derrière tout ça ?

Evan n'y prêta pas attention. Il fallait sortir de là, c'était tout ce qui comptait. Par-dessus les épaules des gens qui fuyaient, un visage était tourné vers l'intérieur du restaurant, un homme qui se tenait étrangement immobile au milieu de la cohue.

Pas celui à la chemise ample. L'autre : l'homme plus âgé en costume.

Sa tête et le haut de son torse étaient visibles, le reste de son corps était une ombre informe derrière les aquariums qui séparaient le hall de la salle de restaurant proprement dite. Il leva le poing, tenant fermement un pistolet. Le canon scintilla et une femme devant eux cria avant de faire demi-tour sur elle-même. Un jet pourpre jaillit de l'épaule de son chemisier.

Evan et Katrin tentaient maintenant de rebrousser chemin, mais la foule les poussait frénétiquement vers l'homme en costume. Pas moyen de reculer. Et il y avait trop de monde pour riposter. À l'évidence, le tireur ne se préoccupait pas des dommages collatéraux.

Evan poussa Katrin au sol et effectua une sorte de saut périlleux, l'épaule en avant. Il termina sa course en frappant des deux pieds dans la base du réservoir à homards. L'aquarium se révéla plus résistant qu'il ne l'avait espéré et l'impact provoqua une onde de choc douloureuse tout le long de ses jambes. Le verre, toutefois, avait laissé échapper un craquement prometteur. Une giclée d'eau salée éclaboussa le visage d'Evan. Il cligna des yeux violemment et aperçut le tireur dressé au-dessus de lui, l'arme pointée.

L'aquarium céda enfin.

L'homme leva les bras et envoya une balle au plafond avant de disparaître, entraîné par les centaines de litres d'eau verdâtre. Les homards se tortillaient sur les carreaux du sol, leurs pinces fixées par des élastiques bleus. Charrié jusqu'au milieu du hall, le tireur, genoux à terre, cherchait à récupérer son arme. Les derniers clients s'enfuyaient du restaurant dans le plus grand désordre. L'homme tendit la main au milieu de toutes ces jambes frénétiques et ramassa son flingue. Il se retourna, s'apprêtant sans doute à se redresser, lorsqu'Evan lui asséna un coup de poing circulaire. Ses deux dernières phalanges s'écrasèrent sur le crâne de l'homme, au niveau de l'os temporal, zone si mince et fragile que son poing s'enfonça facilement dans la chair.

L'homme s'écrasa au sol. Ses bras et ses jambes se contractèrent et se mirent à trembler, répondant sans doute aux dernières impulsions de son cerveau mortellement lésé.

Evan se retourna et aperçut Katrin debout derrière lui, à bout de souffle, le visage blême.

— Il est mort ?

— Suivez-moi. Et restez toujours près de moi.

Il garda le pistolet pointé vers le sol tandis qu'il poussait prudemment la porte d'entrée à double battant du restaurant et débouchait sur la place illuminée.

Des fanions de plastique rouges et jaunes suspendus à des ficelles s'agitaient au vent ; une odeur d'encens embaumait l'air. Des passants terrifiés défilaient rapidement dans son champ de vision, courant dans toutes les directions. Evan se concentra sur un monospace de location garé juste devant ; le véhicule bloquait une ruelle, feux de détresse allumés. Les sièges arrière étaient repliés et quelques cartons jonchaient le sol pour donner un aspect plus crédible à la scène.

Le restaurant faisait maintenant écran à l'angle de vision du tireur, mais Evan ne voulait pas lui laisser le temps de se repositionner. Il saisit à nouveau Katrin par le bras et s'élança à travers la foule en direction de la ruelle bloquée. Les joues de Katrin étaient rouges de panique et une mèche de ses cheveux noirs s'était collée au coin de sa bouche.

— Attendez, souffla-t-elle. Où vous allez comme ça ? Ça mène nulle part, par là...

Evan appuya sur une télécommande attachée à son porte-clés et la porte avant du monospace s'ouvrit en coulissant. Il poussa Katrin à l'intérieur avant de s'y engouffrer à son tour. Il avait laissé les sièges arrière repliés précisément dans cette éventualité. Il appuya à nouveau du pouce sur la télécommande et la porte coulissante se referma derrière eux quelques secondes seulement avant que l'impact d'une balle de fusil de gros calibre se fasse entendre contre la carrosserie. Le tireur les avait repérés. Un autre tir atteignit la portière, creusant un trou de la taille d'une assiette au-dessus de leurs têtes baissées.

Les cliquetis métalliques étaient assourdissants. Le tireur les mitraillait littéralement et, s'ils ne voulaient pas se retrouver cribler de plomb, il leur fallait abandonner immédiatement le véhicule.

Evan ouvrit la porte latérale opposée et sauta dans la ruelle étroite, tirant Katrin par-dessus lui. La voiture tremblait sous les tirs, les vitres explosaient les unes après les autres.

Katrin essayait en tremblant de se couvrir les oreilles des mains. Ses yeux débordaient de larmes.

— Gardez ça pour plus tard, cria Evan.

Ils se mirent à courir dans l'ombre. Une bouffée d'air chaud leur parvint de la fenêtre arrière d'une cuisine, accompagnée d'une forte odeur de poisson. Au bout de la ruelle, se trouvait un croisement. Ils filèrent par la droite. Cinq mètres plus loin, ils montèrent dans la Chrysler d'Evan, stationnée en direction d'Hill Street, une grande artère de Los Angeles. Evan mit les gaz et se fondit rapidement dans le trafic.

Ses yeux passaient sans cesse de la rue au rétroviseur, et inversement.

La respiration de Katrin était toujours haletante.

— Qui savait que vous deviez me rencontrer ? questionna Evan.

— Personne.

— Depuis quel téléphone m'avez-vous appelé ?

Elle enfonça la main dans son jean et en tira un BlackBerry.

— Celui-là, mais...

Il lui arracha le téléphone des mains, le jeta par la fenêtre et regarda l'appareil éclater en différents morceaux par le rétroviseur.

— Qu'est-ce que vous avez fait ? C'était le seul moyen de contact que j'avais avec ceux qui ont kidnappé mon père...

— Ce n'est pas le moment qu'ils entrent en contact avec vous.

— C'est vous qu'ils ont suivi !

— Non, répliqua Evan. Ils ne m'ont pas suivi.

— Comment vous le savez ?

Il s'arrêta d'un coup de frein brutal au niveau du parking d'un débit de boissons et alla se stationner derrière le bâtiment.

— Sortez.

Evan descendit également du véhicule et alla chercher dans le coffre une sorte de bâton noir à l'extrémité circulaire. Il passa l'instrument sur tout le corps de la femme, en commençant par son visage, son torse, ses bras, ses jambes et ses chaussures, à la recherche du moindre dispositif électronique. Le détecteur de jonction non linéaire ne trouva rien. Katrin n'émettait aucun bruit, mais des larmes coulaient le long de ses joues et elle tremblait.

Evan lui fit faire demi-tour sur elle-même pour vérifier son dos. Rien.

— Montez dans la voiture.

Elle obéit.

Il sortit de derrière le magasin, traversa la rue et rejoignit la 110.

Katrin posa la main sur sa bouche, étouffant sa propre question :

— OK, et maintenant, on fait quoi ?

Pour la première fois, Evan n'avait pas de réponse.

12

Un travail de femme

— Tu coûtes cher, lança Dan Reynolds, la démarche pleine d'entrain et l'œil aguicheur, à la femme qui le conduisait à travers les couloirs de l'hôtel.

Candy McClure ne ralentit pas l'allure.

— Mais c'est ce que je vaux, répliqua-t-elle.

Le député Reynolds, vice-président du Comité de santé publique, était parvenu à amasser des fonds importants pour sa réélection tout en restant fidèle à la défense de ses administrés, ce qui faisait de lui un homme politique passablement atypique. Ses penchants sexuels l'étaient tout autant.

D'où le sac de sport en cuir noir qui se balançait à l'épaule de Candy. La laque blond platine donnait à ses cheveux un aspect provocateur ; des bas résille bleu marine couvraient ses mollets musclés, mais sa robe relevait véritablement du très haut de gamme, un modèle en tweed, sans bretelles, qui descendait jusqu'au genou, ajusté de sorte à faire ressortir sa silhouette ferme et voluptueuse. Elle l'avait choisie parce qu'elle était facile à ôter grâce à une longue fermeture éclair à l'arrière.

Des tapis à motifs floraux amortissaient leurs pas. Candy avait bien sûr choisi la pièce la plus en retrait, au bout de l'aile la plus éloignée de la propriété. Cet hôtel pittoresque, à quelques kilomètres du lac Arrowhead, était de toute façon très peu fréquenté en décembre. Il avait peu neigé et les vacances de fin d'année ne débuteraient que quelques semaines plus tard. C'était mieux ainsi. Ils pourraient faire du bruit.

Reynolds pressa le pas, essayant de mieux distinguer le visage fuyant de la femme. Après son passage à la réception, elle l'avait laissé entrer par une porte arrière, comme ils en avaient convenu. Le politicien relativement connu qu'il était ne pouvait qu'approuver ce souci de discrétion. Il n'aurait aimé être vu ni dans ce genre d'endroit, ni avec ce genre de personne.

Au doigt de Candy pendait une grande clé cuivrée. Ses ongles coupés court et non manucurés étaient le seul aspect de son apparence à ne pas répondre à l'image de la perfection féminine selon Reynolds.

Le politicien esquissa un geste en direction du lourd sac de cuir.

— Je te donne un coup de main ?

— J'ai l'air de peiner ?

Le ton de sa voix excita Reynolds, qui rougit jusqu'au cou.

— J'ai hâte de voir ce que tu as là-dedans.

— Désolé, il faudra attendre.

Les joues du politicien s'empourprèrent encore davantage et sa respiration s'accéléra.

Elle poussa la porte de la chambre, dont la décoration country-chic style Laura Ashley donnait la nausée, tout en pot-pourri, oreillers à froufrous et autres aquarelles d'oies sauvages. Un lit à baldaquin envahissait tout l'espace. La porte coulissante de la salle de bains avait été laissée ouverte, révélant une baignoire en cuivre.

C'est précisément pour ladite baignoire que Candy avait choisi cet endroit.

Elle laissa glisser le sac de son épaule et un bruit métallique retentit sur le parquet. Elle tira la fermeture éclair et sortit un drap-housse en latex. Le député tenta de jeter un œil par-dessus son épaule pour voir ce qu'il y avait d'autre dans le sac, mais elle le referma vivement et gifla Reynolds. Il passa les doigts sur sa joue rougie et émit un petit gémissement de plaisir.

Elle ferma les stores de bois, ôta violemment les draps du lit et plaça la housse en latex sur le matelas. Enfin, elle se tourna vers lui.

— À poil.

Il obéit. Il avait la carrure d'un ancien athlète mais sa peau était flasque au niveau de la taille. Son pantalon se prit dans ses talons et il faillit trébucher dans son empressement.

— Il faut qu'on se mette d'accord sur un mot d'arrêt. Mon *safeword*, c'est « artichaut ».

— C'est inventif.

— Tout ce qui est écorchures, jeux avec du feu ou étouffements, c'est à proscrire. Je suis OK pour à peu près tout le reste.

— Je vais garder ça en tête. Allongé maintenant.

Il s'étendit sur le lit. Elle lui attacha les poignets et les chevilles aux quatre colonnes du baldaquin.

— J'aime bien quand il y a des préliminaires.

— Très bien, dit-elle en lui mettant un bâillon-boule dans la bouche.

Le visage de Reynolds paraissait maintenant plus gonflé, à cause de la boule rouge, mais elle put sentir la délectation de l'attente derrière la tension du corps. L'étendue de ses compétences n'était pas vaste, mais le peu qu'elle savait faire, elle le faisait magistralement. Et elle connaissait notamment l'art de savoir ce que voulaient les hommes.

Candy avait grandi à Charlotte, en Caroline du Nord, sous un autre nom, et son enfance avait été une enfilade de machos inutiles, depuis le typique papa absent, jusqu'aux habituels pères de ses amies aux mains baladeuses. Elle s'était pratiquement élevée toute seule. À seize ans, elle avait obtenu son permis de conduire et, quelques semaines plus tard, après un rendez-vous galant avec un fonctionnaire boutonneux du Département des Transports, elle avait également décroché le permis bus. Le salaire était bon, mais la formation s'était avérée pénible. Monsieur Richardson, dont la mauvaise haleine aux relents de café s'accordait parfaitement à une moustache de morse, lui lançait à la moindre erreur de conduite : « Tu viens de tuer un môme. » Si les pneus mordaient sur la ligne jaune pointillée : « Tu viens de tuer un gamin, ma belle. Tiens bien le volant. » Si elle freinait trop brusquement : « Tu viens encore de tuer un gosse, ma douce. Tout doux sur le frein. »

Les hommes, ils adoraient commander.

Eh bien, désormais, c'est *elle* qui donnait les ordres.

Dans un coin de la chambre, un grand miroir sur pied avec un cadre en chêne reflétait son image, telle une déesse au pied du lit. Candy passa la main derrière son dos et fit glisser la fermeture éclair depuis ses omoplates jusqu'aux lombaires. La robe s'affaissa vers l'avant et elle la laissa se répandre. Sur le lit, Reynolds réagissait du corps et de l'esprit. Qui aurait pu lui en vouloir ?

Elle s'accroupit pour fouiller dans le sac de cuir, offrant à son client une vue imprenable sur ses fesses. Soucieuse de sa forme physique jusqu'à l'obsession, elle savait précisément le spectacle qu'elle offrait sous tous les angles.

Elle finit par revenir vers lui, un bonnet de bain à la main.

Malgré la balle en caoutchouc enfoncée dans sa bouche qui déformait ses expressions, Reynolds paraissait perplexe, mais prêt à jouer le jeu.

Elle se coiffa du bonnet de bain et enfila des gants de chirurgien bleus. Puis elle sortit du sac un mixeur industriel qu'elle posa sur le sol. Compte tenu de la situation, il était difficile d'interpréter les réactions de Reynolds, mais ce qui était sûr, c'est qu'il n'était plus aussi excité qu'un instant auparavant.

Le portable de Candy commença de jouer le refrain de la chanson *Venus*, sonnerie qui était réservée à une seule et unique personne.

C'était un appel concernant son prochain travail.

Elle leva un doigt gainé de latex bleu pour faire comprendre à Reynolds qu'il devrait patienter.

Quand ce correspondant-là appelait, tout le reste devait attendre, même si cela impliquait de laisser une situation embarrassante en plan.

— Oui ? répondit-elle.

— Est-ce que le paquet est neutralisé ?

Danny Slatcher parlait d'une voix rauque et fade comme celle d'un gérant de petit magasin. Et, en dehors de la taille — car il était grand comme un ours —, il avait également *l'air fade*. Chemises boutonnées jusqu'au col, ceintures en tissu, cheveux cendrés séparés par cette éternelle raie sur le côté qu'on retrouve chez tant d'hommes blancs, et une drôle de bedaine. Candy n'avait jamais su si c'était un déguisement façon Obélix ou s'il était vraiment fait comme ça. La seule chose attirante chez lui, c'était son côté mortifère. Quand les choses devenaient sérieuses, le bibendum se transformait en véritable ninja et agissait de façon parfaitement précise et coordonnée, avec une rage latente et des muscles tendus à l'extrême, si bien qu'il était capable d'envoyer des corps voltiger dans les airs et de faire tourner les meubles comme des toupies. Elle n'avait baisé avec lui qu'une seule fois, alors qu'elle était encore sous l'effet de l'adrénaline de deux boulots enchaînés coup sur coup, et elle n'était pas près de recommencer. C'était sur le toit d'une station balnéaire de Tamarindo, au Costa Rica, le tonnerre faisait vibrer les tuiles d'adobe et l'odeur de la poudre et du sang encore frais s'élevait du balcon d'en dessous… Mais, dans le cerveau masculin, il suffisait d'une fois pour valoir invitation permanente. Slatcher avait eu le privilège de goûter aux plaisirs selon Candy et il en gardait le souvenir voluptueux depuis toutes ces années, le laissant vieillir comme un bon vin. Et il rêvait de goûter une fois encore à ce grand cru.

Candy continuait à sortir les affaires de son sac, les déposant à côté du mixeur. Scie à métaux. Lunettes de sécurité. Hachette.

Sur le lit, Reynolds émettait maintenant des sons étouffés.

— Presque, répondit-elle.

— Bien, fit Slatcher. J'ai un gros dossier qui vient de foirer.

— C'est que t'as dû confier l'affaire à une mauvaise équipe.

Elle sortit un long rouleau de bâche noire, le posa délicatement sur le sol et le fit rouler du bout du pied. La bâche se déroula doucement sur le plancher, définissant une large bande protectrice contre les coulures et éclaboussures.

Slatcher s'éclaircit la gorge.

— C'est moi-même qui les supervisais.

— Oui mais, eux, c'est pas moi.

Avec précaution, Candy sortit du grand sac de cuir deux flacons remplis d'acide fluorhydrique concentré, parfait pour dissoudre les os. Ce produit devait impérativement être stocké dans des récipients en plastique, car il attaquait tout, du béton à la porcelaine, matériau dont étaient justement faites la plupart des baignoires américaines. La baignoire en cuivre réagirait elle aussi à l'acide, bien sûr, mais ne ressortirait que plus brillante de l'expérience, débarrassée de toutes taches d'oxydation. Au bout du compte, Candy McClure serait vue par la direction de l'établissement comme une cliente bien éduquée qui avait laissé la chambre plus propre qu'elle ne l'avait trouvée.

Des bruits de panique se faisaient entendre sur le lit.

— J'ai perdu un gars, dit Slatcher.

— C'est ce qui se passe quand on envoie un homme faire le travail d'une femme.

Une grosse veine bleue palpitait sur le front de Reynolds. Il essayait de dire quelque chose à travers le bâillon-boule, mais les sangles en étaient fermement attachées derrière sa tête.

Candy posa les flacons, puis s'assura d'avoir bien recouvert tous ses cheveux sous le bonnet de bain. Elle ne laisserait aucune trace d'ADN. Ni d'elle, ni de lui.

— Ramène-toi au plus vite, ordonna Slatcher.

Le ton de sa voix avait le don de faire disparaître tout enjouement chez ses interlocuteurs. Elle considéra pensivement la taille de l'homme nu sur la couche, les dimensions de la baignoire et les conditions de circulation dans cette région montagneuse. Il lui faudrait environ quatre heures. Elle ramassa la hachette et se dirigea vers le lit.

— C'est comme si j'étais déjà en route, répliqua-t-elle.

13

Des professionnels

Evan choisit un motel de catégorie intermédiaire dans une zone assez laide de Santa Monica, à plusieurs kilomètres de la plage. Avec Katrin à son bras dans le rôle de l'épouse intimidée, il s'enregistra grâce à un faux permis de conduire, paya au moyen d'une carte de crédit liée à un compte bancaire intraçable et réserva trois chambres communicantes au rez-de-chaussée — pour le reste de la famille qui ne tarderait pas à arriver. Puis il emmena Katrin dans la chambre du milieu et attendit patiemment sur une chaise en bois branlante pendant qu'elle faisait sa toilette dans la salle de bains. Il entendit l'eau couler pendant un bon moment. Quand elle sortit de la pièce embrumée, ses yeux rougis contrastaient sur sa peau d'albâtre.

Elle s'assit sur le lit et pressa les mains entre ses genoux.

— Bon Dieu, soupira-t-elle.

Elle jeta un coup d'œil sur le petit bureau où Evan avait posé une pile de billets et un téléphone portable, et un son rauque s'échappa du fond de sa gorge.

— Ne sortez pas de cette chambre. Pour manger, vous commandez à la réception et vous vous faites livrer ici. Vous leur demandez de laisser le plateau dehors et vous glissez l'argent sous la porte. N'utilisez pas le téléphone, sauf pour m'appeler. C'est clair ?

— Mais, c'est pas possible tout ça… C'est pas réel… Il faut qu'on les appelle. Il faut que je sache pour mon père. Et maintenant, ils n'ont plus aucun moyen de me joindre puisque vous avez jeté mon téléphone, et…

— Où est-ce que Morena vous a abordée ?

Katrin hocha lentement la tête d'avant en arrière, comme pour s'éclaircir les idées.

— Je jouais à la roulette. Les chances de gagner sont vraiment ridicules, je le sais bien, mais je n'avais plus que mille dollars… J'attendais un miracle. Je pensais que si Dieu ou le karma ou n'importe quoi d'autre était de mon côté, le dix allait sortir. Encore et encore. Jusqu'à ce que je récupère les deux millions de dollars qui me serviraient à sauver mon père.

Elle dut s'interrompre pour ne pas pleurer.

— Je ne savais plus à quel saint me vouer. Bon sang… et maintenant je n'ai plus rien. Je ne peux pas récupérer cet argent. Écoutez-moi, il faut qu'on recontacte ces types…

— Comment est-ce qu'elle vous a choisie ?

— Est-ce que je sais, moi ? Je devais avoir l'air complètement au bout du rouleau, puisque j'étais complètement au bout du rouleau. Et, tout à coup, cette fille a déboulé. Elle paraissait trop jeune pour être là. Elle m'a dit : « Vous avez des ennuis ? » Et c'est tout. Comme si *elle était à ma recherche.*

Morena avait effectivement indiqué que sa tante vivait à Las Vegas et qu'elle partirait la rejoindre là-bas avec Carmen. Difficile de faire mieux qu'un casino pour trouver une âme désespérée.

Katrin continua :

— Je ne sais pas si ça vous est déjà arrivé, quand quelqu'un vous pose la mauvaise question au mauvais moment ? Je me suis mise à pleurer. On s'est assises à une table, elle m'a raconté son histoire. Et je lui ai raconté la mienne. Enfin, une partie. Mais assez pour qu'elle comprenne dans quelle merde j'étais. Alors elle m'a donné votre numéro. Je ne savais pas trop quoi penser, ni même si je devais faire confiance à cette gamine. Je suis retournée à Los Angeles, en réfléchissant à tout ça au volant. Et finalement, je me suis décidée et j'ai appelé.

— Vous avez déballé toute l'histoire ? À quelqu'un que vous veniez à peine de rencontrer ?

— Une partie seulement de l'histoire, je vous l'ai dit. (Katrin releva la tête et Evan perçut une lueur de dureté au fond de ses yeux verts.) Attendez… C'est un test ou quoi ? Après tout ce qui vient de nous arriver ? Vous pensez que j'aurais pu jouer la comédie pendant tout ce temps-là et que je suis capable de faire semblant qu'on me tire dessus ? Vous n'avez toujours pas confiance en moi, c'est ça ?

— Si je ne vous faisais pas confiance, vous ne seriez pas là.

Elle avala sa salive en produisant le même son rauque que quelques minutes plus tôt.

— Ils essaient de vous tuer, ça ne fait aucun doute, affirma Evan. J'ai juste besoin de comprendre précisément ce qui s'est passé.

Elle se leva et Evan fit de même.

— Et mon père ?

— On va y arriver.

— Ils ont dit… Ils ont dit que je ne devais rien raconter à *personne.* Je vous ai appelé, et maintenant ils ont très bien pu tuer papa.

Elle froissa nerveusement l'ourlet de sa chemise, comme pour surmonter une violente impulsion.

— Il faut qu'on appelle. Il faut…

Il la prit doucement par les bras et la força à reculer d'un pas.

— La première chose à faire, c'est de ne rien faire. Si on ne fait rien, rien ne peut arriver. L'adrénaline a dû méchamment monter, tout le monde est à cran, surexcité, et on peut facilement commettre des erreurs, dans cet état-là. Laissez-les se calmer. Ce qu'on veut, c'est que les choses se calment. On appellera demain et on négociera la libération de votre père.

— Y a aucune négociation possible avec eux. Ils vont rien accepter.

Elle scruta la pièce, comme si elle remarquait pour la première fois le motif imprimé du dessus-de-lit et les croûtes décorant les murs.

— Tout ça, ç'a été une grosse erreur. Il faut que je parte. Je dois récupérer ma voiture et… et…

— Vous n'irez nulle part. Ce serait dangereux pour vous de sortir d'ici. Le tireur rôde toujours. Il y avait au moins un autre type avec lui. Peut-être d'autres.

— Le type que vous avez tué. Vous l'avez bien vu ? Il avait un œil encore ouvert…

Elle serra les lèvres pour ne pas frémir.

— Et vous pensez qu'il peut y en avoir d'autres ?

— Peut-être.

— Parce qu'un seul tueur, c'était pas assez ?

— Je ne les laisserai pas toucher un seul de vos cheveux.

— C'est pas pour mes cheveux que je m'inquiète !

Elle eut alors une réaction totalement inattendue : elle éclata de rire. Un vrai rire qui laissait entrevoir une bouche superbe, à demi dissimulée par sa main. Quelques mèches de ses cheveux d'un noir de jais étaient tombées sur ses yeux, et elle les avait laissées là. Son rire caustique s'était enfui aussi vite qu'il était venu.

Elle se laissa tomber sur le lit, et Evan se rassit sur la chaise.

— Mon père a eu le cœur brisé quand j'ai épousé ce connard, raconta-t-elle. Il m'avait prévenu que rien de bon ne pourrait sortir de tout ça. Même si jamais il n'aurait imaginé une situation pareille.

— Votre mari a quelque chose à voir là-dedans ?

— Ex-mari. Non, rien du tout.

Elle inspira profondément et retint son souffle durant un instant.

— On a été mariés cinq mois en tout et pour tout. Rien d'original. Même pas de quoi avoir honte. Il s'appelait Adam Hamuel, un magnat de l'immobilier. Il planifiait la construction de complexes résidentiels à Boca Raton, ce genre de choses. Il était toujours occupé. Les transactions foncières, les permis de construire, les autres femmes.

Elle lissa le dessus-de-lit en chintz de la main.

— Alors, quand il partait en voyage, moi je jouais. C'est mon père qui m'avait appris à jouer au poker.

Elle s'humecta les lèvres et reprit :

— Ma mère est morte jeune, ce qui fait que c'est Papa qui m'a à peu près tout appris. Lancer une balle de baseball, conduire… Tout, en fait. Mais c'est surtout aux cartes qu'il était fort.

— Il s'appelle comment, votre père ?

— Sam. Sam White.

Elle cligna des yeux pour contenir ses larmes.

— Juste avant de me marier, mon père a emménagé à Las Vegas. Alors, quand je lui rendais visite, je jouais, encore et encore. Durant un petit bout de temps, cinq mois environ, j'ai eu de l'argent. Plus d'argent que j'en avais jamais eu, je veux dire. Adam me disait toujours de pas m'inquiéter, que c'était matériellement impossible que je dépense assez pour l'alarmer. Alors je me suis pas inquiétée non plus. Je me suis mise à fréquenter des salles clandestines, avec de l'alcool à volonté… J'ai joué — et perdu — sans compter. Faut être con, pas vrai ?

— Pas si on tient compte de ce que vous saviez à l'époque.

Elle respira profondément.

— Un jour, à la maison, j'ai trouvé un string léopard entre les coussins du canapé, et je suis plus arrivée à faire semblant que j'étais pas au courant. Je lui ai demandé des explications. Alors, il est parti en claquant la porte et, le lendemain, il a demandé le divorce. Comme j'avais signé un contrat de mariage qui me donnait droit à rien, il a juste eu à fermer les vannes. Tout était à l'abri dans des fiducies familiales, des sociétés offshore, des paradis fiscaux, ce genre de trucs. L'argent, ça peut toujours se cacher là où personne le trouvera.

Evan acquiesça.

— Je me suis retrouvée avec juste une énorme baraque à Brentwood dont je pouvais même pas payer le chauffage, sans parler du crédit de la Jaguar que la banque pouvait saisir n'importe quand… Et puis cette dette de deux millions cent mille dollars que je dois à un type qui menace au téléphone de tuer mon père si je le rembourse pas tout de suite.

— Vous vous souvenez de son numéro ? demanda Evan.

Elle lui indiqua un numéro qu'il mémorisa sur-le-champ.

— Je n'ai rien, poursuivit Katrin. Je leur ai déjà dit, mais ils ne veulent pas me croire. Faut dire que, quand on voit le quartier où je vis, on peut les comprendre.

Elle se laissa tomber à la renverse sur le lit et souffla sur les cheveux qui couvraient ses yeux.

— Tout ça, c'est de ma faute. J'ai merdé, et c'est mon père qui va payer les pots cassés. Peut-être même qu'il est en train de les payer à l'instant où je vous parle. Est-ce que vous avez la moindre idée de ce que je peux ressentir ?

La lueur rouge d'une lumière d'ascenseur. La main calleuse de Jack sur sa joue. L'odeur chaude de la sciure mêlée à autre chose.

— Oui, répondit-il.

— J'aurais préféré ne pas sortir vivante de ce resto. J'aurais préféré qu'ils me tuent et qu'ils relâchent mon père.

— Qui vous dit qu'ils ne vous auraient pas tuée d'abord, et *ensuite* votre père ?

— Oh, laissez-moi à mon rôle de martyre juste une seconde.

— Prévenez-moi quand vous aurez fini.

Un léger sourire raffermit ses lèvres.

— Ça y est.

— Qu'est-ce que vous pouvez me dire d'autre sur ces fameuses salles de jeux ?

— Pas grand-chose. Il s'agit toujours de poker Texas Hold'em dans des sous-sols de restaurants, des suites d'hôtels, des endroits de ce genre. Il y avait des agents de sécurité et des croupiers, mais j'ai jamais vu la gueule des types derrière tout ça. Même les joueurs avaient tous des pseudonymes. C'était impossible de savoir quoi que ce soit. Ils sont assez futés pour ne pas laisser la moindre trace.

— Comment vous ont-ils trouvée ?

— À Vegas, on vous trouve toujours. Je jouais à une table. Ils se sont approchés.

— Juste comme ça ?

— Quand je joue, on me remarque.

Evan lui demanda de fournir tous les détails dont elle pouvait se souvenir sur les lieux où se déroulaient ces parties clandestines.

— Comment avez-vous su, pour l'homme d'affaires japonais qu'ils ont tué ?

— Ils m'ont envoyé une photo sur mon portable. Elle s'est supprimée automatiquement quelques secondes après que je l'ai ouverte.

Katrin se redressa et lissa à nouveau un pli invisible sur le dessus-de-lit.

— Ces quelques secondes, c'était plus que suffisant.

— Vous avez dit qu'ils l'avaient entièrement écorché. Mais, nous, on a affaire à un tireur d'élite, peut-être même à toute une équipe. À votre avis, pourquoi ont-ils changé de mode opératoire ?

— Aucune idée. C'est pas exactement mon domaine, vous savez.

En se levant pour partir, Evan se rendit compte qu'il était déjà en possession de la réponse à sa dernière question. Compte tenu du montant de la dette de Katrin et de son incapacité à leur remettre l'argent rapidement, il semblait évident qu'ils étaient passés à l'étape suivante et avaient remis l'affaire entre les mains de tueurs professionnels.

14

Que son rêve se réalise

Vêtue d'une robe moulante, Candy McClure patientait à un arrêt de bus de Ventura Boulevard, son gros sac de cuir posé près des bouts pointus de ses bottes cuissardes en vinyle. Quelques voitures la klaxonnèrent, ce qu'elle apprécia autant que les rayons du soleil matinal. Un bus arriva en sifflant jusqu'à l'arrêt, et un groupe de petits malfrats en puissance en descendit. Ils passèrent à côté d'elle en traînant les pieds, pantalons au-dessous de la taille et chemises de flanelle boutonnées jusqu'au cou. Le chef de la bande, la prenant avec quelque raison pour une prostituée, s'arrêta devant elle et agita les hanches.

— Eh là, Catwoman, tu veux venir jouer avec ça ?

— J'adorerais.

Elle tendit la main, saisit son paquet à travers le jean et entreprit de serrer de plus en plus fort. Le loulou émit une sorte de hennissement tandis qu'elle le tirait en avant pour le faire asseoir sur le banc à côté d'elle. C'était comme d'un instrument dont elle aurait joué à sa guise, comprimant et tordant les génitoires pour faire sortir différents sons de la bouche de son propriétaire cependant que ses copains tournaient autour d'eux, saisis d'une sorte de panique animale. Lorsqu'elle le relâcha, la petite frappe se roula en boule sur le trottoir. Elle était parvenue à faire couler sur son visage quelques vraies larmes qui ne déparaient pas celles tatouées au coin de son œil.

Ah, les garçons…

Le jeune homme se mit à genoux avec peine et parvint finalement à se relever, mais il restait voûté comme une petite vieille.

— Merci, fit Candy en vérifiant que ses ongles postiches étaient toujours intacts. T'es un bon coup !

Ses copains le portèrent un peu plus loin dans la rue avec des regards craintifs.

Quelques minutes plus tard, une grosse Scion de location s'arrêta devant elle et la vitre côté conducteur s'ouvrit. Recroquevillé sur son siège, Danny Slatcher se cachait derrière des lunettes de soleil style aviateur et une moustache directement importée des années 80. Un véhicule encore plus gros aurait finalement mieux convenu à sa corpulence.

— C'est pas trop tôt, lui lança-t-elle.

Il tendit son long bras par-dessus le siège passager et lui ouvrit la portière.

— Monte. Et change-toi. T'as l'air d'une pute.

Lui, par contre, ressemblait à un courtier en assurances. Ce qui était précisément le but, au moins selon Candy.

— Ouah ! s'exclama-t-elle en montant dans la voiture. Chouette, une Toyota violette toute pourrave, quel rêve !

Posé sur le plancher, un sac en papier marron contenait des vêtements de rechange. Pendant qu'il conduisait, elle enfila sa nouvelle tenue.

— Tu t'es occupé de notre ami le député ? demanda-t-il.

— Plutôt excellemment, oui, répliqua-t-elle.

Dix blocs plus loin, lorsque Slatcher se gara devant l'un des motels miteux de la 101 près des studios Universal, c'est une autre femme qui descendit de la voiture. Candy portait maintenant des espadrilles, une jupe informe tirée trop haut sur la taille et un ample chemisier à jabot qui cachait sa silhouette voluptueuse.

Slatcher sortit à son tour de la voiture et put enfin déplier sa carcasse massive. Il mesurait un mètre quatre-vingt-dix, mais c'était sa *carrure,* plus encore que sa taille, qui impressionnait. Il n'avait pas un corps d'athlète, non, il ressemblait plutôt à une poire, ou à une de ces poupées russes qu'on appelle matriochka. Ce ventre large en forme de barrique surprenait toujours Candy, et pourtant il n'y avait pas là le moindre pli de graisse, juste une masse ferme de muscles : un abdomen dur comme de la pierre qui bombait une chemise de golf à carreaux mauve. Un jean bleu plissé et des lunettes Oakley qu'il portait verres sur la nuque contribuait à mettre la touche finale à son look de provincial qui se la raconte.

Il fit le tour de la voiture afin d'extraire trois valises Victorinox en nylon balistique du coffre à ouverture automatique et les déposa les unes à côté des autres sur le sol. Puis il tendit brusquement à Candy un chapeau de soleil souple qu'elle posa délicatement sur sa perruque style Farrah Fawcett. Le bord du chapeau s'agitait maintenant autour de sa tête, marque de mauvais goût qu'affichaient la plupart des touristes.

Elle souleva l'une des valises par la poignée, la fit pivoter et se rendit compte de son poids inhabituel en la faisant rouler. Côte à côte, tels un steward et une hôtesse de l'air dépareillés, ils se dirigèrent vers la minuscule réception du motel.

Leur entrée fut annoncée par le tintement d'une clochette, l'un de ces grelots enjoués que l'on fixe au-dessus des cadres de porte dans ce type d'établissement. Une femme à goitre absorbée dans un livre leva les yeux vers eux.

— Bienvenue au Starry Dreams Motel.

— Fichtre ! s'exclama Candy en essuyant du bras la sueur qui s'était accumulée entre ses énormes lunettes de soleil, sa perruque de Farrah Fawcett et le bord du chapeau. Quelle chaleur bien *sèche*!

— D'où vous venez? demanda la femme.

— Charleston, répondit Candy. Nous avons une réservation au nom de Miller.

— Ah, oui. Je vous ai préparé la huit.

— Est-ce que vous pourriez nous mettre des oreillers hypoallergéniques, s'il vous plaît? demanda Slatcher.

— Je suis désolée, nous n'avons pas ce genre de choses ici.

Candy posa un coude sur le comptoir.

— Vous savez ce que c'est: les vrais hommes comme dans le temps, on n'en fait plus.

Slatcher poussa le grognement typique du mari agacé.

La femme activa deux clés magnétiques qu'elle leur tendit.

— À quelle heure commence le service pour le petit-déjeuner? demanda Slatcher. On voudrait partir de bonne heure pour les studios Universal.

— Le café et les viennoiseries sont mis à disposition dès six heures du matin.

— Bigre, s'écria Candy. On n'a pas intérêt à se réveiller si tôt.

— Ça fait trois heures de plus avec le décalage horaire, répliqua Slatcher. Il sera neuf heures pour nous.

— Regardez-moi un peu ça! s'écria Candy en prenant sa valise pour se diriger vers la porte de sortie. Monsieur est le roi du calcul mental, on dirait.

À la minute où ils entrèrent dans la chambre, Candy lança le chapeau sur l'un des deux grands lits et ôta la perruque pour pouvoir se gratter la tête.

— Putain, s'exclama-t-elle. Quelle chaleur il fait sous tous ces trucs!

Ils ouvrirent les valises et étalèrent pistolets, chargeurs et boîtes de munitions sur le couvre-lit floral. Candy examina la chambre du canon et le calibre d'un Walther P22.

— Alors voyons, cette Katrin White, qu'est-ce qu'on peut utiliser contre elle ?

— On a Sam sous contrôle, répondit Slatcher.

— Alors pourquoi Mme White s'est-elle évaporée ?

— Parce qu'il a pris le contrôle de la situation.

— L'Homme de Nulle Part ?

— Exact. Et il a tué un de mes gars.

— Kane ?

— Ostrowski.

— Ah…

Elle n'avait jamais aimé Ostrowski.

— J'ai fait venir une équipe de terrain pour nous aider. Des anciens de Blackwater[1].

— Hourra ! s'exclama Candy.

— Ce type est très dangereux.

— Je m'en serais doutée.

— Il ne veut pas qu'on le trouve.

Candy ouvrit le sac en cuir.

— Eh bien, dit-elle en sortant un flacon d'acide fluorhydrique, on va s'assurer que son souhait se réalise.

1. « Blackwater » (plus tard rebaptisée « Academi ») est une société privée militaire offrant des services de sécurité et d'entraînement militaire, notamment pour le Département d'État américain et la CIA. [N.d.T.]

15

Tic, tic, tic

Il avait tout vérifié.

Katrin White, le divorce d'Adam Hamuel, la jeune maman décédée, le père à Las Vegas, même les réseaux complexes de fiducies familiales où l'argent de son ex-mari s'était volatilisé.

Ce qu'Evan n'avait pas pu vérifier, en revanche, c'était le numéro des ravisseurs que Katrin lui avait fourni. Installé dans la Voûte, mâchant une Granny Smith bien acidulée, il suivit la piste des onze chiffres jusqu'à divers centraux électroniques d'un bout à l'autre de la planète avant de les voir tous disparaître dans les limbes d'Internet. Un procédé qui lui était tout à fait familier, ce qui ne pouvait que le frustrer davantage. Il lui était tout aussi impossible de localiser ce numéro qu'il était impossible à ses adversaires de repérer le sien.

Le temps jouait contre lui. Il ne servait à rien de chercher dans tout Vegas les traces d'une salle de jeux clandestine et itinérante. Il lui fallait entrer très rapidement en contact avec le tireur et les hommes qui étaient derrière lui. Il ne voulait à aucun prix que leur contrariété se transforme en rage, ou en désespoir.

Il passa les mains sur son visage et jeta un regard à Vera qui, depuis son nid de galets bleu cobalt, ne lui offrit aucune réponse. Depuis le fond de son cerveau, Evan entendait le *tic, tic, tic* de la paranoïa. Son regard glissa de la plantule au RoamZone posé à proximité. Il s'en saisit, en retira la carte SIM, écrasa celle-ci d'un coup de talon et la remplaça par une nouvelle. Puis il se connecta à Internet et déplaça le service téléphonique d'une plateforme à Jiangsu vers une autre à Bangalore.

Avant cela, il avait prélevé les empreintes digitales de Katrin sur la Chrysler. Elles se trouvaient sur la poignée de la portière qu'Evan avait consciencieusement nettoyée avant leur rencontre à Chinatown. D'après les bases de données, il put vérifier que Katrin était bien celle qu'elle prétendait être. Son histoire était décidément à toute épreuve. Néanmoins, par respect pour le Premier Commandement, il vérifia une fois encore toutes les informations, se plongeant dans les dossiers de sécurité sociale et les comptes bancaires de la jeune femme, à la recherche du moindre élément troublant.

Rien.

Bien que Katrin se soit montrée stoïque lorsqu'il l'avait laissée dans la chambre d'hôtel, Evan avait pu voir la peur dans ses yeux. Depuis, il était revenu lui apporter de la nourriture, des accessoires de toilette et des vêtements neufs de différentes tailles. Ce qu'elle semblait avoir trouvé vaguement amusant. Puis il était retourné à Chinatown.

Au moins dix véhicules de police stationnaient sur place, gyrophares allumés, ainsi que plusieurs voitures banalisées. Les vitrines brisées du Lotus Dim Sum formaient une rangée de bouches édentées et des éclats de verres jonchaient toujours le trottoir. Un groupe de policiers avait essaimé dans les appartements de l'immeuble, de l'autre côté de Central Plaza. Evan avait ralenti en passant le long de Broadway et avait repéré un groupe d'inspecteurs sur le balcon de l'appartement du troisième étage. Les policiers se trouvaient presque exactement à l'endroit où il avait aperçu le reflet de la mire. Il devrait donc attendre encore un peu avant de pouvoir jeter un œil sur la scène du crime. Il continua à rouler et changea de voiture dans une de ses planques avant de rentrer chez lui et de s'enfermer dans la Voûte.

Il croqua une dernière bouchée de la pomme et lança le trognon en direction d'une poubelle dans un coin de la pièce. Il manqua son tir, et le reste humide du fruit éclata sur le béton. Evan regarda fixement le trognon rebelle, mâchoire ouverte. Puis il se leva, ramassa les morceaux et nettoya les traces sur le sol.

Lorsqu'il se laissa à nouveau tomber sur sa chaise, son regard se fixa sur un homme plutôt robuste aux cheveux gris qui apparaissait sur l'écran dans l'une des nombreuses fenêtres ouvertes sur le bureau de l'ordinateur. D'un simple clic, Evan agrandit l'image en provenance du Département des Transports.

Sam White. Le père de Katrin.

Tenu en otage à cet instant même par des hommes qui ne craignaient pas de tirer en plein jour dans un restaurant bondé.

Sam arborait un demi-sourire qui lui plissait les yeux, la peau durcie par de trop longues expositions au soleil. Il avait travaillé comme directeur de construction et cela se voyait. C'était quelqu'un avec qui on s'imaginait bien partager une bière et se regarder un match. Quelqu'un qui pouvait assurément vous apprendre à jouer au poker.

Evan avait soumis Katrin à ses propres règles du jeu. Changement du lieu de la rencontre, trajet en bus (et non dans sa voiture), interversion des places à table. Toute une série de mouvements destinés à la décontenancer, elle, et à le rassurer, lui. Mais il était clair que tout cela avait également pu susciter l'intérêt du tireur ou des hommes qui l'avaient engagé.

Cette rencontre soigneusement orchestrée ne pouvait à l'évidence que contrevenir à leurs souhaits et à leur intérêt.

Les paroles de Katrin lui remontèrent douloureusement en mémoire : « Je vous ai appelé, et maintenant ils ont très bien pu tuer papa. »

Une veine palpitait sur la tempe d'Evan. Les murs de la Voûte conservaient toujours un peu d'humidité, suffisamment pour qu'il puisse la détecter dans ses poumons chaque fois qu'il inspirait. À travers le conduit de la ventilation, il pouvait également sentir le goudron du toit. Il resta un moment immobile, fixant la photo du père de Katrin. Il pensa au tiroir à double fond de son bureau et à ce que celui-ci dissimulait.

« N'en fais jamais une affaire personnelle. »

Corrige simplement la situation.

Demain, il appellerait les ravisseurs de Sam. Cette nuit offrait le temps à tout le monde de prendre du repos et de se calmer. Ensuite, il se confronterait à eux, à la lumière d'un nouveau jour. Oui, d'une manière ou d'une autre, il devrait les affronter.

Il sortit de la Voûte, retourna dans la pièce principale de l'appartement et s'assit pour méditer, son pistolet posé sur le tapis à côté de lui. Les jambes croisées, il se détendit et nota le tiraillement de ses os ainsi que son propre poids contre le sol. Ses yeux étaient à présent à demi fermés ; au-delà des stores, les lumières de la ville se prenaient pour des comètes orange et jaunes.

Il entama l'inventaire de toutes les petites douleurs de la journée, en commençant par les pieds et en remontant tout le long du corps. Une entaille au mollet, causée par un éclat de vitre. Un hématome à la hanche gauche. Une gêne à l'articulation de l'épaule.

Une douleur chaude faisait palpiter ces endroits. Il se concentra sur les points les plus sensibles et souffla vers eux, les lissant à chaque expiration comme sous l'effet d'un rouleau de massage. Ils disparurent. Tout avait disparu, excepté le froid dans ses narines, et sa poitrine qui montait et descendait.

Le souffle, oui, c'était tout ce qui le soutenait.

Il n'y avait à cet instant plus rien d'autre que son corps et l'air froid qui le traversait, alimentant le sang dans ses veines, le recentrant ici, et maintenant : sa vie n'était plus qu'une suite d'inspirations et d'expirations. Durant un long moment, il se laissa dériver, l'esprit vide, concentré et conscient de tout, et pourtant dénué de toute réflexion.

Et soudain, comme s'il avait trébuché, il perdit le fil du présent : il retourna vingt-cinq ans en arrière.

16

Les deux loups

Sur le chemin du retour vers la grange sombre de Virginie, Jack expose quelques faits, qu'il sert à Evan comme un repas bien mérité.

— Tu fais partie de ce qu'on appelle le Programme Orphelin. Tu t'es montré exceptionnellement serein et équilibré face à l'inconnu. Tu as été sélectionné pour le programme précisément pour ces qualités. Il y en a d'autres comme toi. Tu ne les connaîtras jamais.

Ses grandes mains maîtrisent le volant, le véhicule, la route.

— Tu recevras un entraînement irréprochable pour ta profession.

— Et ça sera quoi, ma profession ?

— Les armes, répond Jack.

Le pick-up passe sur des voies ferrées. Le siège en vinyle s'est réchauffé sous les jambes d'Evan. Sa tête tourne, comme s'il était dans un rêve, mais pas un mauvais rêve.

Il finit par demander :

— Des armes pour quoi ?

— Pour des opérations en solitaire, secrètes et couvertes.

Jack semble oublier qu'Evan est encore un enfant. Ou peut-être lui parle-t-il de cette façon, avec ce vocabulaire presque hors de portée pour son âge, afin de le forcer à s'adapter, de le tirer vers le haut.

Le garçon réfléchit un moment, s'efforçant de comprendre ce que tout cela veut dire.

— Comme un espion ?

Jack baisse le menton en signe d'acquiescement.

— Comme un espion. Mais tu seras différent des autres combattants.

Combattants. *Evan aime bien ce mot-là.*

— Tu seras seul, isolé, continue Jack. Remplaçable. Tu ne seras au courant que de l'essentiel. Si tu es pris, personne ne viendra à ton secours. On te torturera, et tu auras beau dire tout ce que tu sais, ça ne servira à rien pour les ennemis. Tu iras dans des endroits interdits et tu feras des choses interdites. Tout le monde, à tous les niveaux, niera te connaître, t'avoir connu, et ce ne sera pas entièrement faux. Ta propre existence sera illégale.

— Un orphelin, dit Evan.

— Exactement. C'est ta dernière chance, maintenant, de renoncer, alors réfléchis bien. Si tu meurs un jour en mission, tu mourras seul, et personne ne saura rien de ton sacrifice. Personne, sauf moi… La gloire, les défilés, ton nom sur un monument, tu n'auras rien de tout ça. C'est à toi de décider.

Evan pense à l'endroit d'où il vient, aux chaussures d'occasion, à la nourriture en boîte, aux pièces minuscules. Jack Johns est comme un portail ouvert sur un monde plus vaste, un monde jusqu'alors inaccessible mais qu'Evan avait toujours imaginé exister quelque part. Peut-être qu'il pourrait aller dans ce monde-là, peut-être qu'il y aura une place pour lui là-bas. Même pour quelqu'un comme lui.

Evan touche l'entaille que la lame courbe a laissée dans la paume de sa main.

— Ça m'a l'air bien, dit-il.

Jack l'examine du coin de l'œil avant de fixer à nouveau son regard sur la route.

— Il n'y aura que moi. Je serai ton superviseur. La seule et unique personne qui saura qui tu es. Je te protégerai. Quoi qu'il arrive.

Les arbres défilent derrière la vitre où se découpe le profil fruste de Jack.

— Toi et moi, c'est tout ce que nous aurons l'un et l'autre. Tu comprends ce que je dis ?

Evan regarde le feuillage qui fouette l'extérieur du véhicule.

— Je pense que oui.

— Les réponses ambiguës ne sont pas des réponses, Evan.

— Oui, j'ai compris, dit Evan en regardant ses bras parsemés de marques de coups. Alors je vais encore devoir m'entraîner. Avec ce type ?

— Celui-là et d'autres. Jamais, en aucune circonstance, tu ne devras leur révéler ton nom. Ils ne te connaîtront que sous le nom d'« Orphelin X ».

— X *comme la lettre ou* X *comme le chiffre* 10 *en romain ?*

Jack semble satisfait de cette question.

— Comme la lettre.

— Donc, il y a eu vingt-trois autres orphelins avant moi ?

— Exact.

— Et qu'est-ce qui se passera quand il n'y aura plus de lettres ?

Jack éclate de rire. C'est la première fois qu'Evan l'entend rire. Un rire profond, comme s'il avait vieilli dans sa poitrine.

— Alors, j'imagine qu'on passera aux chiffres.

Jack double un break à la carrosserie orné de bois, probablement une famille qui fait sa promenade du dimanche.

— Je ne te confierai qu'à un seul instructeur à la fois. Au début de ton entraînement, tu ne seras jamais seul avec l'instructeur. Je serai toujours là. Comme aujourd'hui.

— Ouais, mais je ne serai jamais aussi bon que ce type pour contrôler la douleur.

Jack fronce les sourcils, pensif.

— Tu n'as pas besoin d'être aussi bon que lui. Tu dois juste, à chaque fois, faire mieux que la fois d'avant.

Puis, regardant Evan droit dans les yeux :

— Tu sais ce que c'est, la plus belle expression du monde ?

Evan est déboussolé.

— « La prochaine fois », dit Jack.

Evan ne paraît pas convaincu.

— Tu as lu l'*Odyssée*, non ? demande Jack.

— Nan.

— Bientôt, oui.

Il a l'air mécontent et poursuit :

— Ulysse n'est pas un guerrier aussi fort qu'Achille. Ce n'est pas un aussi bon archer qu'Apollon. Il n'est pas aussi rapide qu'Hermès. En fait, il n'est le meilleur en rien. Et pourtant, dans l'ensemble, il est sans égal. Il est « L'homme aux mille ruses ».

Les yeux de Jack font des va-et-vient entre les rétroviseurs intérieur et extérieur.

— Ton travail consistera à apprendre un peu de tout auprès de personnes qui savent tout sur une seule chose.

Les années suivantes de la vie d'Evan sont précisément consacrées à cela.

Il apprend le combat au corps à corps auprès d'un maître japonais dont le calme imperturbable peut vite devenir rageant pour un enfant. Il n'y a pas de ceintures, pas de dojos, pas de kimonos : c'est un composite de différents arts martiaux où seuls les coups les plus efficaces de ce que peut offrir chaque discipline sont retenus. Dans le garage de Jack, le temps d'un combat, Evan parcourt le monde, recevant des coups conçus aux quatre coins de la planète. Un *teep* (coup de pied frontal en muay-thaï, la boxe thaïlandaise) pour intercepter une droite conduit à un *bil jee* (l'insertion des doigts dans les yeux en wing chun, art martial chinois) qui le fait chanceler. Avant qu'il ne puisse rétablir son équilibre, une main ouverte vient lui gifler l'oreille (un coup de l'art martial indonésien Pencak-Silat), faisant douloureusement *vibrer tout son système nerveux. À moitié aveuglé par le bourdonnement, il se prépare à lancer un coup, mais le maître lui assène un* gunting *(un coup de coude en avant dans l'art martial philippin Kali Eskrima), combiné à un blocage de la main, de sorte que le poing du garçon s'écrase contre la partie intérieure de son coude. Evan tombe violemment au sol, terrassé par la sagesse collective de quatre cultures distillée en une seule leçon.*

Il ne sait pas quelle partie de son corps lui fait le plus mal.

Le maître le salue respectueusement.

Evan essuie le sang de ses lèvres.

— Ce gars-là ne perd jamais son sang-froid, n'est-ce pas ?

— Ce serait inutile, répond Jack, assis dans un coin sur une chaise de plage, une vieille édition du Lincoln *de Gore Vidal entre les mains.*

Evan penche la tête, bavant du sang dans la paume de sa main.

— La prochaine fois… conclut Jack avant de se lever pour rentrer.

Les soirées, ils les passent dans le bureau aux murs vert foncé couverts d'imposantes étagères de livres ; Jack y mène ce qu'il appelle des « études régionales et culturelles ». Evan apprend les normes, les usages, l'histoire, les sensibilités. Comment réagir s'il marche accidentellement sur le pied de quelqu'un dans le métro à Moscou. Ce que les Arméniens pensent des Turcs. La bonne façon d'offrir sa carte de visite en Chine. Il y a également des cours de diction, afin d'éradiquer toute trace de son accent de Baltimore, jusqu'à rendre son élocution aussi indéterminée que celle d'un présentateur du Midwest. En très peu de temps, Evan parle sans révéler aucune autre information que ce qu'il a décidé de dire.

Au fil des saisons, il s'habitue aux quarante-cinq minutes de trajet jusqu'à Fort Meade. Jack entre toujours par une grille à l'arrière, un endroit où le poste de garde est délibérément vide à chacune de leur arrivée. La plupart des activités se déroulent dans et autour d'un ensemble de hangars clandestins au milieu d'une forêt — une zone reculée de la base. Un commandant à moitié fou, hargneux et affublé d'une vilaine cicatrice en guise de menton, pousse Evan dans ses derniers retranchements ; il lui apprend même à se déplacer sous des tirs à balles réelles. Evan doit utiliser des tactiques d'évasion pour rester à couvert, zigzaguer entre les arbres dont les balles, au-dessus de sa tête, arrachent des morceaux d'écorce. Le beuglement joyeux du commandant le poursuit comme un fantôme entre les branches.

— C'est l'heure des cours, X ! Fortifie ta mémoire musculaire ! Ta façon de t'entraîner aujourd'hui déterminera ta façon d'agir demain !

Un jour, rendu furieux par l'attitude fuyante d'Evan, le commandant le frappe à l'arrière de la tête. Jack surgit alors de nulle part et se tient nez à nez en face du militaire.

— Faites-lui tout ce que vous voulez si c'est pour l'entraînement. Mais si vous posez à nouveau la main sur lui sous l'emprise de la colère, je ferai en sorte qu'on ne puisse plus distinguer votre menton du reste de votre visage. Vous m'avez compris ?

Les yeux du commandant recouvrent subitement leur clarté.

— Oui Monsieur, dit-il.

Durant le trajet du retour, Evan dit simplement :

— Merci.

Jack hoche la tête. Le pick-up cahote sur le chemin semé de nids-de-poule. L'aération du tableau de bord souffle un air chaud un peu moite. Jack semble vouloir lui révéler quelque chose. Il finit par dire :

— Je sais que la question de tes origines est un peu... floue. Si c'est important pour toi, on peut faire un test génétique, connaître ta généalogie, savoir qui tu es.

Evan reste muet, abasourdi par cette possibilité. Jack se rend compte que ce n'est pas le moment de lui mettre la pression, il attend.

Evan finit par se racler la gorge et répond :

— Je sais qui je suis. Je suis ton fils.

Un son étouffé marque l'assentiment de Jack qui détourne la tête, sans doute pour qu'Evan ne puisse pas voir son visage. C'est la première fois que l'enfant le tutoie.

Le rythme de l'entraînement est impitoyable. Evan apprend à forcer des serrures, à escalader des clôtures en fil de fer barbelé, à descendre en rappel du haut d'arbres, de clôtures, de murs. Il travaille avec un ingénieur en surveillance électronique de la vieille école agacé par ses faibles compétences en circuits électroniques et avec un hacker adolescent frustré par la vitesse à laquelle il traite les informations. Il apprend à aborder les gens, à trouver et à exploiter leurs faiblesses. Pour éliminer les signaux non verbaux, il doit maîtriser l'art de rester immobile pendant qu'il parle ou écoute. Chaque fois qu'il lève les mains en commençant à parler, le spécialiste en interrogatoire lui tape douloureusement sur les phalanges avec une lime en métal; Evan finit par s'asseoir comme si ses poignets étaient ligotés aux bras d'une chaise. Un psychologue maigre comme un clou le soumet à des batteries de tests remplis de questions ésotériques. Avez-vous déjà trompé ou trahi un être cher? Non. *Avez-vous déjà eu des relations sexuelles avec un animal?* Non. *Où s'arrête la fidélité?* Quand quelqu'un vous demande d'avoir des relations sexuelles avec un animal. *Dans son coin, Jack recrache une gorgée de café en riant.*

Evan apprend à tirer debout, agenouillé, couché, sur des cibles de sept à trois cents mètres de distance. Après s'être entraîné sur des cibles conventionnelles, son instructrice de tir passe à des silhouettes humaines, puis à des photographies de corps en pied de femmes et d'enfants. Le voyant hésiter, elle lui explique:

— Les gens ne se promènent pas avec des cibles sur la tête ou sur la poitrine. Sois un homme, X.

Pour les exercices de tir suivants, l'instructrice met des vêtements sur des mannequins, puis elle fait des trous dans des têtes de laitue qu'elle remplit de ketchup et pose au sommet des individus factices. Elle dit:

— Quand tu appuies sur la détente, je veux que tu voies une tête exploser.

Tandis qu'il vise, elle développe son propos :

— Dans nos sociétés, nous gardons toujours la mort à distance, X. Les hôpitaux et les maisons de retraite la maintiennent hors de vue. La nourriture nous arrive soigneusement emballée. Les réfrigérateurs la conservent. Avant, quand on voulait un poulet, on allait au poulailler et on le tuait de ses propres mains.

Pendant qu'elle parle, la brise apporte à Evan une odeur de déodorant, une senteur citronnée et étonnamment féminine. Son corps de seize ans n'y est pas indifférent.

— Mon père était colonel, il voulait que je comprenne que les abattoirs faisaient le travail à notre place. Quand j'ai eu à peu près ton âge, il a voulu me montrer ce que c'était vraiment. Il m'a emmenée au poulailler, on n'était que tous les deux, accompagnés d'une machette. Ce fut un après-midi d'horreur fumante durant lequel on a regardé la Mort en face, dans ses yeux révulsés.

Il tire. La salade se transforme en brume rouge.

— Joli ! s'exclama-t-elle.

Plus tard, elle fixe une orange sur son œil à l'aide de ruban adhésif et demande à Evan de la faire tomber et d'enfoncer son pouce dans le fruit.

— Bien, dit-elle en haletant, étendue sur le sol, son souffle chaud caressant le cou d'Evan. Maintenant remue ton pouce. Plie-le comme un hameçon. Et sors tout ce que tu peux.

Il s'exécute, elle crie et se débat. Il s'arrête, horrifié. De son œil découvert, elle le dévisage, furieuse.

— Tu croyais que ce serait une partie de plaisir ?

Il se ressaisit, enfonce son pouce dans la pulpe.

Cette nuit-là, au cours du dîner, Evan gratte de l'ongle les éclaboussures de pulpe séchée sur sa manche avant de repousser son assiette.

Jack n'a pas besoin de lever les yeux.

— Quoi ?

Evan parle de l'orange, du pouce, des cris de l'instructrice et comment il s'est retrouvé sur elle pour l'immobiliser, le souffle de cette femme dans son cou.

Jack se penche en arrière sur sa chaise et croise les bras.

— Il faut qu'on t'apprenne à tuer dans le feu de l'action. Et dans le calme froid de la préméditation. Tu dois faire la différence entre les deux. Ce qui signifie que tu dois recevoir deux types d'entraînement différents. Pas seulement à distance de sniper. Pas seulement à distance de baïonnette. Mais aussi en face-à-face, les yeux dans les yeux.

— Pour apprendre à traiter les gens comme des objets qu'il faut casser ?

— Non.

Jack repose violemment son verre d'eau sur la table.

— La sagesse conventionnelle dit qu'il faut déshumaniser l'ennemi. Les jaunes, les chleuhs, les crouilles, ou même un matricule sur un avant-bras. C'est peut-être plus facile à court terme, mais à long terme ?

Il secoue la tête et poursuit :

— Respecte toujours la vie. C'est comme cela que tu donneras de la valeur à la tienne. Le plus dur, ce n'est pas de faire de toi un tueur. Le plus dur, c'est d'arriver à ce que tu gardes ton humanité.

— Ça aussi, on l'enseigne aux autres orphelins ? demande Evan.

Jack enroule ses linguines autour de sa fourchette, regarde la boule de pâte et la repose. Puis, il tourne les yeux vers la photo de sa femme sur la cheminée ; on la voit sur une plage exotique de sable noir, de l'eau jusqu'aux genoux ; elle rit dans les vagues, sa robe mouillée colle à ses cuisses. Jack s'essuie la bouche.

— Non, répond-il dans une sorte d'aveu.

— Et pourquoi non ?

— C'est très difficile.

Du plat de la main, Jack repousse son assiette de quelques centimètres.

— Dans une légende cherokee, un ancien raconte à son petit-fils la bataille qui fait rage à l'intérieur de chaque personne.

— Les deux loups.

— Exactement. L'un des loups est la colère, la peur, la paranoïa et la cruauté. L'autre est la gentillesse, l'humilité, la compassion et la sérénité. Alors le garçon demande à son grand-père : « Lequel des deux gagne ? » Tu te souviens de la réponse ?

— Celui que tu nourris.

— Voilà. Et tu sais quel est notre défi ?

Jack plie sa serviette en tissu, essuie une tache de sauce Alfredo sur le bord de son assiette, puis regarde Evan droit dans les yeux.

— Nourrir les deux.

* * *

Des coups furieux frappés à la porte de l'appartement sortent brusquement Evan de sa méditation. Le temps que son esprit revienne au présent, il est déjà debout sur le tapis turc, pistolet à la main, toute son attention dirigée vers la porte verrouillée et la personne qui se trouve de l'autre côté.

17

En morceaux

Les coups enragés reprirent, résonant sur les surfaces dures et le haut plafond de l'appartement. Huit enjambées silencieuses amenèrent Evan à proximité de la porte. Il avait retiré le judas, car ce type d'équipement offre une protection limitée contre les balles et les poinçons, mais avait installé une caméra à sténopé à l'extérieur, dans le couloir, dissimulée dans un conduit de climatisation. D'un doigt, il écarta du mur une tapisserie en soie qui représentait un bouddha thaïlandais, révélant un moniteur de sécurité encastré.

Evan observa l'image haute résolution qui s'affichait. Un T-shirt moulant des formes féminines. Une masse de cheveux sauvages et ondulés. Un poing appuyé contre une hanche manifestant de l'impatience.

Mia Hall, 12B.

Evan soupira longuement et remisa le pistolet Wilson Combat dans la poche d'un pardessus accroché à une patère de nickel brossé. Enfin, il saisit la poignée.

Mia entra avant même que la porte ne soit complètement ouverte.

— « Un bon coup de genou » ? Vraiment ?

— Ah…

— Ah nan ! Nan, parce que j'ai passé l'après-midi pas au tribunal mais dans le bureau du directeur de l'école élémentaire de Roscomare.

Elle croisa les bras, posture de parent offusqué d'une admirable efficacité.

— Tu lui as vraiment dit que c'était *comme ça* qu'il fallait réagir quand on se fait taper dessus ?

— Je plaisantais.

— Il a *huit ans*, Evan ! Tu es un modèle pour lui. Tu vas devoir venir lui dire qu'on ne résout pas les problèmes par la violence.

Son expression montrait clairement qu'il ne s'agissait pas d'une demande.

Derrière la porte entrouverte, la crosse mate du pistolet dépassait légèrement de la poche du pardessus. D'une petite tape, Evan repoussa l'arme à l'intérieur du vêtement et sortit, suivant Mia dans le couloir sans dire un mot.

* * *

L'un des yeux de Peter fixait Evan avec sérieux, l'autre était caché sous un paquet de petits pois surgelés. Le garçon était allongé sur une pile d'oreillers, dans un lit en forme de voiture de course dont les draps *Harry Potter* étaient manifestement dépareillés. Une mèche de cheveux poussait bizarrement à l'endroit de l'incident du ruban adhésif. Evan et Mia se tenaient debout de chaque côté du lit, comme s'ils s'apprêtaient à lui administrer les derniers sacrements.

Peter retira le paquet de surgelé, révélant un œil gonflé, tacheté de vaisseaux sanguins éclatés. Cela pouvait impressionner mais ce n'était rien de grave. Mia poussa malgré tout un gémissement.

Peter sourit à Evan, exposant fièrement une belle et unique dent de devant.

— La prochaine fois, pas vrai ?

— Non, dit Mia. Il n'y aura pas de *prochaine fois*. Ce n'est pas comme ça qu'on se comporte, Peter. *La prochaine fois*, tu feras un meilleur choix qui ne nous conduira pas, toi *et moi*, au bureau de Mme Dimarco. Dis-lui, s'il te plaît, Evan.

La chambre sentait la pâte à modeler, le dentifrice et le chewing-gum. Un autocollant doré d'un Géocoucou souriant scintillait sur un classeur de devoirs où apparaissait le nom de l'école « Roscomare Road Elementary ». Trois ballons gonflés à l'hélium, portant tous le logo d'un magasin de chaussures pour enfants, s'entrechoquaient mollement au plafond. Sur le bureau, une figurine en Lego s'apprêtait à subir une sorte de chirurgie primitive, allongée sur un lit de kleenex, à côté de plusieurs cotons-tiges et d'un tube de Super Glue. Sous la sortie d'air conditionné, mal punaisé au mur, voletait un dessin au crayon de couleurs représentant les singes de la sagesse (« Ne pas voir le Mal », « Ne pas entendre le Mal », « Ne pas dire le Mal »). C'était comme si Evan avait atterri sur une autre planète.

Il s'éclaircit la gorge.

— Se battre, c'est mal, dit-il.

Mia le dévisagea à travers la mèche qui lui couvrait le visage, apparemment déçue mais l'incitant à poursuivre d'un petit signe de tête impératif.

— Le meilleur moyen de résoudre les conflits, poursuivit Evan, c'est d'en parler.

Mia laissa échapper un grognement de consternation qui sembla se répercuter dans toute la chambre.

Le thème des *Dents de la mer* retentit. Mia sortit son iPhone de sa poche de pantalon et son visage se contracta.

— Pardon. Je suis désolée. Il y a un gros problème au travail. Tu pourrais… ?

Evan acquiesça, et elle sortit de la chambre pour répondre à l'appel depuis l'autre pièce. Il remarqua qu'elle avait laissé la porte ouverte. Peter le regardait et attendait avec impatience ce qu'il allait dire.

Evan se demanda ce qu'il foutait là. Il pensa soudain à Katrin, terrée dans sa chambre de motel, attendant fébrilement le lever du soleil et son retour. Il pensa au père de celle-ci, Sam, qui était retenu en otage à cet instant même. Était-il ligoté ? Bâillonné ? L'avait-on battu ou maltraité ?

Evan allait et venait dans la chambre en quête d'inspiration. Sans succès. Une photo de famille encadrée était posée sur le bureau ; on y voyait Peter, beau poupon dodu, Mia, arborant une coupe passablement datée, et son mari, un type à lunettes au sourire sympathique. Un post-it collé sur le rebord de la fenêtre rappelait une autre règle de ce Peterson : « Améliorez au moins une chose dans chaque endroit où vous allez. »

Evan ferma les yeux et se remémora sa propre enfance. Il se souvint de la façon dont les lèvres de Jack bougeaient quand il s'efforçait d'aller au fond d'un sujet, comme s'il cherchait ses mots. Evan tira la chaise bancale du bureau, la retourna et s'assit dessus à califourchon.

Il inspira profondément.

— Écoute, dit-il, je ne sais pas comment tu te sens, mais moi, je suis vraiment énervé que ce garçon t'ait fait ça.

Peter baissa le regard sur ses mains, ses doigts s'agitaient sur le drap.

Evan poursuivit :

— Il t'a probablement menacé, tu as essayé de te défendre et il t'a frappé au visage. C'est injuste et dégueulasse.

Peter garda les yeux baissés.

— J'aimerais bien pouvoir me défendre, dit-il finalement d'une voix étranglée.

— Tu peux. Seulement, tu n'es pas assez grand pour te servir de tes poings. La chose la plus intelligente à faire, pour le moment, c'est de te tenir à l'écart de ce gamin et de rester toujours à portée de vue d'un enseignant. Il n'y a rien de mal à réfléchir à la situation avant de réagir. Tu comprends ?

— Je comprends.

— Et si ça ne marche pas, tu peux toujours mettre du déboucheur de canalisation dans sa bouteille d'eau.

Peter rit et lui tendit son poing fermé. Evan lui fit un check avant de sortir de la chambre.

La télévision en sourdine illuminait un paysage de jouets, de vêtements et de débris. Un panier de linge avait été renversé sur l'un des coussins du canapé, ce qui avait entraîné la chute d'un plateau-repas et le bris d'une assiette et d'un bol dont les morceaux jonchaient le sol.

Mia semblait avoir disparu.

Evan avança dans le couloir en l'appelant à voix basse. La porte de la chambre principale était entrouverte, mais il la trouva vide. Il entendit quelqu'un se moucher en sanglotant depuis le dressing.

— Mia ?

Evan ouvrit la porte du vestiaire et la vit assise par terre, appuyée à une commode, s'essuyant le visage d'une main et tenant son iPhone de l'autre.

— Pardon. Je voulais juste… Pardon… Parfois…

— Je peux entrer ?

— Oui, bien sûr.

Evan s'appuya contre le mur en face d'elle, à côté de blouses suspendues, et se laissa glisser pour s'asseoir à terre près d'elle. Elle portait des pantoufles en forme de lapin. Sur le duvet rose étaient cousus un cœur et de grosses lettres la proclamant « MEILLEURE MAMAN DU MONDE ». La vue de ces chaussons causa chez Evan quelque chose de plus profond qu'un simple amusement. Il se surprit à aimer ce lieu de vie où les couteaux servaient à étaler le beurre et la Super Glue à réparer les jouets.

— Je suis désolée si j'ai été un peu sèche tout à l'heure, dit-elle. Là-haut, chez toi.

— C'était ton instinct de protection qui parlait.

— Je peux te dire une chose : élever un enfant, c'est pas pour les chochottes.

— En effet. Ça n'en a pas l'air.

— Et maintenant, c'est avec le boulot…

Elle poussa un soupir. Ses cheveux retombèrent sur son front.

— Faire face à tout ça, toute seule… parfois, ça me terrorise. Et je sais bien que c'est un peu minable ce que je dis, quand on voit tout ce que j'ai, mais…

L'expression de son visage changea. Elle poursuivit :

— J'ai tout fait comme il fallait. Beaucoup d'études, j'ai travaillé dur, j'ai été une bonne épouse. Je sais bien… « Il s'agirait de grandir », tu vas me dire, pas vrai ? J'ai l'air d'une fille naïve et arrogante, mais… merde, à la fin. Y avait quand même de quoi se dire que les choses allaient bien se passer. Mieux que ça, en tout cas.

Elle agita une main en montrant le dressing, les manches pesantes des manteaux, les cintres métalliques, la dernière étagère croulant sous les pulls.

— J'ai une idée fantasmée de moi-même où tout est censé marcher comme il faut. Mais c'est juste une illusion… Pourquoi j'y arrive pas ?

Il n'était pas habitué à ce genre de problèmes, des problèmes importants, bien sûr, mais pas extrêmement graves, des problèmes terre à terre, sans être triviaux. Des difficultés du quotidien, en somme. Un garçon sans père. Des toilettes bouchées. Un paquet de petits pois surgelés pour limiter l'enflure d'un œil poché. Elle le regardait comme si elle attendait quelque chose, et Evan comprit qu'il *devait* répondre.

— Je pense que tout est une question de discipline et de concentration.

Elle soupira pensivement.

— C'est peut-être comme ça que les choses te semblent, à toi, répondit-elle, mais, sans vouloir être désagréable, il n'y a personne d'autre dans ta vie. Je veux dire, personne qui est avec toi, *tout le temps.* Les gens sont compliqués. Les relations avec les autres, au quotidien, c'est pas quelque chose de linéaire. Ils peuvent te botter le cul. Ils peuvent t'obliger à faire des détours, à retourner en arrière, à changer de priorités. Impossible de prétendre à la perfection, à moins d'être seul... Et, devine quoi ? Tu es seul, et t'es toujours pas parfait.

Une image revint à l'esprit d'Evan. C'était là-bas, à la ferme, Jack s'agitait, tard dans la nuit, époussetant des objets du pouce, les alignant, empilant les sets de table et les serviettes en tissu avec la précision d'un robot. Evan avait toujours considéré ces rituels nocturnes comme des démonstrations de courage, et il prenait un soin presque religieux à toujours mettre en ordre la pièce, la maison, l'univers.

— Peut-être que rien de ce qu'on considère habituellement comme important n'est en fait réellement important, dit Mia. Peut-être que ce sont les *petites choses* qui comptent, en s'additionnant, jour après jour, jusqu'à construire quelque chose que tu ne savais même pas que tu étais en train de construire. On se relaie entre parents pour aller chercher les enfants à l'école. On prépare les repas. On passe des nuits au chevet de son gosse malade à l'hôpital...

Ses yeux brillaient dans la pénombre.

— Mais c'est aussi ça qui te bouffe ton énergie.

Elle pencha la tête en arrière pour éviter que d'autres larmes ne coulent.

— J'ai peur de ne pas pouvoir affronter toute seule tout ce qui va arriver. Tout ce chaos de la vie. J'ai peur d'être trop sensible. Trop fragile. De pas avoir ce qu'il faut dans le ventre pour continuer.

— Tu n'es pas fragile, assura Evan. C'est juste que tu n'as pas peur de montrer tes fêlures.

— Super ! Dis tout de suite que je suis fêlée, s'exclama-t-elle en ébauchant un sourire.

Elle leva un bras en direction d'Evan.

— Aide-moi à me relever.

— Tu es sûre que tu es prête à sortir de là ?

Elle inclina la tête.

— Il y a du bazar à ranger et du linge à faire. Je suis prête à y retourner, maintenant.

Evan se leva, lui saisit la main et la tira. Mia lui parut légère comme une plume. Pendant un instant, ils se trouvèrent l'un contre l'autre, poitrine contre poitrine, dans cet espace exigu. Les yeux de Mia à hauteur de son menton, et un souffle léger réchauffant son cou... Et puis elle passa devant lui en le frôlant et lui donna une petite tape sur la hanche.

Ils sortirent ensemble de la chambre. Dans le salon, Mia éteignit la télé et commença à plier le linge sur le canapé.

Evan se dirigea vers la porte de l'appartement et retomba sur la leçon de vie que Mia avait recopiée pour son fils et affichée au mur : « Consacrez-vous à ce qui a du sens, pas à ce qui vous arrange. » Il s'arrêta, fixa le post-it et le relut une fois encore, se demandant si les Commandements étaient immuables et clos, ou si l'on pouvait en ajouter à sa guise. De nouveau, il pensa à Jack qui parcourait la maison dans l'obscurité, rangeant et effectuant de minuscules ajustements dans l'ordre des choses qui l'entouraient, ajustements qu'il répéterait la nuit suivante, et la nuit d'après. La ferme, si sûre, si propre et d'un dépouillement si réconfortant, lui avait toujours paru hors du temps. L'appartement de Mia donnait l'impression exactement contraire. Avec ses marques de doigts et ses portraits de famille encadrés, il semblait contenir en ses murs tout le cycle de la vie ; et pourtant ce lieu abritait également un confort d'un genre différent.

Cette réflexion se dissipa dans son esprit avant qu'Evan puisse pleinement l'appréhender, mais il sentait confusément que ce type de confort s'accompagnait aussi de réalités plus brutales.

Du coin de l'œil, Evan vit Mia s'accroupir près du plateau tombé à terre. Il s'approcha pour l'aider à ramasser les morceaux de vaisselle brisée.

18

Regardez mieux

C'est vers son dix-septième anniversaire qu'une menace confronte Evan aux enjeux réels de sa future profession. Jack apprend que le fichier d'une base de données classifiée contenant son nom a peut-être été compromis. Il verrouille alors la maison et, puisant dans la ténacité et l'endurance qu'il s'était forgées durant ses années comme sergent d'infanterie, il passe soixante-douze heures d'affilée, assis sur un tabouret de bois installé face à la porte, dans la pénombre de l'entrée, un fusil de chasse posé sur les genoux, ne s'accordant un geste que pour boire à une bouteille thermos et aller aux toilettes. Plus tard, un appel téléphonique en provenance d'un numéro masqué lui indique que la menace, si elle a jamais existé, est désormais révolue.

Jack remet le tabouret à sa place, près du plan de travail de la cuisine, et appelle Evan. Il jette des restes de dinde sur une assiette, puis se verse de la vodka sur des glaçons. Appuyé contre l'évier, le verre à la main, il reste là, l'air pensif; tout ce temps à veiller lui a donné à réfléchir.

— Je dois t'apprendre comment tout cela fonctionne, car le savoir, c'est le pouvoir, et je ne voudrais pas te faire prendre de risques tant que tu n'as pas suffisamment de pouvoir. Notre programme est une opération d'assainissement totalement clandestine financée par des fonds réservés. L'argent vient directement

du Trésor public. Il est imprimé et expédié de façon totalement intraçable. Ce qui revient à dire que l'on dispose d'un budget illimité. Le département de la Défense dirige tout cela via une branche occulte du département de l'Intérieur.

— Le département de l'Intérieur ?

— Oui. L'aménagement du territoire, les parcs nationaux. Qui va mettre son nez là-dedans ?

Jack continue à exposer toutes ces dispositions secrètes. Des comptes bancaires sur différents continents. L'argent passe par un agent contractuel à Aberdeen, dans l'État du Maryland, qui ne sait même pas qu'il a été engagé. Il est distribué via des boîtes postales, des transferts impossibles à tracer, des échanges de devises. Des avocats dont les bureaux loués à la semaine ont la taille d'un placard, dissimulés dans des immeubles qui rappellent des ruches et abritent également des joailliers, des centres d'appels, des agences de voyages douteuses. Des tables et des téléphones, rien de plus.

Evan écoute avec attention, baissant la main de temps à autre pour donner un morceau de dinde à Strider. Jack fait semblant de ne rien voir. Le chien est l'unique raison à cet écart de discipline.

— Est-ce que tu étais censé me parler de tout ça ? demande Evan.

— Non.

Le Sixième Commandement : « Questionne les ordres. »

Le matin suivant, après être allé courir, Evan revient à la ferme et trouve dans l'allée une Acura Integra rouge avec, sur le tableau de bord, une figurine de Jésus qui remue la tête.

Evan entre dans la maison, perplexe. L'air est parfumé d'une note de jasmin, un élément aussi inhabituel, dans ce hall d'entrée lambrissé, qu'un boa de plumes sur un fantassin.

Jack l'attend dans le bureau où un vieux tourne-disque fait entendre un « Suicidio ! » chanté par la Callas. Lorsque l'ombre d'Evan fait irruption dans la pièce, Jack lève les yeux.

— Tu ne peux pas perdre la tête à cause d'une femme, à cause du sexe. Ce qui veut dire qu'il faut t'y familiariser. C'est une professionnelle, une femme honnête, et tu dois la traiter avec respect et courtoisie. Tu comprends ?

Evan acquiesce.

*Jack replonge dans le troisième volume de l'*Histoire des peuples de langue anglaise *de Churchill.*

À l'étage, la porte de la chambre d'Evan est légèrement entrouverte, suffisamment pour laisser voir une partie du lit. Le drap bouge. Le corps nu d'une femme apparaît. Il aperçoit une ombre entre des jambes blanches comme de l'ivoire et il sent que son pouls s'accélère.

Le lendemain, Evan fait des tractions sur une barre rouillée près d'un tas de bûches, poussant ses biceps à leur limite. Jack boit du café, la vapeur de son souffle est visible dans l'air nocturne.

— Respecter les femmes, c'est fondamental, lui dit Jack. Les droits des femmes et le développement économique d'un pays sont intimement liés. Traiter décemment les femmes, ce n'est pas seulement une décision morale — ça l'est, bien sûr —, mais c'est également une valeur de ce pays. C'est donc avant tout un impératif stratégique et, là-dessus, tu devras toujours, toujours montrer l'exemple.

Evan exprime son assentiment par un grognement, avant de relâcher la barre. Lorsqu'il remonte dans sa chambre, il trouve deux femmes qui l'attendent dans son lit.

Son éducation dans et hors des draps s'intensifie. À dix-huit ans, il mesure un mètre quatre-vingt pour quatre-vingts kilos de muscles longs et striés. Il n'est ni trop grand, ni trop corpulent, ni trop visiblement musclé. Il peut facilement se fondre dans la foule. La moitié des hommes d'un bar pourraient s'imaginer le battre facilement dans un combat à mains nues. Et c'est bien là le but.

Par un frais matin d'automne, Jack décide de conduire Evan au champ de tir. Cela fait longtemps qu'ils ne se sont pas retrouvés seuls, tous les deux, sans aucun instructeur.

Evan règle la lunette de tir, corrige sa trajectoire.

À ses côtés, Jack ajuste ses jumelles.

— Elle dit que tu tires presque aussi bien qu'Orphelin Zéro maintenant.

— Je pensais qu'on n'était que des lettres.

— Zéro, c'est le surnom d'Orphelin O.

Evan expire à travers ses lèvres pincées et exerce une pression régulière sur la détente. La crosse lui rentre soudain dans l'épaule, et un trou apparaît au centre de la cible, six cents mètres plus loin.

— Qui est Orphelin O ? demande-t-il en approchant à nouveau son œil du viseur.

— Un Orphelin actif. Certains disent que c'est le meilleur. Mais bientôt, il y aura toi.

Evan tire une deuxième fois.

Jack baisse les jumelles.

— Concentre-toi, Evan, s'exclame-t-il, mécontent. Tu as complètement raté cette putain de cible.

— Regarde mieux, réplique Evan.

Jack lève à nouveau les jumelles et remarque la perforation en demi-cercle que la deuxième balle a créée en élargissant le trou de la première.

Deux balles, un trou.

Jack hoche sa tête de bouledogue et un son s'échappe du fond de sa gorge. Au moment où Evan tourne le regard vers lui, un filtre, passé jusqu'alors inaperçu, tombe brutalement, et il voit à quel point Jack a vieilli depuis leur première rencontre, sur cette aire d'autoroute où il avait été abandonné, quelque sept ans auparavant. La peau du visage de Jack semble plus lourde, elle tire sur sa large mâchoire, et son regard paraît, d'une certaine façon, plus humain. La vue de cet homme de presque soixante ans maintenant, dont le plus gros du chemin est désormais derrière lui, éveille chez Evan un sentiment de vulnérabilité dont il n'avait pas encore fait l'expérience.

— Quand Clara est morte, dit Jack en gardant les yeux fixés sur la cible, je ne pouvais plus rien voir. Seulement les endroits qu'elle avait occupés.

Il bouge les lèvres et avale sa salive.

— Jusqu'à ce que tu arrives.

Sa bouche se raffermit, et il redevient, une fois encore, ce receveur de baseball, carré et blindé, insensible aux collisions, qu'Evan a toujours connu. Il se lève ; ses bottes font craquer le paillis tandis qu'il retourne au pick-up. Son visage laisse apparaître une très légère marque d'effroi.

— Tu es prêt, annonce-t-il.

* * *

Les yeux d'Evan s'ouvrent dans la douce lumière matinale de la chambre. Allongé sur son lit flottant, il fixe le plafond, les paroles de Jack flottent toujours dans sa tête.

Il est prêt depuis bien longtemps maintenant, et il se demande quel est le prix à payer pour une telle préparation.

Puis il se lève.

Le temps est venu, pour Katrin et lui, de prendre contact avec les ravisseurs de Sam.

19

Le coût de notre publicité

— J'ai peur.

Assise au bord du lit, dans sa chambre de motel, Katrin tirait sur l'ourlet du T-shirt trop grand pour elle qu'Evan lui avait apporté. Ses cheveux, encore humides de la douche qu'elle venait de prendre, lui faisaient une coupe au carré. Sans eye-liner, ses yeux, d'un vert océan, paraissaient encore plus clairs.

Evan tira une chaise et s'assit en face d'elle.

— Tout va bien se passer.

— Comment vous pouvez le savoir ?

— Ça s'est toujours bien passé.

L'air, encore humide de la douche, était d'une lourdeur oppressante, l'odeur du savon liquide mis à disposition par le motel rappelait celle du désinfectant dans les hôpitaux. Evan était arrivé quelques minutes plus tôt et l'avait trouvée en train de faire les cent pas dans cet espace réduit en se rongeant les ongles. À présent, elle se débattait encore avec le T-shirt dont elle tirait le col en V, exposant le début de la courbe de ses seins. Elle était tendue, nerveuse, et son corps ne parvenait pas à contenir son anxiété.

La mallette noire d'Evan était posée à côté de la télévision, sur une commode, elle était capable de neutraliser tous les appareils de surveillance qui pouvaient se trouver aux alentours. Il composa un code dans la serrure qui désactiva le puissant brouilleur à large bande.

Il était temps de donner ce coup de fil.

Katrin s'empara du portable prépayé posé sur le lit à côté d'elle. Elle le pressa contre ses lèvres et ferma les yeux, comme si elle priait.

Evan sortit son RoamZone.

— On va se servir du mien, dit-il. Il est intraçable.

Elle acquiesça d'un rapide hochement de tête.

— Attendez. Attendez une seconde, fit-elle.

Elle respira plusieurs fois profondément, ouvrit ses grands yeux remplis de peur.

— C'est bon.

Il composa le numéro et mit l'appareil sur haut-parleur. Puis il posa le téléphone sur un coin du lit, entre lui et Katrin.

Ça sonnait. Katrin pressait ses mains l'une dans l'autre.

Un homme décrocha.

— Oui ?

— Vous êtes avec Sam ? demanda Evan.

— Il est en face de moi.

Katrin étouffa un sanglot.

— Prouvez-moi qu'il est encore en vie. Ensuite, on parlera.

Un bruit de pas suivi d'une voix rauque, clairement masculine :

— Allô ? Katrin ?

— Papa ?

Katrin cligna des yeux, et des larmes coulèrent sur ses joues d'ivoire.

— Je suis là, papa.

— Ma petite…

— Ils t'ont fait du mal ?

— Je vais bien.

Elle s'essuya les yeux.

— Je suis tellement désolée de ne pas avoir obéi. Je suis désolée d'avoir demandé de l'aide.

— Ma chérie, je veux que tu saches… Je veux que tu saches que je ne t'en veux pas, tu n'es pour rien dans tout ça. Pour rien du tout. La personne à tes côtés, qui que ce soit, j'espère qu'elle te protège. J'espère que…

On lui avait arraché le téléphone des mains et on l'entendait protester au loin. La voix du premier homme se fit à nouveau entendre.

— Vous n'avez pas respecté nos instructions.

— C'est ma faute, répliqua Evan. Mais je suis prêt à négocier pour la libération de Sam. J'ai de l'argent et j'ai…

— L'argent n'a plus d'importance. C'est trop tard. Nos instructions n'ont pas été respectées.

— Attendez, lança Katrin. On peut toujours s'arranger. On peut encore tout régler.

— Considérez cela comme le coût de notre publicité, répondit l'homme. Pour la prochaine fois.

Un unique coup de feu retentit. Suivi du bruit d'un corps qui tombe sur le sol.

Evan se leva d'un coup de sa chaise, faisant presque tomber le téléphone du lit. Il fixa l'appareil, ne pouvant croire ce qu'il venait d'entendre.

Les sanglots de Katrin semblaient venir de très loin.

— Sam ! Papa ? Non. Non. *Non !*

La voix surgit à nouveau du haut-parleur, pénétrant difficilement le vrombissement qui remplissait la tête d'Evan.

— La pute sera la prochaine. Et ensuite, ce sera toi.

Fin de la communication.

Le vrombissement s'intensifia jusqu'à couvrir tous les autres bruits. Evan avait commis une erreur de calcul, la première en huit ans. Il se souvint alors d'une nuit, il y a longtemps de cela : les eaux agitées du Potomac, la douceur des fleurs de cerisier sous ses pieds, l'odeur chaude et cuivrée de sciure de bois qui imprégnait l'air humide du garage.

Les sanglots de Katrin le ramenèrent brusquement à la réalité. Il avait le sang de Sam sur les mains, comme s'il avait lui-même appuyé sur la détente.

Quand il tendit la main pour récupérer le téléphone, il se rendit compte qu'elle tremblait ; c'était la première fois, depuis aussi longtemps qu'il se souvienne. Un vertige faisait tourner la pièce. Le Quatrième Commandement volait en éclats.

Désormais, il en faisait une affaire personnelle.

20

Rouge sang

Katrin passa toute la journée à pleurer. Evan resta à ses côtés, sans oser la prendre dans ses bras. À la tombée de la nuit, ce fut elle qui le tira sur le lit et se pelotonna contre sa poitrine, comme une enfant. Ses doigts recouverts de bagues lui caressaient le torse, et les bracelets parant son poignet ondulaient comme un serpent lorsqu'elle bougeait la main. Sa respiration était saccadée, irrégulière à force de pleurer. Evan observa les trois étoiles tatouées derrière son oreille et posa une main sur ses côtes. Effleurant son corps du bout des doigts, il sentit sa peau douce comme de la soie.

— Ils vont me trouver, dit-elle. Et ils vont me tuer.

— Non, répondit-il en fixant le stuc au plafond. Ils ne vous trouveront pas.

— Et pourquoi je devrais vous croire maintenant ? lui lança-t-elle sans la moindre trace de sarcasme dans la voix.

— Parce qu'ils ne vivront plus longtemps.

Il lui caressa doucement les cheveux jusqu'à ce qu'elle s'endorme, et il s'en alla. Il l'avait prévenue qu'il serait de retour le lendemain matin.

Il retourna à Chinatown. Trente-six heures après la fusillade, l'immeuble était encore rempli de policiers, trop pour qu'Evan puisse entrer y jeter un œil. Il aurait vraiment voulu inspecter l'endroit d'où avait tiré le sniper, respirer l'air qu'il avait respiré et récupérer toutes les informations possibles, mais il ne fallait pas y compter.

Le coup de feu par téléphone interposé continuait à résonner dans sa tête. Sam White, avec sa peau durcie par le soleil, ses rides autour des yeux. Les derniers mots à sa fille : « La personne à tes côtés, qui que ce soit, j'espère qu'elle te protège ». Evan tenta d'imaginer la scène telle qu'elle avait dû se dérouler. Le recul du pistolet, le choc dans la tête, le trou parfait de la balle. Et puis le bruit d'un corps sans vie tombant à terre, les derniers spasmes, le cou flasque, bientôt un contour à la craie sur le sol.

Une fois dans l'ascenseur de son immeuble, Evan se retrouva une fois de plus aux côtés de Mme Rosenbaum, agrippant son petit sac à main, bien serré contre son ventre, comme si elle craignait de se faire agresser.

— Plus que deux jours, dit-elle en levant le même nombre de ses doigts ridés au cas où Evan n'aurait pas bien compris. Dans deux jours, mon fils viendra me rendre visite avec mes petits-enfants. Il va me réparer ma porte, c'est sûr. Et alors je pourrai lui dire, à ce type du syndic…

Evan n'arrivait pas à se débarrasser de la voix de l'homme au téléphone : « L'argent n'a plus d'importance. C'est trop tard. »

L'ascenseur continuait à monter. Il se rendit compte qu'Ida le regardait.

— Vous vous sentez bien ? lui demanda-t-elle.

Il réussit à acquiescer.

— Vous êtes planté là, sans rien dire. Pas même vos stupides politesses habituelles : « Oui, M'dam' », « non, M'dam' ». Vous êtes sûr que vous allez bien ?

— Oui, M'dame.

— Ah, merci. C'est déjà ça.

— Je crois que c'est votre étage.

— Ah oui, exact.

Il poursuivit son ascension dans le silence retrouvé. En entrant chez lui, il se précipita vers le congélateur et se prépara un martini U'Luvka. Il secoua le shaker pendant si longtemps que ses mains restèrent collées à l'acier. Il versa ensuite le cocktail dans un verre et rajouta de la glace. Il voulait que ses dents lui fassent aussi mal que ses mains gelées.

Un coup de feu qui retentit.

Le bruit d'un corps qui tombe sur le sol.

Papa ? Non. Non. Non !

Il porta le verre à ses lèvres, se remplit des vapeurs pénétrantes de l'alcool et sentit le gel sapide sur sa langue.

Envoyer une équipe de tueurs de haut niveau, même pour une dette de deux millions cent mille dollars, cela paraissait exagéré, cependant il semblait que ces types de Las Vegas étaient prêts à prendre des mesures drastiques pour donner l'exemple.

Considérez cela comme le coût de notre publicité. Pour la prochaine fois.

Sans même s'en rendre compte, il jeta violemment son verre contre l'évier, le faisant exploser comme un feu d'artifice. Le fracas de verre brisé résonna sur les carreaux du sol, le métal et le béton des murs, et les petits éclats de glace lancèrent des lueurs d'arc-en-ciel sur le plafond bleuté.

Tout va bien se passer, lui avait-il dit. *Ça s'est toujours bien passé.*

Une image lui revint à l'esprit. La photographie de Sam White, photo ordinaire d'un jour ordinaire d'une vie ordinaire. Un col de chemise en jean. Des cheveux poivre et sel en bataille.

Papa m'a à peu près tout appris.

Les jambes d'Evan le transportèrent dans le couloir. Il passa devant la rangée d'estampes japonaises et le katana du XIXe siècle accrochés au mur, puis il gagna la chambre principale.

Un coup de feu qui retentit.

Il se retrouva à genoux dans le dressing, ouvrit le dernier tiroir et écarta les boxers pour laisser apparaître la petite entaille dans le bois.

Le bruit d'un corps qui tombe sur le sol.

Son ongle trouva l'encoche et il souleva le double fond. Il laissa tomber la fine planche d'aggloméré verni sur le sol. Toujours agenouillé, Evan regardait fixement le fond du tiroir ; sa gorge serrée l'empêchait de respirer normalement.

À l'intérieur, reposait une chemise de flanelle bleue déchirée que le sang avait durcie et que le temps avait noircie.

Une relique.

21

Tombé au combat

Après sept années d'entraînement, Evan se retrouve soudain à naviguer dans un monde de fausseté et de traîtrise. Aucun visage ne lui est familier, aucun refuge n'est sûr, aucune personne ne parle la même langue que lui. Du haut de ses dix-neuf ans, il apprend quand il faut se laisser porter par le courant et quand, au contraire, il est important de trouver un appui auquel s'accrocher, mais aussi quand il convient d'exhiber sa force. Soir après soir, à la ferme, devant le feu réconfortant de la cheminée, lui et Jack ont construit un double opérationnel qu'Evan porte comme un manteau et dont le tissu serait fait de plus de vérités que de mensonges. Jack lui a enseigné la différence entre interpréter ce rôle et le vivre. Evan ne joue donc pas la comédie. Ses émotions sont authentiques, mais elles reposent sur des fondations différentes de celles du commun.

Les missions s'enchaînent, trop nombreuses pour être mémorisées. Evan et Jack communiquent en s'écrivant à l'intérieur d'un même message enregistré dans le dossier « brouillons » de la messagerie électronique d'Evan. Ce moyen leur évite qu'un e-mail ne soit réellement envoyé sur le Net où il pourrait être détecté et intercepté. Et ainsi, depuis différents pays, sur différents continents, Evan reçoit des photographies, des adresses, des instructions. Il lit, répond, enregistre ou supprime.

Pour un compte inactif, the.nowhere.man@gmail.com[1] *possède un dossier de brouillons particulièrement actif.*

Evan liquide un agent égyptien dans un chalet au Kenya, un baron de la drogue dans un hammam de São Paulo, un rebelle syrien dans une réserve d'abat-jour à Gaza. Dans un sordide bidonville libanais, Evan contrevient aux ordres et retire la bombe d'une voiture après s'être rendu compte que la cible se déplaçait toujours accompagnée de ses enfants sur la banquette arrière. Il termine sa mission en s'infiltrant dans un complexe militaire et tue l'homme dans son lit, initiative aussi dangereuse qu'improvisée qui lui vaudra l'une des rares réprimandes de Jack.

Le 11-septembre cause une stupéfiante augmentation de son activité. Evan mène à bien plus d'opérations que jamais, souvent en territoires hostiles. Il se déplace également en Espagne, en France, en Italie, afin d'apporter son soutien à d'autres de ses camarades. Son surnom est bientôt connu des agences à trois initiales de certains pays. Des bases de données toujours plus sophistiquées ont identifié des méthodes qui lui sont attribuées. L'Homme de Nulle Part : assassin et terroriste, recherché pour différents crimes sur différents territoires, y compris les États-Unis. Evan ne s'en préoccupe pas, car il est dépourvu de toute existence administrative. Aucune photographie identifiable de lui n'apparaît dans aucun fichier. Tandis que grandit sa légende au sein de cercles particulièrement fermés, des missions lui sont faussement attribuées. Des raids sont menés pour le capturer, souvent dans le mauvais hémisphère. Par deux fois au moins, l'Homme de Nulle Part est tué et retiré des listes, jusqu'à ce qu'une nouvelle action secrète vienne témoigner de son apparente immortalité.

Jack est le seul à savoir. Il est l'unique chaînon reliant Evan à la légalité. Pour le reste du monde comme pour le gouvernement

1. « L'Homme de Nulle Part » [N.d.T.].

de son propre pays, Evan est un homme recherché. Jack reçoit ses ordres de personnes installées au plus haut niveau ; bien perchées là-haut, elles jouissent d'un air plus pur et d'une protection maximale. Evan est l'incarnation du « déni plausible[1] ». Il est l'ennemi de l'État même qu'il protège et qu'il sert. Des engrenages à l'intérieur d'engrenages.

Il a maintenant vingt-neuf ans. Il a presque oublié qu'il existe d'autres Orphelins comme lui de par le monde, jusqu'à ce qu'un matin d'hiver il reçoive un certain message depuis une boîte postale secrète à Copenhague

« Je suis comme toi. Je voudrais te rencontrer. Ice Bar, Oslo. » Suivent une date et une heure. Et la signature : « Orphelin Y ».

Evan reste un moment immobile, le message à la main. Des flocons de neige tombent sur le papier. Il sait déjà deux choses : qu'il ira et qu'il ne le dira pas à Jack.

Il arrive bien avant l'heure dite, étudie le quartier, le bar, les entrées et sorties, les cages d'escalier et les tables. Dans la partie nord, le bar est doté d'une salle entourée d'une longue paroi vitrée permettant de maintenir l'espace aussi froid que dans un congélateur. À l'entrée de cette salle pendent des manteaux de fourrure mis à disposition des clients. Des étagères regorgent d'innombrables bouteilles de vodka et d'aquavit. Le barman sert les alcools dans de petits verres directement taillés dans la glace.

Pour le reste, le lieu est sobre et moderne. Des serveuses proposent du hareng mariné et du sate *de renne sur des plateaux en bois. Evan choisit une table dans un coin, non loin des portes battantes qui mènent à la cuisine, et pose un revolver sur le banc rembourré où il est assis, le canon pressé contre sa cuisse, pointant vers l'extérieur.*

1. Le « déni plausible » est la possibilité offerte par le droit américain à des responsables officiels de nier la responsabilité d'actes commis par d'autres, généralement des subordonnés, en l'absence d'un nombre suffisant de preuves. [N.d.T.]

Il repère l'homme à l'instant même où il voit celui-ci entrer, reconnaissant immédiatement son allure, dix-sept ans après.

Mêmes cheveux roux, même teint rougeaud.

L'homme se faufile dans la foule, retire son gros manteau et s'arrête devant Evan. Ils se regardent fixement l'un l'autre. Un fin duvet se hérisse sur les bras de Charles Van Sciver. De l'autre côté du bar, un groupe de jeunes complètement ivres, pareils à des ours dans leurs grosses fourrures, sifflent leur verre de glace qu'ils lancent ensuite sur le mur avant de se taper joyeusement dans la main.

— Evan. Putain de merde, s'exclame Van Sciver en s'asseyant et en regardant autour de lui. C'est autre chose que le foyer de Pride House, pas vrai ?

— Comment as-tu trouvé cette boîte postale ?

— On nous a bien entraînés, répond-il avec un demi-sourire. Je te remercie vraiment d'être venu.

— Pourquoi Oslo ?

— Je suis ici pour une mission.

Il interpelle une serveuse, commande deux verres d'aquavit avant de fixer à nouveau son attention sur Evan.

— Je voulais voir quelqu'un qui n'existe pas plus que moi. C'est bien, de temps en temps, de se rappeler qu'on existe quand même vraiment.

Les boissons arrivent, Van Sciver lève son verre. Ils trinquent.

— J'ai entendu parler de toi durant mon entraînement. Ils utilisaient évidemment ton nom de code. Toi et Orphelin Zéro, vous êtes les meilleurs des meilleurs.

L'idée que sa réputation se répand dans le Programme Orphelin lui fait un effet bizarre. Presque aussi bizarre que d'être assis en face de quelqu'un ayant vécu des expériences similaires aux siennes. Et ayant le même passé. Pendant la plus grande partie de sa vie, Evan n'a pas eu de présent, encore moins de passé.

— Tu as un tuteur ? demande Evan. Et un logement ?

— Ah, oui, le pack au complet. Mon père a été génial. Il m'a appris les Décrets. C'est comme si c'était lui qui m'avait mis au monde.

Evan brûle de curiosité, chaque détail l'interpelle, mais il se dit qu'il vaut mieux se contenir, rester sur ses gardes, malgré cette connexion subite et inespérée, tout cela est difficile à cerner. Ce n'est pas de la camaraderie, mais du moins y a-t-il une certaine facilité de communication. Il boit l'aquavit norvégien, plus fumé que son homologue danois.

Ils discutent un moment, l'un comme l'autre prudents, sans l'être trop, n'abordant les sujets qu'avec superficialité. Ils se racontent leurs missions respectives sans révéler de noms, évoquent les incidents durant leur formation, les imprévus inévitables des opérations.

La salle aux parois de verre se remplit, de plus en plus d'hommes et de femmes en manteaux de fourrure s'entassent dans l'espace restreint, trinquant bruyamment et faisant éclater leurs verres de glace, mais Evan n'y fait presque plus attention. La table faiblement éclairée qu'il partage avec Van Sciver semble un refuge, isolé du bruit et de l'agitation, un îlot paisible dans le monde.

Van Sciver en est à son sixième verre mais ne semble pas affecté par l'alcool.

— Tu sais ce que j'aime le plus dans ce boulot ? demande-t-il soudain. C'est la simplicité. Il y a les ordres, et rien d'autre.

Evan commence à sentir un léger malaise, bien qu'il ne soit pas encore capable de l'identifier.

— Rien d'autre ? le relance Evan.

Van Sciver secoue la tête.

— Il suffit d'exécuter les ordres. J'ai dû travailler un temps au Proche-Orient. Une fois, j'étais sur une colline, derrière un manoir, avec une cible importante dans la mire, un type derrière une fenêtre de cuisine. Un tir difficile. Plus de cinq cents mètres de distance, du vent, une visibilité réduite. Mais je l'avais dans la mire. Le problème, c'était son gosse. Il devait peut-être avoir

six ans, il était sur ses genoux. En plus, il y avait des patrouilles de sécurité qui parcouraient la montagne et je devais aller me cacher de temps à autre au milieu des fourrés. Impossible d'avoir un tir propre si je voulais éviter le gamin. J'avais plus beaucoup de temps parce que le soir tombait.

Il s'humecte les lèvres et poursuit.

— Alors je me concentre sur l'œil de l'enfant, tu me suis ? J'aligne mon tir. Mais là, je me mets à penser.

Sa grande main saisit le verre d'aquavit. Il en boit une gorgée.

Evan se dit qu'il est aussi passé par là. C'était pendant sa toute première mission, dans le bloc de l'Est. Il était caché dans des égouts infects, un fusil de sniper à travers une grille de drainage, sa lunette de visée pointée sur l'œil d'un innocent. Il se penche en avant.

— Qu'est-ce que tu as fait ?

— J'ai tiré.

Van Sciver fait tourner son verre entre le pouce et l'index.

— Douzième Décret : « Par tous les moyens nécessaires. »

Evan est un peu étourdi par l'alcool et par la révélation de Van Sciver, mais il se sent également pris d'un élan d'affection pour Jack et ses règles bien différentes de celles des autres tuteurs. Il s'entend dire :

— Et ça a marché ?

— La cible n'a pas été tuée par la balle, mais par les fragments d'os.

Van Sciver prend son verre, se ravise, le repose.

— J'ai transformé le crâne d'un enfant de six ans en bombe à fragmentation, poursuit-il avec une inquiétante pointe d'orgueil. Je devais terminer cette putain de mission. Et je l'ai fait. On ne conteste pas les ordres. On les exécute, et basta.

Les yeux de Charles brillent d'un étrange éclat, la certitude d'un authentique croyant. Evan se surprend à l'envier. C'est tellement plus facile comme ça. Cette envie s'accompagne d'une certaine fascination.

— Et tu ne t'es jamais demandé si… ?

— Quoi ? dit Charles pour l'inciter à terminer sa question.

Evan fait tourner son verre, un cercle de condensation se forme sur la table. Il s'efforce de formuler les choses le plus précisément possible.

— Comment pouvais-tu être sûr que c'était bien un terroriste ?

— Parce que je lui ai tiré dessus.

Evan fait de son mieux pour dissimuler sa réaction, mais Van Sciver la déchiffre et ajoute :

— C'est le jeu. Si tu n'aimes pas les règles, joue à autre chose.

Il avale d'un coup le restant de son verre, se lève et ajuste son manteau en concluant :

— C'est comme ça, et pas autrement.

Evan reste assis. Ils se regardent pendant un moment, puis Evan lui fait un petit signe de tête.

— À un de ces jours, ici ou là.

Evan ne s'attendait pas à un torrent de politesses, mais ce brusque départ de Van Sciver le surprend. Dans la salle réfrigérée, les fêtards vident et cassent leurs verres de glace sur le sol. Van Sciver se faufile entre les tables et entre dans la salle adjacente, aussitôt enveloppé par une marée de corps.

À travers la grande paroi en verre, Evan l'observe. Charles s'approche d'un homme visiblement ivre et lui passe un bras autour du cou, l'éloignant légèrement des autres convives qui célèbrent bruyamment une nouvelle tournée. L'alcool coule le long de leurs poignets sur les manches de leurs manteaux de fourrure. Ils avalent leur verre d'un trait. Avec un léger sourire, Van Sciver chuchote à l'oreille de l'homme rougeaud qui hoche la tête en signe d'assentiment, camaraderie instantanée de l'ivresse.

Une autre pluie de verres se brise contre le mur. L'homme, toujours étreint par Van Sciver, semble pris d'un spasme. Autour d'eux, tout le monde se tape dans la main. Quelqu'un monte sur le comptoir, manquant de glisser. Van Sciver appuie l'homme ivre contre la paroi de verre et le laisse doucement glisser au sol *jusqu'à ce qu'il se retrouve assis. Son dos laisse une tache sombre sur le verre. Sa tête est penchée vers l'avant, le menton contre sa poitrine. Il ne bouge plus. Van Sciver récupère le chapeau d'un fêtard et l'incline sur le visage de l'homme assis par terre. Ce n'est qu'un idiot de plus qui s'est évanoui. Ses amis le pointent du doigt, rient et continuent à boire.*

En sortant de la salle glacée, Van Sciver croise une fraction de seconde le regard d'Evan. Il lui adresse un clin d'œil et disparaît dans la foule.

Il l'avait dit : il était là pour une mission. D'une pierre, deux coups. Evan ne peut qu'admirer son efficacité et son sang-froid.

Il jette une liasse de couronnes et sort à son tour.

Au cours des mois suivants, Evan ressasse cette rencontre avec Van Sciver. Des bribes de leur conversation lui reviennent sans cesse en mémoire. « Par tous les moyens nécessaires… On ne conteste pas les ordres… Parce que je lui ai tiré dessus… » *Un flou moral s'est insinué en lui et, malgré tous ses efforts, il n'arrive pas à retrouver la netteté tranchée des choses.*

Les missions continuent cependant d'arriver dans les brouillons de sa boîte mail. Il se retrouve, un été, au Yémen, sur les traces d'un homme qui finance des imams radicaux. Un après-midi, assommé par la chaleur intense, il met enfin la main sur l'individu qui se promène dans un parc. Les heures passent avant que l'homme ne se sépare de sa jeune femme. Finalement, il entre dans des toilettes publiques où Evan se jette sur lui et l'étrangle. L'entreprise est risquée et désagréable. L'homme se débat, donne des coups de pied, casse l'un des urinoirs de porcelaine. Sa mission terminée, la chemise d'Evan n'est plus qu'une loque de sueur, de sang et peut-être d'autres sanies.

Il rentre à l'hôtel et se nettoie. Les télévisions locales annoncent la mort d'un militant des droits de l'homme dont la photo correspond à l'homme qu'il vient d'assassiner. Evan ressent comme un battement étouffé dans son estomac. La paranoïa ? Ou est-ce le doute ? Le doute est une chose qu'il ne peut pas se permettre.

Il demande un contact téléphonique avec Jack. Deux heures plus tard, celui-ci lui est accordé. La communication s'établit selon un nouveau protocole, de portable prépayé à portable prépayé, en se servant chaque fois d'un numéro différent, selon une liste qu'ils ont mémorisée. Jack décroche et se met immédiatement à discuter de questions logistiques.

— J'ai transféré une autre somme à huit chiffres via l'île de Man. Ça devrait arriver sur tes comptes secondaires dans quelques jours, et…

— Attends, l'interrompt Evan.

Jack se tait et écoute.

— Ce type ne finançait pas des imams radicaux. J'ai entendu aux infos que c'était un militant des droits de l'homme.

— La télévision donne les nouvelles, pas la vérité.

— On va arrêter un moment les phrases toutes faites, réplique Evan. Je commence à croire qu'il y a de l'arbitraire dans tout ça.

Jack lâche un soupir avant de répondre.

— J'ai dû abattre Strider ce matin. Il ne mangeait plus. Il avait le ventre rempli de tumeurs.

Evan reçoit un coup de poing au fond de ses tripes, sa gorge se noue.

— Je suis vraiment désolé.

Il distingue un tintement de glaçons dans un verre. Il se rappelle le gentil chien à ses pieds, sous la table, la sensation que lui donnait la truffe de l'animal dans sa main quand il lui offrait des morceaux de viande. C'était sans doute la créature la plus proche d'un frère qu'il ait jamais eue.

Jack interrompt ses pensées.

— Qu'est-ce que tu veux me dire ?

Evan est encore sous le choc. Il n'est pas habitué à ce genre de chagrin. Il lui faut un peu de temps pour reprendre ses esprits.

— J'ai peut-être besoin de faire une pause.

— Tu es en train de me dire que tu veux venir ici ?

— Je suis en train de te dire que j'ai besoin d'une pause.

— C'est impossible. Pas maintenant.

— Il y a une autre mission ?

— Elle est déjà dans tes brouillons.

Evan est assis, les jambes croisées, sur un lit au dernier étage d'un hôtel délabré. La pièce est si petite qu'il peut, sans se lever, tendre la main et prendre son ordinateur portable posé sur une table bancale. Le téléphone fermement maintenu entre son épaule et sa joue, il se connecte à son compte. La fenêtre à guillotine donne sur des bâtiments beiges et des cordes à linge où sèchent des vêtements à perte de vue. L'air dans la pièce est chaud et immobile.

— Un instant, dit-il. Je regarde.

Il clique sur le dossier et ouvre l'unique e-mail qui s'y trouve.

Un ballon de plage tourne sur lui-même tandis que la photo se charge.

Le visage qui apparaît lui coupe la respiration. Les bruits de la circulation s'évanouissent. Un bourdonnement continu lui martèle les oreilles. Il se frotte vigoureusement les yeux du pouce et de l'index tout en se pinçant l'arête du nez. Mais quand il rouvre les yeux, la photo pixélisée est la même.

Charles Van Sciver.

Jack comprend le silence d'Evan ; il est le seul à pouvoir le comprendre.

— Tu le reconnais ?

— Oui.

— Du foyer ?

— Oui, et…

— Et quoi ?

Evan se lève et se dirige vers la fenêtre, espérant trouver un peu d'air frais. Mais l'air est le même partout — dans cette pièce, dehors, dans tout ce pays aride.

— On s'est rencontrés une fois. Je sais à quoi il ressemble aujourd'hui.

— Vous vous êtes rencontrés? C'est une irrégularité dans les règles. C'est regrettable.

— Appelle ça comme tu veux. Si c'est un autre Orphelin, pourquoi est-ce qu'il termine dans ma boîte mail?

— Il s'est compromis. Deux de nos hommes…

Evan perçoit la peine dans la voix de Jack.

— Continue.

— Ils sont passés de l'autre côté.

— Tu n'as pas plus d'informations?

— Non.

— Bon, eh bien si tu veux que je traque un autre Orphelin, tu ferais mieux de tirer les choses au clair avec Washington et de me donner des raisons précises.

— Ils ne donnent jamais de raisons précises. Tu le sais bien.

— Ça ne veut pas dire qu'il n'y a pas de questions pour autant. Tu as oublié le Sixième Commandement?

Evan observe à nouveau la photo de Van Sciver sur son écran. Dans les yeux de l'homme, il revoit le garçon qui courait auprès de lui sur les terrains de basket-ball, à l'ombre des immeubles de Lafayette Courts. Un groupe de petites frappes sans rien de mieux à faire pour passer le temps.

— Je ne le ferai pas, dit Evan. Je ne tuerai pas un des miens. On a grandi ensemble.

— Il est déjà mort, rétorque Jack. Si tu ne le fais pas, toi, un autre s'en chargera.

— Je ne crois pas que ce soit un argument moral valide.

Silence. Puis Jack dit:

— Très bien. Alors retourne à Francfort. Ils enverront quelqu'un faire le ménage derrière toi.

— Comme toujours.

Evan raccroche.

Trois jours plus tard, il rappelle Jack en utilisant le numéro suivant sur la liste. Son mentor lui répond de la cuisine, Evan peut entendre le bruit de la cafetière.

— J'ai besoin de te voir, dit-il.

— Pas question. Tu es dans une situation délicate depuis la mission en Bulgarie. Tu pourrais être surveillé.

— Non.

— Tu en es sûr ?

— C'est toi qui m'as formé.

Un instant de silence.

— Cet appel est irrégulier.

Pour Jack, il n'y a rien de plus condamnable que « l'irrégularité ».

— Notre vie entière est irrégulière, réplique Evan. Il faut que je te voie. Maintenant.

— Non. Reste en Allemagne. Disparais des radars. Tu ne pourras pas rentrer au pays maintenant.

— Je t'appelle depuis le croisement de L Street et de Connecticut Avenue.

S'ensuit un plus long silence que le précédent.

— Il a pu y avoir une fuite de notre côté, reprend Jack. Je ne veux pas être découvert. Je dois faire attention.

Cette histoire de Bulgarie. Une fuite d'informations. Faux-fuyant inhabituel pour un homme qui n'a pas l'habitude d'en utiliser.

Jack ne dit rien. Evan non plus.

Jack finit par céder.

— Il y a un parking souterrain sur Ohio Drive, au sud du Jefferson Memorial. Il est fermé pour travaux. Je t'attends au P3 à minuit. Tu auras cinq minutes.

Il raccroche.

La nuit est tombée, Evan marche le long des eaux agitées du Potomac, les mains dans les poches. Les cerisiers sont en fleurs et il s'étonne, comme toujours, du peu de parfum qu'ils dégagent. Le sol est recouvert de pétales.

Il arrive bientôt aux abords du bâtiment et passe plusieurs fois devant avant de s'approcher en se faufilant entre des cônes de travaux orange et des barrières de signalisation. Une planche de contreplaqué de fortune, souvent déclouée et reclouée, condamne l'entrée de l'escalier nord. Il suffit à Evan de la tirer légèrement pour la faire céder. Il parcourt chaque niveau avec prudence, se déplaçant entre les bétonnières et les camions de construction chargés d'équipement. Il descend jusqu'au P3, inspecte tout le périmètre de l'étage et se dissimule derrière un pilier de béton, puis il attend. Durant plus de deux heures, Evan ne fait pas le moindre geste, aussi inanimé que les engins qui l'entourent.

À minuit précis, Jack se matérialise à l'extrémité opposée du P3, à un endroit où, à la connaissance d'Evan, il n'y a pas d'escalier. C'est un tour digne d'un ancien chef de section de la CIA. Des engrenages à l'intérieur d'engrenages.

Les pas de Jack résonnent. La lumière rouge de l'ascenseur l'enveloppe dans une luminosité intense, étirant son ombre sur le sol taché d'huile. Il s'arrête exactement au niveau du pilier derrière lequel se cache Evan.

— Alors ? demande-t-il.

Evan sort de l'ombre. Ils s'étreignent. Jack le serre un instant de plus. Vingt-six mois se sont écoulés depuis leur dernière rencontre dans un café de Carthagène. Les années ont rendu les joues de Jack un peu plus flasques, mais à part cela, il a l'air toujours en forme, sans kilos en trop. Les manches retroussées de sa chemise de flanelle bleue laissent voir des avant-bras toujours aussi musclés. Des bras de receveur de baseball.

Ils s'éloignent un peu l'un de l'autre en relâchant leur étreinte. Evan inspecte de nouveau les alentours. Il se racle la gorge.

— Je ne suis plus dedans, dit-il.

Jack le dévisage.

— Tu ne peux pas, tu le sais bien. Sans moi, tu es juste…

— Un criminel de guerre. Je sais. Mais je veux disparaître. Le plan « Evanescent ».

C'était par ce jeu de mots qu'ils discutaient parfois de cette éventualité.

— On ne peut pas parler de ça ici. Ce n'est ni le lieu, ni le moment. Tu comprends ? Je sais que tu penses agir toujours seul, mais je t'offre des protections. Un appel téléphonique au bon endroit, au bon moment. Un ami au contrôle des passeports… Je suis la seule personne *qui…*

Evan se sent pris d'une émotion violente, une attaque de claustrophobie qui lui serre la poitrine.

— Je ne peux plus continuer !

Les mots tranchants résonnent contre les piliers et les murs de béton. Evan ne se souvient pas de la dernière fois où il a laissé sa voix trahir ses émotions. Il s'essuie la bouche et détourne le regard.

Jack cligne intensément des yeux. Il n'a jamais regardé Evan de cette façon, comme un père qui se rend compte pour la première fois que son fils n'est plus un enfant. Ses yeux sont humides, mais ses lèvres restent fermes. Il ne va pas pleurer, mais tout dans son expression indique qu'il est sur le point de le faire.

— Je voulais que tu voies les choses autrement qu'en noir et blanc. Je voulais que tu restes… humain. J'ai peut-être échoué à ce niveau-là.

Il cligne à nouveau intensément des yeux, à deux reprises, sa grosse tête carrée est penchée vers le sol.

— Je suis désolé, fiston.

Evan détecte, trop tard, les vibrations d'un véhicule en mouvement à travers la semelle de ses chaussures. Il se raidit. On entend soudain le grondement d'un moteur. Des phares balaient le mur nord comme les projecteurs d'un mirador. À l'autre extrémité du niveau, un SUV noir descend à grande vitesse la rampe circulaire depuis le deuxième étage. Ses pneus hurlent en dérapant, sa carrosserie allume une cascade d'étincelles le long du mur.

Des toiles d'araignée apparaissent sur la vitre : deux pistolets tirent depuis l'habitacle. Jack attrape Evan par le bras et le tire vers lui derrière un pilier. Les balles pulvérisent le béton à quelques centimètres de leur visage. Evan sort son Wilson et se jette de l'autre côté du pilier en prenant la position de tir Weaver qui le rend moins vulnérable. Le SUV se dirige droit sur lui, à pleine vitesse, tandis qu'il tire à plusieurs reprises dans le pare-brise.

Une balle siffle tout près de lui, si près qu'il sent la chaleur du projectile à la droite de son cou, mais ses mains restent stables. Il ne peut rien voir à travers le pare-brise étoilé, pas encore, mais il vise les deux sièges avant et leur occupant. Le rugissement du SUV perd en intensité, il ralentit. Evan remplace le chargeur de son arme et continue de tirer, quand bien même il semble avoir totalement haché l'habitacle. Le large capot se rapproche, de plus en plus lentement, jusqu'à ce que le pare-chocs avant lui frôle les cuisses et que le véhicule s'immobilise enfin.

La lumière rouge de l'ascenseur illumine l'intérieur de la voiture : deux corps criblés de balles renversés sur le tableau de bord. Des cheveux et des os.

Un soupir derrière Evan attire son attention. Jack est affalé contre le pilier, sa chemise de flanelle bleue nouée au niveau de l'épaule. Le sang est rouge vif, artériel. Jack compresse la plaie d'une main ; elle est complètement recouverte de sang, comme s'il avait enfilé un gant rouge.

Un instant, le temps s'arrête. L'éternité d'une seconde. Evan se retrouve à genoux, ôtant la chemise de Jack. Une large zone rouge sur le maillot de corps blanc continue de s'étendre à travers le coton. Jack remue la main et un mince filet de sang jaillit entre ses doigts.

Il dit quelque chose. Evan doit ordonner à son cerveau d'enregistrer les sons, de les transformer en mots et de leur donner un sens.

— Je suis déjà mort, dit Jack. Artère brachiale.

— Tu n'en sais rien. Tu…

— Je le sais.

Jack lève sa grosse main calleuse et la pose contre la joue d'Evan ; c'est la première fois qu'il a ce geste depuis qu'ils se sont rencontrés.

Des sirènes de police retentissent, des voitures descendent la rampe. Une fragrance cuivrée se mêle à la douce odeur de la sciure.

— Je vais mourir, dit Jack. Ne te fais pas voir, tu dois partir.

Un spasme de douleur le secoue violemment, mais il continue à parler.

— Ce n'est pas ta faute. C'est moi qui ai pris la décision de venir. Moi seul. Allez, va-t'en. Laisse-moi. Va-t'en.

Evan a l'impression de suffoquer, et tandis qu'il porte à son tour les mains sur le visage de Jack, il se rend compte qu'il pleure. Les sirènes se rapprochent encore, formant un chœur de hurlements stridents.

— Non, dit-il. Je reste là. Je…

Jack baisse sa main indemne vers sa ceinture, on entend un cliquetis et son pistolet de service surgit entre eux deux. Pointé sur Evan.

— Va-t'en.

— Tu ne le feras jamais.

Le regard de Jack est fixe, résolu.

— Je t'ai déjà menti ?

Evan se lève, recule d'un pas. Il pense aux avertissements que Jack lui a donnés. Le danger après la mission en Bulgarie. La fuite potentielle d'informations. « Je ne veux pas être découvert. »

Et pourtant, Evan ne l'a pas écouté.

Il jette un regard paniqué sur le SUV encore fumant, le corps des inconnus à l'intérieur, sans plus de visage. Puis il reporte son attention sur Jack dont la respiration est à chaque instant plus difficile. Evan voudrait avoir le temps, mais le temps de quoi ? La chemise de Jack est toujours entre ses mains ; il la serre et le sang s'insinue entre ses doigts. Quelque part à l'étage supérieur, on entend des crissements de pneus, puis un bruit de bottes sur le béton.

— Fiston, dit Jack affectueusement, il est temps de partir.

Il retourne son arme, la pointe sous son menton.

Evan recule d'un pas, essuyant du bras les larmes qui coulent sur son visage. Un autre pas en arrière, puis un autre, avant de se retourner et de s'enfuir.

Dans sa course, il entend un dernier coup de feu.

22

Fragments d'une identité

Evan revint à lui, agenouillé sur le sol du dressing devant la commode ouverte, le col ensanglanté de la chemise de Jack enroulé autour de la main comme un chapelet. Le coup de feu semblait encore résonner dans tout l'appartement : un son spectral qui remplissait l'air tout autour, sans pourtant surgir de nulle part. Ce bruit l'avait projeté dans une nouvelle vie. Il avait passé les premières semaines suivant la mort de Jack dans un chalet au milieu des monts Allegheny, avec l'odeur des pins et le bruissement des feuilles comme seules compagnies. De toute sa vie, il n'avait noué qu'une seule véritable relation humaine, et sa perte creusait en lui un immense vide intérieur. Dans ses os, sa poitrine, sous la voûte de ses côtes, la douleur d'Evan était physique.

Il avait obligé Jack à s'exposer, à moins que lui-même n'ait été suivi. Deux hommes recherchés qui se trouvaient au même endroit, une rencontre publique pour laquelle Evan avait insisté, quoi qu'ait pu dire Jack.

Ce n'est pas ta faute. C'est moi qui ai pris la décision de venir.

Evan savait que tout était de sa faute, malgré ces paroles qu'il se répétait en boucle dans sa tête. Il lui semblait vraiment les entendre, tout droit sorties de la bouche de Jack, avec cette même voix rauque qui lui lisait Shakespeare au coin du feu quand il était enfant. *Et Brutus est un homme honorable.*

Evan s'était cloîtré tout l'hiver dans ce chalet exposé à tous les vents. Comme en léthargie, il laissait le chagrin le vider de son énergie. Passé un mois, il commença à sortir de sa stupeur, comprenant que la mort de Jack avait des ramifications qui allaient bien au-delà de l'émotionnel. Sur le sol de ce parking était mort le seul lien avec ses commanditaires, l'unique personne qui établissait la légitimité de ses missions.

Evan n'avait plus de superviseur, ni aucun contact au sein du gouvernement. Aucun pays n'était à sa recherche, pas même celui qu'il servait, puisque celui qu'on recherchait s'appelait Orphelin X, pas Evan Smoak. En d'autres termes, il n'avait plus aucune attache.

La voix de Jack perça la brume de son esprit. *Reprends-toi, fiston. Il n'y a pas de sentiment plus inutile que l'apitoiement sur soi-même.*

Un matin, Evan sortit pieds nus dans la brise fraîche de l'automne et contempla les collines couvertes d'épicéas rouges. Une odeur d'arbre de Noël l'enveloppait. Les aiguilles lui piquaient la plante des pieds. Le vent lui cinglait le visage. Il avait la sensation que le monde autour de lui était vaste, bien plus vaste qu'il ne l'avait jamais cru. Et même lui y avait sa place.

Il disposait de comptes bancaires aux ressources pratiquement illimitées, d'un ensemble de compétences particulières et de beaucoup de temps devant lui. Il n'avait plus aucune attache, c'est vrai, mais cela signifiait aussi qu'il était libre.

Il s'installa à Los Angeles, le plus loin possible de Washington sans sortir du pays. Et il dut tout reconstruire. Une troisième vie, naviguant entre l'ombre et la lumière. Un double opérationnel construit avec les fragments de sa véritable identité. Une couverture qui lui permettait de disparaître à la vue de tous. Il se tenait toutefois toujours prêt pour une mission.

Il continuait à s'entraîner, à se maintenir en forme. Car il ne savait jamais qui viendrait le chercher, quel poing frapperait peut-être un jour à sa porte.

Plusieurs années passèrent.

Il restait alerte, vigilant. Il apprit par différentes sources que le Programme Orphelin avait été démantelé et que les agents avaient été dispersés aux quatre vents. Il ne put jamais savoir ce qu'il était advenu des Orphelins qui étaient passés de l'autre côté, mais il se figurait que les autres vendaient désormais leurs services au plus offrant ou s'étaient retirés sur une plage, dans un coin tranquille de la planète. Aucune de ces deux possibilités ne lui plaisait.

Il avait alors décidé de mettre différemment à profit ses compétences, en venant gratuitement en aide à ceux qui ne pouvaient s'en sortir par eux-mêmes. Il s'agissait, d'une certaine façon, d'une vocation parfaitement en harmonie avec son sens moral. Et, en cinq ans, il avait mené à bien une dizaine de missions.

Pourtant, il venait d'échouer.

Un coup de feu qui retentit.

Le bruit d'un corps qui tombe sur le sol.

La chemise ensanglantée de Jack était à la fois une accusation et un témoignage, une sorte de suaire de Turin personnel.

Papa ? Non. Non. Non !

Evan reposa délicatement le tissu durci dans le double fond du tiroir, recouvrit le tout de la planche de contreplaqué et réarrangea ses vêtements. Le tiroir se referma avec un très léger claquement.

Il n'avait pas su sauver son propre père. Il n'avait pas non plus réussi à sauver celui de Katrin.

Tout ce qu'il pouvait lui offrir désormais, c'était la vengeance.

Il sortit de sa chambre et avança lentement dans le couloir froid où étaient accrochés les gravures japonaises et le sabre.

Des éclats de verre jonchaient le plan de travail de la cuisine. Venue de l'évier, une bouffée d'alcool lui monta à la tête, c'était l'odeur intense typique d'une vodka hors de prix. Il retira les morceaux de verre, passa un torchon humide sur le plan de travail et sur le mur derrière l'évier. Un petit éclat était visible dans l'une des dalles de la crédence. Il essaya de le gratter de l'ongle, espérant que ce geste suffirait à restaurer la perfection de son environnement. Peine perdue.

* * *

Il s'était assis sur le tapis turc, avait pris une profonde inspiration et s'apprêtait à entrer en lui-même lorsqu'un sifflement strident le tira de sa méditation. Il ne parvint pas tout de suite à identifier ce bruit désagréable. La stridulation se répéta et le fit grincer des dents. C'était le téléphone fixe. Il ne s'en servait pratiquement jamais mais son installation avait été exigée par le comité des propriétaires.

À peine avait-il décroché qu'il entendit la voix de Mia.

— Du déboucheur de canalisation dans une bouteille d'eau ? Mais qu'est-ce qui t'est encore passé par la tête ?

Evan respira avec calme.

— Je sais bien que tu plaisantais, continua-t-elle. Il m'a dit que c'était une blague. Mais s'il répète ça à l'école, tu t'imagines ? Ça pourrait être pris pour une menace terroriste. Tu sais pas à quel point les profs sont paranos de nos jours !

Evan serra les lèvres et se les mordit. Il s'efforça de relâcher les muscles de son cou.

— Tu as raison.

— Tu sais quoi ? C'est pas ta faute. C'est la mienne. J'aurais dû… Je sais pas.

— J'ai compris, dit Evan.

— OK.

Il y eut une brève pause.

— Euh, alors, au revoir, fit-elle.

— Au revoir.

Voilà qui était vite et bien résolu. Aucune complication. Aucune distraction. Il avait fait une incursion imprévue dans une situation familiale délicate et maintenant il pouvait retourner à son travail et s'occuper des dangers considérables auxquels lui et Katrin étaient confrontés.

La pute sera la prochaine. Et ensuite toi.

Le lendemain matin, il irait retrouver Katrin. Il trouverait les responsables du meurtre de son père. Et les éliminerait avant qu'ils ne puissent mettre leurs menaces à exécution.

Il renonça à sa séance de méditation et traversa à nouveau le couloir, sentant le béton froid sous ses pieds nus. Il prit une douche brûlante et s'essuya. La plate-forme flottante qui soutenait le matelas vacilla très légèrement quand il se glissa dans son lit. Il libéra son esprit en se concentrant sur un espace mental particulier, celui d'un parc de sa création, qu'il avait peuplé des chênes de son enfance, ceux qu'il voyait depuis la fenêtre de sa chambre dans la maison de Jack. Il s'était toujours imaginé bondissant dans ces feuillages orangés à quinze mètres au-dessus du sol. Il compta lentement à rebours à partir de dix, une technique d'autohypnose destinée à faciliter l'endormissement.

Il venait d'arriver à zéro lorsque l'alarme périmétrique se déclencha. Une série de bips entrecoupés de courtes pauses : une intrusion par les fenêtres ou les balcons.

Il sauta du lit, atterrissant sur les pieds et les mains. En deux roulades, il franchit la porte de la salle de bains, actionna le levier d'eau chaude et pénétra dans la Voûte.

Ses yeux passaient en revue les moniteurs. Rien, rien… *là*. Un objet étrange cognait contre la vitre de sa chambre.

Il lâcha un soupir d'agacement quand il comprit ce que c'était.

Après avoir éteint l'alarme, il retourna dans sa chambre et tira les pare-soleil blindés. Devant la fenêtre, flottait un ballon à l'hélium. Avec le logo d'un magasin de chaussures pour enfants.

Les fenêtres des derniers étages de Castle Heights ne s'ouvraient vers l'extérieur que de soixante centimètres avant d'être bloquées par la charnière. Evan avait démonté la sécurité de la fenêtre de sa chambre dans l'éventualité d'une sortie d'urgence, en cas d'attaque frontale de son appartement. Il ouvrit complètement la fenêtre et ramena le ballon à l'intérieur. Il était relié à un fil qui descendait, supposa-t-il, jusqu'au douzième étage. Un papier plié était scotché sur le côté du ballon. Evan ouvrit le papier et lut le message :

« Je suis désolé d'avoir raconté ta blague à Maman. Tu me pardonnes ? Coche "Oui" ou "Non". Ton ami Peter. »

Collés à côté du papier sur le ballon se trouvaient un petit crayon et une aiguille à coudre.

Evan grinça des dents jusqu'à s'en faire vibrer les os du crâne. Une équipe d'assassins professionnels le poursuivaient, lui et la femme qu'il avait juré de protéger. Cette femme dont le père avait été assassiné. Deux commandements, déjà, avaient volé en éclats. La dernière chose dont il avait besoin, c'était qu'un môme de huit ans interrompe son sommeil avec de stupides messages d'écoliers.

Evan ferma violemment la fenêtre sur le fil du cerf-volant et retourna jusqu'à son lit. Il se blottit sous les draps et se laissa flotter sur son matelas dans l'obscurité, détaché du monde. Il compta à nouveau à rebours à partir de dix, mais le sommeil ne vint pas. Il garda les yeux fermés, se concentrant sur son corps, le poids de ses os, sa respiration lente et régulière. De temps à autre, il entendait le ballon frotter légèrement contre le plafond.

Exaspéré, il repoussa les draps, sauta du lit et sortit pour en finir une bonne fois pour toutes avec cette histoire. Il prit le crayon, cocha la case « Oui » et fit éclater le ballon avec l'aiguille astucieusement fournie par le garçon. Il ouvrit la fenêtre et jeta le ballon dégonflé. Il allait refermer la vitre quand il hésita. En sortant la tête, il eut juste le temps de voir deux petites mains tirer la ficelle, neuf étages plus bas.

23

Les pièces de l'échiquier

— Vous pouvez me dire ce que vous faites ? demanda Katrin.

Elle s'était levée de la chaise de bureau du motel et le regardait d'un air implorant. Mais c'est son dos qu'elle regardait.

Evan n'arrêtait pas de bouger, concentré non pas sur elle, mais sur le lieu. Il étudiait les trois pièces des trois chambres communicantes. Elles étaient identiques : même mobilier, une entrée, une grande fenêtre devant et une plus petite derrière. Il avait laissé ouvertes les deux portes communicantes des chambres 9 et 11 de façon à avoir une bonne vision de tout l'espace depuis la chambre 10, celle de Katrin. À présent, il voulait exploiter ce champ de vision à son avantage.

— Ils nous ont déjà trouvés une fois, dit-il. Et on ne sait toujours pas comment. Ce qui veut dire que nous ne savons pas quand ils arriveront à nous retrouver.

Il ajusta l'angle d'ouverture de la porte de la chambre 9 de façon à pouvoir observer la fenêtre arrière. Les rideaux très fins laissaient entrevoir, dans la ruelle, une rangée d'énormes bennes à ordures et les branches d'un bouleau moribond. Evan avait laissé sa Ford Taurus grise — couleur prisée par les hommes d'affaires — dans un parking non loin de là. Après ce qui s'était passé à Chinatown, il avait estimé nécessaire d'augmenter les mesures de sécurité et utilisait à présent cette voiture « de secours » récupérée dans un parking voisin de l'aéroport de Burbank.

Fermant un œil pour obtenir une meilleure perspective, il ouvrit la porte d'un centimètre de plus, puis d'un autre encore. Parfait.

— Chaque fois que l'un de nous deux quitte cette pièce, dit-il, cela augmente le risque qu'ils nous retrouvent. Chaque fois que nous restons ensemble, cela augmente le risque qu'ils nous trouvent.

— On ne peut pas simplement s'enfuir ? demanda Katrin. J'ai mon passeport dans mon sac à main. Je le garde toujours sur moi depuis que tout ça a commencé. J'ai un peu d'argent, aussi. C'est pas beaucoup, mais…

— On ne peut pas fuir un problème de ce genre, répondit Evan en passant à côté d'elle.

Il ajusta la porte qui donnait sur la chambre 11, de l'autre côté, jusqu'à obtenir un angle de vision semblable à celui de l'autre porte. Il prit la chaise sur laquelle Katrin était assise un instant plus tôt et la plaça précisément au centre de la chambre 10, calculant la position parfaite pour profiter du meilleur point de vue d'ensemble.

— Et pourquoi on ne peut pas ? demanda-t-elle.

— Parce que, tôt ou tard, ils vous retrouveront.

Il déplaça l'une des tables de chevet rondes jusqu'à la fenêtre de devant, récupéra la mallette posée sur le lit, la reposa sur la table de chevet, saisit le code et l'ouvrit. La lentille à sténopé montée sur la partie supérieure de la mallette s'ajustait parfaitement au minuscule jour des rideaux.

— Ce sont de vrais coriaces, ils sont très bons dans ce qu'ils font. On ne peut pas se permettre le plus petit faux pas. Il faut préparer une contre-attaque si on ne veut pas se faire piéger.

Il synchronisa son RoamZone pour recevoir les images de la caméra à sténopé et repositionna la mallette jusqu'à ce que l'écran de son portable lui offre une vision complète du parking. Puis il cala son RoamZone contre le téléviseur devant lui et s'assit dans le fauteuil, dos à la fenêtre. Il avait ainsi une vue à plus ou moins 360 degrés sur les trois chambres et sur l'espace extérieur. Pour la première fois depuis son arrivée, Evan regarda Katrin droit dans les yeux.

Sa petite taille le frappa. Elle avait le physique typique d'une danseuse, des bras sveltes et finement musclés, des poignets minces, des épaules droites. Elle portait autour de la tête un foulard noué en bandeau duquel dépassait, ici et là, sa courte frange. Elle avait les yeux fatigués, malgré une bonne couche de mascara, et des taches rouges sur le cou et le bord du nez qui tranchaient avec sa peau laiteuse. Il était clair qu'elle avait beaucoup pleuré et très peu dormi, même si elle faisait tout son possible pour le cacher.

— Vous avez raison, dit-elle. Mais qu'est-ce que ça peut faire, de toute façon ? Ils ont déjà tué mon père. (Sa voix était indéniablement marquée par la douleur.) Si on reste… (Ses yeux se remplirent de larmes. Elle poursuivit.) Vous leur ferez payer pour ce qu'ils ont fait, c'est ça ?

Elle s'accroupit devant lui, prit ses mains et l'implora de ses yeux d'émeraude.

— Oui.

Elle se releva et cligna des yeux pour retenir ses larmes.

— Ça se termine toujours mal avec moi. Les relations amoureuses, le jeu, les histoires d'argent. C'est entièrement de ma faute, je le sais. J'arrive jamais à faire les choses comme il faut. Je finis toujours par tout perdre. Y compris quand il s'agit de ce qui compte le plus, Sam, je…

Elle n'arriva pas à terminer sa phrase. Elle se remit à parler mais d'une voix éraillée.

— J'aurais tellement voulu que, cette fois, ça se passe différemment, mais non.

Elle fixa Evan, assis là à surveiller son étrange dispositif de surveillance, puis cligna des yeux comme si elle était soudain de retour dans le présent.

— Comment est-ce que je dois t'appeler ? (Elle était passée au tutoiement.) Toujours l'« Homme de Nulle Part » ? C'est un peu long, non ? ricana-t-elle. Eh, l'Homme de Nulle Part, attention, t'as un tireur dans le dos. Ouh, ouh, l'Homme de Nulle Part, tu me passes le sel ?

— Evan.

— C'est ton vrai nom ?

— C'est important ?

— Evan.

Elle avait dit son nom, simplement pour savoir comment il résonnait dans sa bouche. Et elle le répéta :

— Evan.

Sur l'image qu'il recevait de son téléphone, un vieux pick-up était en train de se garer dans le parking. Un homme âgé portant une fine moustache blanche en sortit et se dirigea vers la réception.

— Il faut qu'on passe en revue les moindres détails du déroulement des faits pour comprendre comment ils ont réussi à nous suivre jusqu'au restaurant, reprit Evan. Mais avant, il faut qu'on établisse un certain nombre de protocoles. Il faut que tu restes le plus souvent possible dans cette pièce. Quand je suis absent, tu dois être extrêmement prudente. Tu dois faire attention à tout ce qui se passe autour de toi. Ne laisser passer aucun détail.

— Quel genre de détails ?

— Quelqu'un qui aurait l'air suspect, par exemple.

— Mais comment je suis censé les repérer, s'ils sont aussi bons que tu dis ?

Le grondement d'un moteur se fit entendre à travers les murs. Evan suivit l'ombre de la voiture qui passait devant les rideaux transparents des trois chambres. Quand le bruit s'éteignit, il fixa à nouveau son attention sur Katrin.

— Tu joues au poker ?

— Oui.

— Explique-moi comment tu étudies tes adversaires.

— C'est pas la même chose.

— Explique-moi.

Elle prit une profonde inspiration avant de se lancer :

— Les joueurs perfectionnistes sont faciles à repérer. Ils nettoient toujours les verres de leurs lunettes. Ils ont les ongles courts. Ils font des piles pour classer leurs jetons. Ils ont davantage tendance à être nerveux, à se laisser avoir quand quelqu'un bluffe. Ils jouent plus prudemment quand ils sont sur le point de tout perdre.

Elle s'assit en tailleur sur le lit.

Sur l'écran du portable, Evan vit le vieil homme à moustache sortir de la réception en faisant tournoyer la clé de sa chambre autour de son index. Il sortit de son champ de vision et, un instant plus tard, Evan perçut la vibration d'une porte qui s'ouvrait et se refermait.

— Les yeux d'un joueur peuvent le trahir, c'est pour ça que les pros mettent des lunettes de soleil et une casquette, continua Katrin. Un joueur qui s'inquiète parce qu'il n'a pas une bonne main aura les pupilles qui se contractent, même si c'est parfois difficile à voir avec un mauvais éclairage. S'il a une bonne main, il aura tendance à regarder plus longuement ses cartes avant de miser. On dit que les bluffeurs détournent le regard, qu'ils ne regardent jamais leurs adversaires en face et qu'ils clignent plus fréquemment des yeux, mais les vrais bluffeurs expérimentés, eux, se maîtrisent parfaitement et peuvent te regarder sans sourciller. Il faut aussi les écouter parler. Ils ont un discours plus fluide quand ils ont davantage confiance dans leur jeu.

Un nouveau mouvement sur le portable attira l'attention d'Evan. Un SUV était entré sur le parking par le côté ouest. Le véhicule s'était arrêté devant la réception, le moteur encore en route. Evan regarda à nouveau Katrin.

— Comme ton discours actuellement ?

Elle ébaucha un sourire.

— Ouais. Et quand il y a un tilt, leurs pieds sont pointés vers l'intérieur.

— Un tilt ?

— Une surcharge d'émotions. Quand ils n'ont plus du tout confiance. Mais on n'arrive pas toujours à voir sous la table, alors...

Elle haussa une épaule.

— Le plus important, c'est de savoir repérer et interpréter les schémas de conduite.

Personne n'était encore sorti du SUV.

Evan entendait toujours le moteur à travers les murs très peu épais du motel. Le sténopé lui offrait une image nette du côté de la voiture, mais pas de sa plaque d'immatriculation. Les vitres n'étaient pas teintées, il pouvait voir que deux hommes assis à l'avant du véhicule étaient en train de discuter. Rien d'alarmant. Pour le moment.

— Certains joueurs peuvent être très agressifs et bluffer très souvent, même quand ils n'ont rien. Tu peux gagner pas mal de *pots* si tu les démasques. Et c'est parfois utile de bluffer et de perdre exprès. C'est pas de l'argent perdu si ça peut envoyer le signal que tu es imprévisible. Il faut voir ça comme un investissement sur les mains suivantes. C'est ça, le truc, au poker : tu ne joues pas ton jeu, tu joues le jeu *des autres*.

— Et c'est exactement ce qu'on va faire avec les types qui ont tué ton père, dit-il.

Elle entrouvrit légèrement les lèvres, elle venait de comprendre.

Une Scion violette pénétrait maintenant sur le parking, suivie par un deuxième SUV. Evan se pencha en avant pour s'emparer du téléphone et examiner l'image de plus près.

Aucun de ces véhicules n'avait de plaques d'immatriculation.

La Scion se gara au fond du parking, à proximité de la rue. Le deuxième SUV resta devant.

Evan se leva.

— Quoi ? demanda Katrin. Qu'est-ce qu'il y a ?

— Tu as appelé quelqu'un depuis cette chambre ?

— Non.

Le second SUV dépassa celui qui était resté en face de la réception et continua jusqu'à la ruelle à l'arrière du motel.

— Tu n'es pas sortie d'ici ? Même une seconde ? Quand tu as commandé à manger, as-tu ouvert la porte au livreur ?

Evan gardait les yeux rivés sur l'écran. Les portes avant du premier SUV s'ouvrirent et deux hommes en sortirent. Gros muscles, chemise noire. À leur façon de marcher et à leur coupe de cheveux, Evan déduisit qu'il s'agissait d'anciens militaires.

— Mais nan… *Nan !* Qu'est-ce qui se passe, Evan ?

Les hommes avaient maintenant les mains posées sur leur holster de hanche. Ils entraient sur le parking au moment même où une lumière de phares balayait les rideaux de la chambre 9. C'était le deuxième SUV qui entrait dans la ruelle ; l'un des deux hommes marchait devant, l'autre derrière.

Ils n'avaient pas pu retrouver la trace d'Evan — il avait été extrêmement prudent. La seule possibilité était que Katrin les avait alertés. Et pourtant, il ne faisait aucun doute que c'était son cœur à elle que le sniper avait visé à travers la vitrine du restaurant.

Le visage déjà très pâle de Katrin était désormais livide. Elle le fixa, les lèvres serrées, exsangues.

Les phares, dans la ruelle, cessèrent de bouger. Le véhicule s'était arrêté juste au niveau de la chambre 9. Le large périmètre défini par les hommes sur le parking englobait les trois chambres contiguës. À l'évidence, quelqu'un les avait prévenus.

Evan attrapa brutalement Katrin par le bras et l'obligea à se retourner pour la fouiller.

Qu'il lui fasse confiance ou pas, il se devait, à cet instant, de la protéger.

Le Dixième Commandement — le plus important — était le plus profondément gravé en lui : « Ne laisse jamais mourir un innocent. »

Il ne trouva rien.

— Qu'est-ce que tu fais ? demanda Katrin. C'est toi qui es entré ici en dernier... Comme la dernière fois. C'est toi qu'ils ont suivi.

— Glisse-toi sous le lit, ordonna-t-il.

Elle obéit. Le cache-sommier se balança sur son passage.

Evan se plaça devant la chaise, pistolet en main, scrutant par l'interstice de la porte qui donnait sur la chambre 9, à sa gauche. Une ombre apparut dans le coin inférieur de la fenêtre du fond. Derrière le rideau se profilait le contour d'un pistolet doté d'un silencieux artisanal, probablement fabriqué à partir d'un filtre à huile. Intraçable et à utilisation unique.

L'arme d'un assassin.

Un coup d'œil à son portable lui permit de voir les deux hommes toujours en position sur le parking. Ce qui signifiait que l'assaut viendrait de l'arrière, par les fenêtres. Les hommes du parking étaient là pour empêcher Evan et Katrin de s'enfuir par la porte d'entrée. Des volutes de fumées s'élevaient du pot d'échappement de la Scion restée à l'entrée du motel — la position de surveillance de celui ou celle qui orchestrait l'opération. Peut-être le snipeur de Chinatown ?

Durant tout ce temps, Evan mettait au point sa tactique : quels angles couvrir, qui supprimer en premier, la meilleure option pour sortir.

Evan pouvait entendre la respiration saccadée de Katrin depuis sa cachette sous le lit et lui demanda de faire silence.

La silhouette à la fenêtre arrière de la chambre 9 se baissa et disparut de son champ de vision. Evan tendit l'oreille, attentif aux moindres bruits de pas dans la ruelle. Il souleva son Wilson et tourna lentement la main vers la vitre derrière lui, calculant la progression du tireur qui passait sous le rebord de la fenêtre de la chambre 10.

Au bout de quelques instants, il nota un mouvement à travers la fente qui lui permettait de voir la chambre 11, à sa droite : le premier homme s'était remis debout.

Evan entendit un léger raclement depuis la chambre 9, suivi du bruit étouffé d'une serrure qu'on force. Le deuxième homme. Une main gantée de noir, spectrale derrière le rideau agité par le vent, avait attrapé le cadre de la fenêtre à guillotine et le remontait sans bruit.

Ils entraient simultanément par les deux chambres contiguës.

* * *

— À quoi ça sert de faire appel à moi, si c'est pour me laisser dans la voiture ? s'exclama Candy.

— C'est l'équipe de terrain qui lance l'assaut, répliqua Slatcher. Toi, tu interviens ensuite, pour éliminer les traces. Chacun sa spécialité.

— Et moi qui pensais qu'on allait se salir les mains tous ensemble, comme au bon vieux temps, protesta la jeune femme en faisant la moue.

Recroquevillé derrière le volant de la Scion, Slatcher se reconcentra sur les SMS qui défilaient devant son œil droit. Plus précisément, les messages projetés par les lentilles de contact haute définition qu'il portait. Top Dog parlait, et quand Top Dog alias TD prenait la parole, on l'écoutait.

Top Dog adorait les gadgets, en particulier ceux qui permettaient de mieux sécuriser ses communications. Sa dernière trouvaille, c'étaient les vêtements et accessoires connectés. Cette lentille de contact projetait des images directement sur la rétine. Façonner les cellules à cristaux liquides en une courbe parfaitement adaptée au globe oculaire humain n'avait pas dû être une mince affaire, mais ce n'est pas cet aspect-là qui intéressait Slatcher. Sa seule préoccupation était d'empêcher ce putain de bidule de se dessécher sur son œil au beau milieu d'une mission.

Le dernier SMS de TD était :

LA ZONE EST-ELLE ENCERCLÉE ?

Slatcher leva les mains et tapa la réponse sur un clavier invisible. La réponse apparut à cinquante centimètres de son visage :

OUI. PÉRIMÈTRE SÉCURISÉ.

Il portait sur ses ongles des étiquettes adhésives de radio-identification (RFID) qui lui permettaient d'écrire et d'envoyer des messages littéralement dans l'air. Les merveilles que Top Dog tirait de son chapeau magique paraissaient sans fin.

À ses côtés, Candy jouait avec une mèche de ses cheveux en sifflant le refrain de *Girls Just Wanna Have Fun.*

LES DEUX OBJECTIFS SONT CONFIRMÉS ?

PAS ENCORE.

QUAND ?

L'un des hommes postés sur le parking se retourna vers la Scion et lui adressa un petit signe de la tête. Les doigts de Slatcher bougèrent à quelques centimètres au-dessus du volant.

MAINTENANT.

* * *

Les yeux fixés sur la main gantée qui pénétrait par la fenêtre de la chambre 9, Evan récupéra la mallette sur la table de chevet derrière lui et progressa en silence, accroupi, jusqu'à l'entrée de la chambre 9 où il déposa délicatement la valise sur le tapis élimé juste à côté de la porte de communication. Sous le lit, dissimulé par le cache-sommier, le visage de Katrin était frappé d'épouvante. Elle tremblait. De l'autre côté du lit, par la porte opposée, le rideau de la fenêtre arrière de la chambre 11 se mit à bouger. On était entré.

Evan eut un geste pour tranquilliser Katrin, abaissant lentement la paume ouverte vers le sol. Puis il reporta son attention sur la chambre 9 où le premier homme s'apprêtait à entrer. La main gantée agrippait le cadre de la fenêtre. Une botte apparut entre les rideaux. Evan calcula la position de l'homme afin de rester invisible pour lui. Il s'aplatit contre le mur à côté de la fenêtre. Il devait opérer sans faire le moindre bruit. S'il y avait échange de coups de feu ou si l'intrus criait ou tombait par la fenêtre, ceux du parking débarqueraient aussitôt par les portes d'entrée.

Evan posa son pistolet sur le tapis, à portée de main, sortit son couteau Strider et l'ouvrit délicatement. La lame d'oxyde noir se verrouilla avec un léger déclic.

Il vit le gros et menaçant silencieux fendre le rideau, suivi d'une épaule large et musclée sous un t-shirt ajusté.

Evan demeura immobile, en position.

La pointe d'une botte cherchait le sol. La sueur brillait sur la nuque de l'homme dont les cheveux étaient presque entièrement rasés. Des veines gonflaient ses mains et ses poignets. Il agrippait fermement son pistolet.

Evan n'aurait eu qu'à tendre la main pour lui asséner un coup sur la nuque. Il perçut un très léger grincement de parquet deux appartements plus loin : quelqu'un marchait dans la chambre 11. Il pensa à rejoindre Katrin, cachée dans la pièce attenante et qui bientôt serait à la merci du deuxième intrus.

Une chose à la fois.

Il se concentra sur l'homme devant lui. Avec une extrême prudence, il avait passé le haut de son torse à travers les rideaux et faisait maintenant porter son poids sur le pied qui se trouvait déjà dans la pièce. Il jeta un rapide coup d'œil à la porte communicante ouverte en passant son autre pied, mais Evan demeurait hors de son champ de vision.

L'homme souleva le genou jusqu'à sa poitrine et enjamba le rebord de la fenêtre. Il appuya son pied sur le sol et se redressa. Avant qu'il ait pu se retourner, Evan se glissa derrière lui, lui agrippa la tête et lui trancha la gorge. Il accompagna l'homme dans son affaissement, son ventre contre le dos du tueur, pour éviter le moindre bruit. Puis il repoussa la tête de l'homme contre sa poitrine pour empêcher que ses poumons ne se dilatent et révèlent sa position par un bruit. Le pistolet tomba des doigts inertes du mercenaire. Evan récupéra l'arme au vol et allongea le corps sur le sol.

Tout cela s'était déroulé dans le plus grand silence. Les talons de l'homme avaient frotté sur le tapis sans faire le moindre bruit. Il leva des yeux révulsés vers Evan. Ses lèvres bougèrent sans émettre aucun son : Evan lui avait tranché la carotide. Le sang qui sortait de sa blessure formait une flaque qui s'étendait autour de sa tête comme une auréole.

Evan se déplaça rapidement en direction de la chambre 10, stoppa devant le cadre de la porte et sortit son RoamZone de sa poche. La mallette était ouverte sur le seuil ; la caméra à sténopé lui envoyait une image inclinée de la pièce, montrant l'angle entre le mur et le plafond, la tête du lit et la moitié supérieure de la porte qui communiquait avec la chambre 11. Une tête surgit sur l'écran lorsque le deuxième homme entra dans la pièce. Evan ne voyait qu'une partie de l'épaule de l'intrus, qui était maintenant debout à côté du lit sous lequel Katrin se cachait, mais il ne pouvait pas deviner de quel côté l'homme regardait.

Il devait changer l'orientation de la caméra.

Du bout du pied, il poussa le coin arrière de la mallette aussi délicatement qu'il le pouvait, tout en gardant les yeux sur le téléphone afin d'obtenir le bon cadrage : le cou, la joue, un œil, puis deux. La tête entière apparaissait progressivement dans le cadre.

L'homme scrutait la pièce, sans s'être encore aperçu de l'infime mouvement de la mallette sur le seuil de la porte.

La paume d'Evan transpirait contre le boîtier en caoutchouc du portable. Il regardait l'écran, se demandant s'il devait attaquer ou attendre.

Puis l'homme disparut du cadre.

Evan s'efforçait de distinguer le moindre son. Rien. L'homme regardait-il sous le lit ? Il n'était plus question d'attendre. Evan continua de pousser la mallette d'un autre léger mouvement du pied, ce qui lui permit de voir le couvre-lit, la table de chevet avec une lampe… et l'homme. Accroupi près du matelas, le pistolet pointé vers le lit, son autre main s'apprêtait à soulever le cache-sommier.

Sur le petit écran du téléphone, Evan distingua la tête inclinée de Katrin, ses yeux effrayés, sa bouche ouverte sur le point de lâcher un cri : le canon était pointé sur sa tête.

Evan donna un grand coup de pied dans la mallette en direction de l'intrus. La valise tournoya sur le sol en faisant apparaître un tourbillon d'images sur le téléphone. Aussitôt, les bottes carrées de l'homme remplirent l'écran — la mallette avait dû s'arrêter juste derrière lui. Evan comprit, au mouvement de son pied gauche, que l'homme allait se retourner et, d'un bond, il entra dans la chambre et se jeta sur lui, saisissant la main qui tenait le pistolet déjà dirigé vers lui. Evan l'attrapa par le poignet et lui imprima une violente torsion du bras, brisant tendon et os. La main avec laquelle il tenait le couteau *tanto* se souleva et la lame se planta plusieurs fois dans le torse de l'homme, chaque coup entre deux côtes différentes.

Le visage de l'ancien militaire fut marqué par la surprise. C'était un professionnel, quelqu'un qui avait une longue expérience derrière lui, et il était clair qu'il n'avait pas prévu de mourir ainsi.

Le pistolet vola sur le lit et rebondit à deux reprises. Evan allongea le corps sur le matelas, par-dessus l'arme.

Katrin, toujours cachée sous le sommier, le regarda avec une expression qu'il ne parvint pas à interpréter immédiatement. De l'horreur, peut-être.

Il porta un doigt à ses lèvres pour lui faire signe de rester silencieuse et lui tendit le bras. Elle roula sur le dos et lui donna la main. Il la tira vers lui et l'aida à se remettre debout. À ce moment, un gargouillement s'éleva du lit.

— Mon Dieu, s'exclama-t-elle en haussant la voix. Est-ce qu'il est… ?

Au même instant, la fenêtre de devant explosa sous une rafale de tirs. Evan se retourna pour protéger Katrin des éclats de verre qui volaient dans la pièce. Elle se colla à lui, la bouche contre sa poitrine, et ses cris firent vibrer la peau d'Evan à travers la chemise.

Ils se précipitèrent dans la chambre 11. Écartant les rideaux, Evan poussa Katrin dans la ruelle avant de sauter derrière elle.

— Et la mallette ? demanda-t-elle.

Il y avait une petite coupure rouge sur sa joue de porcelaine, un éclat de verre scintillait dans sa peau.

Il lui attrapa la main et la tira jusqu'à la Taurus. Ils sautèrent à l'intérieur. Il démarra en trombe et sortit de la ruelle. Il accéléra sans discontinuer, pied au plancher, jusqu'au premier croisement, prit à droite et stoppa brusquement, moteur tournant, derrière un restaurant Norms. Plusieurs clients de l'établissement étaient sortis sur le trottoir et regardaient en direction des coups de feu. D'autres se précipitaient déjà vers leurs voitures, leurs enfants dans les bras.

— Qu'est-ce que tu fais ? Foutons le camp d'ici. Pourquoi tu t'arrêtes ?

Il retira son pied du frein, laissant la voiture avancer lentement jusqu'à pouvoir distinguer le parking du motel, quelques rues plus loin. La Scion violette était toujours là, à la place où il l'avait vue la première fois.

Il sortit son RoamZone qui continuait à recevoir les images de la mallette. On voyait maintenant le tapis de la chambre 10 jonché de morceaux de verre.

— Tu as reconnu cet homme ? lui demanda-t-il.

— Non, répondit-elle catégoriquement.

— Tu ne l'as jamais vu, tu es sûre ?

— *Non.*

Une paire de bottes surgit sur l'écran. L'image tourna plusieurs fois et finit par se stabiliser sur un visage. C'était l'un des deux types du premier SUV. Derrière lui, sur le lit, deux jambes paraissaient prises de tremblements.

— Et lui ? demanda Evan.

— Non plus. Je te promets.

L'homme se toucha l'oreille.

— On en a perdu deux, Slatch. Ah, merde, un trois quarts, si tu veux. Gonzalez est foutu.

L'autre partie de la transmission n'était pas audible. Derrière l'homme, une voix cria :

— Personne !

L'acolyte apparut au fond, se dirigeant à toute allure vers la chambre 11.

— Personne ! répéta-t-il en revenant à la chambre 10. Ils ont dû se tirer par la ruelle. On doit les poursuivre ?

L'acolyte inclina la tête et regarda la mallette.

— Qu'est-ce que c'est que cette merde ?

— On peut s'en aller maintenant ? supplia Katrin.

Evan jeta un coup d'œil à la Scion, mais ne put distinguer que les reflets du soleil de midi sur le pare-brise. À l'évidence, la personne qui était au volant attendait que l'équipe de terrain confirme la présence des cibles pour ne pas s'exposer à un plus grand risque.

Un risque bien réel, en l'occurrence.

— Mais on attend quoi, bon sang? éclata Katrin.

Sur son écran, Evan vit que les deux hommes inspectaient la mallette.

— Ça, dit Evan en tapant un code sur son téléphone.

Une explosion retentit dans tout le bloc. Fin du signal vidéo. Quelques personnes crièrent, mais Evan ne tourna pas la tête: il observait la Scion.

Un homme grand et corpulent finit par quitter le siège conducteur et contempla la scène, appuyé à la portière ouverte. Il souleva les mains et se mit à bouger les doigts, comme s'il jouait d'un piano imaginaire. Côté passager, une femme sortit. Grand chapeau de paille, lunettes de soleil, cheveux blonds ébouriffés.

On ne voyait plus la rangée d'habitations, couverte par la fumée qui sortait de l'endroit où s'était trouvée la chambre 10. L'homme et la femme restaient à distance. Ils ne s'intéressaient ni à l'explosion, ni aux hommes perdus: ils regardaient autour d'eux, scrutant la rue, les voitures en stationnement, les fenêtres des immeubles voisins. Ils avaient l'habitude des tactiques de diversion et des contre-attaques — il fallait savoir interpréter la position et le mouvement de toutes les pièces sur l'échiquier.

À un certain moment, l'homme se tourna vers le restaurant, mais avant qu'il ait pu apercevoir la Taurus, Evan avait déjà fait marche arrière et pris la direction de l'autoroute.

24

Le rancard le plus fou de ma vie

Les panneaux verts de l'autoroute 10 défilaient à toute vitesse au-dessus de leur tête — ils fuyaient la côte. Evan devait conduire Katrin dans un endroit sûr, un lieu qu'il pourrait avoir entièrement sous son contrôle. Ce qui signifiait qu'il allait faire une chose qu'il n'avait jamais faite auparavant : il allait emmener un client dans l'une de ses planques.

Une chose était sûre : il n'avait pas été suivi jusqu'au motel. Alors comment avaient-ils pu être localisés ? Il passa en revue toutes les possibilités, se remémorant et analysant des séquences particulières de ce qui s'était passé au motel comme s'il s'était agi de clips vidéo, avec des ralentis et des arrêts sur images pour en examiner le moindre détail. La pratique de la méditation de pleine conscience lui servait également à renforcer sa mémoire et à améliorer ses capacités d'attention. Tel était l'objectif à tout moment, quand il méditait, quand il combattait ou qu'il ouvrait sa boîte aux lettres : tout voir comme si c'était la première fois.

Il se revit au moment où il sortait de la voiture, en arrivant au motel. Y avait-il quelqu'un assis dans un des véhicules en stationnement ? Non. Un touriste prenant des photos ? Non, juste une mère et ses enfants qui attendaient sur le trottoir pendant que le père payait le parcmètre. Lorsqu'il s'était présenté la première fois à la réception, avait-il donné son numéro de plaque d'immatriculation? Non. Derrière le comptoir, il y avait une caméra de surveillance. La plupart des images de ce type, aujourd'hui, étaient stockées sur des serveurs en ligne. Lorsqu'il avait réservé les chambres, Katrin l'accompagnait.

Tels étaient les éléments dont il disposait.

Si, donc, Evan avait voulu traquer Katrin, qu'aurait-il fait, *lui*? Où l'aurait-il cherchée? Il aurait vérifié tous les motels de basse et moyenne catégories dans un rayon de cinquante kilomètres autour de la fusillade. Il aurait exclu ceux qui n'avaient pas un accès rapide à l'autoroute, ainsi que les grandes chaînes de motels qui demandaient beaucoup de renseignements. Après cela, il aurait passé un logiciel de reconnaissance faciale sur toutes les vidéos de télésurveillance des motels retenus. Cela supposait d'énormes ressources et beaucoup de savoir-faire, sans parler d'une bonne dose de chance. Peu probable? Effectivement. Mais pas impossible pour des pros. Tout dépendait de la qualité des gens engagés.

Et pourquoi, dès lors, ne pas supposer qu'ils auraient pu être repérés par satellites? Ils auraient pu être suivis depuis le restaurant jusqu'au motel. Sa Chrysler n'avait pas pu être détectée puisqu'il l'avait laissée dans la ruelle, mais lui aurait pu l'être en sortant sur Hill Street. Et aussi quelques blocs plus loin, sur le parking du débit de boissons où il avait passé Katrin au détecteur. Était-il demeuré suffisamment dans l'ombre du bâtiment pour rester incognito?

Evan reprit le contrôle de ses pensées, s'obligeant à revenir à la réalité. Si une mission d'une envergure telle qu'elle fasse appel à un suivi par satellites avait été mise en place, il y aurait eu une équipe tactique au complet pour le raid contre le Lotus Dim Sum, et pas un sniper solitaire à la fenêtre d'un appartement de l'autre côté de la rue. Il se rendit compte que tous les cas de figure qu'il envisageait étaient plus invraisemblables que ses pires élucubrations paranoïaques.

Il était beaucoup plus probable que Katrin ait prévenu leurs poursuivants. Mais pourquoi aurait-elle aidé des gens qui voulaient la tuer ?

Le front appuyé contre la vitre, Katrin avait détourné son regard d'Evan et se rongeait l'ongle du pouce, les pieds repliés sous le siège passager. « Qu'est-ce que tu caches ? » se demanda Evan.

Le sang avait séché sur la joue de Katrin, le fragment de verre brillait toujours dans la plaie. Evan s'occuperait de cela une fois arrivés à destination.

Il avait finalement opté pour son appartement du centre-ville, un loft perché à cinq étages au-dessus de Flower Street, avec vue sur une partie du Staples Center. Comme toutes ses autres planques, celle-ci était également intraçable et pouvait être abandonnée ou détruite en cas d'urgence. L'hypothèque et tous les frais liés à l'achat de ce loft avaient été réglés via un compte bancaire sur lequel il avait transféré l'argent depuis un autre compte appartenant à une société fantôme. Si quelqu'un s'intéressait à cet endroit, il ne trouverait rien qui lui permette de remonter jusqu'à Evan.

Ce logement ne comportait qu'une seule pièce à vivre. Elle était truffée de caméras de sécurité disposées de telle sorte qu'elles ne laissaient aucun angle mort. C'est pourquoi il l'avait choisi, il devait pouvoir surveiller Katrin quand il ne serait pas là.

Il ne pouvait pas lui faire confiance.

Elle n'avait pas ouvert la bouche de tout le trajet, pas même lorsqu'il s'était engagé sur la bretelle menant vers le centre-ville. En entrant dans le parking souterrain, Evan sentit que ses mains lui faisaient mal d'avoir tant serré le volant. Il jeta un coup d'œil à Katrin qui détournait toujours le regard. Personne n'avait jamais pu faire le lien entre cet immeuble et lui. Du moins jusqu'alors. Mais chaque nouveau développement de cette mission la rendait plus dangereuse et pénétrait plus profondément dans l'espace de sécurité qu'il s'était construit au fil des années.

Le parking était exigu. Les virages étaient serrés et les places pour se garer étroites — les SUV rentraient tout juste. Les lumières au plafond brillaient faiblement. Des vélos étaient attachés à un support métallique qui occupait un mur entier. Quelques antivols en U étaient encore fixés à des roues avant, derniers vestiges de bicyclettes disparues. C'était un immeuble assez bien fréquenté, sans plus. Evan finit par trouver une place tout au fond du sous-sol.

Il descendit de la voiture mais Katrin ne bougeait toujours pas. Il fit le tour pour lui ouvrir la portière, et elle sortit très lentement, toujours sous le choc.

Ou bien faisait-elle semblant?

Il n'y avait pas âme qui vive dans le parking mais Evan ajusta un foulard sur le visage de Katrin afin de dissimuler sa joue ensanglantée. Elle ne protesta pas. Après avoir sorti du coffre une valise Hardigg Storm Case, Evan fit monter Katrin par un escalier à l'arrière de l'immeuble. Ils arrivèrent au cinquième étage sans avoir croisé personne.

Le loft ne contenait que l'essentiel: un futon sur un cadre en bois, quelques assiettes et des casseroles ainsi qu'un jeu de serviettes pliées à côté du lavabo de la salle de bains.

Katrin regarda autour d'elle.

— Où est-ce qu'on est?

Evan posa la valise sur le plancher, fit claquer les fermoirs et souleva le couvercle imperméable. La doublure en mousse contenait plusieurs armes et outils. Il assembla le détecteur de jonction non linéaire.

Elle croisa les bras et eut un mouvement de tête en direction de l'appareil.

— Sans rire ? Tu vas *encore* me passer au détecteur ? Tu n'as toujours pas confiance en moi, n'est-ce pas ?

— Je ne sais pas.

Elle gratta de l'ongle une partie du sang séché sur sa joue.

— Tu crois… quoi exactement ? Que j'ai un micro sur moi ? Qu'on m'a mis une puce ?

— Peut-être.

— D'accord, d'accord.

Trop fatiguée pour se fâcher, Katrin ôta l'une de ses chaussures en l'attrapant par le talon avant de la dégager d'un coup de pied. Elle fit de même pour la seconde puis laissa son foulard tomber à terre et retira sa chemise sans l'ouvrir, en prenant soin d'écarter le col pour qu'il ne frotte pas contre la coupure de sa joue. Elle mit la main derrière son dos et dégrafa son soutien-gorge qu'elle laissa également tomber au sol.

— On va en finir une bonne fois pour toutes. J'ai rien à cacher. Aucun as dans ma manche.

Elle retira sa ceinture, son jean. Sous cette panoplie branchée, elle affichait une silhouette généreuse. Elle écarta les bras.

— Vraiment rien à cacher. Tu peux y aller.

Evan la regarda, tout en faisant de son mieux pour ne pas voir ses formes voluptueuses. Sa blessure à la joue n'avait vraiment rien de grave, même si elle avait beaucoup saigné, comme toutes les coupures au visage.

Elle respirait profondément, ses côtes montaient et descendaient, son visage rougissait, mais elle continuait à le dévisager crânement.

— Alors ?

Il s'avança et la passa au détecteur. Les mollets. La courbe de la hanche, la taille. Les seins. Les os de la clavicule. La nuque.

Puis il s'accroupit et étendit ses vêtements sur le sol pour en scruter chaque couture, chaque pli. Des nouvelles technologies sortaient chaque semaine, lui-même en utilisait, et il ne voulait passer à côté d'aucun fragment de matière inhabituelle ou de fil de métal, aussi minuscule soit-il.

L'appareil n'émettait rien d'autre que son crépitement machinal.

Evan se releva et Katrin montra du doigt ses vêtements.

— Je peux ?

Il hocha la tête et se détourna légèrement pendant qu'elle se rhabillait. Le soir commençait à s'installer et les lumières de la ville scintillaient au-delà de la grande fenêtre teintée qui tenait lieu de mur sud.

Quand elle eut terminé de se vêtir, elle se plaça devant Evan et tendit la main.

— À mon tour, maintenant.

Il y avait toujours la même intensité dans son regard, mais on voyait un demi-sourire sur ses lèvres charnues, premier signe d'amusement depuis la mort de son père. Evan voulut d'abord refuser, puis il pensa qu'il valait mieux ne pas la contredire et lui tendit l'appareil.

Elle passa la baguette devant son corps de bas en haut, en se mettant sur la pointe des pieds pour atteindre son visage. Lorsqu'elle agita la tête circulaire du détecteur près de sa tempe, il put sentir son souffle, aussi doux que la caresse d'une plume sur son cou. Elle lui rendit l'engin mais resta tout près de lui sans le quitter des yeux.

— Et maintenant ? demanda-t-elle.

— Mets-toi là.

Il lui montra le plan de travail dans la cuisine sous l'un des plafonniers encastrés ; elle s'y adossa et prit appui sur ses mains pour s'y asseoir. Evan alla récupérer un gant de toilette et une trousse de secours dans la petite salle de bains. Après avoir mouillé le gant avec de l'eau chaude au robinet de la cuisine, il s'approcha de Katrin. Assise sur le plan de travail, son visage et celui d'Evan étaient à peu près à la même hauteur. Elle posa son regard sur le gant, puis de nouveau sur lui. Elle écarta les genoux pour qu'il puisse mieux s'occuper de sa coupure.

La blessure était superficielle, comme il l'avait pensé, et le morceau de verre, minuscule. Il commença par tamponner le côté de son menton, retirant le sang qui partait par petites plaques. Plus il s'approchait de la coupure, plus Katrin faisait des grimaces de douleur. Elle jeta nerveusement un regard sur la pince à épiler dans la pochette transparente de la trousse de secours.

— Ferme les yeux, dit-il. Concentre-toi sur la douleur. Quel effet ça fait ?

Le sang séché autour du morceau de verre était plus tenace, mais il finit par céder. Katrin avait fermé les yeux, mais ses paupières tremblaient et elle avala sa salive.

— L'effet d'un putain de bout de verre enfoncé dans mon visage.

— C'est un bon début. C'est chaud ?

— Oui.

— Et ça a une couleur ?

— Orange, répondit-elle. Orange et jaune.

— Et ça change, ou ça reste pareil ?

— Ça change, ça palpite. Et puis ça s'arrête.

— Choisis une partie de ton corps qui ne te fait pas mal.

— La main, fit-elle.

Sa main était posée sur l'épaule d'Evan.

— D'accord, dit-il en s'emparant de la pince à épiler. La main. Concentre-toi sur elle. Qu'est-ce que tu sens ?

— C'est froid. Et dur comme de la pierre.

— Ta main est de quelle couleur ?

— Bleu cobalt.

— Tu arrives à sentir tous tes doigts séparément ?

Evan nota un très léger chatouillement sur son épaule.

— Ouais, répondit-elle. Ouais… Et maintenant tu vas prendre la pince à épiler, je suis sûre…

— C'est fini.

Elle ouvrit les yeux. Evan inclina la pince tel un bijoutier et le fragment de verre renvoya un éclat de lumière.

— Tu es un vrai magicien, s'exclama-t-elle.

L'armoire à côté du réfrigérateur contenait quelques aliments de base. Evan prit des pâtes, fit bouillir de l'eau et réchauffa un pot de sauce. Elle le regarda cuisiner.

— C'est le rancard le plus fou de ma vie, fit-elle, amusée, et il sourit à son tour.

Il lui servit son repas directement sur le plan de travail. Elle avait posé son sac à main ouvert à côté d'elle. On pouvait voir un portefeuille trop rempli, une trousse de maquillage et la couverture bleue d'un passeport.

Pendant qu'elle mangeait, Evan se dirigea vers la Storm Case, s'accroupit et commença à ranger le détecteur.

— Je pourrais avoir quelque chose à boire ?

Parfait timing.

Le couvercle de la valise cachait sa main qui saisissait un minuscule flacon de verre dans la doublure en mousse.

— Il y a un distributeur en bas, répondit Evan. Toi, tu ne bouges pas d'ici.

— Pas même en rêve.

Il sortit de l'appartement, prit l'ascenseur, introduisit deux billets dans la machine et choisit la bouteille la plus foncée : un Powerade aux fruits. Il emprunta les escaliers pour remonter, s'arrêta sur un palier désert et examina le petit flacon à contre-jour. On aurait dit du sable noir, mais c'était en réalité une micropuce : du silicium et une infime quantité de cuivre et de magnésium. Une technologie développée à l'origine par l'industrie biopharmaceutique pour réguler le diabète. Une fois ingérés, les capteurs s'amassent et stimulent les sucs gastriques, produisant un faible courant électrique qui envoie un signal sur la peau du patient. Un patch récupère ce signal et transmet le taux de glycémie au médecin traitant via son portable. Dans la version modifiée que s'était procurée Evan, les micropuces transmettaient les coordonnées GPS du porteur. La poudre se décomposait et s'évacuait du corps au bout de quelques jours.

Evan vida le flacon dans la bouteille et l'agita jusqu'à ce que les particules soient bien diluées dans le liquide rouge. Puis il reprit son ascension par les escaliers.

Quand il entra dans l'appartement, Katrin se trouvait derrière le plan de travail, en train de faire la vaisselle. Il tourna le bouchon, faisant semblant d'ouvrir la bouteille pour la première fois, et lui tendit la boisson.

Elle secoua la tête.

— Je bois pas ces trucs-là.

— Le stress brûle les électrolytes, expliqua-t-il. Bois.

Elle le regarda pendant quelques secondes puis s'empara à contrecœur de la bouteille, en but la moitié et la reposa sur le plan de travail. Elle étouffa un bâillement et se dirigea péniblement vers le futon.

— J'ai l'impression de ne pas avoir fermé l'œil depuis un mois, dit-elle.

Sans se déshabiller, elle s'enfouit sous la couette blanche et moelleuse.

Evan mit la bouteille dans le réfrigérateur et s'approcha du futon.

— Je vais laisser du cash sur le plan de travail de la cuisine, dit-il. Les règles sont les mêmes que dans le motel pour commander à manger et pour sortir. Je reviens demain.

— C'est bon, j'ai compris, répliqua Katrin en articulant à peine.

Elle s'était allongée sur le côté, face à la grande vitre teintée. De l'autre côté d'une rivière de phares, s'élevait le Staples Center, illuminé de violet, la couleur des Lakers.

De l'intérieur du bouchon du flacon, Evan décolla un minuscule adhésif couleur chair de la taille d'une pointe de crayon et le coinça entre ses doigts. Il se pencha sur le futon et, tout en remontant le drap, il lui effleura la peau derrière l'oreille, juste à côté de son tatouage. Le patch était résistant à l'eau, plus fin et transparent que de la cellophane — pratiquement invisible.

Au moment où il allait s'éloigner, Katrin se retourna brusquement et lui prit le poignet.

— Je ne sais pas comment te remercier, dit-elle, déjà à moitié endormie.

Il secoua la tête de gauche à droite et ajusta à nouveau les draps. Elle se remit sur le côté et ferma les yeux.

En sortant, Evan subtilisa le passeport dans son sac à main.

25

Un certain type d'affaires

Evan débarqua à Northridge en pleine nuit. La lune perçait le dôme noir du ciel. Un dédale de petites rues le conduisit à la zone industrielle, près de Parthenia. L'endroit ressemblait à des studios de cinéma avec ses gros bâtiments carrés dispersés comme autant de plateaux de tournage.

Les pneus de la Taurus crissèrent sur l'asphalte en passant devant les commerces, tous fermés pour la nuit. Sauf un.

Un unique point de lumière brillait au-dessus de l'entrée du dernier bâtiment du complexe. C'était un réverbère de style victorien émergeant d'un massif de bégonias. À la place d'une classique ampoule, le réverbère contenait un panneau rétroéclairé contenant à son tour l'image d'un réverbère sous lequel on lisait : « CraftFirst — Restauration artisanale d'affiches » en lettres anciennes. Ce concept à la Magritte était parfaitement approprié car la façade en brique abritait un commerce à l'intérieur d'un autre commerce.

Evan se gara et sonna à l'interphone. Un instant plus tard, la porte s'ouvrit avec un déclic. Il traversa un petit hall aux murs violets tapissés d'affiches de films italiens des années 40. Une autre porte, un autre interphone, et il arriva dans un immense atelier.

Des rayonnages industriels recouvraient les murs, remplis de toutes sortes de pots de peinture, diluants pour ciment caoutchouc, pinceaux à pointes fines aux manches entourés de ruban adhésif, couteaux à palette et autres cutters X-Acto. On trouvait aussi des supports d'affichage ainsi que des rouleaux de bâche militaire et de film Mylar. Et également des piles de supports d'angle et de barres de civière en toile pour châssis. Le lieu ressemblait à une usine : les ouvriers penchés sur leurs tables de travail géantes en contreplaqué restauraient des affiches et des gravures anciennes. Les tables à roulettes, placées à portée de main, se trouvaient à la hauteur de leurs cuisses, ce qui leur permettait de réaliser plus commodément leur tâche.

La plupart des peintres qui se trouvaient là écoutaient de la musique sur leur iPod au moyen de gros casques serrés sur leurs oreilles. Tous portaient des lunettes — c'est le genre de travail qui abîme facilement la vue. Un homme à la chevelure brillante ajusta une affiche britannique froissée du film *Chacal* d'un mètre sur deux entre des buvards et glissa le tout dans une presse à vis en fonte du XIXe siècle. À côté de lui, un ouvrier pulvérisait d'insecticide une affiche originale allemande de *M le maudit*, tandis que son collègue nettoyait délicatement une tache à l'aide de savon Orvus, un tensioactif pur et sans parfum utilisé pour le bétail et le papier — ce savon permet à l'eau de mieux pénétrer les fibres du support. Les deux hommes posèrent rapidement l'affiche sur une table aspirante qui se mit bruyamment en marche et évacua en un instant toute l'humidité.

— Evan ! Viens par ici ! Il faut que tu voies ça !

Melinda Truong, une femme agile dont les cheveux noirs lui descendaient jusqu'au bas du dos, fit signe à Evan de venir vers elle. Elle était en compagnie d'un groupe d'hommes autour d'un poste de travail. Avant de la rejoindre, Evan jeta un coup d'œil à un téléviseur qui diffusait le début des informations de 22 heures. Il voulait voir si on parlerait de la fusillade du motel, mais le premier reportage était consacré à la disparition d'un homme politique.

Le cercle d'ouvriers laissa passer Evan avec une certaine déférence. Melinda prit son visage entre ses mains et l'embrassa sur les deux joues, fort près de la bouche. Elle portait un sweater ajusté, un pantalon de yoga et des baskets orange vif au design élaboré. Derrière son oreille dépassait un pinceau 000, le plus fin, dont le manche était enveloppé de ruban rose. À sa taille pendait en bandoulière un aérographe double action Olympos, dont la poignée était également garnie de ruban rose, ce qui lui donnait un petit air de pistolet laser comme on en voyait dans certains films de science-fiction des années 70. C'était la seule femme de l'atelier, et elle avait personnalisé ses outils afin de dissuader les ouvriers de les lui prendre.

Melinda tira Evan par la main pour qu'il se rapproche de la table autour de laquelle le petit groupe s'était réuni.

— Cette pauvre fille s'est fait arracher d'une vitrine de cinéma à Paris. Elle est restée séquestrée dans un entrepôt humide pendant des années et des années après la guerre. Et puis on l'a enfermée dans une malle, jusqu'en juin dernier. Elle nous est parvenue dans un état critique.

Evan baissa les yeux sur une image de Ginger Rogers dans *Les Nuits ensorcelées* pressée entre des couches de Mylar. L'affiche comportait plusieurs déchirures, trous et plis.

— Elle a morflé, dit Evan.

— Tu aurais dû la voir avant qu'on lui mette la main dessus. Il a fallu la démonter, la laver et la traiter avec de la Bestine pour lui enlever tous les restes de colle. On la répare avec du papier de l'époque. Elle coûtera dans les six chiffres quand on en aura fini avec elle. C'est son propriétaire qui va être content. Bien sûr, on ne le facture qu'à un dollar vingt-cinq de l'heure.

Elle lui adressa un clin d'œil amusé.

— Une misère comparée à ce qu'on demande pour nos « services spéciaux ».

À ce moment, elle parut se souvenir que d'autres personnes se trouvaient autour d'elle.

— Et alors ? dit-elle brusquement dans sa langue maternelle. Qu'est-ce que vous attendez ? Au boulot !

Tout le monde reprit sa tâche. Evan fit un signe de la tête en direction d'une affiche de *Frankenstein rencontre le loup-garou* posée sur la table voisine.

— Et lui ?

— Ce type-là ? (Elle sourit, montrant deux rangées parfaites de dents nacrées.) Plutôt pas mal, non ? Il a été abîmé et restauré un paquet de fois, comme la plupart des gars qui valent quelque chose.

Elle dégagea un coin de l'affiche et lui en montra l'arrière.

— Il y a tous ces timbres de collectionneurs pour établir la provenance. *Mais.*

Elle cria un nouvel ordre à travers l'atelier et, quelques instants plus tard, toutes les lumières s'éteignirent les unes après les autres en cliquetant. Elle alluma la lampe à ultraviolets qu'elle tenait en main et les verts et les blancs de l'affiche devinrent subitement luminescents.

— C'est un faux, tu vois ? C'est une impression à jet d'encre que des mecs ont collée sur un support ancien et qu'ils ont intentionnellement abîmée.

Les lumières se rallumèrent et elle retira l'affiche de la table, faisant disparaître la créature de Frankenstein dans le large tiroir d'un grand classeur. Elle sourit.

— Je peux reconnaître un faux les yeux fermés.

Glissant son bras sous celui d'Evan, elle le conduisit dans un couloir d'où se dégageait une agréable odeur de pétrole.

— Le marché des affiches d'époque, Evan, c'est la jungle.

— Ça en a l'air.

Ils entrèrent dans un studio de photographie aux murs sombres et aux fenêtres noircies pour éviter les reflets pendant les séances de pose, endroit idéal pour conduire des affaires d'un tout autre genre.

— Ça fait quoi… six mois? demanda-t-elle. Tu es venu parce que je te manquais?

— Évidemment. Mais pas seulement.

— Tu as besoin d'un autre permis de conduire? D'une carte de sécurité sociale? D'un visa?

— Je n'ai pas encore eu l'occasion de brûler ceux que tu m'as faits la dernière fois.

Les lèvres de Melinda se relevèrent d'un côté.

— Tu as trouvé une piste pour une originale de *Metropolis*?

Le Graal de Melinda et de tous les collectionneurs. Seules trois affiches avaient apparemment survécu — une vraie rareté qui pouvait monter à plus d'un million de dollars.

— Malheureusement pas.

Evan sortit le passeport de Katrin de sa poche et le lui tendit.

Melinda observa attentivement le document, puis elle montra du doigt la photo de Katrin. Elle inclina la tête avec malice.

— Je dois être jalouse?

Posant le passeport sur la table de travail, elle ouvrit et referma plusieurs petits tiroirs remplis de cachets des douanes.

— Tu veux qu'elle soit allée en Inde?

Elle sortit l'un des plus gros cachets.

— Ou aux Galapagos, peut-être? C'est le plus élaboré, celui qu'on reçoit à Baltra.

Elle tamponna le cachet sur un morceau de papier et prit quelques secondes pour admirer son œuvre.

— Non, je n'ai besoin de rien falsifier. Je veux juste savoir s'il est authentique.

Melinda leva ses fins sourcils, mais aucune ride n'apparut sur son front parfaitement lisse. Elle plaça le passeport sous la lentille d'un microscope binoculaire AmScope connecté à un ordinateur. Elle rassembla ses longs cheveux sur l'une de ses épaules et se pencha sur le document pour l'étudier avec une extrême attention. Elle analysa la couverture du passeport, ses coutures et plusieurs pages sous différentes lumières. Elle se servit ensuite de l'ordinateur et passa longuement en revue les images prises grâce au microscope. Puis elle revint au passeport proprement dit, cette fois avec une loupe, et en examina la photographie, millimètre par millimètre.

— C'est un vrai, affirma-t-elle.

— Tu es sûre ?

Elle était déjà en train de supprimer les images et la mémoire cache de l'ordinateur.

— C'est vraiment très difficile de falsifier un passeport, Evan. Et il est pratiquement impossible de reproduire le papier.

— Même à partir de plaques de métal gravées ?

— Impossible, répliqua-t-elle en secouant la tête.

— Et s'il était sérigraphié à partir d'une capture en très haute résolution ?

— Même *moi* je ne pourrais pas obtenir une pixélisation aussi nette.

Il avait la réponse à sa question.

Melinda soupira.

— Écoute, peut-être que quelqu'un pourrait s'amuser à reproduire le gaufrage, mais les hologrammes ? Pas moyen. Ce document est authentique.

Elle le fixa du regard encore un instant au cas où elle n'aurait pas été suffisamment convaincante.

— Ce n'est pas un faux. Ce n'est pas *un bon* faux. Ni un faux exceptionnel. (Elle lui rendit le passeport d'un mouvement vif du poignet et conclut.) C'est son vrai passeport.

26

Énervé

Assis à son poste de commandement personnel dans la pénombre humide de la Voûte, Evan buvait deux doigts d'U'Luvka avec des glaçons tout en regardant les images de surveillance du loft. Katrin dormait d'un sommeil agité, remuant de temps à autre. Elle avait beaucoup de raisons d'être nerveuse.

Lui-même l'était aussi, et ce n'était pas un état auquel il était familier.

Il avait plutôt l'habitude de pièces de puzzle manquantes et d'équations presque justes, mais tout ce qui clochait dans cette histoire était autrement plus troublant. Il n'avait toujours pas la moindre idée de la façon dont ils avaient été pistés. Et pas seulement une fois, mais deux ! Il ne savait pas davantage qui voulait les tuer. Et il n'était même pas sûr de pouvoir faire confiance à sa cliente.

Il repassa les images pour s'assurer que Katrin n'était pas sortie du loft. Il s'aperçut qu'elle n'avait même pas quitté le futon. Ensuite, il tenta de la localiser par GPS grâce à la micropuce qu'il lui avait fait ingérer, mais trop peu de temps s'était écoulé depuis son dernier repas ; les sucs gastriques n'avaient pas été suffisamment stimulés pour charger les particules du capteur dans son appareil digestif.

Il devait avant tout débusquer ceux qui étaient à ses trousses et, de là, remonter jusqu'aux commanditaires de Las Vegas. Pour ce faire, il ne disposait d'aucune information concrète, excepté le numéro de téléphone des assassins de Sam, aussi intraçable que le sien, ainsi que le surnom qu'il avait entendu durant l'assaut du motel. *On en a perdu deux,* Slatch.

Le moniteur à la gauche d'Evan affichait les résultats du National Crime Information Center, la fierté du FBI. Les puissants moteurs d'exploration de données de la base Alias fonctionnaient depuis un bon moment déjà, depuis qu'il avait lancé la recherche « Slatch », mettant à contribution tous les impôts qu'il ne payait pas.

Trois résultats finirent par apparaître. Le premier, Julio « Slatch-Catcher » Marquez, membre d'un gang mexicain, purgeant actuellement une peine de prison à Lompoc pour vol à main armée. En dessous, Evelyn Slatch-Donovan, une grande dame d'Hollywood liée au crime organisé. Evan les écarta tous les deux et cliqua sur le troisième et dernier nom : Danny Slatcher. Les archives fédérales n'avaient qu'une seule photographie de l'individu, une image prise par une caméra de surveillance où on le voyait descendre d'un hors-bord affublé d'un panama et de lunettes de soleil qui masquaient ses traits. Mais la corpulence de l'homme ne laissait pas le moindre doute : c'était indéniablement l'homme qu'Evan avait repéré sur le parking du motel.

Il sentit une veine palpiter dans son cou ; il avait peut-être trouvé une piste.

Sur l'image, le nommé Slatcher tenait dans sa main droite une mallette Pelican, du même type qu'Evan utilisait pour transporter ses armes. Il était très probable que ce soit le sniper qui avait tiré sur Katrin à Chinatown. Bien sûr, il ne pouvait pas en être sûr, mais il s'en tiendrait pour le moment à cette hypothèse.

Deux noms étaient associés à Slatcher. Le premier, signalé comme « décédé », était un banquier corrompu des îles Turques-et-Caïques. Son dossier affichait tout ce que l'on pouvait attendre d'un blanchisseur d'argent. Des engrenages à l'intérieur d'engrenages.

Le deuxième nom, Candy McClure, renvoyait à plusieurs photos floues d'une femme à l'épaisse chevelure (probablement une perruque) sans casque sur une Kawasaki verte et blanche. C'était peut-être la femme à bord de la Scion, mais cela restait difficile à déterminer. Il n'y avait aucune autre information sur elle.

Evan cliqua sur le fichier du casier judiciaire de Danny Slatcher. Ce qu'il lut coupa net son enthousiasme :

FICHIER EXPURGÉ.

Deux mots aux multiples implications. Sans parler des complications.

Evan se rendit compte qu'il serrait les dents. Il cliqua sur le lien suivant pour afficher le dossier de Slatcher dans la base de données des criminels violents de l'ATF, sachant déjà ce qu'il allait trouver.

FICHIER EXPURGÉ.

Même résultat pour les troisième et quatrième liens.

Evan reposa son verre et jeta un œil à Vera, planquée dans son monticule de galets de verre, mais la plantule ne semblait pas avoir grand-chose à lui dire.

Danny Slatcher n'était pas un assassin à la petite semaine. Ni un tueur à gages de la mafia. C'était quelqu'un de bien plus dangereux.

Evan n'aimait pas cette idée, elle lui hérissait les poils de la nuque et lui retournait l'estomac. Il savait maintenant qu'il devait absolument se rendre à l'endroit d'où Slatcher avait tiré, à Chinatown, afin de reconstituer la scène de la fusillade depuis l'autre côté de la mire. Avec ou sans la police dans les parages, Evan *devait* y retourner.

27

Le jeu du chat et de la souris

Le Lotus Dim Sum semblait avoir repris son activité normale. On avait réparé les vitrines et balayé les morceaux de verre sur le trottoir. Deux jours s'étaient écoulés depuis la fusillade, mais l'immeuble d'en face, lui, semblait toujours sous le contrôle de la police de Los Angeles.

Caché dans l'ombre, sous la brillante pagode de Chinatown Central Plaza, Evan observait l'appartement du dernier étage de l'immeuble. Il grignotait un à un des biscuits aux amandes. Bien qu'il ait recouvert le bout de ses doigts d'une fine couche de Super Glue, il pouvait encore sentir la consistance granuleuse de la pâte.

Il préférait la Super Glue aux gants, car elle attirait moins l'attention et lui laissait davantage de sensibilité. L'immeuble choisi par Slatcher était le moins vilain de la rue Broadway ; les bâtiments voisins paraissaient délabrés en comparaison, avec leurs murs décrépits et leurs balcons-garages où s'entassaient vélos, vieilles planches de surf, plantes mortes et autres séchoirs à linge.

De ses précédents repérages en voiture, Evan avait compris que Slatcher n'avait pas tiré d'une fenêtre, comme il l'avait d'abord supposé, mais depuis la baie vitrée d'un balcon. L'événement lui-même — un sniper tirant sur un restaurant bondé — était considéré comme d'une gravité équivalente à celle d'une attaque terroriste, et la police de Los Angeles avait réagi en conséquence. Trois voitures de patrouille étaient garées ici et là le long du trottoir. Des néons brillaient depuis la pagode, projetant des motifs jaunes et rouges sur le visage d'Evan alors qu'il observait les lieux et essayait de localiser les différents policiers.

Plusieurs d'entre eux étaient restés dans leur véhicule. Des agents en uniforme contrôlaient l'identité des résidents de l'immeuble à l'entrée principale et à celle de derrière, au niveau du parking et des deux portes latérales. Deux autres agents patrouillaient à l'intérieur, apparaissant de temps en temps aux fenêtres des cages d'escalier. Evan chronométra leurs allées et venues et remarqua qu'ils passaient bien plus de temps au troisième étage. Lors d'une ronde, une policière pénétra dans l'appartement utilisé par le tireur et apparut de l'autre côté de la baie vitrée, elle contrôlait les chambres, la cuisine, le balcon. Il était donc impossible de pénétrer sur les lieux, ni par la porte principale, ni par d'autres accès de l'immeuble.

De l'autre côté de la place, un groupe d'hommes jouait au mah-jong. On entendait les tuiles s'entrechoquer à chaque nouvelle partie. Evan mangea le dernier biscuit, jeta l'emballage dans une poubelle et traversa rapidement la rue, saluant de la tête un agent qui buvait un café assis derrière son volant.

Evan entra dans le bâtiment voisin et prit l'ascenseur jusqu'au quatrième étage. De la rue, il avait repéré un appartement, en bout de couloir, dont toutes les lumières étaient éteintes. Une couronne de houx en plastique poussiéreuse décorait la porte. La serrure était une insulte à toutes celles qui portent ce nom : le passage d'une simple carte de crédit lui permit de pénétrer dans la place.

Un ronflement d'origine inconnue emplissait la minuscule entrée. Une vieille moquette étouffa les pas d'Evan dans la pièce principale. Il traversa l'appartement et gagna le balcon. En coulissant, la baie vitrée émit un léger grincement, couvert par le sifflement du vent. Sans perdre de temps, Evan enjamba la balustrade du balcon et s'y agrippa, à présent suspendu quatre étages au-dessus de la rue. Après un léger balancement des jambes, il lâcha prise et se laissa tomber sur le balcon inférieur, atterrissant entre une rangée de planches de surf et un mini-frigo.

À travers la baie vitrée pourtant bien sale, Evan put distinguer une fête dans la pièce contiguë. Verres à vin qui tintent, rires féminins, une odeur de poulet rôti et de cidre chaud.

Evan tourna le dos aux convives et regarda de l'autre côté de la ruelle, là où se trouvait le bâtiment du sniper. Trop loin pour y arriver en sautant. Ce n'était de toute façon pas son intention.

Il prit la plus longue planche de surf et la glissa jusqu'au rebord du balcon d'en face. Il posa le dos de la planche sur la balustrade devant lui, avant de monter dessus. Il était prêt à jouer les funambules. La planche de surf vacilla légèrement lors de sa lente traversée, un pas prudent après l'autre.

Venant d'en bas, il entendit le bruit d'une portière de voiture qui claquait. Il baissa les yeux et vit un agent de police, celui qu'il avait salué en traversant la rue. Son gobelet en polystyrène toujours à la main, il passa juste au-dessous d'Evan, qui s'immobilisa, les bras légèrement tendus, comme un oiseau sur le point de s'envoler. La planche trembla, menaçant de se retourner, et il dut faire appel à toute la puissance de ses mollets et de ses cuisses pour rester en équilibre. Le policier trapu jeta sa tasse à café dans une benne à ordures, rajusta son pantalon, retourna dans sa voiture de patrouille et claqua la portière dont le claquement résonna dans la ruelle déserte.

Evan souffla.

Il poursuivit sa traversée. Quelques pas douloureux le conduisirent finalement sur le balcon opposé. Il sauta de la balustrade et dissimula la planche de surf derrière une grande fougère avec l'intention de la réutiliser pour le retour. L'appartement semblait vide malgré plusieurs lumières allumées. Evan ouvrit sans difficulté la baie vitrée, traversa la pièce en diagonale et se rendit sur le balcon orienté à l'ouest, celui qui donnait sur Broadway. Prenant appui sur la balustrade, il sauta sur le balcon voisin et aussitôt sur un deuxième, passant d'abord devant un couple en pleine embrassade, puis devant deux hommes absorbés dans une partie de *Grand Theft Auto*. Un dernier saut et il arriva au poste de tir du sniper.

Evan jeta un coup d'œil rapide de l'autre côté de la rue Broadway. Le restaurant asiatique se trouvait en plein dans sa trajectoire, alors que le reste de la place était presque entièrement caché. Slatcher avait dû tirer les coups suivants de plus haut. Du toit, probablement.

Evan se retourna pour étudier l'appartement. Un cercle parfait, de la taille d'un frisbee, avait été découpé dans la porte vitrée, juste à côté de la poignée. On s'était servi d'un coupe-verre circulaire à ventouse, l'un des outils préférés des cambrioleurs. Et des snipers. Evan savait par expérience à quel point un trou dans le verre était préférable à un tir : pas de réfraction de la balle, pas de baie vitrée laissée bizarrement ouverte, pas de rideau agité par le vent et pouvant attirer l'attention. Il était clair que l'appartement était inhabité ; la pièce avait été soigneusement nettoyée et passée à l'aspirateur pour être présentée à de potentiels locataires. La porte d'entrée faisait directement face au balcon.

Evan était sur le point de passer la main par le trou pour ouvrir la baie vitrée quand la porte de l'appartement s'ouvrit. Il eut tout juste le temps de se dissimuler avant que la policière n'entre dans l'appartement, balayant la pièce de sa lampe torche. Evan garda les omoplates fermement plaquées contre le mur de stuc à côté de la vitre, espérant qu'elle irait d'abord inspecter la cuisine comme lors de ses patrouilles précédentes. La torche s'agitait et approchait.

Elle se dirigeait droit sur le balcon.

Evan effectua un petit saut et s'agrippa à la corniche du toit. La baie vitrée émit un bruit métallique en s'ouvrant. Il souleva les jambes au-dessus de ses mains, presque à la manière d'un gymnaste sur une barre fixe. Lorsque les bottes de la policière apparurent sur le balcon, Evan était allongé sur le toit, les mains tout juste ôtées de la corniche. La femme entendit un bruit, le froissement de la chemise d'Evan contre le revêtement du toit. Elle leva la torche. Evan resta immobile, retenant son souffle. La lumière parcourut le béton juste à côté de lui. Il sentit une très légère odeur de parfum.

Le faisceau de la torche finit par s'abaisser. Les bottes disparurent et la baie vitrée se referma. Evan put souffler. Il leva les yeux et remarqua la vue dégagée qui s'offrait sur la place et l'angle idéal sur la ruelle où il avait stratégiquement garé son monospace.

Il apparaissait donc que Slatcher était monté sur le toit, après qu'Evan eut fait sortir Katrin du restaurant, afin de pouvoir poursuivre sa traque. Toujours à plat ventre, Evan tourna la tête. Juste à côté de lui, une bouche d'aération conique s'élevait, fumante. Il vit que le support était fixé au sol par quatre vis. Sur les quatre, deux étaient à peine enfoncées dans le support.

Quelqu'un avait enlevé et remis ce conduit à la hâte.

Evan s'approcha d'une roulade, retira les vis et souleva le cône. Il sortit une petite lampe Maglite de l'une de ses poches cargo et dirigea le puissant faisceau à l'intérieur du conduit.

Effectivement, un fusil de sniper se trouvait là, dix mètres plus bas. C'était apparemment un McMillan calibre 308, un modèle utilisé par la police, facile à se procurer, assez répandu et donc difficile à tracer. Cacher l'arme sur la scène du crime était la signature d'un tueur professionnel. Il était en effet très risqué de conserver sur soi une arme qui pourrait plus tard se retrouver entre les mains de la police scientifique. Deux gants en latex avaient été jetés près du canon du fusil, choix judicieux, là encore, car les gants en cuir laissent des marques caractéristiques. Un peu plus loin, se trouvait un objet blanc en forme de coupe qu'Evan mit quelques secondes à identifier : un masque médical.

Il sentit l'adrénaline envahir ses veines.

Avant de fuir les lieux, Slatcher ne s'était pas seulement débarrassé du fusil et des gants qui auraient pu présenter des résidus de poudre. Non, la marque du grand professionnel, c'était ce masque médical. S'il avait été arrêté en quittant les lieux, un prélèvement nasal destiné à détecter des résidus de tir aurait donné un résultat négatif.

Un bruit fit sursauter Evan, interrompant le cours de ses pensées : la porte d'accès au toit venait soudainement de s'ouvrir. C'était la policière qui poursuivait son inspection. Heureusement, le panneau s'ouvrait dans la direction opposée à Evan. Il faudrait qu'elle contourne la structure en béton où se trouvait la porte pour pouvoir l'apercevoir.

Aussitôt, Evan saisit le cône et le replaça sur le conduit. Il effectua plusieurs roulades jusqu'au bord du toit et jeta les vis au loin. Il s'agrippa à la corniche, voyant la lumière de la torche qui se rapprochait de lui. Il lâcha la corniche et plia les genoux pour amortir sa chute avant de se retrouver sur le balcon, juste devant le trou percé dans la baie vitrée.

En bas de l'immeuble, les vis émirent un bruit métallique en tombant sur le trottoir. Evan passa la main par le trou, déverrouilla la baie vitrée et la fit coulisser lentement avant d'entrer. Au moment de la refermer, il entendit les pas de la policière sur le toit. La lampe balaya le balcon, mais il était déjà à l'abri à l'intérieur de l'appartement.

Evan avait un côté risque-tout qui lui faisait particulièrement apprécier ce genre de jeu du chat et de la souris. Il devait agir rapidement. Sur la moquette illuminée par le clair de lune, on distinguait des rayures laissées par un aspirateur. Les bottes des policiers avaient également laissé des marques un peu partout, mais, à un endroit, les fibres du tapis portaient trois marques : les sommets d'un triangle.

Un trépied de tireur d'élite.

Le faisceau de la lampe disparut du balcon et Evan entendit les pas de l'agent qui revenait vers la porte donnant sur le toit.

Il inspecta le plafond au-dessus des marques et, comme il s'y attendait, une lueur métallique apparut. Une agrafe incrustée dans le crépi. Le plafond étant suffisamment bas pour qu'il puisse l'atteindre en se hissant sur la pointe des pieds, il put aisément retirer l'agrafe. Un petit morceau de tissu y était coincé, probablement resté accroché au moment où la police scientifique avait retiré le rideau-écran.

Ce rideau, généralement tendu du sol au plafond, avait pour but d'empêcher le tireur d'être vu. Evan se plaça près de la fenêtre pour observer le fragment à la lumière des néons de la pagode. Le tissu était fin, bien entendu, afin que Slatcher puisse voir et tirer à travers, mais pas suffisamment opaque pour bloquer le reflet du viseur en plein soleil.

Sa rencontre avec Katrin avait initialement été programmée à midi, mais, avec le changement de lieu jusqu'à Chinatown, ils s'étaient finalement retrouvés à midi et demi, pile au moment où le soleil de Los Angeles est à son zénith.

Si Evan était arrivé au restaurant à n'importe quel autre moment de la journée, il n'aurait probablement pas vu ce reflet. Il se rendit compte de la chance qu'il avait eue et respira profondément avant de se concentrer à nouveau sur la pièce.

Il se plaça derrière l'endroit où avait été posé le trépied. La seule photo existante de Danny Slatcher le montrait portant une mallette Pelican dans la main droite. Il se positionna alors derrière un fusil imaginaire, dans la position d'un tireur droitier, regardant en direction du trou dans la baie vitrée. L'angle de tir vers le restaurant était parfait.

Ce qu'il vit alors confirma ses pires craintes. Il sentit sa mâchoire se serrer et palpiter. Il comprit que le sniper ne pouvait pas avoir eu Katrin dans sa ligne de mire. Étant donné l'endroit où Evan avait été assis, son corps aurait bloqué le tir.

Ce n'était pas elle que Slatcher avait visée.

Mais bien lui.

28

Une affaire personnelle

Evan décida d'aller marcher le long du fleuve Los Angeles pour s'éclaircir les idées. C'était le cours d'eau le plus improbable de tout le comté : juste un ruisseau de pollution traversant un large canal de béton. Des arbustes parsemaient les berges et des graffitis ornaient les digues du bassin. Des sans-abri gisaient là, comme des sacs de céréales — morts, ivres ou tout simplement épuisés. Le fleuve se trouvait en plein centre de Los Angeles, et pourtant, ici, dans cette partie cachée et abandonnée de la ville, on avait l'impression d'un monde souterrain, oublié de Dieu et des hommes.

L'air de décembre cingla le visage d'Evan tandis qu'il marchait entre les caddies renversés, les pneus de semi-remorques et la carrosserie d'une voiture couverte de mousse, abandonnée là par quelque petite teigne jouant les Danny Zuko dans *Grease*.

Au loin, les sabres laser des phares de voitures zébraient l'obscurité, et le bourdonnement de la circulation était comme neutralisé par le bruit apaisant de l'eau — sorte de murmure primordial du sang coulant dans nos veines. Evan était maintenant parvenu à l'endroit où le fleuve passait sous l'Échangeur Est de Los Angeles, carrefour infernal de l'autoroute 101, de la route 60 et des autoroutes inter-États 5 et 10.

Il avait lu quelque part que cet échangeur autoroutier était le plus fréquenté du monde, avec plus d'un demi-million de véhicules parcourant quotidiennement ce dédale. Evan se sentait réconforté par cet anonymat. C'est sans doute pour cela qu'il avait décidé de venir y passer le coup de téléphone qu'il devait donner.

Les balles tirées contre le Lotus Dim Sum lui étaient destinées. Quelqu'un avait lancé Danny Slatcher à ses trousses. Katrin n'était pas un appât. Elle ne pouvait pas être un appât. Evan savait analyser les gens. Jack le lui avait appris, lui et huit experts en guerre psychologique, au cours de plusieurs années d'entraînement et d'innombrables actions sur le terrain par la suite. Les larmes de Katrin étaient réelles, tout comme sa peur. Ce qui signifiait qu'il l'avait entraînée dans tout ça avec lui. Il avait mis sa vie en péril et il n'avait pas réussi à empêcher l'assassinat de son père.

Parmi les innombrables questionnements qui tourmentaient son esprit, une question en particulier l'assaillait : qui avait engagé Danny Slatcher pour le tuer ?

Evan s'était certainement fait beaucoup d'ennemis, tant pendant les années où il avait travaillé pour le gouvernement que pendant celles qui avaient suivi. N'importe qui pouvait être le commanditaire : le chef d'un mouvement d'insurrection étranger ou le parent de quelqu'un dont Evan avait plus récemment débarrassé le monde. Dans tous les cas, cette personne avait préparé son exécution de longue date. Elle l'avait observé, s'était efforcée de repérer ses schémas de conduite, exactement comme lui-même avait été entraîné à le faire.

Il atteignit une zone encore moins éclairée, un endroit délaissé même par les sans-abri, les prostituées et les drogués. Un lieu isolé en plein cœur de la ville. L'eau bruissait et son odeur le pénétrait jusqu'aux poumons. Il s'empara de son téléphone et composa le numéro de l'homme qui avait assassiné Sam White.

Une sonnerie. Puis une autre.

On avait décroché, mais personne ne parlait.

— Tu es lequel ? demanda Evan.

Un silence. Puis une voix familière répondit :

— Quoi ?

— Quel Orphelin tu es ?

Les crissements de pneus et les coups de klaxons qui se faisaient entendre au-dessus de lui semblaient lui parvenir d'une autre dimension. Le reflet de la lune ondulait sur la surface boueuse et mouvante de l'eau. Quelques chauves-souris allaient et venaient dans la pénombre.

Enfin, la voix résonna à l'oreille d'Evan.

— Certains disaient que c'était moi le meilleur. Jusqu'à ce que tu te pointes. Maintenant, il semble y avoir débat sur la question… (Il y eut une brève pause, volontaire.) Pas vrai, Orphelin X ?

Il n'avait plus entendu son nom de code prononcé à haute voix depuis près de dix ans. Sa tête bourdonna. Il avait été identifié. Nommé.

Le moment qu'il redoutait était arrivé.

Il éloigna le téléphone de sa bouche, s'éclaircit la gorge, approcha à nouveau l'appareil de ses lèvres et reprit :

— Orphelin Zéro.

— Tout juste.

Quoi de mieux qu'un ancien Orphelin pour débusquer l'Homme de Nulle Part ? L'individu qui voulait la mort d'Evan s'était renseigné auprès de gens très au fait, et il avait engagé le meilleur. Et le meilleur n'était pas seulement un Orphelin comme Evan, mais l'une des très rares personnes à pouvoir faire le lien entre l'Homme de Nulle Part et Orphelin X. Danny Slatcher ne connaissait probablement pas son *vrai* nom, mais il avait pu reconnaître les contours sombres de l'identité d'Evan, tout comme Evan avait reconnu les siens.

Il pensa à la fiche de Slatcher, au Programme Orphelin démantelé et à tous ces professionnels à la dérive, sans but, livrés à eux-mêmes, en quête de sens et d'un nouvel emploi. Il pensa au visage de Katrin quand elle avait entendu le coup de feu et le bruit sourd du corps de son père heurtant le sol.

Evan sentit sa main se resserrer autour du téléphone. *N'en fais jamais une affaire personnelle. N'en fais jamais une affaire personnelle. Jamais…*

Une vague de noirceur inonda sa poitrine, noyant toute pensée rationnelle, noyant le vrombissement des voitures autour de lui, la voix de Jack dans sa tête, les Commandements eux-mêmes.

— Tu n'aurais pas dû tuer Sam White.

Il raccrocha et rebroussa chemin en direction de sa voiture.

* * *

Danny Slatcher reposa le téléphone à côté de lui et se redressa, adossant son imposante silhouette contre la tête de lit en faisant grincer le sommier à ressorts. Candy sortit de la salle de bains, totalement nue à l'exception de la vieille serviette du motel nouée au sommet de sa tête. Elle lui lança un regard inquisiteur qu'il ne vit même pas.

Notant son expression, Candy décida de retourner dans la salle de bains.

Les bras de Slatcher étaient si longs qu'ils atteignaient sans difficulté la table ronde en bois du petit-déjeuner depuis son lit, sans même qu'il lui soit nécessaire de s'incliner. Il y saisit une petite boîte métallique d'une main et la posa sur ses genoux.

La boîte contenait les dix ongles adhésifs et les lentilles de contact haute définition dans un étui en caoutchouc. Des reliques du futur.

Il s'équipa avec une facilité qu'il trouvait légèrement désagréable.

Une diode virtuelle clignota dans l'espace à quelques dizaines de centimètres de son œil droit. La demande devait être acceptée par Top Dog. La diode passa finalement du rouge au vert.

Slatcher leva les mains comme un concertiste et tapa :

NOUS AVONS UN PROBLÈME.

29

Au rythme des lumières de la ville

— Attends, fit Katrin. Attends un moment.

Elle parcourut tout le périmètre du loft, faisant courir sa main le long de la fenêtre teintée qui servait de mur ouest. Ses doigts grincèrent désagréablement sur la vitre.

— C'était *toi,* la cible ?

À mesure qu'Evan lui avait raconté ses découvertes à Chinatown, elle était devenue de plus en plus nerveuse et les muscles de son cou s'étaient tendus. Elle essayait d'y voir plus clair dans toutes les implications de ces terribles révélations.

— Donc, si j'ai bien compris, dit-elle. Maintenant, on a *deux* groupes d'assassins à nos trousses ?

— Je ne crois pas, répondit Evan. Je pense que les types qui me recherchent ont été engagés par ceux qui te recherchent. Et ils ont payé ta dette pour prendre le contrôle de la situation.

— Et qu'est-ce qui te fait dire ça ?

— C'est ce que j'aurais fait moi.

— Mais comment les types qui te pourchassent auraient même pu *savoir* qui j'étais ?

— Ils ont dû se mettre sur ta piste quand ils ont compris que tu allais me contacter.

— Mais, *comment* ?

— Je ne sais pas. Peut-être par Morena. Peut-être qu'ils ont intercepté un appel, même si je ne vois pas très bien comment…

— Et puis ?

— Et puis, ils ont découvert que tu devais un paquet d'argent à des types dangereux.

— Ils ont pu découvrir ça ?

— Bien sûr. Moi aussi.

Elle le dévisagea un instant, secoua la tête avec dégoût et incrédulité puis se remit à marcher de long en large. Pendant qu'elle avait le dos tourné, Evan sortit le passeport de sa poche et le glissa dans le sac à main de Katrin resté sur le plan de travail. Il se sentit coupable d'avoir douté d'elle et un goût amer roula au fond de sa gorge.

Elle se tourna vers Evan, juste au moment où il retirait sa main.

— Autrement dit, ils ont payé *deux millions et cent mille dollars* ?

— Oui.

— Juste pour te retrouver.

— Oui.

— Et pourquoi tu vaux autant ? Tu es qui ? (Elle leva une main.) Ah, oui. Evan. L'Homme de Nulle Part.

Il était debout en face d'elle, de l'autre côté du comptoir.

Elle porta la main à son visage. La coupure avait pratiquement disparu ; il ne restait plus qu'une petite marque sur la pommette.

— Pourquoi ils veulent te tuer ?

— Je ne sais pas.

— Mais ils ont payé ma dette pour te supprimer. Ils ont même tué mon père. C'est eux qui ont tué mon père, non ?

La réponse d'Evan retentit comme un coup de feu.

— Oui.

Deux sillons sur les joues de Katrin scintillaient dans les lumières clignotantes de la ville.

— Je suis vraiment désolé, dit Evan.

Elle essuya ses larmes.

— Et, ces types qui te recherchent, ils sont encore plus dangereux que les autres ?

Il acquiesça.

— Plus que des tueurs à gages de Las Vegas ?

Il hocha de nouveau la tête.

— Et maintenant, j'en sais trop, j'imagine… Je sais ce qu'ils ont fait à mon père, ce qui s'est passé au motel, je sais qu'ils te recherchent. Je peux même pas m'enfuir… En fait, je cours un risque *encore plus grand*. À cause de toi.

Evan appuya les paumes de ses mains sur le plan de travail occupé par d'élégantes boîtes du restaurant Robata voisin. Katrin venait de finir de manger quand il était arrivé — chapeaux de Portobello à la moutarde, crevettes tigrées au pesto de yuzu, filet de dorade au beurre d'oursin. Toutes ces odeurs retournaient l'estomac d'Evan. Dans la poubelle voisine, il put distinguer une bouteille vide de Powerade. Il sentit un nœud lui serrer la gorge et se mit à rougir de culpabilité. Au même moment, son téléphone émit un bruit de sonar : le signal GPS transmis par le patch qui se trouvait derrière l'oreille de Katrin venait de s'activer.

L'alerte retentit à nouveau et Evan mit son téléphone en mode silencieux.

— C'était quoi ? demanda-t-elle.

— Rien d'important.

Heureusement, elle avait entamé un nouveau petit tour du loft.

— Mais t'étais pas censé *m'aider* ? C'était pas ça, le deal ? Le numéro de téléphone magique. « Vous avez besoin de mon aide ? J'ai jamais perdu personne. » Tu aurais dû me protéger…

— Et je le ferai ! s'exclama-t-il. (Il s'efforça de calmer le ton de sa voix.) Il faut que tu aies confiance en moi. On n'a pas le choix. Tu comprends ?

Elle se retourna. La lumière lointaine du Staples Center créait un halo violet autour d'elle. Dans l'un des bars, de l'autre côté de la rue, un groupe reprenait une chanson de Mumford & Sons ; les paroles n'étaient pas très audibles mais le son du banjo ressortait très nettement (*will wait, I will wait for you*). Katrin portait un grand maillot de corps qui avait glissé de l'une de ses épaules, exposant une bretelle de son soutien-gorge noir ; ses cheveux lisses étaient en bataille. La lumière diffuse rendait son rouge à lèvres plus sombre, d'un rouge foncé, la couleur du sang veineux, et ses yeux verts étaient encore plus brillants.

— Alors maintenant, c'est seulement toi et moi, dit-elle. Seuls au monde.

Ses lèvres brillantes captèrent l'éclat des lumières de la ville et redevinrent un instant rubis. Une nouvelle larme roula sur sa peau parfaite. Elle se détourna.

— Je te pardonne, dit-elle.

Il s'humecta les lèvres.

— Pas moi.

Elle regardait par la fenêtre.

— Viens voir.

Il s'approcha. Elle tendit la main derrière elle et le tira par la chemise. Evan était maintenant collé à elle. Il respira l'odeur de ses cheveux et sentit un changement soudain s'opérer en lui, il ne parvenait plus à se concentrer. Elle remua les hanches et se défit de son jean ; le pantalon d'Evan glissa à son tour au sol. Elle leva un pied, puis l'autre et envoya balader son pantalon d'un coup de talon. Elle ôta sa chemise, laissant apparaître un dos lisse et pâle. Il plaça les mains sur ses hanches. Elle se courba et une divine et douce conjonction se produisit. Les coudes et les paumes contre la vitre, tous les mouvements de leur corps semblaient s'accorder au rythme des lumières de la ville. La respiration entrecoupée de Katrin embuait la fenêtre, apparaissant et disparaissant.

Ils restèrent ensuite allongés sur le futon, observant la ville. Evan fit courir un doigt le long de ses courbes, suivant le contour de sa hanche ; son omoplate gauche portait un autre tatouage, le symbole kanji de la passion, mais le troisième trait horizontal était trop court. Les phares scintillaient sur la Harbour Freeway.

— Toutes ces bagnoles… souffla-t-elle. En voyant tous ces gens, je me dis : « Pourquoi c'est tombé sur moi ? Pourquoi pas sur l'un d'eux ? » Je sais bien que c'est stupide, mais j'arrête pas de penser à ça depuis que toute cette histoire m'est tombée dessus. J'ai envie de tout laisser tomber. C'est un cauchemar. Peut-être que la vraie force, c'est de tenir jusqu'à ce que ça se termine.

Il lui caressa le dos jusqu'à ce qu'elle s'endorme, puis il sortit du futon en prenant soin de ne pas la réveiller. Il avait violé un autre Commandement, le Troisième. Une autre violation d'une liste inviolable. Cela commençait à devenir une habitude.

Il se dirigea vers la cuisine, sortit une bouteille d'eau du réfrigérateur et entendit un léger bourdonnement de l'autre côté de la pièce.

Son RoamZone vibrait dans la poche de son jean.

Il resta comme pétrifié. Un frémissement lui parcourut la peau, un frémissement qui n'avait rien à voir avec le parquet froid sous ses pieds nus.

Le Septième Commandement décrétait qu'il ne devait y avoir qu'une mission à la fois. Il l'avait dit très clairement à Morena : « Ne donne mon numéro qu'à une seule personne. Juste une personne. Et ensuite, tu l'oublies pour toujours. »

Le téléphone vibra à nouveau. Evan se dirigea silencieusement vers son pantalon et tira l'appareil de sa poche. Il ne connaissait pas le numéro affiché à l'écran. À quelques mètres de lui, Katrin respirait lentement et profondément, dormant d'un sommeil de plomb. Il retourna dans la cuisine, ouvrit le robinet de l'évier pour créer un bruit écran et décrocha.

Il avait la voix sèche et enrouée et fut obligé de se racler la gorge.

— Vous avez besoin de mon aide ? demanda Evan.

— Oui, répondit la voix désespérée d'un homme. *Dios mío,* j'ai vraiment besoin de votre aide. C'est vrai ? C'est vrai que vous pouvez m'aider ?

Evan leva les yeux vers Katrin qui dormait ; il voyait le kanji qui caressait son épaule.

— Où avez-vous eu ce numéro ?

— La fille. Elle me l'a donné.

Evan sentit un nœud se serrer dans son estomac, ses soupçons se confirmaient.

— Son nom ?

— Morena Aguilar.

— Son apparence ?

— Une adolescente *magra*. Avec une brûlure au bras. Elle a dit que vous l'aviez aidée. Que vous aviez sauvé sa sœur d'un *malvado*. Et elle a dit que vous pourriez m'aider moi aussi.

L'air de la nuit sembla s'infiltrer par tous les pores de sa peau. Un frisson lui hérissa les cheveux sur la tête. En une fraction de seconde, il passa en revue tous les événements des quatre derniers jours.

Il repensa à l'appel de Katrin, quelques jours seulement après celui de Morena ; il repensa à l'endroit où elle s'était assise, au restaurant, protégée par le corps d'Evan lui-même ; il repensa à la facilité avec laquelle on avait par deux fois retrouvé sa piste, au restaurant d'abord, puis au motel. Il se mit ensuite à réfléchir à l'identité de l'homme à l'autre bout du fil.

Qui des deux était l'imposteur ?

Si c'était Katrin, Evan devait quitter le loft immédiatement, avant que Slatcher et son équipe ne le prennent d'assaut.

Il se précipita vers la porte d'entrée, l'ouvrit et regarda d'un côté puis de l'autre du couloir. Personne. Pour le moment.

Il pensa aussitôt à Morena Aguilar qui était partie vivre chez sa tante, avec sa petite sœur, à Las Vegas. Katrin et cet homme avaient mentionné son nom et avaient donné d'elle une description vraisemblable. Ce qui voulait dire que Slatcher et ses hommes avaient dû utiliser Morena pour parvenir jusqu'à Evan. Ils s'étaient servis d'elle pour lui tendre un piège. Ce qui signifiait que Morena courait un très grave danger. Si elle n'était pas déjà morte.

Evan devait se rendre le plus vite possible à Las Vegas pour vérifier. Gardant un œil sur le couloir à travers l'embrasure de la porte, il se força à se concentrer de nouveau sur son interlocuteur.

— Comment vous appelez-vous ?

— Guillermo Vasquez. Memo. Memo Vasquez. Je suis dans une *situación horrible.* J'ai pas de green card, je peux pas aller à la *policía.* Ma petite Isa, ma fille, elle aussi, elle est en danger.

— Quand est-ce qu'on peut se voir ?

— Tout de suite. *Por favor, ahora mismo.*

— Où est-ce que vous habitez ? demanda Evan.

Vasquez lui donna une adresse à Elysium Park, un quartier populaire dominé par les gangs, près du Dodger Stadium.

— Mercredi matin, dit Evan. Dix heures.

— Ça sera peut-être déjà trop tard pour nous, répliqua Vasquez. C'est dans deux jours et demi !

Deux jours et demi dont avait besoin Evan. Au minimum.

— S'il vous plaît, supplia Vasquez.

Il voulait précipiter leur rencontre. Ce qui pouvait tout aussi bien être suspect que normal, au vu des circonstances où se trouvaient généralement les gens qui l'appelaient.

Le couloir était toujours désert. L'ascenseur, en face de l'appartement voisin, se mit soudain en marche, mais il passa l'étage sans s'arrêter. Evan jeta un coup d'œil par-dessus son épaule et observa la silhouette de Katrin, qui dormait toujours.

— Mercredi, dix heures du matin, dit-il avant de raccrocher.

Il retourna près du futon et scruta une fois encore le visage de Katrin. Elle poussa un petit gémissement et se retourna, posant un bras sur son front à la façon d'une jeune fille en détresse dans un dessin de Roy Lichtenstein. Ses paupières tremblaient.

Guillermo Vasquez.

Katrin White.

L'un des deux mentait.

Evan s'accroupit à quelques mètres du lit, choisit la fonction appareil photo de son téléphone, activa la vision nocturne et cadra le visage de la jeune femme.

Il griffonna un petit mot qu'il laissa sur le plan de travail de la cuisine : « Je dois vérifier plusieurs choses. Ne bouge pas. Appelle-moi seulement en cas d'urgence. E. »

Il descendit par les escaliers en s'arrêtant à chaque palier pour écouter les bruits de pas. Le parking était vide. Il monta dans la Taurus, sortit du garage et fit plusieurs tours dans le centre de la ville, les yeux rivés sur le rétroviseur, jusqu'à ce qu'il soit certain de ne pas être suivi. Puis il prit l'autoroute en direction de Las Vegas.

Il repensa à Morena Aguilar, au jour où il l'avait rencontrée. Avec sa chemise amidonnée Benny's Burgers, recroquevillée sur sa chaise comme un animal féroce, acculée mais indomptable, déterminée à protéger sa sœur. « C'est une enfant. Elle a jamais fait de mal à personne de toute sa vie. » Il se rappela cet éclair d'optimisme dans ses yeux quand ils avaient parlé de sa tante, de cette possibilité d'un nouveau départ. Et puis il imagina le gros poing de Danny Slatcher frappant brutalement à leur porte.

Il n'avait jamais recontacté un client après la fin d'une mission. Avec Morena, comme avec les autres personnes qu'il avait aidées au fil des années, l'accord était clair et stipulait qu'il ne les rencontrerait plus jamais, tout comme eux ne devait plus chercher à le rencontrer. Mais le Dixième Commandement passait avant tout : « Ne laisse jamais mourir un innocent. »

30

À Las Vegas

La tante de Morena, petite femme forte recouverte de plusieurs couches de vêtements de nuit, ouvrit la porte mais s'entretint avec Evan à travers la grille de sécurité. Ce qui était plutôt compréhensible, vu qu'il était à peine six heures du matin et que les étoiles brillaient encore dans un ciel qui commençait tout juste à s'éclaircir.

Elle n'habitait pas à Las Vegas même, mais dans un parc de mobile homes d'un quartier pauvre de Henderson, une ville voisine. Elle ajusta la ceinture de sa robe de chambre et recula la tête, faisant ressortir sa poitrine, lorsqu'il l'interrogea.

— Morena ? Elle n'est pas là.

— Je sais que vous voulez la protéger, Madame, dit Evan. Mais elle n'est pas en sécurité en ce moment. Je suis…

— Je sais qui vous êtes.

— Ah oui ?

Les yeux impassibles de la tante affichaient une lueur d'obsidienne.

— Peut-être bien. Mais ça change pas le fait que je puisse rien vous dire.

— Vous pouvez peut-être au moins me confirmer qu'elles sont bien arrivées ici saines et sauves ? demanda Evan. Elle et Carmen.

Un grillon solitaire stridulait entre les branches d'un arbuste mort, lançant son appel dans l'air sec du désert.

Evan baissa les yeux et aperçut un étui à trompettes cabossé posé à côté d'une pile de chaussures. Remarquant l'intérêt qu'il y portait, la tante de Morena referma la porte de quelques centimètres, bloquant la vue d'Evan. De fines veines bleues striaient les paupières épaisses de la femme. Ses lèvres serrées lui donnaient une expression à la fois sévère et maternelle — le masque d'une maman ours prête à tout pour protéger ses petits.

— Où qu'elle soit, elle est en sécurité, répondit-elle.

— Demandez-lui de m'appeler. Elle connaît mon numéro. S'il vous plaît.

— C'est plus sûr si personne ne sait où elle est.

— Je ne crois pas, insista Evan.

— Vous avez le droit de penser ce que vous voulez, répliqua-t-elle en lui fermant lentement la porte au nez.

Evan resta planté là, sur le seuil du mobile home, en cette froide matinée du Nevada, le grillon pour unique compagnie. Bien sûr, il disposait d'un ordinateur portable dans le coffre de sa voiture et aurait pu accéder aux bases de données afin de récupérer le registre des appels de la maison. Mais le travail de vérification de toutes ces pistes aurait été long et difficile. Et il n'avait pas de temps devant lui, au vu de la menace qui pesait sur Morena.

Il commençait de s'éloigner lorsqu'il entendit un enfant siffler. Ce n'était pas vraiment un sifflement d'ailleurs, plutôt un souffle d'air à travers des lèvres pincées. Une fenêtre s'ouvrit et une petite fille en sortit, atterrissant sur le sol avec une agilité qui prouvait qu'elle n'en était pas à sa première escapade par cette voie.

La gamine se redressa et se frotta les mains sur les genoux pour les nettoyer. C'était Carmen, la petite sœur de Morena. Elle portait une chemise de nuit Disney par-dessus un jean.

Une grosse tache bleue, sans doute de glace, barbouillait le visage de Minnie.

— Je te connais, murmura-t-elle. C'est toi qui nous as aidées. L'Homme de Nulle Part.

Evan fit le tour de la maison, foulant une pelouse dure et brûlée. Même si on ne pouvait pas le voir depuis la porte d'entrée, Evan préféra lui aussi parler à voix basse.

— Morena est partie ?

— Le troisième jour où on était ici. On est allées faire des courses et j'ai vu quelqu'un qui nous regardait. Je suis forte pour ça.

Evan se souvint de Carmen entourée de ses crayons de couleur, dans un coin du Benny's Burgers, l'observant avec acuité.

— Ça, c'est bien vrai, dit-il. Tu sais où elle est partie ?

— Elle avait très peur que quelqu'un la suive à cause de ce qu'elle avait fait à Los Angeles. Elle a dit qu'elle devait aller se cacher parce qu'elle voulait pas que j'aie des problèmes. Et quand on est rentrées des courses, le soir, elle est partie je sais pas où.

Carmen posa la main sur le cadre de la fenêtre par laquelle elle venait de sauter, perdue dans ses pensées.

— Tu as un numéro pour lui parler ?

— Elle a vraiment trop peur. Trop peur d'utiliser son téléphone ou n'importe quoi. Elle croit que c'est comme ça qu'ils l'ont suivie, avec son téléphone. C'est comme ça que le sale type de Los Angeles savait où elle était. Elle a dit qu'elle aurait plus jamais de portable. Plus jamais.

— Mais tu l'as revue depuis ?

— Deux fois, répondit Carmen en levant deux doigts. Elle est venue me voir dans la cour de l'école.

Elle montra un bâtiment au loin.

— On peut la voir, là-bas. Je me mets sur une balançoire pendant la récré et elle voit si elle peut venir. Y a plein d'enfants autour.

La voix de la tante se fit soudain entendre, elle appelait Carmen pour le petit-déjeuner.

La gamine se tourna nerveusement vers la fenêtre.

— Je dois partir.

— Elle t'a dit si elle avait trouvé quelqu'un d'autre ? Elle cherchait quelqu'un d'autre pour moi.

— Nan. Elle a rien dit.

Elle se mordit la lèvre inférieure.

— Si tu nous as sauvées, comment ça se fait que je puisse pas être avec elle ?

La voix de la tante, plus forte, surgit de la fenêtre.

— *¡Carmen! Ven aquí. Tu desayuno está listo.*

Evan s'accroupit et la regarda droit dans les yeux.

— Écoute-moi. Il faut que je la voie. Sa vie est en jeu. Tu te mettras sur la balançoire, tout à l'heure, à la récréation, et tu essaieras de lui parler. Tu lui diras de me retrouver au Casino Bellagio, le restaurant devant les fontaines, à midi, aujourd'hui. J'y serai toute l'après-midi et même toute la soirée. Elle peut prendre tout le temps qu'il lui faut pour venir.

Carmen se balança sur ses talons, perturbée.

— D'accord. D'accord. Mais je sais pas si elle viendra aujourd'hui. Ni même demain. Ou un autre jour.

— J'attendrai. Dis-lui qu'elle sera en sécurité là-bas. Il y a beaucoup de monde et des caméras partout. Tu te souviendras de tout ça ?

Carmen était déjà en train de grimper par la fenêtre.

— Je l'attendrai à la récréation, au déjeuner, et après l'école aussi. Je me souviendrai, pas de problème. Je te promets.

Elle avait sauté à l'intérieur de la maison et refermé la fenêtre à l'instant même où sa tante était apparue à la porte de sa chambre en la grondant parce qu'elle n'écoutait jamais. Evan se précipita en direction de sa voiture, garée un peu plus loin.

Il avait beaucoup de choses à faire avant midi.

31

Plus de vérités que de mensonges

— Mais qu'est-ce qui t'arrive, putain ? s'exclama Tommy Stojack depuis son fauteuil à roulettes.

Il se déplaçait sans répit à travers l'armurerie éclairée comme un donjon, passant entre les établis et les tables, récupérant ici une tasse de café poisseuse, là un tournevis baladeur ou une cartouche égarée. Outre son doigt manquant, il portait toutes sortes de blessures de guerre : des broches en titane dans plusieurs os, une ouïe endommagée, des genoux abîmés par de trop nombreux atterrissages en parachute. Même s'il marchait encore assez bien sur ses deux jambes, il lui arrivait souvent de se servir de son fauteuil Aeron comme d'une chaise roulante. Evan se demandait s'il ne le faisait pas pour se préparer au moment où ses articulations le lâcheraient pour de bon.

Tommy gratta ses bras recouverts de pansements carrés.

— On dirait que quelqu'un t'a pissé dans le cockpit.

Evan inspira profondément puis baissa les épaules pour se libérer de ses tensions. Il n'avait pas l'habitude de laisser transparaître le stress sur son visage, et il était content que ça ne se soit produit que devant Tommy. Après avoir pris toutes les dispositions pour son rendez-vous au Bellagio, Evan s'était lancé dans des recherches sur son ordinateur portable.

L'adresse que lui avait donnée Memo Vasquez remontait au propriétaire de différents biens immobiliers dans toute la Californie et l'Arizona, un homme apparemment peu scrupuleux qui louait ses gourbis à des immigrants illégaux. Vasquez avait appelé d'un téléphone portable prépayé Radio Shack. L'idéal pour les fauchés.

Ou pour les imposteurs.

Le fait d'être un illégal était le parfait prétexte pour qu'aucune de ses données personnelles n'apparaisse en ligne. Mais, pour le moment, Evan devait concentrer son attention sur Katrin White.

— J'ai besoin d'une confirmation concernant l'identité d'une personne, dit-il à Tommy.

— Dans le système ?

— J'ai déjà vérifié dans le système. Il faut regarder ailleurs.

Tommy se gratta à nouveau les bras.

— Mais c'est quoi, ces trucs sur tes bras ? interrogea finalement Evan.

— Des patchs de nicotine.

Tommy but une gorgée de café, la bouche encore pleine de tabac à mâcher.

— J'essaie d'arrêter de fumer.

— Je vois : un pas après l'autre.

— C'est ce que je dis toujours.

Tommy se leva en faisant un effort et envoya le fauteuil bouler dans un coin obscur de l'atelier.

— OK. Et il s'agit de qui ?

Evan montra la photo de Katrin qu'il avait prise sur le futon pendant qu'elle dormait.

Tommy émit un petit bruit approbateur.

— Une intime ?

— J'essaie de l'aider.

— Je vois ça.

Il lissa ses longues moustaches en fer à cheval.

— Donc tu veux aider une personne qui n'est pas celle qu'elle prétend être…

— Qui *pourrait* ne pas être celle qu'elle prétend être.

— Ah…, fit Tommy en tournant l'index autour du visage d'Evan. On joue les héros, hein ?

Le rire de Tommy s'acheva en quinte de toux.

— Si tu veux être un *vrai* héros, il faut que tu attendes de vieillir. Et après, essaie de sortir de ton lit tous les matins avec le dos niqué et les genoux en bouillie.

— C'est noté. Mais, d'ici-là, j'ai besoin de ton aide.

— C'est pas mon domaine.

— C'est une grosse joueuse. Du genre à parier des paquets de fric. Elle a déjà flambé de grosses sommes, et dans beaucoup d'endroits. Je me disais que toi qui es de Las Vegas…

— Ouais…

— Peut-être que tu aurais un contact dans un casino qui pourrait passer cette photo dans un logiciel de reconnaissance faciale. Certains établissements stockent les données pendant des années… Elle a peut-être une ligne de crédit ouverte quelque part. On pourrait vérifier sous quel nom et trouver d'autres informations sur elle.

— Si elle n'est pas celle qu'elle prétend être, pourquoi tu la crois quand elle te dit que c'est une joueuse ?

— La meilleure couverture est faite de plus de vérités que de mensonges.

— Vrai, dit-il en approuvant du chef. Je connais un type bien placé chez Harrah's. On va voir s'il arrive à trouver quelque chose.

— Tu me rendrais un grand service. Je t'envoie la photo par SMS ?

Tommy eut une petite grimace de dégoût.

— Me fais pas chier avec tes SMS. Envoie-moi ça par mail. Tu connais l'adresse.

Ses grosses mains rugueuses se mirent à empiler une série de moules à balles sur la table.

— T'as besoin d'autre chose ? Un peu de C-4, peut-être ?

Il tendit la main sous la table et récupéra un pain de plastic.

— Le moyen le plus efficace de transformer de l'argent en bruit.

— Je suis paré côté explosifs.

Evan se tourna vers la porte, vérifiant une fois encore que la caméra de sécurité était bien débranchée.

— Merci, Tommy.

— Hé, mon ami : je vais appeler le type, mais, pour le reste, je te garantis rien.

Tommy ôta un morceau de tabac usagé de sa bouche et le jeta dans un vieux gobelet Carl's Jr.

— La seule chose que je peux te garantir, c'est qu'on sortira pas debout de cette putain de vie.

32

Nulle part où aller

Le généreux pourboire versé au gérant du restaurant Hyde avait assuré à Evan la meilleure table, aussi longtemps que nécessaire. Au pied de l'immense hôtel Bellagio, cette place offrait une vue imprenable sur le lac artificiel, comme à la proue d'un navire. De son siège rembourré, Evan pouvait observer la quasi-totalité de la boîte de nuit, une petite partie du casino et la passerelle qui bordait le lac. Il se posta là à midi tapante.

Il se rendit immédiatement compte d'un problème : un restaurant chinois du nom de Jasmine, à cinq cents mètres de là, donnait également sur l'étendue d'eau. L'endroit n'était pas encore construit la dernière fois qu'il était venu. Les instructions qu'il avait données à la sœur de Morena n'étaient donc pas suffisamment précises : « Tu lui diras de me retrouver au Casino Bellagio, le restaurant devant les fontaines. » Il se trouvait désormais contraint de garder l'œil sur les deux restaurants. Cette erreur lui rongeait le cerveau, comme un petit ver qui lui mettrait les nerfs à vif. Du moins les baies vitrées panoramiques du Jasmine lui offraient-elles une excellente vue sur l'intérieur de l'établissement.

Evan était assis là depuis déjà six longues heures, dans l'attente de Morena, et il commençait à perdre espoir. Il portait un jean, une veste noire et une casquette de baseball pour dissimuler son visage aux centaines de caméras qui se trouvaient autour de lui. Ce casino disposait d'une sécurité plus impressionnante encore que celle d'un aéroport, mais c'est pour cela qu'il l'avait choisi : il voulait que Morena se sente en sécurité.

Plusieurs jeunes femmes étaient venues à sa table pour lui demander s'il voulait leur offrir un verre. Il devait avoir l'air d'un homme à la recherche de bonne compagnie, et ces professionnelles l'avaient remarqué. Evan se contenta à chaque fois de décliner poliment leurs avances. L'idée d'attirer ainsi l'attention s'opposait à tous ses instincts, mais c'était pour que Morena puisse le repérer instantanément.

Il finit par se lever pour se rendre aux toilettes, puis retourna s'asseoir à sa place tandis que le soleil descendait derrière Sunset Strip. Lorsque le crépuscule lavande laissa enfin place à l'obscurité totale, la plus grande veilleuse du monde s'afficha dans toute sa splendeur : la fausse Tour Eiffel de l'Hôtel de Paris venait de s'allumer dans une spirale de lumières dorées, faisant pâlir la lune d'envie. Les fontaines se mirent en marche et leurs éclaboussures colorées se reflétèrent sur toutes les vitres aux alentours tandis que la musique jouait *Con te partirò*. Evan gardait les yeux fixés sur les portes, surveillant sans relâche le tourbillon d'activité à l'entrée du casino et dans le couloir menant aux toilettes. La chanson tonitruante du duo Andrea Bocelli-Sarah Brightman faisait danser les fontaines du lac. Un DJ portant une casquette des Boston Celtics sur le côté de la tête prit ensuite le contrôle des platines et mélangea Rihanna au duo anglo-italien. La piste de danse se remplit de jeunes célibataires délurées, de bruyants universitaires, de drag queens en cuissardes et d'hommes d'affaires venus là pour s'encanailler : tout un fouillis de corps s'agitant sur « I love the Way You Lie », sous les lumières des stroboscopes.

Evan imagina Carmen, assise sur une balançoire, à l'écart dans une cour de récréation remplie d'enfants bruyants, priant pour voir apparaître sa grande sœur. Mais l'école devait avoir fermé depuis plusieurs heures déjà. Morena avait peut-être préféré attendre qu'il fasse nuit pour le retrouver, ou peut-être n'avait-elle même pas vu Carmen. Dans cette hypothèse, Evan devrait à nouveau attendre à cette table le lendemain, et le jour suivant. Il observa la foule des danseurs, tous ces gens qui se parlaient trop fort et arboraient des faciès de canard pour se prendre en selfie dans la plus pure tradition du « Ce qui se passe à Vegas reste à Vegas ». Les tintements des machines à sous se mêlaient à l'orchestration d'un rap d'Eminem. De l'autre côté de la rue, une Europe de pacotille brillait. Tous les gens, ici, poursuivaient un rêve, cherchaient une version alternative d'eux-mêmes, une identité de rechange aussi fausse que celle d'Evan, mais réelle aussi, immergés dans un monde fantastique qu'ils délaisseraient comme une valise abandonnée une fois la porte d'embarquement de l'aéroport passée.

Au milieu de cette mascarade, des réalités simples s'imposaient à lui : il lui fallait trouver une jeune fille apeurée, la protéger contre son gré et découvrir à qui elle avait donné le numéro secret du RoamZone.

Evan but une gorgée d'eau, malgré l'envie de vodka qui le taraudait, observant toujours la piste de danse et le restaurant voisin. Il se cala contre son siège pour étirer ses cervicales et, lorsqu'il regarda à nouveau par la baie vitrée, un mouvement à l'intérieur du Jasmine attira son attention.

Il distingua une silhouette féminine qui passait entre les tables recouvertes de nappes blanches. Elle lui tournait le dos, mais Evan reconnut immédiatement des signaux caractéristiques : les épaules à moitié relevées, le dos incliné, les mains perdues dans des manches trop longues.

La peur.

Elle se tourna légèrement dans sa direction et Evan put voir son profil.

Morena.

Il scruta la salle autour d'elle. L'endroit semblait sans danger. Par acquit de conscience, son regard balaya les quatre baies vitrées de l'établissement et, à peine venait-il de se lever pour la rejoindre, qu'il se figea.

Danny Slatcher avait surgi de derrière une colonne et avançait lentement vers Morena. Il portait un jean large délavé et un T-shirt Bubba Gump — l'accoutrement typique d'un touriste de Las Vegas.

Morena continuait de zigzaguer entre les tables, ne semblant pas avoir remarqué l'homme qui se trouvait derrière elle.

Tout autour d'eux, les clients mangeaient et bavardaient, mais leurs paroles étaient couvertes par la chanson qui venait du lac (…*time to say goodbye*…) et de la cabine du DJ (…*Just gonna staaand there and watch me burn*…), par le bruit des machines à sous et le tintement des pièces, et par cette basse qui faisait vibrer les enceintes de la piste de danse (*boum, boum, boum, boumboumboum*). Evan restait figé, impuissant, les mains crispées autour de son verre, observant la scène qui se déroulait de l'autre côté de l'eau scintillante.

Slatcher se rapprochait de plus en plus de la jeune femme. De toute évidence, il n'avait pas conscience du fait qu'Evan suivait chacun de ses gestes du regard.

Morena poursuivait son chemin à travers le restaurant, suivie de près par Slatcher. Bien qu'ils fussent distants d'une trentaine de mètres l'un de l'autre, la différence de taille entre eux deux était ahurissante ; c'était comme d'assister à la traque d'un faon par un grizzly.

Aucun cri qu'aurait pu lancer Evan n'était en mesure de s'élever au-dessus du vacarme nocturne de Las Vegas. Il se résolut à monter sur la table et à agiter les bras en direction de Morena, mais il ne parvint pas à attirer son attention. L'un des clients du Jasmine tourna cependant la tête vers lui, puis un autre et des dizaines à leur suite. Il y eut des sourires et quelqu'un pointa du doigt le saoulard debout sur une table de l'autre côté du plan d'eau. Morena dut capter leurs regards ou leurs commentaires car elle finit par tourner la tête dans sa direction. Même à cette distance, elle le reconnut aussitôt et leva timidement la main comme pour le saluer.

Evan agita l'index pour lui faire comprendre qu'elle devait regarder derrière elle.

Elle se retourna brusquement pour inspecter l'espace autour d'elle et se raidit en voyant Slatcher. Ce dernier se rendit alors compte de ce qui se passait et ralentit le pas tout en plongeant la main sous son T-shirt à la hauteur de la hanche.

Quoi qu'il fasse, Evan ne pourrait pas arriver à temps.

— Monsieur, je vais devoir vous demander de…

Une serveuse l'interpellait, mais Evan ne lui prêta pas attention, trop concentré sur la scène qui se jouait sous ses yeux.

Morena recula jusqu'à la baie vitrée pour s'éloigner de son poursuivant. Slatcher évita un serveur et se rapprocha encore de la jeune fille, lui coupant toute retraite vers la sortie.

Une main se serra autour de la cheville d'Evan, accompagnée d'une voix plus grave que précédemment.

— Bon, mon coco, il va falloir que tu descendes de là, ou tu vas avoir affaire à moi…

Evan baissa les yeux sur un vigile trapu qui tendait une main vers lui tout en lui tenant la cheville de l'autre. Il s'accroupit, l'attrapa par le poignet, lui tordit le bras, bloquant son coude, et écrasa le visage de l'homme sur la table. Puis il mit un pied sur son poignet pour l'immobiliser et se releva aussitôt pour reprendre la surveillance de ce qui se passait dans l'autre restaurant.

Morena était à présent dos à la fenêtre, les paumes des mains posées à plat contre la vitre. Elle n'avait plus nulle part où aller. Slatcher n'avait plus que quelques mètres à faire. Trois serveurs se glissèrent soudain entre eux, portant un gâteau d'anniversaire garni de bougies allumées. Slatcher profita de la distraction qu'ils provoquèrent pour se rapprocher encore de Morena. Ils n'étaient plus maintenant séparés que par quelques tables.

Sous le pied d'Evan, le vigile se débattait, agitant maladroitement son autre main au-dessus de sa tête pour essayer d'atteindre Evan. Quelques jeunes, en marge de la piste de danse, se rendirent compte de l'incident, mais la musique tonitruante et la cohue frénétique leur offraient une distraction suffisante pour ne pas avoir besoin d'en rajouter.

Slatcher ne poursuivait Morena que pour parvenir jusqu'à Evan. C'était *lui* la véritable cible. Deux fenêtres et une rangée de fontaines lumineuses les séparaient. Le sentiment d'impuissance le faisait grincer des dents

Il continuait à fixer Morena dans l'espoir qu'elle se retourne et le regarde à nouveau, ce qu'elle finit par faire, les yeux écarquillés. Il montra Slatcher du doigt, puis sa propre poitrine. Et il recommença.

Montre-lui que je suis là.

C'était tout ce qu'il avait trouvé à faire.

Le vigile continuait à s'agiter.

Morena tourna la tête vers Slatcher. Plus que six tables. Cinq.

Elle le regarda droit dans les yeux, puis leva le bras et montra la fenêtre.

Slatcher tourna lentement la tête et aperçut Evan de l'autre côté.

Le temps sembla s'arrêter.

Evan tendit les mains. *Viens me chercher.*

Slatcher oublia instantanément la jeune fille et se mit à courir vers la porte de sortie du restaurant.

Evan vit Morena se pencher en avant pour reprendre son souffle, soulagée. Il attendit qu'elle croise à nouveau son regard et lui fit signe de s'enfuir.

Après une telle frayeur, il ne réussirait sans doute plus à la convaincre de le retrouver dans un endroit public, mais, pour le moment, il ne se souciait que de sa sécurité. Il lui fit à nouveau signe de s'en aller. Morena se mit enfin à courir le long de la baie vitrée et disparut par les portes battantes de la cuisine.

Evan entendit un bruit de pas lourds derrière lui. Deux autres vigiles se ruaient dans sa direction. Il attendit un instant qu'ils se rapprochent pour bondir par-dessus leurs larges épaules. Il se réceptionna sur la table voisine, sauta à terre, traversa la piste de danse et se précipita dans le casino, passant entre deux tables de black jack trop illuminées.

Un tumulte retentit depuis l'un des couloirs latéraux menant à la salle de jeu. Evan se retourna et eut tout juste le temps de voir deux femmes se faire violemment renverser avant que Slatcher n'apparaisse, à peine ralenti par la bousculade.

Evan passa devant les joueurs de black jack, tendit la main et, d'un seul mouvement, balaya les piles de jetons qu'il envoya valser dans les airs. Des fiches de cent dollars tombèrent comme une pluie de gros confettis sur les machines à sous et les épaules des joueurs, avant de rouler dans les allées et entre les tables. Des chaises furent renversées, des hommes se jetèrent au sol et un groupe de gens se mit à genoux pour tenter de récupérer cette manne inespérée.

Evan se faufila d'abord entre les joueurs, puis entre les gardes de la sécurité qui s'approchaient en parlant dans leur talkie-walkie. Une fois cette agitation dépassée, il se retourna pour surveiller ses arrières.

Slatcher s'était heurté à une rangée de vigiles. Dépassant d'une bonne tête le reste de la cohue, il lançait à Evan des regards noirs, piégé derrière cette barricade humaine.

Evan se retourna à nouveau et reprit sa course. Passant devant les tables de craps, il parvint dans un autre couloir qui se remplissait déjà, lui aussi, de gardes de sécurité et de curieux. Abaissant la visière de sa casquette, il zigzagua entre un groupe de jeunes universitaires vêtues de robes courtes et portant des bonnets de Père Noël. Il lui fallait d'urgence trouver une sortie avant d'être repéré par les caméras de surveillance.

Une femme aux cheveux blonds coupés court contourna une table de roulette et surgit dans le couloir. Elle portait une chemise noire moulante rentrée dans un jean bleu foncé — de quoi souligner agréablement ses courbes. Elle avait une main plongée dans un sac Vuitton. Evan resta un instant interloqué avant de comprendre de qui il s'agissait.

Candy McClure, l'associée de Slatcher.

Elle sortit soudain un couteau Stiletto de son sac et visa Evan à la tête. Il eut à peine le temps de se baisser et d'effectuer une glissade sur les genoux pour éviter la lame qui passa à quelques centimètres de son visage. Il se tourna pour faire face à son assaillante. Comme si de rien n'était, elle remettait calmement de l'ordre à l'intérieur de son sac. Elle lança à Evan un sourire espiègle, comme pour lui dire : « Au moins, j'aurais tenté. »

Entretemps, d'autres curieux et d'autres agents de sécurité étaient arrivés, et McClure dut se résoudre à se laisser entraîner par la foule.

Evan ravala sa surprise et se dirigea vers les toilettes, seul endroit où il n'était pas permis d'installer des caméras de surveillance. Il jeta sa casquette dans une poubelle, retourna sa veste réversible, qui, de noire, devint blanche, essuya la sueur de son front avec une serviette en papier et regagna le couloir, toujours à la recherche d'une sortie.

À sa droite, s'ouvrit un ascenseur d'où émergea une nouvelle fournée de vigiles. Evan ne changea pas de direction et se retrouva au milieu d'eux. Des odeurs de gel et d'après-rasage se dégageaient des gros bras qui marchaient d'un pas rapide, parlant dans leur talkie-walkie et étudiant des images sur leurs smartphones.

Au bout d'un couloir, Evan parvint enfin à sortir par une porte à tambour et se mêla à la foule de Las Vegas Boulevard. Il passa entre deux policiers indifférents et observa frénétiquement la rue autour de lui pour voir si Morena était restée dans les parages. Il comprit bien vite que ni lui ni Slatcher ne la retrouveraient de sitôt.

Elle était déjà loin.

33

Une longue matinée

Sur le chemin du retour, Evan sortit de l'autoroute à la hauteur du Dodger Stadium : il voulait jeter un œil à l'adresse que Memo Vasquez lui avait donnée. C'était une baraque plutôt qu'une maison, elle tombait littéralement en ruine. Situé au pied d'une colline, l'endroit était recouvert de lierre desséché. Une planche de contreplaqué bouchait l'une des fenêtres avant. Des membres de gangs étaient réunis sous les porches des bâtisses voisines, de grosses bouteilles de bière à la main, leurs bermudas à carreaux baissés au-dessous de la taille. Non loin de là, des enfants jouaient au basket, un vieux caddie en guise de panier. Des guirlandes de Noël clignotaient sur plusieurs toits.

Evan s'approcha prudemment et fit le tour du pâté de maisons. Il ne releva aucun système de sécurité, mais, de toute façon, il ferait une nouvelle inspection plus fouillée avant son rendez-vous de mercredi.

Il pensa à Morena, plus vulnérable que jamais. Il devrait désormais attendre que ce soit elle qui le contacte, mais, après ce qui s'était passé au Jasmine, il imaginait mal qu'elle ne disparaisse pas à nouveau. Les nerfs d'Evan étaient particulièrement mis à l'épreuve : il était frustrant d'imaginer la jeune femme seule, apeurée, et de savoir qu'il ne pourrait pas la protéger de Slatcher s'il ne savait pas où elle se trouvait.

Alors qu'il regagnait sa voiture, son téléphone sonna. Le numéro affiché était celui du téléphone prépayé qu'il avait donné à Katrin. Il fut saisi d'un sentiment de trahison qui lui enflamma sa poitrine.

Il décrocha.

— Où es-tu ? demanda-t-elle.

La paranoïa laisse toujours un goût étrange, une sorte d'acidité sur la langue. Le souffle d'Evan formait des nuages blancs dans l'air de cette nuit glacée aux odeurs d'herbe tondue et de gaz d'échappement. En haut de la rue, une femme portant des talons roses surmontés de jambières à lacets se pavanait au milieu d'interjections et de sifflements masculins.

— Pourquoi tu veux savoir où je suis ? demanda Evan.

Elle éclata d'un rire musical.

— Je m'en fiche. Je veux juste savoir pourquoi t'es pas là, avec moi.

Evan ne répondit pas.

— Alors ? insista Katrin. Pourquoi t'es pas là ?

— J'essaie de voir comment me débrouiller.

— Avec quoi ?

— Avec tout, répondit-il. Et ne m'appelle plus, sauf en cas d'urgence. Je reviens mercredi soir.

— OK, fit-elle sur un ton plus froid. Seulement en cas d'urgence. D'accord. J'espère que…

— Quoi ?

— Rien. Juste… merci.

Evan raccrocha.

Il changea de véhicule à Burbank, laissant sa Taurus non loin de l'endroit où il avait garé son pick-up. Une fois rentré chez lui, il alla directement à la Voûte et commença à visionner en accéléré les vidéos des caméras de surveillance du loft : depuis qu'il l'avait quittée, Katrin avait dormi, pris une douche, fait un peu de stretching, commandé à manger et dormi. Tout ce qu'il lui avait demandé de faire, en somme.

Il contrôla également les images transmises en direct : Katrin était debout devant les grandes vitres teintées. Ses épaules tremblaient légèrement. Elle pleurait.

Peut-être savait-elle qu'elle était observée.

Evan sortit de la Voûte, s'allongea sur son lit suspendu et tomba dans un sommeil profond.

Il rêva de Jack qui s'approchait de lui ; un liquide noir et brillant lui sortait de la bouche et coulait sur son menton. Jack essayait de recueillir le sang dans ses mains jointes, comme pour le remettre dans son corps. Ses yeux empreints de folie étaient fixés sur Evan.

— Le passé n'est pas mort, dit Jack entre ses lèvres imprégnées de rouge sombre. Il n'est même pas passé.

— Qu'est-ce que ça veut dire ? demanda Evan.

— Va comprendre.

Jack haussa les épaules et le terrible fluide coula entre ses doigts.

— L'interprétation des rêves, ajouta-t-il avec dédain, c'est un truc que je déteste.

Evan se réveilla, haletant, en sueur, les draps complètement tire-bouchonnés autour de lui. Il était cinq heures du matin. Les pensées se bousculaient dans sa tête et il passait confusément d'une possibilité à une autre.

L'air froid du climatiseur sécha sa sueur. Il s'assit sur le lit et croisa les jambes pour méditer. Comme Jack le lui avait appris, il libéra un petit espace dans son esprit et le remplit des chênes de son enfance. Il visualisa dans le ciel un soleil d'été de Virginie, et, sous ses pieds, un tapis d'herbes sauvages. Marchant entre les troncs, il humait l'odeur des écorces et écoutait le chant des oiseaux. Il arriva dans une clairière où Jack l'attendait ; son menton ruisselait de sang et un sourire vampirique se dessinait sur ses lèvres sombres.

Evan ouvrit les yeux, plus contrarié que bouleversé.

Du tiroir de la table de chevet, il sortit un petit bol tibétain qu'il fit chanter en frappant le bâton une fois sur le bronze puis en le frottant tout autour du bord du récipient. Il frappa une nouvelle fois le bronze et ferma les yeux.

Evan se mit à l'écoute des sensations de son corps, dans cet état d'hyper-conscience qu'il retrouvait également lorsqu'il combattait ou préparait un tir à longue distance. Il laissa les vibrations voyager à travers lui, résonner à l'intérieur de son corps, redéfinir sa forme. Il attendit que tout bruit disparaisse et que ne soit plus perceptible le moindre frémissement de l'air.

Il rouvrit les yeux, revigoré.

Il savait à présent ce qu'il devait faire.

Il ne pouvait pas se fier à Katrin. Et il ne pouvait pas se fier à Memo Vasquez. Il devait rencontrer Vasquez le lendemain, ce qui lui laissait un peu plus de vingt-quatre heures pour surveiller Katrin et vérifier qu'elle ne tenterait de prendre contact avec personne.

Si c'était le cas, il lui faudrait rencontrer Vasquez et le cuisiner.

Il devait faire pression jusqu'à ce que l'un des deux craque.

Son estomac vide se rappela à son bon souvenir et il se dirigea vers la cuisine. Le mur végétal avait connu des jours meilleurs. Le système de goutte-à-goutte devait être défectueux, à en juger par les quelques feuilles jaunies qui étaient apparues çà et là. Il trouva tout de même deux tomates bien mûres et récolta du basilic et de la sauge pour se préparer une omelette.

De retour dans la Voûte, il but un thé à la menthe fraîche et mangea son omelette en observant Katrin qui dormait. Les cheveux lisses et luisants qui lui retombaient sur la joue lui donnaient l'air d'une photographie en noir et blanc.

Elle finit par se réveiller, s'étira en poussant un grand bâillement, et se dirigea vers la salle de bains. Elle se doucha, se changea et se rendit dans la cuisine où elle ouvrit tous les placards jusqu'à ce qu'elle trouve une poêle. Elle se prépara des œufs et s'assit devant le plan de travail.

Ils étaient pratiquement en train de prendre leur petit-déjeuner ensemble.

Il se rappela comment elle lui avait demandé de se rapprocher de la fenêtre, la main tendue derrière elle. Sa peau comme de la soie. Le rouge sur ses lèvres charnues.

Si elle avait joué la comédie, alors sa performance avait été des plus convaincantes.

Son RoamZone émit un bruit de sonar. Le signal GPS s'était activé, réagissant à la nourriture ingérée par Katrin. S'il voulait continuer à garder un œil sur elle, il devrait trouver le moyen de lui faire avaler d'autres micropuces.

Le GPS continua à lui envoyer régulièrement des notifications sur la position de Katrin tandis qu'il la regardait en temps réel sur le moniteur. Il but son thé et se mit à l'aise : l'attente s'annonçait longue.

34

L'incident du katana

Chaque moniteur de la Voûte montrait Katrin White sous un angle différent : de face, de profil, de dos, de haut et même sous des angles improbables. C'était comme une espèce de collage de pop art, du cubisme mêlé de répétitions warholiennes : *Katrin lisant un magazine posé sur ses genoux en balançant un pied dans les airs.*

Evan l'observait à intervalles réguliers. Il sortit de la Voûte pour faire un peu de gymnastique dans le salon, déjeuna, puis courut sur le tapis de course installé près du balcon sud, ce qui lui offrait une vue imprenable sur l'appartement 19H de l'immeuble voisin. C'est là qu'arrivaient les conversations numérisées et cryptées du numéro 1-855-2-NOWHERE, après un zigzag de commutations téléphoniques à travers le monde jusqu'au point d'accès Wi-Fi de Joey Delarosa. De là, les communications disparaissaient à nouveau dans le réseau LTE de l'opérateur Verizon.

Chaque fois qu'Evan retournait à la Voûte, il faisait défiler l'enregistrement en marche arrière pour ne pas en manquer une seconde. Katrin passa la journée à essayer de se distraire, tout comme lui. Elle arrangea le futon, marcha de long en large dans la cuisine, fit un peu de yoga sans grand entrain tout en regardant par la baie vitrée. Pendant trente minutes, elle sanglota, recroquevillée sur le canapé. Evan passa en revue chaque minute, à l'affût du moindre faux pas, mais pas une seule fois elle ne manifesta un comportement qu'il aurait pu juger suspect.

À six heures et demie, quelqu'un sonna à la porte d'Evan. Il put entendre la sonnerie malgré l'épaisseur des murs de la Voûte. En quelques clics, il bascula sur les images de la caméra dissimulée dans le conduit de climatisation du couloir extérieur.

Mia attendait de l'autre côté de la porte, tenant Peter par la main. Apparemment nerveuse, elle faisait porter le poids de son corps d'un pied sur l'autre.

Evan ressentit une pointe d'agacement. Il lui fallut une minute pour s'extirper de la Voûte et arriver à la porte d'entrée. En l'ouvrant, il se prépara à de nouvelles récriminations parentales, mais Mia semblait plus effrayée qu'irritée.

Elle avait les yeux gonflés, le nez rougi, et les traits de son visage étaient tendus.

— Salut, Evan. Désolée de te déranger, mais il y a une urgence au boulot. Je dois aller au bureau tout de suite, et les baby-sitters, bien sûr, sont toutes prises.

Peter le regarda fixement. L'hématome autour de son œil, plus clair qu'auparavant, avait pris une teinte jaunâtre. Son sac à dos était tellement plein qu'il paraissait sur le point d'éclater. De combien d'affaires avait besoin un enfant de huit ans ?

— Attends, fit Evan. Quoi ?

— S'il te plaît.

— Je ne peux pas. Je suis désolé. Je dois m'occuper d'une situation délicate. Je ne peux pas interrompre mon travail.

— Tu n'auras pas à le surveiller, répondit-elle. Il peut faire ses devoirs tout seul, dans une autre pièce, sans te déranger. Tu jettes simplement un œil sur lui de temps en temps.

Elle avança d'un pas et baissa la voix.

— C'est une vraie urgence. Une question de vie ou de mort.

— Tu plaisantes ? murmura Evan.

— Non, supplia Mia. Il n'y a personne de disponible. J'ai vraiment besoin de toi.

Dans l'hypothèse très improbable où Evan serait attaqué chez lui, était-il en mesure de protéger le garçon ? Il se mordit l'intérieur de la lèvre, regarda Peter, puis à nouveau Mia.

— Combien de temps ?

— Ah, génial, merci ! s'écria Mia en poussant Peter devant elle. Ce sera juste pour quelques heures.

Evan pivota de côté pour laisser entrer Peter, tandis que Mia se dirigeait déjà vers l'ascenseur, mais elle s'arrêta et regarda en arrière.

— Tu n'as pas idée de ce que ça signifie pour moi, ce que tu fais là.

Evan acquiesça d'un petit signe de tête et ferma la porte.

— Ouah ! C'est *trop cool ici* ! s'exclama Peter.

— Eh là ! T'es passé où ? demanda Evan en se retournant.

Peter se promenait dans la cuisine, laissant partout ses empreintes. Il ouvrit le réfrigérateur Sub-Zero, mis en route le mixeur et tira plusieurs fois le robinet extensible de la cuisine qui revenait en un instant à sa place.

Evan courut le rejoindre, éteignit le mixeur et essuya le réfrigérateur.

— Ne touche à rien.

— Pardon, désolé. C'est parce que… ici, tout est en dur et en béton, c'est comme la Batcave.

Evan vit la chauve-souris cousue sur son sac à dos.

— Tu aimes beaucoup Batman, toi.

— Tu sais pourquoi ?

Peter attendit qu'Evan fasse non de la tête.

— Parce qu'il a pas de superpouvoirs. C'est pas un extraterrestre comme Superman. Il sait pas voler. Il est comme toi et moi. Ses parents ont été tués, et il veut juste aider les autres. C'est tout.

Il jeta son sac à dos sur le plan de travail et sauta sur un tabouret.

— J'ai faim.

Evan ne répondit rien. Il réfléchissait à ce qu'avait dit Peter sur Batman, le super-héros orphelin.

— Tu as du mac'n'cheese ? demanda Peter.

Evan ouvrit le réfrigérateur et entreprit un rapide inventaire de son contenu. Un bocal de cornichons, des oignons, deux sachets de solution saline dans le bac à fruits.

— J'ai du caviar et des Carr's.

— C'est quoi des Carr's ?

Evan sortit un des biscuits de la boîte et le posa sur une assiette devant Peter. Le garçon mordit dedans, semant des miettes partout autour de lui sauf dans l'assiette, et fit la grimace.

— Quoi ? demanda Evan

— Ça a pas de goût.

Evan trouva un morceau de Manchego au fond d'un tiroir. Il en coupa quelques tranches qu'il disposa sur les crackers.

— Ça devrait être meilleur comme ça.

Quelques instants plus tard, Evan frappa du poing sur le plan de travail.

— Bon, maintenant, on fait les devoirs.

Peter ouvrit son cahier et se mit à écrire.

Evan se précipita dans la salle de bains, verrouilla la porte derrière lui, puis traversa la douche pour entrer dans la Voûte. Il se réinstalla à son bureau et reprit le visionnage de l'enregistrement là où il l'avait interrompue. Affalée sur le futon, Katrin White buvait du jus d'orange à même une brique de carton. Elle sortit un flacon de vernis à ongles de son sac à main et entreprit de se refaire les ongles des pieds. Evan passa les images en accéléré sans cesser de traquer le moindre geste pouvant être interprété comme un signal, tel qu'ouvrir la fenêtre de la salle de bains, tendre la main vers le téléphone ou glisser quelque chose sous la porte d'entrée. Mais tout était banalement ennuyeux malgré l'apparence de vieux films de Chaplin. Il semblait de plus en plus probable qu'il ne découvrirait rien avant sa rencontre avec Memo Vasquez le lendemain matin.

Evan avait fini de visionner tous les enregistrements et suivait à présent Katrin en temps réel, lorsqu'il entendit un cri dans l'appartement, puis le bruit d'un objet tombant au sol.

Il bondit de sa chaise et se précipita hors de la Voûte, prenant toutefois bien soin de refermer la porte dérobée derrière lui. Lorsqu'il surgit dans le couloir, il trouva Peter qui se tenait le bras, une main en sang.

Le katana, décroché et à moitié sorti de son fourreau, gisait sur le sol, aux pieds du garçon.

— Je suis désolé. (Peter serra son pouce, luttant contre les larmes.) Je voulais pas le faire tomber.

Evan s'agenouilla

— Fais voir ta main.

Par bonheur, la coupure était superficielle. La lame n'avait fait que l'effleurer, mais il avait de la chance de ne pas y avoir laissé un doigt.

Evan l'emmena dans la salle de bains, lava sa main à l'eau froide, puis tamponna la blessure avec un kleenex. Il laissa le mouchoir ensanglanté sur l'évier et sortit un tube de Super Glue de l'armoire à pharmacie.

— Tu vas me *coller* le pouce ?

— Oui.

— Et si je me gratte la joue et que mon doigt se colle sur mon visage ?

— Alors, tu resteras comme ça pour le restant de tes jours.

Peter regarda Evan avec inquiétude, puis l'expression sombre de son visage s'adoucit.

— Ah, ah. Elle est bien bonne. T'es sûr de c'que tu fais ?

— Fais-moi confiance, répondit Evan.

Peter le regarda gravement, puis contempla la coupure.

— Tu as des pansements des Muppets ? demanda le garçon.

— Non.

Ils retournèrent ensemble dans le couloir et regardèrent la lame toujours à terre. Sur le fourreau en bois, appelé *shirasaya*, était gravé et peint à l'encre un *sayagaki*, le sceau d'un vieux sensei. Une fissure de l'épaisseur d'un cheveu traversait la signature du maître. Seules trois personnes pouvaient en assurer la réparation. Heureusement, l'une d'elles habitait à Marin. Evan s'accroupit près de l'arme de collection et passa un doigt sur la rayure. Dès qu'il en aurait fini avec cette mission, il irait faire réparer son *shirasaya*.

— Je suis désolé, dit Peter. Les devoirs m'ennuyaient.

— Je peux comprendre.

Evan ramassa le sabre et le glissa dans son fourreau.

— Et c'est quoi, exactement, ce truc ?

C'était un katana du XVIIIe siècle, forgé selon les règles de l'art, avec un *choji-midare* de style *Bizen* sur le *hamon,* la ligne de trempe. *Bohi* et *sohi* sculptés à la main pour respectivement alléger la lame et maintenir son équilibre, vernis *sashikomi* et *habaki* en feuille d'or à la base de la lame étincelante.

— Un sabre, répondit Evan.

Il installa Peter dans la cuisine et descendit au parking pour mettre le katana en sécurité dans l'une des malles de la Ford F-150. Le faire réparer serait sa récompense, une fois cette mission terminée.

Quand il revint dans l'appartement, Peter était affalé sur le canapé, un livre de classe sur la poitrine, endormi. Épuisé, sans doute, après l'incident du katana. Evan resta planté là, sans trop savoir quoi faire.

Heureusement, on sonna à la porte.

C'était Mia. Elle avait également l'air épuisée.

— Mon cher Evan, je ne sais pas comment te remercier.

— Tout va bien ?

— Autant qu'il est possible, répondit-elle. Et de ton côté ?

— Ça va. Il s'est fait une petite coupure au pouce.

— Ah oui ? Comment ?

Evan hésita.

Heureusement, Mia entra sans attendre sa réponse. Elle vit son fils endormi sur le canapé.

— Ce sont des petits anges quand ils dorment, dit-elle, visiblement attendrie.

Elle rangea les affaires du garçon, passa une bretelle du sac à dos à l'un de ses bras et se pencha pour se saisir de Peter.

— Quand il dort comme ça, aussi profondément, c'est impossible de le réveiller. Je vais devoir le prendre dans mes bras.

Elle eut bien du mal à le soulever ; le sac à dos glissa le long de son bras.

Evan s'approcha.

— Je l'emmène, dit-il.

35

Hymn to Freedom

Ils entrèrent au 12B. Evan portait Peter à l'instar d'une extravagante pietà, et Mia devait se débrouiller avec son porte-documents et le sac à dos Batman du garçon. Elle retira ses chaussures à talon en secouant un pied puis l'autre.

— Ça te dérangerait de le mettre au lit ? Je dois retirer mes vêtements, dit-elle en rougissant. Je veux dire…

— Pas de problème.

Evan porta Peter dans sa chambre et l'allongea délicatement dans son lit en forme de voiture de course. Il resta un moment dans le calme de cette pièce, essayant de se souvenir s'il avait déjà, dans sa vie, dormi aussi profondément.

En repassant dans la salle de séjour, il entendit jouer du Miles Davis quelque part dans l'appartement et vit un nouveau post-it à l'entrée de la cuisine : « Considérez-vous vous-même comme une personne sous la responsabilité de qui vous seriez. »

Il se demanda ce que cela pouvait bien vouloir dire. Puis il se dirigea vers la chambre de Mia et lui rentra presque dedans alors qu'elle en sortait. Elle fit un pas en arrière en laissant échapper un petit rire nerveux. Elle portait une chemise de nuit tombant à mi-cuisse. Ils se tenaient suffisamment près l'un de l'autre pour que, même dans la pénombre de la chambre, Evan puisse distinguer les quelques taches de rousseur sur l'arête de son nez. Elle rassembla d'une main les cheveux qui lui tombaient sur le visage et les tira sur le haut de sa tête, ce faisant sa chemise de nuit se leva légèrement sur ses cuisses. Evan sentit une odeur de citronnelle, l'odeur de sa peau, *son* odeur.

Le morceau de Miles Davis se termina et laissa la place à une improvisation au piano.

— Oh, non, fit Mia. Pas le trio Oscar Peterson.

Elle commença à se balancer lentement au rythme de la musique, une main toujours dans ses cheveux.

— Pendant mon cursus de psychologie à la fac, j'ai dû suivre un cours sur la méditation. Tu as déjà médité ?

— Parfois, répondit-il.

— La prof nous avait fait mettre deux par deux et il fallait poser la question à notre partenaire : « Qu'est-ce qui te rend heureux ? » Juste ça, plusieurs fois. Et puis on échangeait les rôles. Quand mon tour est arrivé, j'ai répondu *Hymn to Freedom*, ce morceau. Écoute juste ce trille… *là*.

Elle lâcha ses cheveux. La tache de naissance sur sa tempe dépassait sous sa frange.

— Tu veux essayer ? demanda-t-elle.

— Allez.

— Qu'est-ce qui te rend heureux ?

« La précision dans les tirs à longue distance », pensa-t-il.

— Les chiens de Rhodésie, dit-il.

Elle émit un petit bruit en lui adressant un demi-sourire.

— Qu'est-ce qui te rend heureux ?

« Les blocages à deux mains au ju-jitsu », dit-il intérieurement.

— La vodka de blé française, répondit-il à voix haute.

— Qu'est-ce qui te rend heureux ?

Cette fois, la réponse coïncidait avec sa pensée :

— Tes taches de rousseur.

Mia entrouvrit les lèvres, fit quelques pas en arrière, s'apprêta à dire quelque chose mais se retint.

— Tu veux que je m'en aille ? demanda Evan.

— Non.

— Tu veux que je reste ?

— Oui, répondit-elle. Oui, reste.

Ils s'approchèrent l'un de l'autre. Elle prit son visage entre ses mains et posa ses lèvres sur les siennes. Elle pressa son corps contre le sien et pencha le visage en arrière. Evan sentit sa luxuriante chevelure ondulée entre ses doigts. Ils restèrent l'un en face de l'autre, mélangeant leur souffle. Puis elle dit doucement :

— Non...

Il recula d'un pas.

Mia fronça les sourcils et répéta :

— Non-non-non.

Il attendit.

— Ce serait une connerie. Une énorme connerie. Ma vie est déjà trop compliquée comme ça pour... la compliquer encore plus.

— Très bien, dit-il.

— Si Peter se rendait compte de quelque chose, il serait vraiment troublé. Je suis désolée. Il vaudrait peut-être mieux que tu t'en ailles.

— D'accord, répondit-il en se tournant vers la porte.

— C'est vraiment pas la bonne période, en ce moment... Vraiment...

Elle leva les mains pour interrompre la conversation et le fil de ses pensées.

— Bon Dieu, t'es toujours comme ça, aussi... imperturbable ?

— Qu'est-ce que tu attendais de moi ?

— Je sais pas. Que tu te rebiffes. Que tu m'accuses. Que tu te mettes en colère.

— C'est ça que tu veux ?

— Non ! s'exclama-t-elle en poussant un soupir de frustration. Ou si… Peut-être…

— Ça ne m'intéresse pas.

— Maman ?

Ils se tournèrent tous les deux vers la porte par où Peter était apparu, encore à demi-endormi, se frottant les yeux de ses poings fermés.

— Vous faites quoi ?

— Ah, mon petit chou, on est juste… J'ai demandé à Evan de m'aider…

La main de Mia faisait des cercles dans les airs, comme si elle voulait attraper une excuse au vol. Elle termina enfin sa phrase :

— … à déplacer un meuble.

— Et pourquoi ? demanda Peter. Il faut être fort ?

Evan s'immisça dans le dialogue :

— Je crois que oui.

Mia étouffa un rire en se couvrant la bouche d'une main.

— Allez, lança-t-elle à Peter. On retourne se coucher.

— OK. OK.

Peter regarda Evan.

— Bonne nuit, Evan Smoak.

En partant, Evan passa la main dans les cheveux du garçon. Il sortit dans le couloir et referma la porte de l'appartement derrière lui. Il se sentit enveloppé d'une soudaine tranquillité. L'ascenseur monta avec un agréable bourdonnement.

Dans son appartement, la lumière filtrée par les pare-soleil blindés se reflétait sur la porte du Sub-Zero et faisait ressortir le contour d'une main d'enfant sur l'acier inoxydable.

Il fixa la tache dans le silence presque parfait de son appartement et sentit quelque chose remuer en lui, peut-être l'écho d'une vieille bataille intérieure dont il n'avait jamais été conscient. Dans le reflet immaculé, au-dessus de la marque, il nota une légère expression de contrariété sur son visage.

Le rouleau d'essuie-tout, planté sur une tige d'acier, semblait lui lancer des appels. Mais, au lieu d'effacer l'empreinte, Evan se dirigea vers la salle de bains. Sur le rebord du lavabo se trouvait le mouchoir taché du sang de Peter. Il entra dans la douche, posa la main sur le levier d'eau chaude et le tourna dans le mauvais sens.

De retour dans la Voûte, il vérifia ce qu'avait fait Katrin pendant son absence. Mais cette marque qui souillait son réfrigérateur se frayait un chemin dans toutes ses pensées, comme un insecte creusant une galerie.

Il se reconcentra sur les moniteurs, bien décidé à ignorer ce malaise idiot. Quand il eut terminé de visionner les derniers enregistrements, il sortit de la Voûte, monta dans son lit et s'allongea dans l'obscurité. L'insecte continuait à gratter et à gratter, creusant dans chacune de ses pensées. Une heure passa. Puis une autre.

Finalement, il se leva et se rendit dans la cuisine.

Il mouilla une feuille de sopalin et effaça la marque sur la porte en acier inoxydable du Sub-Zero.

36

Une fille un peu spéciale

Entre des maisons délabrées et une école en ruine, un camion de glace sillonnait la rue étroite de la colline en égrenant une petite musique lancinante. Le véhicule s'arrêta devant l'école et fut immédiatement entouré par un groupe d'enfants accompagné de leur institutrice — c'était l'heure de la récréation. Evan avait inspecté l'intérieur de la camionnette un peu plus tôt, prétextant l'achat d'une bouteille d'eau à son vieux conducteur. Il avait passé des heures à ratisser les environs, à l'affût du moindre élément douteux. Tout avait l'air normal, pour autant que quoi que ce soit dans ce quartier puisse l'être. Evan attendit que le camion de glace s'éloigne pour sortir de sa Taurus et gagner la maison de Memo Vasquez.

Il était prêt au pire. Il avait observé Katrin pendant plus de soixante heures sans que sa conduite ait éveillé le moindre soupçon en lui. Il était possible qu'elle se sache observée, mais Evan s'était lui-même chargé de l'installation des caméras du loft, il les savait donc parfaitement dissimulées. Katrin n'avait pas donné l'impression de se sentir surveillée. Evan connaissait bien le langage corporel, et il savait à quel point il est difficile de ne pas se trahir après autant d'heures. Il était donc d'autant plus méfiant à l'égard de Memo.

Evan monta les marches grinçantes du porche, frappa deux fois avant de pivoter du côté des gonds de la porte et de se plaquer contre la façade. Il était arrivé exprès avec une demi-heure d'avance pour prendre Vasquez au dépourvu.

La porte s'ouvrit, Evan bondit dans l'entrée et poussa l'homme dans la minuscule pièce derrière lui.

Vasquez était robuste et portait une large moustache grisonnante. Il leva les mains.

— S'il vous plaît, me faites pas de mal. *Por favor.*

Evan ferma la porte d'un coup de pied et faucha les jambes de Vasquez qu'il retint par le T-shirt pour amortir sa chute. Puis il le plaqua au sol et le fouilla tout en parcourant la pièce des yeux. Il sortit des liens en nylon tressé — plus souples et plus faciles à transporter sur soi que ceux en plastique rigide — d'une des poches de son pantalon et ligota les mains de Vasquez, qui poussa un grognement.

— Tout doux, souffla Evan.

Il parcourut rapidement toute la petite maison, dont le mobilier se réduisait à l'essentiel : un canapé, une table pliable avec deux assiettes, deux tasses, deux fourchettes. Les placards étaient vides à l'exception d'une casserole et d'une poêle, toutes deux noircies par l'usage. Deux matelas étaient posés à même le sol dans l'unique chambre ; sur le premier se trouvait un sac de couchage enroulé et, sur le second, un ours en peluche rose dont l'oreille était mordillée. Dans un coin, une pile de boîtes en carton contenait des T-shirts portant les noms et les numéros de différents joueurs de baseball. Evan passa dans la salle de bains et trouva un paquet de quatre rouleaux de papier hygiénique posés sur des carreaux ébréchés, un morceau de savon séché dans la douche et deux brosses à dents sur le lavabo, une rose et une bleue.

Il était difficile de croire que cet endroit était habité. Alors, de deux choses l'une : ou bien Vasquez manquait du strict nécessaire — ce qui était somme toute logique pour des personnes vivant en dessous du seuil de pauvreté —, ou bien il s'agissait d'une mise en scène orchestrée par l'équipe de Slatcher.

Étendu à plat ventre sur le plancher cabossé, Vasquez semblait avoir du mal à respirer. Evan le souleva et le déposa sur le canapé. En le retournant, il s'empara de son portefeuille dans la poche arrière de son pantalon. Il ne trouva aucune pièce d'identité, ce qui confirmait sa situation d'illégal. Par contre, il y avait une photo aux bords abîmés où l'on voyait une petite adolescente rondouillarde aux jambes arquées serrant Vasquez par la taille. Elle avait les yeux obliques et écartés et un petit nez, traits caractéristiques des personnes trisomiques. Ses lèvres épaisses dessinaient un sourire enjoué et elle serrait d'une main l'ours en peluche rose. Vasquez avait un bras passé autour d'elle et, de son autre main, il tenait le fil d'un cerf-volant. Tous deux avaient la tête levée vers le ciel.

Vasquez jeta sur Evan un regard mortifié.

— Je pensais que vous vouliez m'aider.

— Si je peux avoir confiance en vous, c'est ce que je ferai.

— Confiance en moi ?

Evan se posta près d'un trou dans le contreplaqué qui recouvrait la fenêtre de la façade avant et scruta la rue. La pente était particulièrement raide, ce qui lui donnait une vue dégagée sur la route qui remontait la colline. Le Dodger Stadium s'élevait au loin, tel un énorme calice de béton. Une odeur de marie-jeanne accompagnant la faible brise s'infiltrait dans la bâtisse.

— Racontez-moi votre histoire, demanda Evan. Je veux pouvoir vous croire.

Vasquez remua sur le canapé. L'avant de son T-shirt était trempé par la transpiration.

— Vous pouvez me libérer les mains, *por favor* ?

Evan coupa les liens qui le retenaient et retourna à son poste d'observation près de la fenêtre.

— Où est-ce que vous avez rencontré Morena ?

— J'étais à une réunion. Pour les alcooliques.

— Les Alcooliques Anonymes ?

— Oui. Je suis allé à Las Vegas pour apporter une machine à laver à *mi hermana* et je me suis rendu à la réunion la plus proche. C'est là que j'ai vu Morena.

— Et elle, qu'est-ce qu'elle faisait là ?

— Elle a dit qu'elle était venue pour trouver quelqu'un comme moi. Quelqu'un qui avait besoin d'aide. *Alguien desesperado.*

Evan dut reconnaître que son explication était plausible. Mais il demeura sceptique.

— Et vous avez parlé de vos problèmes devant tout le groupe ?

— Non. Mais, ce soir-là, je voulais boire. Et elle a dû voir que j'allais mal, expliqua-t-il tandis que des perles de sueurs se formaient sur son front. J'ai des envies de boire à chaque fois que je me sens inutile… impuissant.

— Pourquoi vous sentiez-vous impuissant ?

— Vous pouvez voir, je suis pas riche, dit-il en montrant la maison du menton. Mais je suis quelqu'un d'honnête. Il n'y a que moi et ma petite Isa. La fille que vous avez vue sur la photo. Sa mère est morte pendant l'accouchement. Je suis venu à Los Angeles avec Isa pour avoir une vie meilleure. Au Mexique, pour elle, c'est difficile, à cause de… son état. Je fais des T-shirts des Dodgers et je les vends sur le parking du stade, avant les matchs. Pour faire les T-shirts, j'ai loué un petit local dans le *distrito* des textiles. Une nuit, des types sont arrivés. Ils avaient des… des paquets. De *la cocaína.* Ils ont dit qu'ils étaient poursuivis par la *policía* et qu'ils devaient cacher la drogue dans mon atelier. Ils avaient des fusils et des couteaux comme ça.

De ses gros doigts, il indiqua la taille d'un couteau de type Bowie.

— *El jefe* a mis la lame sur le visage de mon Isa. Il m'a dit que si je le répétais, il la prendrait. Il a pas dit pour quoi. Juste... qu'il la prendrait.

Ses yeux se remplirent de larmes et sa respiration devint plus bruyante.

— Je savais pas quoi faire. Si je refusais, ils prenaient mon Isa. Je pouvais pas m'enfuir parce qu'ils m'ont dit qu'ils me retrouveraient n'importe où. Et si j'allais à la *policía,* on me reconduirait à la frontière. Alors j'ai dit... j'ai dit OK.

Evan se concentrait tout autant sur ce que disait Vasquez, que sur la façon dont il le disait. Les histoires fausses semblent souvent récitées, comme une leçon parfaitement apprise, avec trop de fluidité et sans aucune hésitation. Le récit de Vasquez avait l'air authentique, rempli de pauses et de phrases interrompues. Et il ne paraissait pas non plus prendre son temps pour permettre à d'éventuels complices de tendre une embuscade à Evan.

— Ils étaient combien ? demanda celui-ci.

— Trois.

— Et le *jefe*, quand il vous menaçait, il était à votre droite ou à votre gauche ?

— À ma gauche.

— Et Isa ? Elle était aussi à votre gauche ?

— Oui. Il était à côté d'elle.

— Et le type *à côté du chef*, il était comment ?

— Il était grand. Avec des gros muscles. Comme un boxeur.

— Et le quatrième type ? Il ressemblait à quoi ?

— Y avait pas de quatrième. Seulement trois hommes.

— Le troisième, il était comment ?

— Il était grand aussi. Haut. Mais maigre.

— Maigre comme le chef ?

— *El jefe*, il était pas maigre. Il avait des muscles comme des ballons.

— Et il était à votre droite…

— À gauche. Il était *aquí*. Là. Avec mon Isa, dit Memo en tirant sur le col de son T-shirt pour s'essuyer le front. Vous me croyez pas… Vous me croyez pas.

— Je n'ai pas dit ça, répliqua Evan.

Memo le regardait, effrayé, sans oser bouger du divan — ce qui pour le moment convenait tout à fait à Evan.

— Et qu'est-ce qui s'est passé ensuite ? demanda-t-il.

— Quand ils sont partis, je ferme l'atelier et je vois la *policía* qui frappe à toutes les portes du *distrito*. Je prends les paquets de cocaïne et je les jette dans la poubelle à l'arrière de l'atelier. Et je pars en courant. Je pars avec mon Isa. Je me cache et j'attends que *la policía* parte. Et quand je reviens…

Le souvenir lui coupe le souffle.

— … quand je reviens, les paquets sont plus là. *Nada*.

Dans la rue, on entendit la petite musique lancinante du camion de glace, suivie par des cris d'enfants dans deux langues différentes.

Vasquez haletait, essayant de retenir ses larmes.

— La nuit après, les hommes reviennent. J'explique au *jefe* ce qui s'est passé. Il dit que c'est ma faute et que je lui dois l'argent. *Cinq mille* dollars.

Vasquez baissa la tête et la balança lentement de droite à gauche. Des gouttes de sueur s'accumulaient à la pointe de ses cheveux sans tomber.

— J'ai jamais vu autant d'argent d'un coup. Ils disent que si je leur apporte pas bientôt, ils viendront. Ils viendront prendre mon Isa.

— Pourquoi veulent-ils la prendre ?

Memo finit par lever ses yeux noirs vers Evan et lui lança un regard de feu.

— Pour vendre ses organes.

Il sanglota d'une voix enrouée. Debout près de la fenêtre, Evan sentit monter en lui une fureur qu'il connaissait bien.

Le camion de glace descendait lentement la colline, en roue libre, en direction de la maison.

— Ils m'ont dit qu'ils font aussi du trafic d'organes. Que le cœur d'Isa est pas bon parce que c'est une fille spéciale. Et ses yeux non plus, elle a la *catarata*.

De ses lèvres sortit une sorte de grognement.

— Mais pour le marché noir, ils prendront son foie. Ses reins. Ses poumons.

Sa voix devenait de plus en plus aiguë.

— *Ses os. Sa peau. Ses veines. Ses tendons.*

Des larmes coulaient maintenant le long de ses joues.

— Ils prendront son corps pour récupérer l'argent.

— Où est Isa, en ce moment ?

— À l'école, répondit-il d'une voix étouffée. Ils ont un programme spécial pour elle.

Evan jeta un dernier coup d'œil sur la route. Puis il s'approcha de Guillermo et le regarda bien en face. Il le croyait.

— Y a plus le temps. Je sais pas où je peux avoir cet argent, mais si je le trouve pas, ils prendront ma petite fille spéciale.

Evan s'accroupit et posa les mains sur les genoux de Memo.

— Je vais vous aider, dit-il.

La musique du camion de glace se fit à nouveau entendre, suivie d'un crissement de pneus au moment où le véhicule passait devant la maison. Les phares balayèrent le mur du salon et se reflétèrent dans une brèche de la cloison sèche.

Evan se retourna aussitôt vers ce reflet. Il se leva et regarda Vasquez.

— Ne bougez pas. Pas même le petit doigt. *¿Comprende ?*

Vasquez hocha la tête, laissant apparaître un front ondulé de rides.

Evan s'approcha du mur, enfonça ses doigts dans une fissure et força le plâtre autour à s'effriter. Son index toucha quelque chose de dur et de lisse. Il parvint à extraire l'objet du bout des doigts. C'était une caméra à sténopé, identique à celle qu'il avait installée à l'extérieur de son appartement.

Après un travail de préparation aussi élaboré, pourquoi avaient-ils placé une caméra aussi grossièrement au milieu d'un mur. Pourquoi ?

Slatcher, il en était sûr, l'observait.

Pris de rage, Evan arracha la caméra. Le câble déchira la cloison en remplissant l'air de poussière. Memo le regarda, terrorisé, la bouche ouverte.

Evan avait enroulé le câble autour de son poing et l'agitait devant le visage de Vasquez.

— Et ça, c'est quoi ?

— J'ai jamais vu ça de ma vie. *Lo juro, lo juro*…

Le RoamZone vibra dans la poche d'Evan. Il le sortit rapidement à l'aide de son autre main et le porta à son oreille. Avant qu'il puisse dire un mot, il entendit des cris.

— Evan ? Evan, c'est moi !

Katrin. Sous la panique, sa voix surfait très haut dans les aigus.

— Ils sont là, ceux du motel, avec la Scion. Ils se sont garés juste devant l'immeuble. Je les ai vus entrer en courant. Putain, où est-ce que t'es ? Où tu es, Evan ?

Il sentit une chaleur à l'arrière de sa nuque, le souffle brûlant de la peur.

— Regarde par la porte. Tu les vois qui arrivent par les escaliers ?

— Je sais pas ! Je sais pas !

— Va voir. *Maintenant.*

Memo se redressa un peu sur le sofa, les mains levées, les doigts écartés dans un geste de conciliation.

— Écoutez-moi, *amigo.* Je vous jure sur les yeux de mon Isa, j'ai jamais…

Evan lui asséna un coup qui l'envoya directement bouler au sol sur le ventre. Tenant le téléphone entre son épaule et son visage, Evan appuya son genou entre les omoplates de Vasquez. Il tira ses bras en arrière et le ligota à nouveau aux poignets, puis aux chevilles, à l'aide des liens de nylon.

— Ils sont déjà dans le couloir, Evan. Qu'est-ce que je fais ? demanda Katrin d'une voix essoufflée.

— Mets le verrou de sécurité. Va dans la salle de bains. Il y a un…

Un fracas retentit, le son d'un bélier frappant une porte. Katrin hurla si fort qu'Evan dut éloigner le RoamZone de son oreille de quelques centimètres.

— Reste en ligne, Katrin. Quoi qu'il arrive, reste…

Il entendit le bruit d'une gifle, puis celui du téléphone tombant au sol. Il y eut encore d'autres sons indistincts puis la communication fut interrompue.

Evan laissa Memo attaché par terre et courut vers la porte.

Il avait maintenant compris pourquoi Slatcher ne s'était pas donné la peine de mieux dissimuler la caméra. Le but de ce subterfuge n'était pas d'attirer Evan pour le tuer.

Le but était de l'éloigner de Katrin.

37

Tôt ou tard

Evan traversa en trombe tout le centre de la ville, brûlant les feux rouges, se faufilant entre les véhicules, n'hésitant pas à mettre deux roues sur le trottoir pour doubler une autre voiture, le tout dans un déluge de crissement de pneus. Il lança la localisation GPS des micropuces de Katrin, mais aucun signal ne s'afficha. À deux cents mètres du loft, il s'arrêta sur une voie de bus, sortit de la Taurus et se lança dans une course effrénée vers son immeuble, avec, à la main, son Wilson Combat 1911 encore dans son holster.

Il dégaina le pistolet au moment où il franchissait les portes vitrées de l'entrée. Il se précipita dans les escaliers, écartant au passage un couple de quadragénaires et leurs deux enfants. Il monta les escaliers quatre à quatre et s'arrêta sur le palier du cinquième. Il entrouvrit la porte de l'étage et jeta un coup d'œil dans le couloir. La porte du loft était ouverte de quelques centimètres ; le bois était légèrement fendu autour de la serrure.

Il avança dans le couloir, le pistolet à la main, parcourant les quelques mètres sans faire le moindre bruit. Il posa la main sur le bois fendu et ouvrit délicatement la porte vers l'intérieur. Sans baisser son arme, il entra en examinant d'un bref coup d'œil tout l'intérieur de l'appartement.

L'un des tabourets de la cuisine était tombé, et les morceaux d'un téléphone jonchaient le sol. Evan s'accroupit près des restes électroniques et vit des taches sombres. Il s'approcha et les toucha du bout des doigts. Des taches de sang.

Il n'y en avait que quelques gouttes. Peut-être était-ce le sang qui avait coulé du nez de Katrin après qu'on l'eut giflée. Il savait qu'elle était en vie. Ce n'était pas elle qu'ils voulaient.

Le loft n'était plus sécurisé, à présent. Evan ne perdit pas plus de temps et sortit récupérer la Taurus avant de reprendre le chemin d'Elysium Park vers le taudis qu'il venait de quitter. Il repassa mentalement l'histoire que lui avait racontée Vasquez. Ce récit tortueux d'un humble immigré en situation illégale sans personne vers qui se tourner, ces dangereux trafiquants de drogue prêts à vendre les organes d'une jeune fille trisomique... Tout lui semblait maintenant invraisemblable : le moindre détail avait été conçu pour l'émouvoir. Ils avaient même placé la photographie d'« Isa » dans le portefeuille de Memo, sachant que c'était la première chose que vérifierait Evan.

Slatcher avait dû faire des recherches et avait élaboré une simulation de mission pour l'Homme de Nulle Part en intégrant les doses parfaites de désespoir et d'impuissance qui convenait à son profil.

Quelques minutes plus tard, Evan était de nouveau à l'intérieur de la maison, inspectant les lieux. Un canif ouvert. Des liens en nylon coupés sur le sol. Et aucun signe de Memo Vasquez.

Irrité contre lui-même, mais absolument pas surpris, Evan se rendit sur le parking de Burbank pour changer de véhicule. Une question le tourmentait : comment Slatcher avait-il localisé le loft ? Il se focalisa sur ce problème, explorant toutes les possibilités.

À mi-chemin, pris d'une impulsion, Evan fit à nouveau crisser les pneus en sortant de l'autoroute. Il alla se garer dans une allée, derrière un centre commercial. Une chaleur aride sortait du conduit d'aération d'un pressing. À l'intérieur, des vêtements sous plastique suspendus à un rail circulaire tournaient comme des âmes sans corps.

Il sortit du coffre la valise Hardigg Storm et assembla le détecteur de jonction non linéaire. Il inspecta méticuleusement la Taurus, s'attardant sur chaque rayon de chaque roue et chaque panneau du véhicule, se glissant même sous la voiture, sur le bitume rugueux, afin de vérifier le châssis.

Il passa la baguette circulaire sur le rembourrage intérieur, retira les appuie-tête, arracha chaque article de la boîte à gants. Puis il enleva les tapis de sol et les scanna comme s'il passait l'aspirateur.

Le détecteur n'émettait que son crépitement habituel.

Plusieurs personnes sortant du pressing lui lancèrent des regards curieux, mais il les ignora, concentré sur sa tâche, sa chemise trempée de sueur collait à sa peau. Il sortit la roue de secours qu'il scanna avant de passer à la trousse de premiers soins dont il éparpilla tout le contenu sur le sol. Il n'y avait rien à signaler pour le démonte-pneu, tout comme pour le tapis du coffre dont il examina chaque centimètre. Il déchiqueta la mousse noire de l'intérieur de la Storm Case et en jeta les morceaux ici et là dans la ruelle comme de vieux bouts de coton.

Assis dans cette mosaïque d'éléments, Evan, désemparé, respira profondément pour reprendre son souffle.

Son regard se posa ensuite vers la baguette elle-même. Un terrible soupçon lui enfla la poitrine.

Il se leva, ramassa le détecteur et le lança contre l'asphalte, le brisant en morceaux. D'un coup de talon, il fit exploser la poignée en plastique.

À l'intérieur se trouvait un minuscule émetteur numérique.

Il s'accroupit pour extraire le traqueur de la taille d'un petit pois, le tint entre le pouce et l'index, et l'examina.

Dissimuler un émetteur dans l'objet même qui était censé le détecter relevait du coup de génie, il fallait bien le reconnaître.

Evan se dirigea vers la camionnette de livraison du pressing garée à côté de la Taurus, dévissa le bouchon du réservoir et y laissa tomber l'émetteur. Voilà qui devrait occuper Slatcher et son équipe pendant un bon bout de temps.

Evan remonta dans sa voiture et se rendit jusqu'au parking voisin de l'aéroport pour récupérer son pick-up. Tout en conduisant, il reconsidéra les évènements des derniers jours et essaya de déterminer à quel moment Slatcher avait pu installer le transmetteur.

Evan avait utilisé pour la première fois la Taurus un peu avant l'attaque de la chambre du motel. L'équipe de mercenaires n'avait pas touché à la voiture à ce moment-là, car ils n'avaient tout simplement aucun moyen de savoir qu'elle lui appartenait. Et quand Katrin et lui s'étaient enfuis du motel par la fenêtre arrière, il avait observé Slatcher de ses propres yeux attendant dans son véhicule des nouvelles de ses hommes sur le terrain. Il ne savait donc pas où se trouvait Evan, il n'y avait donc aucun transmetteur dans le véhicule lorsqu'Evan avait conduit Katrin au loft.

Ce qui signifiait que Slatcher l'avait dissimulé lorsqu'Evan était revenu à Chinatown pour étudier le lieu du tir manqué — il savait qu'Evan y retournerait à un moment ou un autre. Tous les endroits où Evan s'était rendu après Chinatown étaient donc connus de Slatcher.

Evan re-parcourut tous ses trajets mentalement. Plus tard, la même nuit, il était allé au loft. Katrin et lui avaient fait l'amour ; puis il était sorti précipitamment pour prendre l'appel de Memo Vasquez. Slatcher n'avait alors probablement pas eu le temps de réunir son équipe et de préparer une attaque. Il avait ensuite pris la Taurus jusqu'à la maison de la tante à Las Vegas, mettant Slatcher sur la piste de Morena.

Slatcher avait donc suivi Morena jusqu'au casino Bellagio, sachant qu'Evan se trouverait dans les parages, ce qui expliquait la présence de Candy McClure au casino.

Evan avait également été voir Tommy Stojack, mais Tommy exigeait de ses clients qu'ils se garent à des kilomètres de son atelier et qu'ils prennent un bus pour s'y rendre. Sur le chemin du retour de Las Vegas, Evan s'était arrêté chez Memo Vasquez, informant Slatcher qu'il avait bien mordu à l'hameçon du faux client. Mais Evan avait changé de véhicule à Burbank avant de rentrer chez lui, ce qui permettait de penser que Castle Heights était encore sûr.

Quand il était revenu, le jour suivant, à la maison d'Elysium Park, Slatcher avait probablement suivi les déplacements de la Taurus et avait attendu d'avoir la confirmation visuelle de la présence d'Evan par la caméra mal dissimulée. La distance qui séparait Elysium Park du loft était trop importante pour qu'Evan puisse arriver à temps pour sauver Katrin.

Slatcher avait parfaitement programmé son attaque. Evan savait maintenant pourquoi Orphelin Zéro était considéré comme le meilleur.

De retour chez lui, il vérifia que le signal GPS de Katrin n'était pas réapparu, même s'il n'avait reçu aucune alerte sur son portable. Toujours rien.

Tant qu'elle ne mangerait pas, les sucs gastriques ne pourraient pas recharger les micropuces dans son appareil digestif, rendant impossible toute émission de signal. C'était sans doute une bonne chose, car si Slatcher passait Katrin au détecteur, rien n'apparaîtrait, à moins de la scanner immédiatement après un repas. Quelque chose disait à Evan que l'alimentation de Katrin n'était pas parmi les priorités de Slatcher. De toute façon, dans un ou deux jours, les micropuces disparaîtraient de son organisme. Et il serait alors impossible de la retrouver.

Evan examina ensuite les images de surveillance du loft. Il vit Katrin faire les cent pas dans la cuisine, comme elle s'était maintenant habituée à le faire. Evan sentit un malaise s'installer en lui, l'horreur grandissante d'observer quelqu'un qui n'avait pas la moindre idée que quelque chose de terrible était sur le point de lui arriver.

À un certain moment, Katrin s'approcha de la paroi en verre teinté, regarda en bas et se raidit de terreur. Elle se précipita vers le téléphone portable, tombant presque sur le sol glissant.

Evan vit les doigts tremblants de Katrin composer son numéro. Il vit sa bouche s'agiter frénétiquement et savait exactement ce qu'elle disait : la conversation était gravée dans sa mémoire.

Le son n'était pas net, mais audible : « Ils sont là, ceux du motel. »

Elle courut à la porte, jeta un coup d'œil par le judas. Ses mains tentaient maladroitement de pousser le verrou lorsque la porte vibra violemment, la faisant reculer. Elle chancela mais réussit à rester debout.

Slatcher fit irruption dans l'appartement et lui mit aussitôt une gifle du revers de la main. La tête de Katrin se retourna violemment tandis que le téléphone volait au loin.

La femme, Candy McClure, apparut derrière Slatcher, portant un bélier qui se balançait joyeusement contre sa cuisse. Elle avança d'une démarche décontractée et déhanchée jusqu'au téléphone qu'elle écrasa du talon de sa botte. Slatcher souleva Katrin dont le corps flasque lui échappait des mains. Candy se mit de l'autre côté et passa un bras de Katrin autour de son épaule, et ils la traînèrent ainsi, comme si elle avait trop bu.

L'attaque durait onze secondes en tout et pour tout.

Evan visionna à nouveau la séquence. Et une autre fois encore.

« Putain, où est-ce que t'es ? Où tu es, Evan ? »

Retour en arrière. Play.

« Putain, où est-ce que t'es ? »

Encore.

« Où tu es, Evan ? »

Encore

« Où tu es, Evan ? »

Il réécouta l'appel au secours de Katrin jusqu'à ce que ces paroles s'imprègnent dans son esprit comme un mantra de rage ; la poitrine lui brûlait.

Il composa du pouce le numéro qu'il avait mémorisé. Personne ne répondit. Slatcher était sans doute en train de localiser l'appel et ne décrocherait que lorsqu'il aurait une piste. En tant qu'ancien Orphelin, Slatcher disposait de compétences et de ressources considérables pour tracer un appel téléphonique VoIP via les standards numériques. Il serait intéressant de voir jusqu'où il pourrait remonter.

Toutes lumières éteintes, Evan parcourut le périmètre complet de son appartement, le RoamZone à la main. Ses épaules frôlaient les murs, comme pour marquer les limites de sa forteresse, délimitant un terrain sûr. La lumière du soleil s'assombrissait peu à peu, puis un paysage orange de carte postale se dessina dans le ciel, et bien vite, seules restèrent les lumières artificielles — points brillants dans le noir océan de la ville.

Comme Evan l'avait prévu, le téléphone se mit bientôt à sonner. Il répondit.

— Orphelin O ?

— Orphelin X.

— Laisse-moi lui parler.

— Bien sûr, dit Slatcher.

Un instant plus tard, Katrin répondait, la voix enrouée à force de pleurer :

— Je suis désolée, Evan. Tellement désolée de t'avoir entraîné là-dedans.

— Ne dis pas de bêtises.

— J'ai pas réussi à verrouiller la porte… J'ai pas pu m'enfermer dans les toilettes.

— Il y a deux choses dont tu dois te souvenir : rien de tout ça n'est de ta faute. Et je vais te retrouver. Répète.

Elle sanglota puis répéta ce qu'il lui avait dit :

— Rien de tout ça n'est de ma faute. Et tu vas me retrouver.

Elle étouffa un sanglot et demanda d'une voix chevrotante :

— Tu me le promets ?

— Je te le promets. Maintenant repasse-moi le type.

Slatcher reprit le téléphone.

— Ça doit te faire plaisir de nous laisser parler, pas vrai ?

— Effectivement, répondit Slatcher.

Evan arpentait le couloir, faisant glisser ses doigts à l'endroit où le katana était auparavant suspendu.

— Parce que tu es en train d'essayer de tracer l'appel.

— J'essaie.

— Bonne chance, dit Evan, en toute sincérité.

— Sympathique, la petite distraction avec la camionnette du pressing, répliqua Slatcher.

— Merci. Pas mal, l'idée de placer l'émetteur dans le détecteur. Tu l'as mis à Chinatown, je me trompe ?

— Tout juste. Pendant que tu étais dans l'appartement pour retrouver ma trace, moi, je m'assurais de pas perdre la tienne.

— Et bien sûr, tu n'as pas voulu t'occuper de moi à ce moment-là. Trop de flics.

— Exact. À propos, pas mal non plus tes petites acrobaties entre les balcons. À un moment, je me suis demandé si tu allais y arriver.

Une fois encore, Evan parcourut mentalement la liste de ses divers ennemis potentiels. Le successeur d'un chef du

Hezbollah qu'il avait éliminé pendant le conflit de la zone de sécurité au Liban ; la veuve d'un oligarque qui faisait du trafic de matières fissiles ; l'oncle d'un violeur en série qu'il avait tué à Portland ?

— J'imagine que tu n'as pas l'intention de me dire pourquoi tu es à mes trousses, dit Evan.

— Je crains que ce ne soit pas à moi de le faire.

— Bien sûr. Tueur à gages oblige.

Evan marcha jusqu'au fond de la cuisine et laissa le mur végétalisé lui caresser le bras.

— Ton commanditaire ne souhaite pas se faire connaître ?

— Non.

— Comment tu as fait pour me retrouver ? demanda Evan. Au début, je veux dire.

— Ah… Ça, je suis plutôt bon dans ce que je fais, répondit Slatcher.

Evan traversa la partie en béton coulé de la grande salle, s'appuya contre les poignées du tapis de course et regarda les fenêtres illuminées de l'appartement d'en face.

— Tu as commencé par la piste de Morena ?

— Ou de quelqu'un avant elle, répliqua Slatcher. Tu ne sais pas qui on connaît. Peut-être que je connais quelqu'un dans l'immeuble où tu te trouves actuellement.

Slatcher parlait sur le ton de la conversation, mais chacun de ses mots s'insinuait violemment dans la poitrine d'Evan, qui ne tomba pourtant pas dans le piège : si Slatcher avait vraiment su où il se trouvait, il aurait déjà défoncé la porte.

— Pourquoi tu penses que je suis dans un immeuble ?

Slatcher répondit par un rire.

— J'ai regardé les images de vidéosurveillance du loft, dit Evan. Deux ex-Orphelins qui travaillent ensemble. J'aurais tout vu.

— *Presque* tout, répliqua Slatcher. Attends la suite, et tu verras des choses vraiment inédites.

Evan avait seulement présumé l'origine de Candy, mais la réponse de Slatcher confirmait ses soupçons.

— Je ne savais pas qu'on formait aussi des femmes.

— Oh, quelques-unes.

Evan s'éloigna du tapis de course, s'arrêta devant le pare-soleil et regarda le balcon de l'appartement 19H dans le bâtiment d'en face. Les fines mailles de l'écran n'obscurcissaient que légèrement sa vue. Il pouvait voir Joey Delarosa allongé sur son canapé en similicuir, une télécommande posée sur une cuisse et un plateau de Weight Watchers vide sur le repose-pieds.

À la position de sa tête et au mouvement régulier de ses épaules, Evan déduisit qu'il s'était endormi. La lumière de la télévision dessinait des motifs sur les murs autour de lui, ce qui donnait à la pièce l'allure d'une étrange créature mouvante.

— Ce n'est pas Katrin que toi et ton équipe vous voulez, dit Evan. Elle, ce n'est qu'un appât.

— Correct.

La voix de Slatcher retentit violemment à son oreille.

— C'est toi qu'on veut.

— Je serai content de vous rendre service.

— Tu es sûr de toi, hein ?

— On veut la même chose, tous les deux, déclara Evan.

— Et c'est quoi ?

— Tuer l'autre.

— Exact, répondit Slatcher. Et, selon toi, comment on peut s'y prendre ?

À ce moment, la porte d'entrée de l'appartement de Joey Delarosa s'ouvrit violemment. Un homme cagoulé fit irruption dans la salle de séjour, entraîné par l'élan du bélier qu'il tenait en main. Deux autres hommes vêtus de noir et au visage couvert entrèrent après lui, suivis à leur tour de Candy McClure. Joey Delarosa leva les mains tandis qu'un paquet de pop-corn — qu'Evan n'avait pas remarqué — se renversait sur le canapé. Candy sauta aussitôt sur Joey avec l'agilité d'un chat, l'immobilisa et le fouilla.

— Bon, dit Evan. Maintenant que tu as Katrin, tu vas vouloir t'en occuper pour savoir tout ce qu'elle sait. Elle ne sait rien. Tu perds ton temps, mais tu vas devoir essayer, je comprends. Peut-être que tu pourrais lui épargner des cruautés inutiles, car tu sais bien que jamais je ne me serais exposé en lui donnant des informations qui pourraient te servir.

Il pouvait entendre la respiration de Slatcher. En face, l'équipe commençait à inspecter l'appartement, pièce par pièce. Evan les regarda disparaître puis réapparaître aux différentes fenêtres du 19H. Il leva la main et la posa délicatement sur la fine maille de l'écran en titane.

— Je suis sûr que, en plus de la carte Katrin, vous êtes en train d'en jouer d'autres et d'épuiser toutes vos ressources pour retrouver ma piste. Et probablement même au moment où je te parle.

Candy parcourait maintenant le salon, les yeux rivés sur un appareil qu'elle avait à la main. Elle marcha jusqu'à un coin de la pièce, à côté de la télévision, et frappa sauvagement dans la cloison. Elle en retira le téléphone qu'Evan avait caché là, et qui restait chargé par une rallonge. Le téléphone avait activé un point d'accès Wi-Fi mobile et servait de pont pour la communication qu'Evan avait en ce moment même avec Slatcher, récupérant des paquets de données numériques envoyés via le routeur de Joey et reliant le signal au réseau LTE. Remonter plus loin était donc impossible.

Candy jeta un regard irrité sur le téléphone qu'elle laissa pendre au mur.

Avec une expression de fatigue, elle tapa quelque chose sur son appareil. Envoyait-elle un message ?

— Dans le mille, dit Slatcher.

Evan était sûr d'avoir entendu un bourdonnement sur la ligne. Sans doute le message de Candy à Slatcher.

Slatcher poussa un léger soupir d'agacement.

— Je ne peux pas te donner de lieu de rendez-vous longtemps à l'avance. Tu aurais trop de temps pour préparer la riposte.

— D'accord, dit Evan. Mieux vaut ne pas perdre notre énergie à changer sans cesse d'endroit.

— On te fera signe quand on sera prêts, conclut Slatcher. T'es trop dangereux.

— Je comprends, répondit Evan. Je ferais la même chose, si j'étais toi.

Slatcher était en position de force. Plutôt que de risquer d'attaquer Evan dans une opération très exposée comme au restaurant ou au motel, il avait changé de tactique et voulait le faire venir à lui.

Dans le bâtiment d'en face, Candy et ses hommes disparurent par la porte ; un instant plus tard, Joey se releva péniblement et s'approcha du mystérieux téléphone.

— Et, entretemps, tu vas essayer de la localiser, j'imagine, dit Slatcher. Tu vas essayer d'arriver à nous avant.

Evan pensa à l'as qu'il avait dans sa manche : les puces électroniques dans l'estomac de Katrin.

— Oui, bien sûr, répliqua-t-il en retournant dans la pénombre de l'appartement.

— Bon, alors je suppose qu'on va se revoir bientôt, dit Slatcher.

— Tôt ou tard, répondit Evan avant de raccrocher.

38

Un bouclier de tueurs

Danny Slatcher ne supportait pas d'entendre une femme pleurer. Candy avait beau avoir enfermé Katrin White dans une chambre à l'extrême opposé du couloir, les sanglots continuaient à lui parvenir aux oreilles. L'équipe s'était installée dans un immeuble vide, sans doute abandonné, à la sortie de la 101, près de Calabasas. Situé derrière un grand parking vide, l'édifice était maladroitement conçu en V. Les deux longs couloirs menaient à différents bureaux, et les salles de réunion, à l'arrière, donnaient sur une colline broussailleuse.

À l'endroit où les deux ailes se rejoignaient, une cour intérieure avec coin cuisine exhalait une odeur de fougères mortes.

Debout dans les miasmes de plantes pourries, Slatcher avait collé les ongles RFID et appliqué sur sa cornée droite la lentille de contact connectée.

Le curseur virtuel passa finalement du rouge au vert.

Top Dog ne lui avait envoyé qu'un seul signe : « ? »

Les doigts de Slatcher s'agitaient dans un ballet aérien.

L'AVONS SÉCURISÉE. L'UTILISERONS POUR L'ATTIRER.

Top Dog répondit :

COMMENT S'EN SORT ORPHELIN V ?

Top Dog aimait les noms de code, les pedigrees.

BIEN, répondit Slatcher.

ET LES MERCENAIRES ?

MOINS BIEN.

TU VAS EN MANQUER ?

CERTAINS SONT TROP NOVICES, écrivit Slatcher. ON EN A BESOIN POUR ENCERCLER LA CIBLE.

ORPHELIN X EST PLUS INTELLIGENT QUE LES AUTRES, répondit Top Dog.

OUI, confirma Slatcher.

Le curseur redevint rouge.

Top Dog n'avait pas de temps à perdre en amabilités.

Danny retira son équipement, le rangea dans sa petite boîte métallique et décida de fuir la puanteur de la cour intérieure pour regagner le couloir, en direction des sanglots.

Le groupe des nouvelles recrues s'était rassemblé dans le hall. Ils avaient tous des têtes carrées et des muscles gonflés aux stéroïdes. Tous étaient d'anciens militaires dont la situation avait mal tourné, ce qui n'était pas pour déplaire à Slatcher. L'expérience lui avait en effet enseigné que les soldats démis de leur fonction faisaient souvent des assaillants particulièrement féroces et acharnés. Slatcher voulait un bouclier de tueurs autour de Katrin White et de Candy McClure jusqu'à ce qu'Orphelin X soit mort à ses pieds.

Les conversations cessèrent lorsque Slatcher passa entre les hommes pour se diriger vers le couloir. Il parvint jusqu'à un petit local dont la porte était entrouverte. Candy était accroupie à l'intérieur de ce rectangle de béton humide, prenant un soin tout particulier pour contrôler ses précieux flacons d'acide fluorhydrique. Elle sortit pour rejoindre Slatcher qui poursuivait son chemin dans le couloir.

— Tu penses qu'on devrait lui dire ? demanda Slatcher.

Candy hocha la tête.

— Oui, il vaut mieux qu'on lui dise. Ça l'incitera à bien se tenir.

Ils entrèrent dans le dernier bureau à gauche. Katrin, enfin silencieuse, était enchaînée à une table. À côté d'elle se trouvait un sac de chez McDonald's auquel elle n'avait pas touché. La fenêtre qui donnait sur la colline avait été condamnée. La sueur avait collé la frange de Katrin à son front et son visage était enflé à force de pleurs.

La gifle de Slatcher avait gonflé sa joue gauche et laissé une tache rouge autour de son œil.

— Tu ne manges pas ? demanda Candy.

Katrin leva à peine les yeux.

— J'ai pas faim.

Slatcher s'accroupit à côté d'elle.

— Sam est vivant et il va bien, dit-il. Il fallait que tu sois effrayée. Que tu pleures pour de vrai, que tu sois sincère devant Evan.

Katrin entrouvrit les lèvres, mais aucun son ne sortit de sa bouche. Après quelques instants, elle parvint à articuler :

— Nan. C'est pas vrai. Vous mentez.

— On avait besoin qu'Evan soit ébranlé, qu'il prenne davantage de risques, qu'il commette des erreurs.

Katrin se remit à pleurer. Ses bras fins n'arrêtaient pas de trembler.

— Vous m'avez fait ça, juste pour convaincre Evan… juste pour le convaincre…

— Regarde-moi. Mais regarde-moi, dit Slatcher en lui saisissant le menton pour l'obliger à le regarder. Si tu coopères, Sam vivra. Tu comprends ?

Katrin hocha la tête, pour autant qu'il lui était permis de le faire, car la poigne de Slatcher immobilisait son visage, et elle mouilla de larmes les énormes phalanges de son ravisseur.

— Je veux juste que tout ça se termine.

— Ça sera terminé quand Evan sera mort.

Slatcher ôta sa main. Katrin relâcha ses muscles. Exténuée, elle se laissa tomber au sol, la joue contre la moquette. Elle voyait les taches de gras qui parsemaient le sac de fast-food, et l'odeur qui s'en exhalait lui retournait l'estomac.

Lorsque Slatcher se leva, elle eut l'impression qu'il s'élevait dans les airs.

Puis il quitta la pièce.

Candy ne bougea pas, appuyée à la table, examinant ses ongles avec une légère expression d'ennui sur son joli visage mutin.

Katrin essayait de retrouver son souffle.

— Ces putains de tueurs russes, dit Candy. Ils commencent toujours pas vous casser les dents. Ensuite, ils coupent le bout des doigts de leurs victimes et les jettent dans de la bière pour effacer les empreintes. Mais moi, je suis pas une putain de tueuse russe. Je m'abaisse pas à des procédés aussi mesquins.

D'un mouvement agile, elle bondit et atterrit délicatement à côté du visage de Katrin. Puis elle se pencha, laissant dans l'air une bouffée de parfum féminin.

— Moi, je préfère éliminer complètement mes victimes. On l'a peut-être pas encore fait avec Sam, dit-elle avant d'approcher sa bouche de l'oreille de Katrin. Mais je *crève d'envie* de le faire.

Candy se releva, bien droite sur ses jambes robustes et galbées, tels deux colosses de Rhodes décolorés.

— Alors, je t'en supplie, conclut-elle, donne-moi juste une occasion…

Katrin ne put reprendre son souffle, même après le départ de Candy.

39

Un son qui ne venait pas

Allongé sur le lit flottant dans l'obscurité de la chambre, le regard fixé sur le plafond, Evan repassait mentalement toute sa conversation avec Slatcher.

Tu ne sais pas qui on connaît. Peut-être que je connais quelqu'un dans l'immeuble où tu te trouves actuellement.

Slatcher essayait de le déstabiliser, de l'affoler pour l'obliger à sortir de sa tanière.

Dans son appartement, Evan disposait de différentes armes et alarmes, un parachute de base jump, une corde de rappel, des murs et des fenêtres renforcés. Il était en sécurité.

Mais pas Katrin.

Il se remémora la nuit où ils avaient fait l'amour, son doigt parcourant la courbe de ses hanches. Il revit ces trois petites étoiles tatouées derrière son oreille. Les traits du kanji sur son omoplate gauche. Les taches de sang sur le sol du loft. La promesse qu'il lui avait faite : *je vais te retrouver.*

Le RoamZone était à charger, à quelques centimètres de lui, sur la table de chevet. Il était à l'affût du signal du GPS annonçant la localisation de Katrin, à l'affût d'un son qui ne venait pas.

La nuit lui sembla soudain plus froide.

Tu me le promets ? Le sang de Katrin sur la moquette. Où tu es, Evan ? Le téléphone par terre en morceaux. Un sanglot dans la gorge de Katrin.

Où tu es, Evan ?

Où tu es ?

Il repoussa les draps, s'habilla et se dirigea vers le tapis turc. Il s'assit en tailleur, ferma les paupières et essaya de méditer.

Pour la première fois de sa vie, il n'y parvint pas.

40

Angles morts

Au moment où les premières lueurs de l'aube zébrèrent le ciel, Evan avait déjà fait une vérification complète de ses systèmes de sécurité, réglant la sensibilité des détecteurs de mouvement, testant les alarmes et étudiant le champ des caméras de surveillance à la recherche d'éventuels angles morts.

Il ne pouvait se permettre la moindre négligence.

Les micropuces de Katrin n'avaient toujours pas envoyé de signal. S'étaient-elles évacuées de son organisme ? Katrin n'avait-elle toujours pas mangé ? La sueur avait-elle décollé le patch de derrière son oreille ? Ou peut-être était-elle retenue dans un lieu souterrain où le signal était bloqué par des murs de béton.

Evan continua de s'activer. Il retira la carte SIM de son RoamZone et la fit tomber dans la déchiqueteuse, laissant les lames vrombir jusqu'à ne plus entendre que le bruit du moteur. Il récupéra les restes qu'il jeta à la poubelle. Puis, il déplaça l'opérateur téléphonique de Bangalore à Marrakech. Il ne pouvait maintenant plus compter sur Joey Delarosa. La nuit précédente, ce dernier avait en effet appelé la police, qui avait retiré le téléphone portable caché dans le mur après l'avoir inspecté comme un objet tombé de l'espace.

Evan inséra une nouvelle carte SIM dans son téléphone, prit une mallette Pelican dans l'armoire à côté de son casier à armes et monta sur le toit. Il choisit de se placer derrière le hangar métallique qui abritait le générateur de la climatisation. Malgré le soleil californien, le vent de décembre lui engourdissait les doigts.

Du couvercle de la valise, il tira une antenne directionnelle Yagi qu'il relia par un câble coaxial à une antenne omnidirectionnelle montée sur trépied. Il pointa la Yagi vers l'horizon, et voilà : son répétiteur GSM personnel était prêt. Cette petite station évitait toute authentification entre elle-même et la tour de téléphonie cellulaire la plus proche, rendant tout traçage impossible. Elle était littéralement hors réseau. Evan activa ensuite le point d'accès Wi-Fi sur son RoamZone, formant un pont vers le réseau LTE. En situation normale, il ne mettait ce genre de station sous tension que pour passer un appel puis l'éteignait immédiatement après, mais, dans les circonstances actuelles, il devrait la laisser active jusqu'à ce que Slatcher le contacte.

— Evan ? C'est vous ?

Il se releva précipitamment et vit Hugh Walters qui s'approchait.

— Qu'est-ce que vous faites là-haut ?

— Ah, ça… C'est une de mes passions. J'observe le ciel et j'essaie de repérer des comètes. J'ai toujours voulu en découvrir une et lui donner mon nom.

Le visage de Hugh s'illumina, ce qu'Evan n'aurait jamais cru possible.

— Je faisais partie d'un club d'astronomie au lycée.

— Vraiment ?

— Eh oui.

— Je sais que c'est contre le règlement que je sois ici…

Hugh l'interrompit d'un geste.

— C'est bon. Ça sera un secret entre scientifiques amateurs.

— J'apprécie vraiment, dit Evan. C'est un peu embarrassant.

Hugh lui tendit une main qu'Evan serra.

— Et *vous*? Qu'est-ce que vous faites ici?

— Inspection du toit. Je dois faire l'inventaire des réparations nécessaires dont on va discuter à la réunion. À la réunion du syndic de copropriété...

Evan entrevit une Rolex en or sous la manche de Hugh.

— Je pense pouvoir compter sur votre présence, continua-t-il.

— Aujourd'hui, ça sera plutôt difficile pour moi, s'excusa Evan.

Hugh fronça les sourcils et lui lança un regard réprobateur.

— Et pourquoi? Vous êtes en vacances, non? Qu'est-ce qui pourrait être urgent au point de vous empêcher de venir?

— Juste quelques problèmes personnels.

Hugh hocha sobrement la tête.

— Bon. Eh bien, je peux vous dire que quelqu'un sera très déçu de ne pas vous y voir.

— Qui ça?

— Mia Hall.

Hugh remarqua l'expression surprise d'Evan.

— Eh oui, eh oui. Je sais bien qu'il y a quelque chose entre vous deux... Mais, ce matin, elle avait l'air...

— Quoi donc? demanda Evan.

— Je ne sais pas. Elle n'était pas comme d'habitude. Elle avait l'air vraiment préoccupée par quelque chose.

— J'imagine qu'élever un enfant seul, ça ne doit pas être une partie de plaisir.

— Non, ce n'était pas ça, dit Hugh. Elle avait l'air *effrayée*.

Evan sentit la brise l'envelopper.

Hugh s'humecta les lèvres.

— Peut-être que vous pourriez passer à la réunion, ne serait-ce que pour lui parler...

Lui revinrent alors à l'esprit des fragments de conversations qu'il avait eues avec Mia durant les deux dernières semaines. *En tant que procureure, je reçois parfois des menaces. Une vraie urgence. Une question de vie ou de mort.*

Il repoussa ces pensées. Il n'avait pas le temps pour ça. Ce n'était pas sa mission. Il n'avait pas à s'en préoccuper. Il fallait penser à Katrin et au Septième Commandement, et à beaucoup d'autres choses encore.

— Je suis désolé, finit-il par dire. Je ne peux pas.

* * *

Evan prit place au centre de l'imposante table de réunion, face à Mia, afin de pouvoir l'observer sans se faire remarquer. Quand il était entré, elle lui avait adressé un léger signe de tête avant de détourner le regard. Bizarre. Et Peter n'était pas avec elle.

Vive le vent sortait des haut-parleurs disséminés à travers la pièce, et au sourire satisfait de Hugh, il était aisé de savoir d'où venait l'idée de cette musique de fond.

La plupart des habitués étaient présents, à l'exception de Johnny, l'homme à l'éternel tenue d'arts martiaux. Son père avait tenu à préciser, avec l'orgueil typique d'un pater familias habitué à exagérer les mérites de sa progéniture, qu'il passait l'examen de ceinture noire. Son prochain dan.

Ils avaient déjà voté plusieurs mesures, telle que la pose d'un tapis devant la porte cochère, l'installation de nouvelles haies de buis près du mur nord et l'interruption des boissons matinales après l'échec du kombucha. Le choix des coloris des coussins du hall avait déclenché une bataille féroce entre Mme Rosenbaum et Lorilee Smithson. Pendant les discussions, Evan était resté attentif à Mia qui avait toujours la tête baissée et les lèvres serrées.

Ida Rosenbaum afficha de nouveau sa colère.

— Avec tout ce qu'on paye, le syndic ne peut pas réparer le cadre de ma porte d'entrée ? Il tombe *en morceaux*.

— Encore cette histoire de porte, intervint Lorilee en arborant l'unique expression que lui permettait le Botox. Il me semblait que c'était votre fils qui s'en chargeait.

Le visage de Mme Rosenbaum se mit à trembler, mais elle tenta aussitôt de se ressaisir.

— Il ne pourra pas venir cette année. Il est très occupé. Il a un poste important. Il voulait venir pour les vacances, mais il a dit qu'il serait là *sans faute* pour le Nouvel An.

Lorilee mastiqua triomphalement son chewing-gum.

— Celle-là, on l'a déjà entendue, pas vrai, Ida ?

Mme Rosenbaum sembla se dégonfler sur sa chaise. Ses lèvres s'entrouvrirent, mais aucun son n'en sortit — la remarque l'avait laissée, au sens propre, sans voix.

Même Hugh eut pitié d'elle.

— Je parlerai au syndic, Ida, dit-il d'un ton assuré. Quand tout se sera calmé, après les fêtes de fin d'année, on réparera votre porte.

Visiblement abattue, elle ne répondit que par un faible hochement de tête.

Evan jeta un coup d'œil à Mia pour observer sa réaction, mais elle semblait inhabituellement distraite, perdue dans la brume de ses pensées.

— Sujet suivant, dit Hugh en lançant un regard significatif à la vingtaine de personnes réunies afin de bien souligner la gravité de l'affaire. Comme je l'avais déjà évoqué à plusieurs reprises, chacun d'entre nous devra verser trois mille dollars pour la nouvelle politique d'assurance contre les tremblements de terre.

L'annonce souleva une tempête de protestations. Pat Johnson serra sa poitrine comme pour contenir une crise d'angine.

— Je sais, je sais, dit Hugh en frappant plusieurs fois sa tasse vide sur la table pour ramener un peu de calme. Écoutez-moi. S'il vous plaît, écoutez-moi !

Evan observa Mia, dont les yeux baissés fixaient probablement l'iPhone posé sur ses genoux. Elle n'arrêtait pas de se mordre anxieusement les lèvres.

Les muscles du visage de Mia se tendirent. Au milieu de toute cette agitation, Evan entendit alors faiblement résonner le thème des *Dents de la mer*. Mia, impassible, porta le téléphone à son oreille avant de glisser furtivement l'appareil dans son sac à main. Puis elle éloigna son siège de la table et se leva.

Evan la suivit.

Il la rattrapa dans le couloir. Mia attendait l'ascenseur en se tapotant la cuisse d'une main impatiente.

— Tu vas bien ? lui demanda-t-il. Tu es sortie en trombe de la réunion.

— Ouais, ouais. Ça va.

Il la dévisagea et sut qu'elle mentait.

— Où tu vas ?

— Chez mon frère, répondit-elle. Il vient de m'appeler. Je dois récupérer Peter.

La sonnerie de son frère, c'était la musique de *Snoopy*, pas le thème des *Dents de la mer*.

Mia écarta de son front une boucle de ses cheveux, laissant voir une tache de naissance sur sa tempe. Les jolies taches de rousseur sur son nez étaient à peine visibles.

— Tu sais bien, lui dit-il, que si tu as le moindre problème, ou si tu as besoin d'aide…

Elle regarda s'allumer les différents numéros d'étages sur la plaque d'appel.

— Merci, Evan, mais c'est pas le genre de problème que tu peux résoudre.

Evan appuya sur le bouton de montée et attendit en silence à côté d'elle.

L'ascenseur qui descendait arriva le premier. Mia entra. Evan vit l'ascenseur partir, puis il ferma les yeux.

Il pensa à Katrin, à sa mission.

Il pensa à la voix rauque de Peter, à son pansement Gonzo sur son front. *Merci de m'avoir couvert.*

Satané gamin.

Evan courut vers l'ascenseur de service et descendit jusqu'au parking.

L'ascenseur se trouvait près des poubelles et Evan put avancer dans la pénombre sans être vu. Il entendit les pas de Mia avant de l'apercevoir. Elle avançait d'un pas rapide mais saccadé jusqu'à sa voiture, son iPhone à nouveau collé à l'oreille.

De l'autre côté du parking, parallèlement à Mia, Evan se dirigea vers son pick-up, passant derrière plusieurs berlines allemandes pour ne pas se montrer.

Mia monta dans son Acura et fila hors du parking en faisant crisser ses pneus sur le béton lisse. Evan s'approcha de son pick-up et s'apprêtait à ouvrir la portière lorsqu'il entendit une respiration lourde derrière lui.

Il se retourna lentement et vit Johnny Middleton surgir de l'ombre. Serrant d'une main un coup-de-poing américain et de l'autre un couteau de combat, il s'avançait vers Evan, le visage rouge, la silhouette enveloppée dans son survêtement d'arts martiaux.

— Je suis désolé, Evan, dit-il.

41

Centres émotionnels

Evan se plaça entre deux véhicules tandis que Johnny continuait d'avancer vers lui. Ses yeux étaient injectés de sang et l'une de ses paupières se contractait spasmodiquement. Evan fixait le couteau de combat qu'il s'attendait à voir pointé dans sa direction, mais Johnny gardait la lame baissée au niveau de son ventre. Ce qui était sûr, c'est qu'Evan devrait se contenter de ses poings dans un combat au couteau.

Il calcula l'angle idéal pour asséner à son adversaire un coup à la gorge du plat de la main, mais Johnny laissa retomber ses bras le long de son corps et fondit brusquement en larmes.

— Je sais pas quoi faire, dit-il. Je sais pas quoi faire.

Deux places seulement séparaient l'emplacement de parking de Johnny de celui d'Evan. Le coffre de la BMW de ce dernier était ouvert. Evan comprit qu'il n'était pas là pour le guetter.

— Qu'est-ce qui t'arrive? lui demanda-t-il en le tutoyant pour la première fois.

— Ça s'est passé la semaine dernière, pendant l'entraînement. J'ai cassé le nez d'un type. Peut-être après le coup de sifflet, c'est possible. Il a des frères plus âgés. De vrais petits durs. Ça a pris une sale tournure. Je pensais que l'histoire était terminée, mais quand je suis arrivé, aujourd'hui, pour l'examen de passage de grade, je les ai vus qui m'attendaient. Tous les trois. Je me suis barré, mais ils m'ont suivi jusqu'ici. J'ai pas envie que mon père soit au courant. Putain, s'il l'apprenait…

Evan poussa un soupir de frustration. Il avait commencé par faire une exception en aidant Mia, et voilà que Johnny venait à son tour lui pleurnicher sur les baskets. Peut-être que c'était ça, la vie, en réalité : des problèmes qui s'enchaînent les uns aux autres. Il se souvint de la phrase de Mia : *La vie serait ennuyeuse s'il n'y avait pas d'autres personnes pour venir la compliquer*. Evan devait maintenant se préoccuper de Mia, en plus de Katrin. Il n'avait aucune envie d'ajouter Johnny à la liste.

— Écoute, je dois partir travailler, dit Evan.

Johnny baissa la tête et continua de sangloter.

Evan regarda le plafond du parking.

Et merde.

— Ils sont où, ces types ? demanda-t-il.

Johnny montra la rampe du doigt.

— Dehors. Ils m'attendent.

— Range ton couteau.

— C'est vraiment des mecs dangereux, affirma Johnny en essuyant ses larmes. C'est des types de la rue. T'as vraiment de la chance de pas fréquenter des gens comme ça.

La rougeur lui était montée au visage, faisant briller son front et ressortir ses implants.

— Je suis pas un gros dur, tu sais. Il faut que j'y aille à l'esbroufe, sinon, ils vont vraiment me faire ma fête.

— Appelle les flics.

— J'aurais l'air d'une chochotte.

— Toi, tu veux finir dans un sac mortuaire, on dirait.

— Tu connais pas ce genre de types, Evan. Ils vont m'attendre jusqu'à ce que je sorte. Et si je sors pas, ils reviendront plus tard.

Evan inspira profondément et expira entre ses dents serrées.

— Alors, je viens avec toi. Pour leur parler.

Le rire nerveux de Johnny se transforma en un autre sanglot étranglé.

— Evan... On n'est pas dans... *un différend commercial.* C'est pas le genre d'affaires que tu as l'habitude de traiter. Ces types-là sont vraiment des méchants.

Evan se dirigeait déjà vers la rampe. Johnny le suivait, sans cesser de geindre. Evan agita son pied à la hauteur du capteur et la porte s'ouvrit en cliquetant.

— Oh, putain de merde, putain de merde... marmonna Johnny. Oh, putain.

Ils sortirent sous le soleil de midi. Sur le trottoir, trois hommes aux cheveux gominés, dans la vingtaine, attendaient. En débardeur malgré l'air frais, leur corps sec et nerveux affichait des muscles compacts. Ils avaient l'air d'origine indonésienne. Le plus petit portait une attelle nasale.

Evan leur indiqua une zone de livraison derrière le bâtiment, et les frères marchèrent dans cette direction, toujours à bonne distance, avant de disparaître au coin de la rue.

— Fais pas ça, supplia Johnny. Y va pas ! C'est vraiment pas une bonne idée d'aller là-bas, personne pourra nous voir.

Ils tournèrent à l'angle de la rue. Les frères se tenaient à côté du mur de l'immeuble, bras croisés et sourcils froncés, tout droit sortis d'un mauvais clip de rap.

Evan s'approcha d'un pas décidé, mais Johnny ralentit l'allure et resta un peu en retrait derrière lui. Les trois hommes gardaient un visage impassible.

— J'ai cru comprendre que mon copain avait bien merdé.

Les traits de l'aîné se contractèrent en un rictus de colère.

— Il a pété le nez de Reza, putain. On peut appeler ça « bien merder », ouais.

Les lèvres tordues de Reza lui donnaient un air renfrogné. Il porta une main à son attelle. Sa poitrine se souleva et retomba rapidement sous la fine couche de tissu de son débardeur. Ses épaules étaient luisantes de sueur.

Evan posa le regard sur les trois frères, tour à tour, sans se presser.

— Je sais que vous êtes là pour vous battre, mais je vous assure qu'il y a d'autres possibilités. Et, pour être honnête, je n'ai pas vraiment le temps pour ça. Je suis sûr qu'on peut trouver une meilleure solution.

Une veine palpitait sur le bras de celui du milieu, qui répliqua :

— On n'est pas venu ici pour *parler*, putain.

Evan entendit Johnny murmurer derrière lui d'une voix enrouée par la peur :

— J'te l'avais bien dit.

Evan fixa des yeux le frère aîné.

— Je sais que tu crois que tu as la situation sous contrôle. Mais, en réalité, tu es agité. Tu as du mal à respirer. Ta fréquence cardiaque s'accélère en ce moment même, et ta pression artérielle augmente. Vous transpirez tous les trois. Les centres émotionnels de votre cerveau sont brouillés. Vous avez l'estomac serré, des hormones de stress vous parcourent tout le corps.

Evan fit un pas en avant et poursuivit :

— Tout n'est pas aussi sous contrôle que vous le pensez. Si vous insistez pour vous battre, vous ne serez pas très satisfaits du résultat, je vous le garantis. Vous avez l'avantage du nombre, d'accord, et vous vous dites que je suis aussi nerveux que vous, que je serai trop impulsif, que je ferai des erreurs. Mais, regardez-moi bien : est-ce que j'ai l'air effrayé ?

Les frères échangèrent des regards résolus.

— Andreas te l'a déjà dit, répondit l'aîné. On n'est pas là pour causer.

Ils se déployèrent en éventail, formant un demi-cercle autour d'Evan, puis ils levèrent les mains, prêts au combat.

Evan lâcha un soupir d'agacement.

— Vraiment?

Il dévisagea le plus âgé, sachant qu'il serait le premier à attaquer. Un regard posé sur les pieds de l'assaillant lui permit d'anticiper le balayage à effectuer avant même son exécution, et il se contenta de lever la jambe et de la faire pivoter vers l'extérieur. Le tibia d'Evan frappa la cheville du garçon qui s'approchait, provoquant une douloureuse vibration qui traversa la jambe de son agresseur. Le jeune homme recula en sautant sur un pied.

La leçon était simple à retenir: la douleur serait l'unique résultat de chacune de leurs attaques.

Comme prévu, Andreas fut le suivant à monter à l'assaut avec un direct du droit, mais Evan leva brusquement le coude et le lança devant lui, si bien que son adversaire s'empala lui-même l'épaule sur la pointe osseuse du cubitus d'Evan. Le mec poussa un cri de douleur et son bras retomba, inerte, le long de son corps.

Reza était déjà en train de pivoter pour lancer un coup de pied circulaire à Evan quand celui-ci attrapa la jambe du jeune homme de ses deux mains et releva le fémur. Son genou écrasa le tibia et le muscle gastrocnémien de Reza, mettant sa jambe temporairement hors service.

L'aîné de la fratrie se préparait à une nouvelle attaque, mais Evan se jeta sur lui et le frappa à l'épaule de la paume de la main, avant même qu'il ait pu lancer le bras en avant. Le garçon recula, mais se ressaisit en contre-attaquant par un autre direct. Les mains d'Evan, telles des scies circulaires, dévièrent le coup dans un mouvement de *kali* en frappant le bras de chaque côté. De la paume d'une main, Evan attrapa le poing de son adversaire, tandis que les phalanges de son autre main s'enfonçaient dans la chair molle des biceps. L'agresseur poussa un gémissement et se retourna, trébuchant contre Reza qu'il renversa.

Entretemps, Andreas avait pris appui pour lancer un coup de pied haut, mais Evan leva la jambe, si bien qu'Andreas, emporté par son élan, précipita lui-même son entrejambe contre le pied d'Evan.

L'air abandonna les poumons du jeune homme, qui émit une sorte d'aboiement.

— Aaaahhh ! hurla-t-il avant de s'écrouler à côté de ses frères.

Evan n'avait répondu que par des blocages et des déviations sans avoir lui-même exécuté le moindre mouvement offensif.

Derrière lui, il entendit l'air sortir en sifflant de la bouche de Johnny.

Les frères se frottaient différentes parties de leur corps en haletant, plus étourdis que réellement blessés.

Evan s'avança et tendit la main à Reza. Ce dernier jeta un regard à son frère aîné, qui opina du chef, et il accepta l'aide d'Evan pour se remettre debout. Les autres frères se relevèrent par eux-mêmes.

— Très bien, dit Evan. On va retenter le coup.

Il se tourna vers Johnny, qui l'observait, hypnotisé, la bouche entrouverte.

— Johnny ?

Aucune réaction.

Evan claqua des doigts devant le visage de Johnny, qui retrouva ses esprits.

— Ouais ? Quoi ?

— Demande pardon à Reza de l'avoir frappé après le coup de sifflet. C'était déloyal et déshonorant.

— Je suis désolé, dit Johnny. Vraiment, je regrette.

— Serre-lui la main.

Johnny tendit la main, et Reza la serra.

— Le médecin qui t'a réparé le nez a fait du bon boulot, continua Evan. Johnny, tu devras lui rembourser tous les soins. D'accord ?

— D'accord, répondit Johnny.

Evan regarda le frère aîné.

— C'est bon pour tous les deux ?

Le petit dur le dévisagea un moment, essayant de se montrer une dernière fois implacable pour sauver la face.

— Ouais, c'est bon.

Evan lui adressa un signe de tête. Puis il se retourna et pressa le pas vers le parking, Johnny toujours pendu à ses basques.

— Putain de merde ! Putain de putain merde ! Mais où t'as appris tout ça ?

Ils contournèrent le bâtiment pour entrer par la porte principale.

— Je faisais de la lutte quand j'étais gamin, répondit Evan en saluant le voiturier d'un signe de tête.

— Mais tu es qui, bordel ?

Evan s'arrêta net, et Johnny lui rentra dedans. Evan se retourna — ses yeux n'étaient qu'à quelques centimètres de ceux de Johnny.

— Tout ça, ça n'a jamais eu lieu. T'as compris ?

Johnny leva les mains.

— J'ai compris, j'ai compris.

Evan entra par la porte cochère, abandonnant Johnny derrière lui.

42

Dans la tête d'un complotiste

Cinq heures vingt, et toujours aucun signal GPS de Katrin.

Enfermé dans la Voûte, Evan continuait à explorer les bases de données, ratissant chaque recoin de l'univers à la recherche de pistes qui pourraient le mener à Danny Slatcher ou à des endroits qu'il aurait fréquentés. Il scrutait et étudiait sans relâche, essayant de ne pas regarder l'horloge.

Evan s'était méfié de Katrin, et à présent elle risquait sa vie à cause de sa méfiance. Mais, avec deux ex-Orphelins à ses trousses, il avait de bonnes raisons de douter de tout et de tout le monde, de détecter le mensonge derrière chaque phrase, la trahison derrière chaque sourire. Au cours des deux dernières semaines, Evan s'était immergé dans le monde ordinaire, il avait dû se confronter à de vraies personnes, avec de vrais problèmes, et il lui était de plus en plus difficile de distinguer la réalité de la mise en scène. Il avait élaboré tout un réseau de connexions et de coïncidences, créant des chaînes de cohérence partielle qui n'avaient rien à envier aux élucubrations des complotistes. Savoir ce qui était authentique dans le quotidien des gens était son angle mort à lui, car il n'avait jamais vécu une vie normale. À la différence de Katrin. Et l'incapacité d'Evan à déchiffrer le langage du quotidien, à l'évaluer correctement, pouvait leur être fatale à tous les deux.

Cette mission avait été un piège mortel depuis le début : les fondations mêmes de sa connaissance du monde s'effondraient sous ses pieds, les Commandements s'écroulaient les uns après les autres. Un seul importait encore, le Dixième, le plus sacré de tous : « Ne laisse jamais mourir un innocent. »

Il tapait nerveusement sur son clavier pour parcourir les fichiers, tel un explorateur fendant la jungle de sa machette. Mais Slatcher était à la hauteur de sa réputation. Impossible à tracer. Invisible. Un fantôme.

Six heures sept, et toujours pas de signal GPS.

Evan se pencha en arrière sur sa chaise en poussant un soupir d'exaspération. Il se rendit soudain compte que Vera était morte. Le petit plant d'Aloe, compagnon de tant d'aventures, témoin de tous ses péchés, avait séché et bruni. Il le souleva de son lit de cailloux. De la taille d'un artichaut, il reposait dans la paume de sa main, aussi léger qu'un nid d'oiseau. La petite Vera aurait sans doute mérité mieux comme adieux, mais Evan n'avait que le compacteur de déchets de la cuisine à lui proposer. Il s'y rendit donc et, lorsqu'il leva les yeux, il s'aperçut que le mur végétal déclinait lui aussi. Une bonne partie des plantes avait flétri et le sol était jonché de feuilles mortes et de brindilles. Le système de goutte-à-goutte devait être bouché. Encore une réparation à ajouter à la liste, avec celle du fourreau du katana. Il fixa longuement les végétaux desséchés comme s'il se regardait dans un miroir pour une introspection.

Ce mur et Vera étaient les seuls êtres vivants dont il prenait vraiment soin, et il n'avait même pas réussi à les maintenir en vie.

Sept heures seize, et toujours rien.

Il aurait voulu passer en revue toutes ses missions antérieures pour tenter de découvrir ce qui aurait pu amener quelqu'un à engager Danny Slatcher, mais il y en avait trop, et chacune avait potentiellement laissé derrière elle une traînée d'ennemis mortels.

Huit heures trois. Rien de rien.

Et un instant plus tard, il repéra enfin quelque chose !

L'une des caméras de surveillance extérieures orientées au sud montrait deux hommes qui s'approchaient de l'endroit où Evan avait affronté les frères indonésiens quelques heures plus tôt. Ces deux types corpulents portaient de larges vêtements foncés laissant apparaître plusieurs tatouages sur les mains et le cou. Evan lança le logiciel de reconnaissance faciale, mais il ne faisait pas assez clair derrière l'immeuble pour obtenir une image nette.

Ils ne restèrent cependant pas longtemps dehors.

Alors qu'ils approchaient de la porte de sécurité qui se trouvait à côté de la barrière de l'énorme monte-charge, l'un des hommes sortit un jeu de crochets. Le deuxième se dressa sur la pointe des pieds et tendit le bras, faisant involontairement briller un mince morceau de métal dans sa main. Evan sut immédiatement ce que c'était : un aimant ayant la forme d'une tablette de chewing-gum. Chaque porte extérieure de Castle Heights était dotée d'un système de fermeture magnétique installée entre la partie supérieure de la porte et le cadre. Faire glisser un aimant pour l'accrocher à la gâche supérieure empêcherait toute rupture de connexion et ne déclencherait donc pas l'alarme en cas d'ouverture de la porte.

Et c'est exactement ce qui se passa. La porte s'ouvrit rapidement grâce à un habile travail de crochetage, sans activer aucun système de sécurité. Les deux hommes entrèrent aussitôt, ils étaient apparus moins de dix secondes sur les images de la caméra de surveillance. Du travail de professionnels. À l'évidence, ils n'en étaient pas à leur coup d'essai.

À quelques centimètres du tapis de souris, le Wilson Combat attendait dans son étui.

Evan cliqua pour sélectionner une autre caméra et retrouva les deux hommes dans le couloir de service à l'arrière du bâtiment. Il y avait maintenant suffisamment de lumière pour procéder à la reconnaissance faciale. Le résultat s'afficha sur son écran :

Michael Marts et Axel Alonso.

Evan balaya du regard leurs antécédents criminels. Ils travaillaient ensemble depuis l'adolescence et avaient commis une série de petites effractions qui s'étaient terminées par le vol à main armée d'un chauffeur de taxi. Ils avaient été condamnés à cinq ans de prison à Chino mais avaient obtenu une réduction de peine pour bonne conduite et avaient été relâchés il y a quatre mois.

Et les voilà qui montaient à présent les étages de l'immeuble dans l'ascenseur de service.

Sans quitter des yeux l'écran, Evan récupéra l'arme dans son holster, l'attacha à sa hanche et se leva en se penchant en direction des moniteurs, les phalanges appuyées sur la table en métal.

Il fit défiler le rapport concernant le vol à main armée pour voir qui avait signé la condamnation.

« Procureure de district Mia Hall. »

Ces hommes étaient venus pour se venger.

Et, en effet, l'ascenseur s'arrêta au douzième étage.

Evan accéda à la caméra de l'étage juste à temps pour voir les deux malfrats se diriger vers l'appartement de Mia, mais il était impossible de les suivre plus avant car aucune autre caméra n'était installée à cet étage.

Son cœur martelait sa poitrine. Il se sentait bouillir d'impatience.

Il regarda son RoamZone. Toujours rien. Il devait se tenir prêt à agir au moindre signal de Katrin. C'était son obligation. Sa loi. La seule chose à laquelle il était préparé depuis plus de deux décennies.

Mais Mia et Peter…

Que pouvait-il faire ? Que pouvait-il *ne pas* faire ?

Il s'aperçut que, pour la première fois de sa vie, la réponse ne viendrait ni de sa raison, ni de son entraînement, mais d'ailleurs.

Une alerte de sécurité apparut sur l'un de ses écrans.

C'était encore un ballon qui frappait la fenêtre de sa chambre. Il put lire les mots suivants écrits au feutre et en majuscules : AU SECOURS. IL Y A DES MÉCHANTS.

Les hommes étaient déjà entrés, et ils surveillaient probablement la porte palière.

Evan sortit de la Voûte mais, avant de refermer la porte secrète, il hésita un instant.

Toute une vie d'entraînement lui ordonnait de ne rien faire qui puisse, même partiellement, révéler son identité à Mia. Cela risquait de mettre en péril bien plus que sa mission actuelle.

Il courait le risque de *tout* perdre.

Et pourtant… pouvait-il ne rien faire ?

En réalité, il n'avait pas le choix.

Il irait au secours de Mia.

Mais sans prendre l'ascenseur.

43

Un type vraiment effrayant

Evan se tenait suspendu à un côté de Castle Heights, appuyé à la fenêtre du vingt et unième étage, invisible dans l'obscurité. Le vent lui soufflait aux oreilles, recouvrant presque entièrement le bruit de la circulation.

Il lança la corde noire de rappel. Les sangles s'enfoncèrent dans son torse lorsque son poids tendit le harnais. Il avait conçu ce système pour une descente de l'immeuble extrêmement rapide, et non graduelle et contrôlée.

Il vérifia une fois encore la résistance des attaches et commença à descendre, ses bottes frappant contre la paroi, entre les fenêtres, à intervalles réguliers. Il passa devant la lueur bleutée de la télévision du 20B, puis devant la lumière verdâtre de l'aquarium du 19B, et enfin devant la fenêtre obscure du 18B. Tout en bas, les feux de signalisation clignotaient tandis que les klaxons rugissaient au milieu de la rivière de voitures le long de Wilshire Boulevard. Evan progressait rapidement, voyant défiler les étages : dix-septième, seizième, quinzième. La corde de nylon qu'il avait passée entre différents descendeurs en huit sur son torse frottait contre ses gants chaque fois qu'il freinait, encore et encore, jusqu'à ce qu'il aperçoive le douzième étage.

La fenêtre de la chambre de Peter était ouverte, et la ficelle du cerf-volant était toujours attachée au ballon qui flottait plus haut. Evan donna un coup de pied contre le mur, s'éloignant du bâtiment pour effectuer une demi-rotation. Il se plaça de telle sorte que ses bottes arrivent au niveau de l'ouverture de la vitre.

Evan surgit dans la pièce et atterrit sur ses pieds au milieu d'un tapis bleu, à côté du lit de Peter. Il détacha aussitôt son harnais. Le garçon était recroquevillé contre un pied du lit, il se bouchait les oreilles et fermait les yeux. La chaise de son bureau était coincée sous la poignée de porte qui remuait frénétiquement. Quelqu'un frappait au battant avec insistance, mais sans faire trop de bruit pour ne pas alerter les voisins.

En entendant Evan arriver, Peter rouvrit les yeux. Il se gratta la tête de surprise, ébouriffant ses cheveux blonds.

— Punaise ! s'écria-t-il.

Evan posa un doigt sur les lèvres de l'enfant.

Une voix s'éleva à travers la porte :

— … ce que tu peux faire, c'est me rendre les quatre dernières *années* de ma putain de vie.

La voix continua en murmurant, mais pleine de fermeté :

— Fais sortir le môme de sa chambre. *Maintenant.*

On continua à frapper à la porte, puis une nouvelle voix se fit entendre :

— Écoute, gamin, il faut que tu ouvres, sinon je vais devoir défoncer la porte.

Le premier homme intervint :

— On va défoncer aucune porte. Mais si t'ouvres pas, on va péter les doigts de ta maman.

On entendit quelqu'un se débattre, puis Mia cria :

— Vous approchez pas, sinon je…

Le reste de ce qu'elle dit fut étouffé. Des pas s'éloignèrent de la chambre de Peter. Le deuxième homme était sans doute parti prêter main-forte à son acolyte.

Evan en profita pour tirer doucement la chaise de sous la poignée de porte. Lorsqu'il se retourna, Peter lui saisit le bras.

— J'ai peur, dit-il de sa voix rauque.

— Il ne faut pas, répondit Evan d'un ton calme.

Evan tourna lentement la poignée.

— Tout va bien se passer, maintenant.

Il ouvrit doucement la porte et jeta un coup d'œil par l'embrasure. Mia se débattait violemment et les deux hommes faisaient de leur mieux pour la maîtriser. Marts essayait de maintenir Mia par-derrière et lui couvrait la bouche de sa main tatouée. Son autre main tenait un calibre .45, mais le canon était pointé vers le sol, pas sur la tête de Mia, ce qu'Evan estima être un bon présage concernant leurs intentions. L'absence de silencieux était un autre élément positif. Il était clair que Marts n'avait pas l'intention de tirer à l'intérieur d'un immeuble habité. C'était aussi la dernière chose qu'Evan voulait faire, surtout en présence d'otages.

Le Wilson encore dans son étui, il se glissa dans l'ouverture de la porte. Mia continuait de s'agiter pendant qu'Alonso essayait de maîtriser ses jambes.

Evan s'approcha et lui tapota le dos.

— Pardon, dit-il.

Surpris, Alonso se retourna.

L'articulation de l'épaule est en grande partie un mythe. Il s'agit moins d'une articulation que d'un ensemble d'os maintenu par la tension de muscles, de tendons et d'un peu de cartilage. Cette partie du corps est extrêmement mobile. Et très vulnérable.

Alonso était en train de se retourner, la bouche en O de surprise, lorsqu'Evan lui asséna un coup de poing marteau du droit sur sa fragile clavicule gauche. En se brisant, ladite clavicule émit le même bruit qu'une assiette jetée sur une enclume. Alonso tomba comme une masse et Evan se retrouva face à Mia qui paraissait encore plus terrorisée que son agresseur.

Marts la poussa sur le côté et leva son arme, mais Evan lui agrippa l'intérieur du poignet et le retourna violemment. Le coude céda avec un craquement sourd. Le .45 tomba des doigts inertes de Marts, mais Evan rattrapa l'arme dans les airs et en profita pour la démonter en quelques mouvements, jonchant le sol de ses différentes parties : glissière, ressort de rappel, crosse, canon, chargeur.

Marts tenta un direct, mais Evan dévia l'attaque vers l'extérieur en faisant pivoter le corps de l'assaillant. Il enchaîna en lançant un Bil Jee (« les doigts qui transpercent ») dans les yeux de Marts. Le criminel poussa un cri qui ne sembla ni humain ni animal, et recula. Avec l'agilité d'un serpent, Evan lui attrapa le bras et le fit virevolter de façon à pouvoir le saisir par-derrière et à exécuter une prise d'étranglement, technique bien connue de la police. Le cou de Marts était coincé entre le biceps et la chair de l'avant-bras droit d'Evan qui, de la main, lui serrait l'arrière de la tête.

Alonso gémissait à terre, les tendons du cou bien visibles sous la peau. Mia se traîna rapidement sur le sol jusqu'à ce que ses épaules heurtent le canapé. Ses jambes continuèrent en vain à pousser tandis qu'elle regardait la scène avec un mélange d'horreur et de fascination.

Marts se débattait pour se libérer d'Evan.

— Enculé, tu sais pas, putain…

D'une légère pression de la main gauche, Evan força la tête de Marts vers le bras en tenaille, coupant le flux des artères carotides. Marts s'écoula comme une marionnette dans les bras d'Evan.

Evan relâcha la pression et, quelques instants plus tard, Marts revint à lui.

— T'en as eu assez ?

— Putain, je vais…

Evan appuya de nouveau et la marionnette molle lui retomba dans les bras.

Il relâcha et Marts retrouva ses esprits.

— Tu es prêt à écouter ? demanda Evan.

— Ouais, connard, dès que je...

Rebelote.

Cette fois, lorsque la tête de Marts se redressa sur ses épaules, il dit d'une voix rauque :

— C'est bon, c'est bon, j'écoute.

— Vous devez m'écouter tous les deux, compris ?

Evan appuya l'une de ses bottes sur l'épaule cassée d'Alonso et l'homme s'arc-bouta sur le sol comme sous l'effet d'une décharge électrique. Puis il hocha la tête furieusement.

— Vous avez le choix, dit Evan. Ou bien on prend gentiment et calmement l'ascenseur de service jusqu'au parking, ou bien vous passez par le vide-ordures. On est au douzième étage. Qu'est-ce que vous choisissez ?

— L'ascenseur, répondit Marts.

Evan aida Alonso à se lever et à se tenir debout aux côtés de son complice.

Mia continuait de pousser sur ses jambes, mais moins résolument.

— N'appelle pas les flics, lui lança Evan. S'il te plaît. Je reviens tout de suite.

Malgré son agitation, et en particulier les spasmes de son abdomen, Mia fixa Evan d'un regard vide.

— D'accord ? fit-il.

Elle hocha de la tête, mais on aurait pu croire qu'il s'agissait d'un tremblement involontaire.

Evan poussa les deux criminels vers la porte. Avant de sortir, il jeta un coup d'œil par le judas pour vérifier que le couloir était désert. Pendant ce temps, Mia rejoignit la chambre de Peter. Au moment de refermer la porte derrière eux, Evan entendit les sanglots étouffés du garçon et la voix douce de sa mère qui tentait de le calmer.

Evan fit monter Marts et Alonso dans l'ascenseur de service et ils arrivèrent au parking sans incident. Alonso expirait en sursautant à chacun de ses pas. La chemise de Marts était trempée de sueur. Ils affichaient le même degré de coopération que des prisonniers de guerre à bout de forces.

Evan sortit un trousseau de clés de la poche avant de Marts.

— La voiture, dit-il. Vous l'avez garée où ?

— Par là, dit Marts en faisant un signe du menton. Deux blocs plus loin.

Ils traversèrent le parking et sortirent par les escaliers à l'arrière de l'immeuble. Marts et Alonso montaient les marches en traînant les pieds, courbés de douleur, façon *The Walking Dead*.

Les fenêtres de plusieurs appartements étaient encore allumées, mais le quartier était vide de tout piéton — l'un des avantages d'une ville obsédée par les voitures comme Los Angeles. Ils arrivèrent devant une vieille Buick sans croiser le moindre passant. Evan ouvrit le coffre, retira la roue de secours et la jeta dans l'herbe, de l'autre côté du trottoir.

— Nan ! s'exclama Marts. Pas ça…

— S'il te plaît, implora Alonso.

Evan se contenta de les regarder, impassible. Les deux hommes arrêtèrent de protester et entrèrent lentement dans l'énorme coffre, gémissant à chaque mouvement.

Marts hasarda :

— Peut-être, juste, tu pourrais…

Evan fit claquer le coffre.

Il remonta une partie de la 405, prit la sortie de Mulholland et s'engagea vers l'ouest, là où l'asphalte abandonne la célèbre route. Il entra dans une zone de canyons, passa devant l'un des sites de missiles du Projet Nike et longea un sentier tortueux. Les pneus accompagnaient les dépressions du terrain, ponctuées par les gémissements douloureux qui s'échappaient de l'arrière du véhicule. Evan parvint jusqu'à une clairière qui surplombait la Vallée. Le barrage de Sepulveda ressemblait à une flaque noire dans un océan de lumières.

Il stoppa le véhicule, ouvrit le coffre et aida les deux hommes à en sortir. Leurs tatouages étaient couverts de sueur. Ils s'efforçaient de tenir debout et tendaient le cou pour observer l'étendue de chaparral et de chênes autour d'eux. La poussière soulevée par les pneus donnait une étrange texture à l'air ambiant, créant une obscurité spectrale. Une chouette hulula à proximité.

— Tu vas nous tuer, dit Marts.

Au clair de lune, le visage d'Alonso paraissait exsangue. Sa clavicule brisée n'avait pas transpercé la peau, mais une extrémité de l'os ressortait sur le devant de sa chemise.

— On n'allait pas lui faire de mal, poursuivit Marts. On voulait juste lui faire peur. Lui faire comprendre ce que ça nous a coûté.

— Si j'avais pensé que vous auriez pu lui faire vraiment du mal, vous seriez déjà morts.

— Alors… alors… qu'est-ce qu'on fout là ?

— Mulholland Drive est à cinq kilomètres, dit Evan en pointant l'index. Je vais laisser votre caisse là où le bitume reprend.

Les yeux vitreux, les deux hommes regardèrent l'obscurité dans la direction indiquée par Evan.

— Je sais que vous connaissez des types dangereux. Bien plus dangereux que vous. Et qui, eux-mêmes, connaissent des méchants encore plus méchants. Mais même ces gars-là n'ont pas le niveau pour m'inquiéter. Vous comprenez ce que je vous dis ?

Les deux hommes acquiescèrent docilement.

— Considérez-moi comme l'ange gardien de Mia Hall, poursuivit Evan. Si vos noms lui parviennent encore aux oreilles, j'en terminerai définitivement avec vous.

Puis il fit tourner les clés autour de son index et retourna à la voiture.

En trois coups de volant, Evan fit faire demi-tour à la Buick, illuminant le visage blême des deux hommes. Ils étaient paralysés et tremblaient de peur. Une pluie de terre jaillit des roues de la Buick et retomba sur leurs corps d'épouvantails.

Evan freina juste à côté d'eux et baissa la vitre.

— Vous pouvez commencer à marcher, ordonna-t-il.

Ils se retournèrent péniblement.

— T'es vraiment effrayant comme type, dit Marts.

Evan accéléra. Il regarda dans le rétroviseur les deux silhouettes voûtées. Ils n'avaient apparemment pas encore récupéré assez d'énergie pour pouvoir avancer.

44

La malédiction de la paranoïa

Katrin était assise dans le bureau vide, dos contre le mur, les yeux posés sur le sac de fast-food qu'elle n'avait toujours pas touché. La fenêtre, son seul luxe, avait été condamnée par une planche de contreplaqué et renforcée de barres d'acier. Chaque fois qu'elle bougeait, les liens plastifiés qui la ligotaient s'enfonçaient davantage dans la chair de sa cheville. Elle était retenue au pied métallique de la table. Elle avait tout d'abord espéré se libérer, mais y avait renoncé après plusieurs tentatives infructueuses et un ongle cassé. Les vis n'étaient pas près de s'en aller, et elle non plus.

L'angoisse la dévorait. La terreur qui bouillait lentement en elle se matérialisait par des nausées qui lui montaient à la gorge à intervalles réguliers. Ses tempes palpitaient et elle était prise de vertiges. Elle savait qu'elle était déshydratée et en hypoglycémie, mais la simple idée de manger lui provoquait chaque fois un nouveau haut-le-cœur. L'odeur du nettoyant à moquette récemment utilisé sur le revêtement de sol imprégnait l'air et semblait avoir définitivement envahi sa bouche et ses poumons.

Elle pouvait percevoir des pas lourds dans le couloir et le grondement de voix graves. De temps en temps, elle entendait aussi Candy, un murmure de femme, puis des éclats de rire masculins.

Slatcher lui avait tout retiré, y compris sa montre, et elle n'avait bien sûr plus de téléphone, si bien qu'il lui était difficile de garder la notion du temps, mais Candy paraissait venir à intervalles réguliers pour la conduire à la salle de bains.

Seulement une vingtaine de minutes s'était approximativement écoulée depuis son dernier passage aux toilettes quand Katrin entendit, à son plus grand étonnement, un bruit de bottes résonner dans le couloir.

Le trouble, la peur, et même l'effroi.

Candy entra dans le bureau, apportant avec elle une brise parfumée. Dans sa main se balançait un nouveau sac McDonald's.

Réapprovisionnements.

— Ton petit numéro de grève de la faim à la Gandhi ne fera que t'affaiblir davantage, lança-t-elle. Et je ne pense pas que ce soit ce que tu veux. Ce n'est ni bon pour toi, ni bon pour Sam. Alors je te conseille de devenir raisonnable et de coopérer, ma belle, OK ?

Elle sourit et lança le sac qui tomba juste aux pieds de la captive.

Candy se retourna en jouant excessivement des hanches avant de disparaître par la porte.

Katrin étira le bras vers le sac et sa vue se brouilla. Elle était plus faible qu'elle ne l'avait pensé. Cependant, lorsqu'elle ôta l'emballage graisseux du cheeseburger, l'odeur qui s'en dégageait l'obligea à renoncer. Pendant un moment, elle respira à pleins poumons l'air chargé de vapeurs chimiques.

Puis elle prit une frite et la tint devant son visage, essayant de calmer son estomac.

* * *

Durant tout le trajet en taxi depuis Mulholland, Evan garda son RoamZone ouvert sur l'écran de traçage GPS de Katrin. Toujours rien.

Il demanda au chauffeur de le déposer à quelques blocs de Castle Heights, puis courut jusqu'à l'immeuble et monta directement à son appartement pour récupérer la corde de rappel et le harnais avant que quelqu'un ne les voie se balancer dans le vent. Il s'imagina en train de hisser un pont-levis — une image que Jack aurait peut-être appréciée, celle d'Evan toujours seul dans sa forteresse.

Il se rendit brièvement dans la Voûte afin d'effacer les images vidéo compromettantes prises quelques heures plus tôt.

Joaquin surveillait modérément les moniteurs, entre deux pages de *Maxim*, et ne repassait que très rarement les enregistrements, mais Evan préférait ne pas se fier à la chance. Sortant de chez lui, le RoamZone rechargé en main, il prit l'ascenseur jusqu'à l'appartement de Mia et frappa doucement à la porte, sans savoir à quoi s'attendre.

Le judas s'obscurcit et la porte s'ouvrit. Mia apparut sur le seuil, les cheveux aplatis par une douche récente. Elle le regarda et lui montra le canapé. La porte de Peter était fermée ; le garçon était probablement endormi.

Evan s'assit sur le canapé. Mia prit un fauteuil en face de lui et colla ses genoux l'un contre l'autre. Elle avait rassemblé les morceaux de l'arme de Marts dans un sac de congélation qu'elle avait posé entre eux, sur la table basse, comme s'il devait être l'objet de la conversation. C'est du moins ce que supposa Evan.

La voix de Mia s'était enrouée à force de pleurer.

— Tu les as… tués ?

— Non. Mais ils ne te dérangeront plus jamais.

— Merci de m'avoir protégée. Et d'avoir protégé Peter. Je te remercie. Du fond du cœur.

— Mais ?

Elle se pencha en avant, souleva un peu le sac et le laissa retomber sur la table avec un bruit métallique.

— Tu as démonté ce pistolet tellement vite que je ne pouvais même pas voir tes mains bouger. Tu as mis deux types extrêmement violents à terre, de vrais criminels, je veux dire… J'avais jamais vu ça… Et tu es entré en voltigeant par la fenêtre de Peter comme Spider-Man… Alors, tu es qui, vraiment ?

Evan détourna le regard. C'était une conversation qu'il n'avait jamais eue auparavant, et il n'avait pas l'intention de s'y lancer maintenant. Sur la porte de Peter, l'affiche « ON N'ENTRE PAS » avait été arrachée par les coups d'Alonso, et Evan pensa au garçon qui devait dormir en sécurité de l'autre côté.

Quand il fut établi pour tous les deux qu'il n'avait pas de réponse toute prête à la question de Mia, elle poursuivit :

— Personne ne sait rien sur les produits de nettoyage industriels.

— C'est vrai.

— Donc personne ne vient jamais te poser de questions sur ton boulot.

— C'est vrai aussi, répondit-il.

— Evan Smoak, c'est ton vrai nom ?

— Oui et non.

Elle sembla réfléchir, ouvrant et fermant la bouche à plusieurs reprises.

— Tu te souviens de ce que je fais comme métier, n'est-ce pas ? Il ne faut pas que je sache ce que tu… ce que tu… (Il attendit qu'elle finisse sa phrase.) Il ne faut pas que je sache ce que je ne sais pas sur toi, dit-elle avant de se frapper le front de la paume de la main. Putain, c'est du délire. C'est vraiment du délire. Ce que t'as fait avec ces types, c'est fou…

Elle se souffla sur le front du coin de la bouche pour déplacer une mèche de ses cheveux.

— Je suis procureure de district, Evan. J'ai *prêté serment.* Et même plusieurs serments. C'est grâce à ce travail que je peux élever mon enfant. Et, évidemment, ça implique que... non, ça *repose* sur le fait que je n'enfreigne pas la loi.

— Alors, tu vas devoir me dénoncer ?

— Et si je te disais que oui ?

— Eh bien, je partirai.

— On te retrouvera.

Evan secoua lentement la tête de gauche à droite.

— Je vais appeler mon chef. Maintenant, fit-elle en se levant. On va voir comment on peut régler toute cette histoire insensée. Comment on peut arranger les choses.

Mais elle ne prit pas son téléphone.

Ils se regardèrent. Le silence se prolongea.

Evan finit par parler.

— Qui t'a appelé pendant la réunion de copropriété aujourd'hui ? Tu m'as dit que c'était ton frère. Mais ce n'était pas sa sonnerie.

Elle cligna lentement des yeux, d'épuisement ou de confusion.

— Mon chef. Il voulait m'avertir du danger. Les menaces de ces types se faisaient de plus en plus pressantes. On les suivait depuis plusieurs mois déjà.

Evan repensa à toutes les fois où il avait entendu cette sonnerie des *Dents de la mer* sur le téléphone de Mia. Toutes ces conversations agitées et ces déambulations soucieuses sur la pelouse de son frère. Il se souvint du jour où ils avaient fait la vaisselle côte à côte, lui qui nettoyait, elle qui essuyait. « Les abrutis, aujourd'hui, ils se vantent de tout sur Facebook. De ce qu'ils ont fait, de ce qu'ils vont faire », lui avait-elle dit.

— Alors, c'est pour ça que tu as emménagé ici, n'est-ce pas ? Même si tu avais dépensé l'argent de l'assurance-vie de ton mari depuis quelques années déjà. Tu cherchais la sécurité.

Son regard devint plus pénétrant.

— Et comment tu peux savoir ça, quand j'ai reçu l'argent de la police d'assurance de Roger ?

Il hésita. Il y avait énormément de choses qu'il ne pouvait pas lui dire, et pourtant il se sentit obligé de lui donner au moins une explication.

— Beaucoup de gens voudraient me tuer, commença-t-il prudemment. Je dois garder les yeux toujours ouverts.

Elle toussa pour montrer son incrédulité tout en s'enfonçant dans le fauteuil.

— Et c'est toi qui m'accuses de mentir ?

Mia se pencha en avant et posa les coudes sur ses genoux.

— Attends une seconde... Tu savais que Roger avait eu un cancer et tu étais au courant pour sa police d'assurance, aussi ? Ça veut dire que... ça veut dire que tu sais aussi tout sur moi, n'est-ce pas ? L'adoption de Peter. Ce que je gagne. Où je travaille. Tu m'as *espionnée* ?

Le silence d'Evan fut une réponse plus que suffisante.

— Tu faisais semblant, alors ? Tout ce temps, tu jouais la comédie ?

— Non.

— Avec Peter...

— Non.

— Mes taches de rousseur...

— *Non.*

— ... Tu as fait l'étonné quand je t'ai raconté des choses sur moi... que mon mari était mort... Alors que tu le savais déjà...

Elle grinça des dents.

— Tu le *savais* déjà, n'est-ce pas ?

— Oui.

Une larme coula au coin de l'œil de Mia. Juste une.

— Ça doit être triste de voir tout le monde comme ça. Comme des menaces potentielles. Comme des menteurs. Alors que c'est toi, en réalité, l'imposteur. C'est toi qui mens.

Evan leva les mains et essaya de dire quelque chose mais n'y parvint pas et rebaissa les mains.

— Les relations entre les gens s'établissent sur la base d'une confiance réciproque, poursuivit Mia. C'est comme ça que ça fonctionne, Evan. C'est ça, les vrais liens humains.

Ces paroles le pénétrèrent en distillant en lui une tristesse intense. On ne lui avait jamais appris tout cela. La paranoïa était sa malédiction, une malédiction qui s'auto-alimentait sans relâche, toujours plus affamée.

Evan s'apprêtait à lui répondre lorsqu'un bruit l'interrompit.

Un bruit de sonar.

Il pensa d'abord à une hallucination auditive. Mais non. Le signal des coordonnées GPS de Katrin venait de retentir dans sa poche.

Evan était déjà debout.

Mia avait la tête tournée de l'autre côté. Elle regardait le téléphone sur le comptoir.

— Je suis désolé, dit-il. Fais ce que tu dois faire, mais il faut que je parte. Maintenant.

Elle eut un léger signe de tête, sans le regarder. Il hésita un instant, puis s'empara du sac contenant le .45 et se dirigea vers la porte.

Un nouveau post-it avait été collé à côté du téléphone mural : « Choisissez pour amis des gens qui désirent le meilleur pour vous. »

« Quel luxe ce serait », pensa-t-il.

45

Une ruche humaine

Le corps massif de Slatcher se trouvait à plusieurs mètres au-dessus du sol, comprimé entre différentes plaques de métal. Le bourdonnement du courant électrique était assourdissant, mais la connexion était excellente et la voix d'Evan parvenait dans son écouteur avec une limpidité parfaite.

Evan lui avait d'ailleurs semblé essoufflé lorsqu'il avait décroché, quelques instants plus tôt, comme s'il était en train de courir. Slatcher lui avait fait comprendre que c'était lui, désormais, qui avait les cartes en main en lui indiquant le lieu de leur prochain rendez-vous.

— Universal CityWalk. La place près des cinémas.

— Bon choix, répondit Evan. Difficile d'imaginer un endroit plus fréquenté.

Slatcher parlait à l'aide d'un microphone adhésif collé à son larynx ; cet appareil récupérait directement la voix à travers la peau, filtrant tous les bruits ambiants.

— Merci. Je suppose que tu es suffisamment proche pour y être à minuit.

— Oui.

Parfait. Slatcher voulait laisser un peu de temps à Evan pour pouvoir étudier le périmètre, mais pas trop.

— Bien. De là, je te conduirai jusqu'à Katrin.

— On ne va pas faire comme ça, répliqua Evan. Je m'approcherai de la place quand je serai sûr qu'il n'y a pas de risque. Et quand je serai là-bas, tu m'enverras une vidéo de Katrin par FaceTime. J'aurai besoin de preuves qu'elle est encore en vie. Et ensuite tu me feras voir sur ton portable tes hommes qui la relâchent dans un lieu public, et c'est à ce moment-là, et seulement à ce moment-là, que je te rejoindrai.

— T'es prêt à mourir pour elle ?

— Oui.

Slatcher laissa échapper un sourire.

— C'est ce que ça te coûtera.

— À moins que je ne te tue en premier.

— Désolé, Orphelin X. T'es pas si bon que ça.

— On verra. Et j'ai une autre condition : pas d'équipe sur le terrain. Ce sera juste toi et moi. Si je vois que tu as ramené quelqu'un, et tu sais que je l'identifierai, je disparaîtrai. Tu auras raté ton coup et je ne referai plus jamais surface.

— Je pensais que t'étais prêt à mourir pour elle.

— Je n'ai pas dit que j'étais prêt à me suicider pour elle.

Les lumières clignotèrent tout autour du visage de Slatcher. Il souleva sa carabine Remington M700 à verrou, la manipulant avec précaution dans cet endroit exigu. Il contrôla la lunette télescopique à grossissement variable Leupold. Il y avait trop de lumière pour utiliser la vision nocturne.

— D'accord, finit-il par dire.

— On se reparle bientôt.

Evan raccrocha.

Mais Slatcher avait un tout autre programme : installé à l'intérieur de l'enseigne en forme de guitare du Hard Rock Cafe, il avait l'intention de mettre fin à la conversation avant même qu'elle ne commence.

Le bruit de la foule remontait jusqu'à lui. Une foule toujours renouvelée entrant et sortant des restaurants, des bars et des boîtes de nuit, faisant la queue pour entrer au Cineplex ou agitant des bracelets lumineux dans l'air. À cette hauteur, Slatcher pouvait entendre le cliquetis des montagnes russes en provenance d'un parc d'attractions derrière lui.

Il fit passer le canon du fusil dans la rosace de la guitare géante et scruta tout CityWalk à travers la lunette de son arme. Avec ses escalators et ses fontaines, ses touristes et ses artistes de rue, ses brasseries et ses pianos-bars, ce grand temple du capitalisme bourdonnait en permanence comme une véritable ruche humaine. Les monstrueux luminaires de la promenade auraient pu faire pâlir d'envie Times Square. Un peu plus bas, un immense King Kong illuminait de bleu tout le côté d'un bâtiment. Au delà de la file d'attente pour entrer dans un iMax, un adolescent s'agitait au-dessus d'un ventilateur géant dans un tunnel vertical de vent, sous les regards amusés de ses amis buvant des smoothies et mâchant des bretzels.

Slatcher bascula la communication sur le canal radio principal.

— Big Daddy aux Équipes Un et Deux. On annule tout. On annule tout. Je la joue solo.

Un instant plus tard, on entendit un crépitement sur la ligne.

— Chef d'Équipe Un. Vous êtes sûr ? Je pensais que l'employeur avait demandé la récupération du corps.

— Je peux pas prendre le risque, répliqua Slatcher. L'objectif est déjà en retard pour la danse. Suis en position. En terrain élevé. Il pourra inspecter autant qu'il voudra, il a zéro chance de me repérer.

Slatcher balaya de sa lunette le deuxième étage d'un centre commercial où se trouvait le chef de l'équipe n° 1, devant un Tommy's Burgers, habillé en ambulancier.

Il vit les lèvres de l'homme bouger et entendit sa voix avec un léger décalage.

— Reçu, Big Daddy. Équipe 1 au bercail.

Une autre voix rejoignit la conversation :

— Équipe 2 au bercail.

— Retournez à la base, ordonna Slatcher. Surveillez le paquet et couvrez Hot Mama.

La lunette bascula sur un boui-boui mexicain où le chef de l'équipe 2 sirotait une Margarita de la taille d'un bocal à poissons.

— Reçu, Big Daddy.

À travers la lentille de vision nocturne, Slatcher regarda les mercenaires se disperser. Il ne pouvait pas risquer qu'Orphelin X identifie l'un de ses hommes.

Il arriverait d'un moment à l'autre pour scruter la place dans ses moindres détails, mais tout ce déluge de lumières et de mouvements rendrait la lunette de sniper aussi invisible qu'une paillette dans l'océan. Slatcher avait commis une erreur à Chinatown, il n'en commettrait pas une deuxième.

Il réduisit le grossissement du viseur et passa en revue les visages des personnes qui passaient sous lui.

Il ne lui restait plus qu'à attendre.

46

Horreurs pyrotechniques

Le point de localisation GPS de Katrin avait cessé de clignoter depuis longtemps déjà, mais Evan l'avait immédiatement stocké dans la mémoire de son RoamZone. Il avait pris la Ford F-150, son véhicule le plus puissant, et était passé plusieurs fois devant le bâtiment vide près de la 101. Tous feux éteints, il avait trouvé un endroit, de l'autre côté du parking sombre, d'où il pouvait observer le site derrière une haute haie de jasmin. La lumière des couloirs de l'immeuble lui permettait de distinguer des ombres aux fenêtres.

Derrière l'une d'elles se trouvait Katrin White, séquestrée.

N'en fais jamais une affaire personnelle, n'en fais jamais une affaire personnelle…

Evan se répétait le Quatrième Commandement comme un mantra jusqu'à ce qu'il ressente un détachement salutaire.

Quelques minutes après onze heures, deux SUV bleu marine s'arrêtèrent sur le parking. Quatre hommes sortirent de chaque véhicule.

Les équipes de terrain retournaient à leur base, comme il l'avait espéré.

Deux choses jouaient en faveur d'Evan : il avait d'abord réussi à isoler Slatcher, la plus grande menace, du reste de ses hommes ; et ensuite, personne ne l'attendait *ici*.

Un fusil de combat Benelli M1 noir comme la nuit reposait sur ses genoux. Cette arme était plus robuste et plus rapide qu'un M4 et pouvait contenir sept cartouches, plus une dans la chambre et une autre dans la « recharge fantôme » du poussoir. Evan avait évité la poignée de pistolet à la mode, la crosse classique étant mieux adaptée pour tirer en angle. Les trois premières cartouches pesaient vingt-quatre grammes chacune et contenaient une seule balle de plomb solide, parfaite pour faire sauter une porte. Suivaient des charges de chevrotine à neuf plombs, prêtes à être utilisées une fois qu'il aurait forcé l'entrée du bâtiment. Les plombs pouvaient causer d'immenses dégâts et étaient capables de transformer une mêlée de rugby en une nuée rose. Il se rappela une phrase qu'aimait réciter Jack : « Il ne faut pas faire tous les trous au même endroit. »

Compte tenu de la supériorité numérique de l'ennemi, Evan avait opté pour la brutalité du Benelli plutôt que pour la précision du Wilson. Un tir de ce fusil pouvait à lui seul mettre fin au combat.

Evan traversa la haie de jasmin et effectua un premier tour de reconnaissance du bâtiment, mémorisant la disposition des pièces et des couloirs. Les gardes avaient une puissance de feu considérable — des Glocks et des AK-47 — mais ils ne semblaient pas suivre d'ordres précis : ils allaient et venaient dans le hall et les différentes pièces tout en mangeant et en discutant. Candy McClure gardait ses distances, au niveau du couloir ouest, occupée dans ce qui semblait être une réserve d'où elle émergeait de temps en temps pour s'aérer l'esprit au milieu des regards masculins. De Slatcher, aucune trace : il devait être perché quelque part au-dessus d'Universal City-Walk. Mais dès qu'il aurait compris qu'Evan ne viendrait pas où il l'attendait, il reviendrait illico à la base.

Tournant le dos au flanc de la colline, Evan se faufila le long de la façade arrière du bâtiment et repéra une fenêtre murée, à cinq pièces de distance de celle où se trouvait Candy. Il prit le risque de s'en approcher et constata que la fenêtre avait été renforcée de l'intérieur.

La cellule de Katrin.

Il avait compté huit hommes, en plus de Candy. Pour pouvoir entrer et sortir, il lui faudrait disperser le groupe dans tout le bâtiment. Il repéra le tableau électrique au bout du couloir est. À travers une sorte de cour à la jonction des deux couloirs, il aperçut, dans le hall, des gardes qui comparaient leurs armes. Il fallait que plusieurs d'entre eux, si ce n'est tous, prennent le couloir est, pour s'éloigner de la chambre de Katrin.

Afin d'éviter tout dommage collatéral causé par les fragments, Evan n'avait apporté que des grenades assourdissantes. Il souleva le panneau en métal du tableau électrique et plaça l'une de ces grenades sur une petite pince afin de la maintenir en place. Puis, il tira la goupille avant de courir vers l'arrière du couloir ouest.

Il leva le fusil de chasse, le pointa sur la charnière supérieure de la porte et attendit. Le souffle de la brise nocturne était lent et régulier. Evan sentit son pouls battre sur le côté de son cou, tel le tic-tac d'une trotteuse.

De l'autre côté, la grenade explosa, plongeant le bâtiment dans l'obscurité.

Evan tira ses trois cartouches destructrices. La porte céda et il fit irruption dans le couloir. À la jonction du hall apparurent quatre hommes qui, intelligemment, se dirigèrent non pas vers l'explosion mais vers la cellule de Katrin.

Bien qu'ils soient hors de portée, Evan tira un coup de semonce pour les empêcher d'avancer par le couloir ouest. Il se précipita vers la pièce où se trouvait Candy, faisant trembler la porte à chacun de ses pas.

Il se trouvait à quelques mètres du battant quand elle apparut sur le seuil et commença à tirer. Evan se jeta in extremis au sol et glissa rapidement sur le dos pour arriver au niveau des jambes de la tueuse. Il tenta de lui asséner une frappe en ciseaux aux tendons d'Achille mais elle fit un bond en arrière pour esquiver et s'apprêta à tirer à nouveau. Evan se redressa aussitôt et saisit le pistolet qui lui effleura la joue. La main de Candy bloqua le fusil qu'il tentait de relever et, pendant un instant, ils se retrouvèrent nez à nez, immobilisés. Puis les lèvres de Candy se serrèrent en un sourire narquois et elle appuya sur la détente. Le coup retentit à quelques centimètres de la tête d'Evan. La détonation résonna dans tout son crâne et son champ de vision s'inclina brutalement, comme un tableau penché au mur. Il recula brusquement et Candy en profita pour lui frapper la tempe d'un coup de tête. Elle grinça des dents tout en lâchant un souffle au parfum de chewing-gum à la fraise.

Evan se vrilla pour éloigner son corps de celui de son adversaire, tenant péniblement le fusil entre ses mains. Le pistolet d'acier de Candy scintilla tandis qu'elle s'apprêtait à lui tirer dessus à bout portant. Plutôt que de résister à la force d'inertie, Evan donna de l'élan à sa rotation et lança la jambe vers le haut. Son tibia frappa de plein fouet le sternum de Candy qui cracha son chewing-gum en tombant en arrière à l'intérieur de la réserve.

Une pièce remplie de flacons en plastique.

Les flacons amortirent sa chute. Du liquide jaillit des récipients et Candy poussa un cri terrifiant. Evan ferma la porte du pied et se remit à tirer dans le couloir pour obliger les gardes à reculer dans le hall. La cartouche vide expulsée par le Benelli tomba et tournoya sur le sol. D'un coup de botte, Evan envoya la douille se coincer sous la porte de la réserve, bloquant Candy à l'intérieur.

Les cris devenaient de plus en plus aigus et frénétiques. Elle cogna en vain à la porte, mais chaque coup était moins puissant que le précédent. Bientôt, de la vapeur commença à s'échapper de sous la porte, et ce n'était pas une odeur de bois carbonisé que l'on sentait, mais celle du soufre et de la chair brûlée.

Au bout du couloir, une main gantée tenant un AK-47 apparut et tira sur les murs et le plafond. On préparait l'entrée de l'équipe de terrain.

Mais Evan était décidé à ne leur laisser aucune chance.

Le fusil serré entre l'épaule et la joue, il se précipita vers le hall.

Ces pauvres tueurs ne savaient pas ce qui les attendait.

* * *

Le couloir était à présent un véritable festival d'horreurs pyrotechniques où retentissaient des explosions, des cris, des éclatements de plinthe et des mugissements de douleur. Katrin se plaqua contre le mur, malgré la cheville attachée qui maintenait sa jambe tendue. Il était impossible de distinguer les frissons de son corps des vibrations du bâtiment.

Elle entendait seulement que le bain de sang se poursuivait.

Boum.

Un cri strident s'arrêtant brusquement.

Boum.

Un bruit sourd suivi d'un râle d'agonie.

Elle se boucha les oreilles et ferma les yeux. Elle sentit la fumée pénétrer son réduit et une odeur âcre lui brûla les poumons.

Une supplique chevrotante traversa les murs.

— Attendez ! Attendez, laissez-moi…

Boum.

Katrin porta un genou à son menton et tenta désespérément de ramener son autre jambe contre sa poitrine, mais le lien de sa cheville lui taillait les chairs. Elle pleurait sans pouvoir s'entendre pleurer.

Un coup assourdissant retentit. On enfonçait la porte. Katrin ouvrit la bouche et, cette fois, elle s'entendit crier. Lorsqu'elle ouvrit les yeux, la charnière supérieure avait déjà perdu ses vis et l'autre n'allait pas tarder à céder.

Une botte noire se matérialisa sur le seuil et Evan apparut.

— Il faut dégager, dit-il.

* * *

Katrin faisait peine à voir avec sa frange couverte de sueur aplatie sur son front, son visage pâle et ses lèvres sèches et craquelées. Elle portait un fin débardeur et s'était recroquevillée dans une sorte de position fœtale faisant ressortir ses clavicules. Evan lâcha son fusil, s'approcha d'elle et fouilla dans la poche de son pantalon à la recherche du couteau Strider. La lame d'oxyde noir surgit avec un déclic et coupa d'un coup les liens de nylon. La jambe libérée de Katrin se replia vers l'intérieur de son corps comme sous l'effet d'un ressort.

Evan avait tué cinq des huit membres de l'équipe et mis Candy hors service. Mais ses adversaires gardaient l'avantage.

Dans tout le bâtiment, on entendait courir et crier. Pour le moment, les survivants s'étaient regroupés du côté de la zone de l'explosion, se préparant sans doute à un deuxième assaut. Evan expira profondément, premier moment de répit depuis son irruption dans la place.

— Katrin, écoute-moi.

Il prit le visage de la jeune femme entre ses mains, le couteau encore au poing, la lame à quelques millimètres de sa joue.

— Il faut se dépêcher.

— Tu as tué le géant ? demanda-t-elle.

— Non. Il n'est pas ici. Mais il y en a d'autres.

Evan s'aperçut qu'il parlait trop fort à cause des bourdonnements dans ses oreilles.

— Reste bien derrière moi. Je vais te conduire derrière la colline.

Elle hocha la tête, essaya de se lever mais ses jambes se dérobèrent sous elle.

Le téléphone d'Evan vibra dans sa poche. Après un instant de surprise, il le sortit si brusquement de son pantalon qu'il fit un accroc dans le tissu. Il jeta un coup d'œil à l'écran, s'attendant à y lire le numéro intraçable de Slatcher. Mais l'appel venait d'un téléphone public. De Las Vegas, à en croire l'indicatif.

Morena Aguilar.

Slatcher l'aurait-il prise en otage pendant qu'il libérait Katrin ?

Toujours accroupi, Evan plaqua le téléphone contre son oreille.

— Morena ? Tu es en sécurité ?

— Ouais, mais pas grâce à vous. (Elle parlait vite et semblait en colère.) Pourquoi vous pouvez pas nous laisser tranquilles, moi et ma sœur ? Vous aviez dit que *tout serait fini*.

Evan entendit les portes du couloir est claquer. Les gardes fouillaient toutes les pièces de l'immeuble une à une. Il ne leur faudrait pas longtemps avant de comprendre que le reste de l'équipe avait été abattu.

Evan lâcha le couteau et, de sa main libre, attrapa le fusil de chasse et le pointa vers la porte.

— Je dois partir. Rappelle-moi. Laisse un numéro, que je puisse te retrouver. Ta vie en dépend.

Il allait raccrocher lorsqu'il entendit la voix de Morena qui continuait de lui parler :

— … fait ce que vous m'aviez dit. J'ai trouvé un type. J'ai fait ma part du marché, non ?

Le bourdonnement dans sa tête s'amplifia. Tout autour de lui se mit à défiler au ralenti : les palpitations de sa tempe, les volutes de fumée pénétrant par l'embrasure de la porte, la lumière bleue de la sortie de secours du couloir. Il replaça le téléphone à son oreille.

— Un *type* ? dit-il.

Evan n'avait pas encore pris conscience de tout ce que cette information impliquait. Enfin lucide, il se retourna au moment où Katrin lui enfonçait son propre Strider dans le ventre, juste sous les côtes.

47

Inspirer, expirer

Le sang commençait à imprégner sa chemise, collant le tissu à sa chair. La douleur mêlée au bourdonnement de ses oreilles l'isola du monde pendant quelques secondes de saturation paralysante. Katrin, en sanglots, fit un pas en arrière, visiblement horrifiée, un poing pressé contre sa bouche. Son visage d'elfe rougissait et les cercles presque parfaits sur ses joues lui donnaient encore davantage l'air d'une poupée. Evan la regarda, sans vouloir y croire. Sa main tremblante s'abaissa et laissa tomber le téléphone dans la poche béante de son pantalon. Il toucha le sang chaud qui jaillissait de sa blessure.

— Je suis désolée, dit-elle.

Katrin secoua la tête, comme pour nier ce qu'elle venait de faire.

— Je voulais pas… Je voulais pas faire ça. C'est eux… Ils m'ont forcée. Ils m'ont forcée.

Evan, à son tour, recula d'un pas. Il ne parvenait plus à soutenir le poids du fusil dont le canon traînait par terre. Il s'appuya dessus comme sur une canne, retira son autre main de sur son ventre et regarda sa paume couverte de sang.

Katrin continuait de parler, la voix tremblante d'émotion.

— Slatcher a dit qu'il ne s'arrêterait pas… que Sam ne serait pas en sécurité tant que tu ne serais pas mort. Et avec cet appel de Morena… tu allais tout découvrir.

Les derniers mots de Morena au téléphone lui avaient sauvé la vie. S'il ne s'était pas retourné in extremis, il aurait été, en ce moment même, allongé à terre en train de se vider de son sang. L'issue d'une perforation à l'abdomen pouvait être une question de millimètre. Evan était malgré tout très sérieusement blessé. Restait à savoir précisément à quel point.

Le bourdonnement dans sa tête brouillait tout autre son. Katrin se retourna à demi et les traits de son tatouage s'étirèrent sous son débardeur comme des pattes d'araignée. Ses lèvres remuèrent :

— Je voulais pas, Evan.

Elle tenait toujours le couteau ensanglanté, mais ne donnait pas l'impression de vouloir s'en servir à nouveau. Evan lui tourna le dos et se dirigea péniblement vers la porte. Il avança à tâtons le long du mur, se servant toujours du fusil comme d'une canne. Il sortit dans le couloir où des nuages de poussière de plâtre continuaient à tourbillonner. Il se fraya un chemin à travers les corps sans vie : l'un était appuyé contre le mur, un autre gisait dans une mare brillante, un bras en moins. Un détecteur d'incendie arrosa le côté gauche d'Evan. On n'entendait plus le martèlement de Candy contre la porte de la réserve derrière lui, mais des ombres traversaient rapidement le hall au bout du couloir.

Evan entra dans le premier bureau à sa gauche. Pour lever le fusil, il dut donner un coup de pied dans le canon — un effort qui lui arracha un cri de douleur. Il visa la fenêtre, appuya sur la détente, mais faillit lâcher le Benelli sous l'effet du recul. Des éclats de verre s'envolèrent, comme aspirés vers l'extérieur. Evan parvint à monter sur le rebord de la fenêtre, sauta et atterrit dans les herbes boueuses.

Il se retrouva dans la cour intérieure, entre les deux ailes de l'édifice. Au lieu de se diriger vers la colline, il prit la direction du hall, le chemin le plus rapide jusqu'à son véhicule. La porte arrière de la cour était ouverte et l'herbe qui l'entourait avait été piétinée. Evan entra et fut aussitôt assailli par l'odeur de plantes mortes.

Il traversa une cuisine industrielle et jeta un coup d'œil dans le hall. Vide. Il vit devant lui les portes vitrées, et, au-delà, la promesse du parking et de son pick-up.

Alors qu'il sortait du hall, des bruits de bottes résonnèrent dans le couloir. Plusieurs hommes arrivaient en courant. Evan essaya de reprendre son souffle et s'appuya contre le mur, près de la porte. Il dut rassembler toutes ses forces pour soulever le Benelli. Il ne pouvait pas le tenir correctement, mais il mit la crosse contre son épaule et posa le canon sur son avant-bras. Il souffrirait en tirant. Le bruit de bottes se rapprochait. Evan se tourna vers la porte et tira.

Il fut projeté en arrière, un genou à terre. La chaleur de la blessure lui descendait jusqu'à la taille. De la bave s'échappait de sa bouche. Des gémissements se firent entendre en provenance du couloir. Lorsqu'il parvint à relever la tête, deux corps gisaient sur le sol.

Il se remit péniblement debout et sortit en titubant par la porte vitrée. Une batterie de SUV attendait sur le parking, en formation d'attaque. Evan passa en titubant entre deux véhicules, heurtant les rétroviseurs extérieurs.

Sa vision s'était distordue et il lui semblait que le parking s'étendait jusqu'à prendre la dimension d'un terrain de football. Le corps transi de douleur, il lui restait l'espoir que le dernier mercenaire resterait pour garder Katrin plutôt que de le poursuivre. Cette difficile traversée du parking le laissait complètement exposé : on pouvait l'abattre sans la moindre difficulté. Chaque fois qu'il respirait, il sentait une brûlure au poumon et, à chaque pas, la douleur irradiait plus intensément dans tout son abdomen. Il s'ordonna de continuer à marcher, et ses jambes lui obéirent sans qu'il comprenne comment.

Il finit par atteindre la haie de jasmin, rampant à demi, son épaule frappa contre la roue de la Ford. Il jeta le fusil dans l'une des malles du pick-up, entre un plateau de munitions et le fourreau fissuré du katana, et se traîna jusqu'au siège conducteur.

Agrippé au volant, Evan précipita son véhicule sur les SUV garés à l'entrée du bâtiment. Le robuste pare-chocs du F-150 entra en collision avec le premier capot étincelant puis frappa la calandre d'un second et ainsi de suite, au prix de douloureux soubresauts pour Evan. Ces collisions avaient pour but d'activer les commutateurs de détection d'inertie dans les pare-chocs des SUV, ce qui provoquerait une coupure d'alimentation de la pompe à carburant.

Plutôt que de faire demi-tour vers la sortie du parking, Evan monta brutalement sur le trottoir pour accéder directement à la route et faillit se cogner la tête sous la secousse. Il essuya la sueur de ses yeux et braqua d'un coup en direction de l'autoroute. Sur la voie d'insertion, il observa que, de l'autre côté du terre-plein central, une Scion violette prenait la sortie en direction de l'immeuble. Il était étrange que Slatcher n'ait pas encore changé de véhicule. Lorsqu'il passa à son niveau, de l'autre côté de la bretelle, Evan put voir le géant mal assis sur son siège, l'un de ses bras épais pressé contre la vitre.

Il n'avait pas l'air content.

Les feux arrière des voitures précédant celle d'Evan se brouillèrent en un faisceau unique lorsque la circulation ralentit. Il freina brusquement, évitant de peu la collision. Son visage se contracta. Ce n'était pas bon d'être aussi tendu : cela ne faisait qu'augmenter la douleur. Il se remémora l'époque lointaine de son premier instructeur, le barbu de la grange et ses enseignements dispensés à la pointe d'un couteau.

La perspective d'un soulagement de la douleur augmenterait la production d'opioïdes dans son cerveau, provoquant un effet analgésique — le contrôle de l'esprit sur la réalité.

Il luttait pour détourner son attention de la douleur, pour trouver un appui à sa respiration.

Inspirer, expirer.

Seule cette douleur existe, ce moment. Affronte ce moment, et ce moment seulement.

Seul ce moment existe. Il n'y aura pas d'autre moment après, demain n'existe pas.

Inspirer, expirer.

Maintenant, il n'y a pas de douleur.

Sa vision périphérique commença à se brouiller et il cligna des yeux pour la rétablir. La bande noire de l'autoroute apparaissait et disparaissait, telle une image télévisée qui deviendrait toujours plus floue.

48

Une scène de guerre

Slatcher pénétra dans l'immeuble et fut aussitôt arrosé d'une pluie d'étincelles. Il inspira profondément et se redressa de toute sa taille. Il demeura ainsi immobile durant quelques instants, tel un grizzly sur ses pattes arrière.

Puis il commença à se frayer un chemin le long de l'aile ouest du bâtiment, sachant déjà ce qu'il allait y trouver.

Les murs blancs étaient tachés de stries sombres ; des morceaux de pantalon jonchaient le sol, qui collait à la semelle de ses bottes.

Il passa au-dessus d'un corps inerte, face contre terre, puis d'un autre. Au milieu du couloir, une faible lueur laissait apparaître ce qui avait l'air d'une étrange créature aquatique, mais était en réalité un bras pâle et désarticulé dont les doigts étaient étrangement relevés.

Il passa devant la pièce barricadée et vit les charnières arrachées de la porte. Katrin White était toujours là, adossée au mur, dans un coin du réduit. De violents tremblements secouaient son corps et des gémissements s'échappaient de ses lèvres exsangues. Elle tenait un couteau à la main, la lame rougie de sang. Ses yeux n'exprimaient rien, comme deux trous dans un masque. Elle s'inclina vers l'avant, prise de haut-le-cœur, et tenta à plusieurs reprises de vomir, sans même changer d'expression. Il n'obtiendrait aucune réponse d'elle pour le moment.

Slatcher poursuivit son évaluation des dégâts, mais tous ces morceaux de viande, de tissu et ces débris sur le sol ne lui inspiraient rien de bon.

S'il en avait porté un, Slatcher aurait tiré son chapeau à Orphelin X.

Il n'était sans doute pas le meilleur, mais peut-être avait-il enfin trouvé un adversaire à sa hauteur.

Il perçut soudain un bruit, comme un grattement. Il tourna la tête, extirpant sa botte d'une flaque obscure et visqueuse, et se dirigea vers la réserve.

Le bruit désespéré, presque plaintif, se répéta. Comme des ongles griffant le bois.

Slatcher ouvrit la porte et une odeur atroce lui cingla le visage. Ce qu'il vit alors transforma sa sombre admiration en une rage aveugle.

49

Le sillon écarlate

La brume qui troublait sa vue se dissipa, et Evan se rendit soudain compte qu'il franchissait la porte cochère de son immeuble. Bâillant dans son fauteuil de réalisateur, le voiturier commença à se lever, mais Evan lui enjoignit de se rasseoir d'un hochement de tête. Maniant péniblement le volant d'une main, il descendit jusqu'au parking et se gara à sa place après avoir frôlé le pilier de béton.

Une tache de liquide sombre couvrait maintenant tout le côté gauche de sa chemise et avait également imprégné le haut de son pantalon. La prudence était un luxe qu'il ne pouvait plus se permettre. Comme disent les médecins militaires : il saignait comme un porc. S'il ne montait pas immédiatement à son appartement pour arrêter l'hémorragie, il mourrait.

Il se dirigea en vacillant vers les escaliers et faillit glisser sur une tache d'huile.

Mia et Peter étaient là.

Il ne remarqua leur présence que lorsqu'ils s'approchèrent de lui.

Elle tenait un sac de pharmacie à la main et sembla traumatisée par la vue d'Evan. Peter, à côté d'elle, portait un peignoir par-dessus son pyjama à l'effigie de l'Homme-mystère.

Il paraissait triste et regardait anxieusement en haut des escaliers en tirant sur la main de sa mère.

— Allez, m'man, j'ai encore le cœur qui va très vite.

Evan se tourna instinctivement pour dissimuler la tache de sang à la vue du garçon.

Mia restait comme paralysée mais parvint toutefois à répondre à son fils.

— L'Ativan va bientôt faire effet, mon chéri. Ça t'aidera à te calmer. La nuit a été vraiment horrible, je le sais bien.

Peter leva les yeux vers elle, puis vers Evan, et resta bouche bée.

Evan s'agrippa à la rampe pour pouvoir monter l'escalier, une marche après l'autre. Il tentait en vain d'essuyer de sa manche droite le sang qui coulait impitoyablement de sa blessure.

Mia sortit soudain de sa transe et monta les escaliers à ses côtés.

— Bon Dieu, Evan. Qu'est-ce qui t'est arrivé ? Ça va ?

La tête lui tournait, sa peau était moite et il tremblait de tout son corps. Chaque battement de son cœur retentissait dans toute sa poitrine. Il chancela, mais Mia le soutint en partie de l'épaule.

— Oui, répondit-il en se redressant. Ça va.

— C'est Marts et Alonso qui t'ont fait ça ?

La douleur l'empêcha de répondre et il fit simplement non de la tête.

Mia se plaça devant Peter pour l'empêcher de voir tout ce sang.

— Il faut que tu ailles à l'hôpital.

Evan avança en direction de l'ascenseur de service, laissant des empreintes sanglantes tout le long du mur. Il n'avait pas le temps d'effacer ses traces.

— Nan, nan.

— C'est pas un choix.

— Ils vont me tuer.

Inspirer, expirer.

— Ils me poursuivent.

Inspirer, expirer.

— Pars, Mia.

Inspirer, expirer.

— Va-t'en, j'te dis.

L'ascenseur arriva. Evan y pénétra et prit appui sur la rampe de la cabine. Du sang coulait de sa chemise et tombait goutte à goutte sur le sol. Il regarda Mia. Elle plissait le front et se mordait la lèvre inférieure, sur le point de pleurer.

— Je t'en *supplie*, souffla Evan.

Les portes se refermèrent.

Il laissa sa respiration effacer tout ce qui se passait autour de lui. Sa mémoire musculaire le conduisit jusqu'à la porte d'entrée de son appartement.

Il sentit soudain une vague d'air froid rafraîchir son visage trempé de sueur, et il se rendit compte qu'il était chez lui, devant le réfrigérateur ouvert.

Il sortit un sac de solution saline du bac à légumes. Sur l'étagère à beurre, il prit un flacon d'Epogen qui lui échappa presque des mains. Il lutta pour traverser le salon et le couloir. Sa chaussette pataugeait dans le sang à l'intérieur de sa botte.

Finalement, il parvint jusqu'à la salle de bains où il se laissa tomber au sol. Il ouvrit le placard sous le lavabo et en sortit une trousse de premiers soins. Il put ouvrir sa chemise sans trop de difficulté grâce aux boutons aimantés, puis mouilla un gant de toilette et commença à tamponner le sang qui sourdait toujours de sa blessure.

Le couteau avait pénétré son abdomen à cinq centimètres à gauche de la ligne médiane du corps, tranchant l'artère épigastrique supérieure. Cette artère était un peu moins profonde que les muscles de la paroi abdominale qui, eux, semblaient indemnes. Un centimètre ou deux plus en profondeur, la lame aurait perforé l'estomac, l'intestin et le diaphragme. À travers l'entaille, Evan pouvait voir le sang jaillir de l'artère à intervalles réguliers.

Faisant de son mieux pour ne pas penser à ce qui allait arriver, il sortit le kit de suture et prépara l'aiguille. *Inspirer, expirer. Inspirer, expirer. Inspirer, expirer.*

Il perdit toute notion du temps. Ses nerfs recevaient des secousses électriques qui lui traversaient le corps. La sueur dégoulinait le long de sa mâchoire en le chatouillant. Ses doigts palpitaient comme de grosses limaces rouges.

Presque sans en avoir conscience, il vint à bout de l'opération et examina le résultat : ce n'était pas beau à voir. Il avait réussi à recoudre l'artère sanglante au fil de soie et avait suturé la blessure, c'était déjà ça.

Il respira profondément durant quelques instants, pensant avoir un moment de répit, mais il se rendit compte qu'il était en train de perdre connaissance et qu'il devait absolument rester éveillé. D'une main, il inséra une aiguille dans le pli de son coude et relia le flacon de solution saline à son bras. Cette solution lui permettrait d'augmenter le volume de liquide dans son système circulatoire et donc de reconstituer plus rapidement son sang. Puis il s'injecta une dose d'Epogen dans la cuisse, provoquant une intense sensation de brûlure à mesure qu'il appuyait sur le piston. L'Epogen est un médicament contre l'anémie qui stimule la production de globules rouges par la moelle osseuse, ce dont Evan avait désespérément besoin étant donné la quantité d'hémoglobine qu'il avait perdue.

Il jeta un regard à la porte cachée de la douche, sachant très bien qu'il n'arriverait jamais à gagner la Voûte pour effacer les dernières images de vidéosurveillance de Castle Heights. Et même s'il y parvenait, il lui serait impossible de faire disparaître le sang dans le parking, le hall arrière et l'ascenseur de service.

Le sillon écarlate menait tout droit à sa porte, mais il ne pouvait rien faire pour le moment, dans l'état où il était. Il se résolut à ajouter cet appartement à la longue liste de ses planques compromises et à en partir pour toujours dès qu'il le pourrait. À la pensée d'abandonner cet endroit, il sentit une douleur à la poitrine, quelque chose de profond, d'enfoui près de son cœur. Incapable de s'enfuir en base jump, en rappel, ou même en voiture, il se retrouvait dans la plus étrange des situations : à la seule merci du hasard.

Il se traîna jusqu'à son lit flottant. Dans un ultime effort, il suspendit la poche de solution saline à la lampe de sa table de chevet et s'enfonça dans l'obscurité.

50

Le contact de ses lèvres

Dans la lumière froide et pâle du matin, Evan monte sur le siège passager de la berline noire. C'est encore un garçon, au début de son entraînement avec Jack, et, ensemble, ils se dirigent vers une nouvelle session d'endurcissement. Désormais accoutumé aux vicissitudes du stress et de l'adrénaline, Evan a appris à ne pas se préparer. Cela ne servirait à rien. Dans vingt minutes, il pourrait tout aussi bien se retrouver poussé d'un pont sur un matelas (marrant), *noyé pieds et poings liés dans une eau glacée* (pas marrant), *ou sous l'emprise de pentothal de sodium* (déstabilisant mais au final inefficace).

Une Volvo s'arrête à leur hauteur, et, comme à son habitude, Evan observe ses occupants. Trois enfants à l'arrière se disputent et collent leur nez aux vitres. Puis la Volvo se retrouve derrière eux.

Ils passent maintenant devant une école primaire. Les parents déposent leurs enfants, qui courent aussitôt d'un côté et de l'autre, leurs gros sacs sur le dos, leurs boîtes à goûter et leurs bouteilles thermos colorées à la main. Ils se rassemblent en petits groupes animés et bavards. Evan voudrait savoir de quoi ils parlent.

Après la session du jour (gaz lacrymogène – pas marrant*), ils sont rentrés chez eux. Les yeux encore rouges, Evan empile du bois de chauffage sur le côté de la maison ; l'écorce rugueuse lui irrite les avant-bras. Il n'entend rien derrière lui, mais, quand il se retourne, Jack est là, dans son éternel Levi's 501 et sa chemise de flanelle dont chaque manche est soigneusement repliée deux fois.*

— Tu veux parler, lui dit Jack.

Evan jette les bûches sur la pile et se gratte les bras.

— Ce sera toujours juste moi, n'est-ce pas ? Tout seul ? Tout le temps ? C'est ça qui m'attend ?

La large silhouette de Jack se découpe dans le soleil couchant de Virginie, lui conférant une stature quasi divine.

— Oui, répond-il.

— Qui a dit qu'une seule brindille peut casser, mais qu'un fagot de brindilles résiste ?

— C'est attribué à Tecumseh, réplique Jack. Mais qui sait ?

Il fixe le garçon en contractant les lèvres. Evan a compris qu'il fait cela lorsqu'il réfléchit et tente de saisir la situation sous-jacente à la situation. Jack montre un arbuste sur le côté de la maison.

— Va récupérer un tas de brindilles.

Evan obéit.

Jack s'accroupit, dénoue le lacet d'une de ses chaussures et l'utilise pour lier un petit fagot. Puis il ouvre son couteau, bloque la lame et martèle de la pointe de l'arme le centre du fagot. Les brindilles se cassent toutes en leur milieu.

Jack prend une seule brindille, la pose sur le sol et tend le couteau à Evan.

— Vas-y.

Evan essaie, mais la brindille solitaire semble fuir la pointe d'acier, elle roule, s'écarte à chaque coup qu'il porte ; elle est abîmée mais reste entière. Il s'acharne encore et encore, mais la brindille continue de s'échapper, refusant de se laisser sectionner. Evan finit par lever les yeux, vaincu.

— OK, dit-il. J'ai compris. Mais…

— Dis-moi.

— Je ne vais pas me sentir seul ?

— Si.

Evan cherche en lui quelque chose auquel se raccrocher, quelque chose qu'il pourrait extraire de cette journée, au-delà de la Volvo et de l'école, à travers les nuages de gaz lacrymogène : quelque chose qu'il pourrait garder enfoui en lui pour les solitudes à venir. Face à l'inconnu, comme toujours, il essaie de se montrer joueur.

— Ce qui ne te tue pas te rend plus fort, je suppose, dit Evan.

Il n'a jamais vu autant de tristesse dans les yeux de Jack.

— Parfois, réplique ce dernier. Mais la plupart du temps, ça te rend juste plus vieux.

* * *

Les coups qui résonnaient dans la tête d'Evan étaient réels.

Quelqu'un frappait à sa porte.

Il se frotta les yeux et balança les jambes hors de son lit avec moins d'effort qu'il ne l'avait redouté. Le sol était jonché de seringues, de poches de solution saline aplaties, de bandes et de compresses de gaze. Un coup d'œil à l'horloge murale lui indiqua que deux jours et demi s'étaient écoulés depuis son douloureux retour. Assez de temps pour qu'on ait découvert les traces de sang dans le couloir, examiné les images de vidéosurveillance et alerté les autorités.

Il avait rapidement cicatrisé, grâce à la magie de la médecine moderne et de l'Epogen. La peau luisante tout autour de la plaie restait sensible et il sentait toujours une désagréable piqûre au ventre quand il se penchait, mais la douleur avait presque entièrement disparu. Il ne ferait pas d'abdominaux de sitôt mais, au moins, il pouvait marcher.

Il enfila un T-shirt ample et une paire de jeans, s'empara de son pistolet Wilson Combat et traversa péniblement le couloir. Si c'était la police, il verrouillerait la porte et descendrait en rappel par la fenêtre.

Le moment était-il venu de tout laisser derrière lui ?

La caméra camouflée du palier lui montra Hugh Walters affublé d'un survêtement Fila. Evan glissa le pistolet à l'arrière de son jean et ouvrit la porte.

— Vous me devez des explications, dit Hugh.

— Je comprends, répondit Evan. Mais avant, est-ce que je peux…

— Vous avez quitté la réunion du comité avant la fin du vote. Alors, je me suis amusé à vérifier tout le registre des votations, et vous savez ce que j'ai découvert ?

Evan, stupéfait, était incapable de dire quoi que ce soit, mais il réussit à secouer négativement la tête.

— Votre historique de présence est en dessous du minimum requis – requis, pas suggéré – par les statuts du comité.

Evan sortit dans le couloir. Aucune goutte de sang sur la moquette, ni de marques de doigts le long des murs. Tout avait été nettoyé ? Sans que Hugh s'en soit rendu compte ?

— Et donc, conclut Hugh, conformément au règlement, vous serez condamné à une amende de six cents dollars.

— Une amende, répéta Evan.

La belle solidarité des scientifiques amateurs semblait n'être plus qu'un lointain souvenir, mais cela lui était bien égal. Ce qui importait, c'était de savoir s'il avait été compromis ou pas.

Hugh soupira, ôta ses lunettes à monture noire et se frotta les yeux.

— Écoutez, Evan, je sais que tout ça ne fait pas partie de vos priorités. Et, croyez-le ou non, c'est pareil pour moi. Pour être franc, je m'en fous bien de savoir s'il faut refaire la moquette ou voter de nouvelles règles concernant les nuisances sonores.

(Evan le dévisagea, confus.) Mais pour beaucoup de gens, le sens de la communauté est quelque chose d'important. Et ici, dans cette ville gigantesque, eh bien, oui, pour certains, c'est la seule chose qu'ils ont. Pensez-y, d'accord ?

Le soudain changement d'attitude de Hugh cueillit Evan au dépourvu. Il se contenta de hocher la tête.

— J'y penserai, oui.

Un tintement dans le couloir annonça l'arrivée de l'ascenseur d'où sortirent Peter et sa mère. Mia tenait dans la main un sac de courses d'où émergeait une baguette.

— Ah, fit Hugh, bref. Je me suis peut-être un peu trop précipité dans mon jugement.

Il adressa un petit signe de tête à Evan, s'éloigna dans le couloir et salua Mia et Peter.

Evan les attendit à la porte. Peter tira sur les sangles de son sac à dos pour le remonter au niveau de ses épaules.

— On peut entrer ? demanda Mia.

Evan s'écarta pour les laisser passer. Peter courut à la cuisine. Mia entra lentement dans le salon et fit un tour sur elle-même.

— Ouah ! Sacrée baraque !

Evan se rendit compte qu'il n'avait jamais reçu de vrais *invités* chez lui. Jamais.

— On voulait t'apporter ça. (Elle posa le sac d'épicerie sur le plan de travail.) Et on voulait aussi être sûr que… que t'étais pas mort.

Peter appuya les deux mains et le front contre le Sub-Zero et expira longuement pour tenter d'embuer l'acier inoxydable. Mia et Evan avancèrent jusqu'au centre de l'appartement. Elle s'approcha de son espace de kickboxing et donna un petit coup dans le punching bag.

— Et alors, comment exactement tu t'es débrouillé avec ton estomac… ? (Elle leva les mains.) Attends, non, en fait, je veux pas savoir. *Je ne peux pas savoir.*

Il s'approcha et stoppa le balancement du sac de sable.

— Bon sang, c'était toi. C'est toi qui as nettoyé les traces de sang dans le couloir.

— Ouais, fit-elle.

— Pourquoi ? Tu ne m'étais redevable de rien. Ce que j'ai fait pour toi et Peter…

— C'est pas parce que je me sentais redevable, Evan. C'est parce que je voulais que tu… (Elle s'humecta les lèvres.) Bon, peut-être que maintenant tu sais ce que c'est que d'avoir besoin de quelqu'un.

Evan éprouva soudain une sensation qu'il n'avait pas ressenti depuis des décennies. Quelque chose qu'il avait vu sur le visage de ces enfants qui voyageaient avec leurs parents, quelque chose qui se cachait dans le fagot de brindilles et dans les boîtes à goûter. Il repensa à ce moment qu'ils avaient partagé, dans la chambre de Mia, à la douceur de ses lèvres, à cette musique de jazz. *Qu'est-ce qui te rend heureux ?* Comme elle était différente de Katrin avec ses lèvres rouges, son tatouage, sa séduction, ses jeux dangereux, sa peau de porcelaine ; une femme capable de vous étourdir par sa sensualité et de vous planter un couteau dans l'abdomen. *Qu'est-ce qui te rend heureux ?* Et si ce moment avec Mia, baigné du parfum de citronnelle et des notes de *Hymn to Freedom*, avait pris une direction différente ? *Que tu te rebiffes. Que tu m'accuses. Que tu te mettes en colère.*

— Considère ça comme un cadeau d'adieu, murmura Mia.

Le visage d'Evan devait en dire plus qu'il ne l'avait voulu car les yeux de Mia se remplirent de larmes.

— Je suis désolé, Evan. Mais je… pour Peter et moi, c'est trop dangereux que tu vives aussi près de nous…

Elle tendit la main, et ses doigts se posèrent délicatement sur la poitrine d'Evan.

— Je serais vraiment une mère irresponsable si je…

— Merci, dit-il. Pour ce que tu as fait.

Elle prit une profonde inspiration.

— Alors, on ne se revoit plus, dit-elle.

— On ne se revoit plus.

Elle se tourna pour partir, puis s'arrêta.

— Sur ton front. Tu as une coupure.

Il passa les doigts sur son visage. Il avait dû se couper quand il avait fait exploser la fenêtre pour sortir de l'immeuble.

— Ce n'est rien.

— Mais si, fit-elle en fouillant son sac.

Tout sourire, elle en sortit un pansement coloré, un Kermit la grenouille.

— Vraiment ? dit Evan.

— J'en ai bien peur.

Il se pencha et elle appliqua le pansement qu'elle lissa du pouce. Elle hésita un instant, puis l'embrassa sur le front.

— Adieu, Evan.

— Adieu.

Il entendit ses pas dans la cuisine. La mère et le fils se dirigèrent ensuite vers la porte d'entrée qui s'ouvrit et se referma dans un claquement sourd.

Pendant un moment, il resta là, sentant encore le contact de ses lèvres sur son visage.

51

&^%!

Slatcher avait mis en place ses ongles connectés, mais ses doigts énormes leur donnaient l'air de petites rayures. Il se sentait comme un enfant qui s'amuserait à se déguiser avec des vêtements trop petits. La lentille numérique posée sur son œil droit faisait défiler l'échange de messages avec Top Dog, projetant les textes dans l'air au-dessus du tableau de bord de la Scion violette. Il était assis derrière le volant, le siège incliné en arrière, et agitait les doigts pour écrire des réponses qu'il ne voulait pas donner.

Top Dog était en colère, et quand Top Dog était en colère, il valait mieux taper vite.

TOUJOURS AUCUNE TRACE D'ORPHELIN X? HÔPITAUX, URGENCES, MORGUES

Malgré l'absence de point d'interrogation, Slatcher savait qu'il devait répondre et il tapa simplement :

NON.

Le curseur vert clignota à peine avant que n'apparaisse le message suivant :

DANS QUEL ÉTAT EST ORPHELIN V?

La voiture était garée dans la rue d'une banlieue idyllique de L.A. bordée de saules. Des feuilles d'un bleu argenté s'étaient amoncelées sur les essuie-glaces. Du revers de sa main, Slatcher épongea la sueur de son front. Les vitres intensifiaient la chaleur du soleil de midi. Dans cette ville, les voitures pouvaient se transformer en fournaise, même en décembre.

Ce mouvement de la main fit apparaître les symboles :

&^%!

C'EST UNE BLAGUE ?

NON. PARDON. ERREUR DE MANIPULATION.

ORPHELIN V ?

HOSPITALISÉE. HORS SERVICE. ELLE A MORFLÉ. SON DOS EN PARTICULIER.

ET « KATRIN WHITE » ?

Une goutte de sueur coula sur l'arête du nez de Slatcher mais il n'osa pas l'essuyer.

JE L'AI LAISSÉE PARTIR. ELLE A FAIT CE QU'ELLE DEVAIT FAIRE.

IL FAUT L'ÉLIMINER.

Slatcher regrettait cet ordre. Il préférait jouer à la loyale, mais Top Dog était dépourvu de tout scrupule moral.

Slatcher répondit :

IMMÉDIATEMENT ?

NON. ILS SE SONT RAPPROCHÉS. SURVEILLEZ-LA. ON VERRA SI ON PEUT ENCORE EN TIRER QUELQUE CHOSE.

BIEN REÇU.

ORPHELIN X A SUPPRIMÉ TOUS VOS MERCENAIRES ?

SAUF UN. MAIS ÇA N'A PAS D'IMPORTANCE. DORÉNAVANT C'EST MOI, PERSONNELLEMENT, QUI M'OCCUPE DE TOUT.

IL VAUDRAIT MIEUX POUR TOI, répondit Top Dog. OU BIEN C'EST MOI QUI VAIS M'EN OCCUPER.

Une menace implicite. Une autre goutte de sueur se forma sur le front de Slatcher. Son nez le démangeait. Il fit un effort et tapa :

BIEN REÇU.

ET LA SUITE ?

De l'autre côté de la rue, des rires et des cris lui parvenaient depuis la cour de récréation d'une école.

MORENA AGUILAR. ELLE NOUS CONDUIRA À LUI.

JE VEUX QU'ELLE SOIT SURVÉILLÉE 24/7.

Slatcher leva les yeux vers la petite fille assise sur une balançoire.

Une adolescente était accroupie devant elle, les mains sur les chaînes de la balançoire. Ignorant la marée d'enfants qui jouaient, elles partageaient un moment d'intimité.

JE SUIS ICI POUR ÇA, répondit Slatcher.

L'adolescente se leva, embrassa la gamine sur la joue et se retourna. En regardant Morena s'éloigner, Slatcher se retint pour ne pas tourner immédiatement la clé de contact. Il prit le temps d'écrire une dernière phrase :

JE NE LA PERDRAI PAS DE VUE.

52

Les cartes de l'autre

Trois jours plus tard, Evan parvint finalement à entrer dans la Voûte. En vingt minutes, il avait nettoyé toutes les images de vidéosurveillance de Castle Heights. Il était étrange de se voir tituber comme un zombie dans les couloirs de son immeuble, laissant des traces de sang le long des murs. De ces sept minutes, il ne se rappelait presque rien, obéissant comme un automate au programme d'entraînement gravé dans son corps. Il regarda en accéléré le reste des images pour voir ce qui devait également être supprimé. Quelques minutes plus tard, Mia apparaissait dans le couloir du douzième étage. Il la suivit depuis l'ascenseur sur différents moniteurs, jusqu'à ce qu'elle arrive au vingt et unième étage, puis le long du couloir où elle s'arrêta devant son appartement. Il avait laissé la porte entrouverte.

Elle entra et se dirigea timidement vers sa chambre. Evan était allongé sur le lit, inconscient. Elle s'approcha rapidement de lui, prit son pouls et passa une main sur son front. Puis elle s'assit un moment à ses côtés en lui tenant la main. Il regarda les minutes s'écouler. Elle quitta enfin l'appartement et referma la porte derrière elle. Puis elle retourna chez elle et en ressortit, une minute plus tard, un seau et une brosse à la main. C'était au petit matin, et seulement quelques heures après que deux criminels armés s'étaient introduits chez elle. Et pourtant, après avoir mis son garçon traumatisé au lit, elle était là, à frotter le sol, les murs et l'ascenseur ; un nettoyage qui avait duré près de deux heures.

Elle l'avait protégé.

Il s'était levé pour sortir de la Voûte lorsqu'il repéra l'icône indiquant qu'un e-mail était arrivé, après une longue série de transferts à travers le monde, jusque dans la boîte de réception de the.nowhere.man@gmail.com. Il ne se souvenait pas de la dernière fois que c'était arrivé.

Envoyé deux jours plus tôt, le message provenait d'un des comptes de Tommy Stojack.

L'objet du courriel était : « Katrin White ».

Un frisson parcourut Evan et fit picoter la croûte de sa plaie.

Il resta figé un instant, puis se rassit, ravança son fauteuil jusqu'au bureau et lut le message de Tommy.

« Mauvaise nouvelle : mon contact n'est plus chez Harrah's. Bonne nouvelle : il travaille maintenant chez Caesars. La fille est dans leur base de données. Ils n'ont pas pu l'épingler, mais elle jouait d'une façon très suspecte. PTNTC. »

L'abréviation habituelle de Stojack pour dire « Pas très net tout ça ».

Evan ouvrit la pièce jointe – un rapport interne de Caesars.

Sur la copie scannée de la carte de joueur, il y avait une photo. C'était la même peau d'un blanc laiteux, le même regard émeraude, la même frange branchée, mais les cheveux noirs étaient ici auburn. La légende de la photo disait : « Danika White ». « À Vegas, soyez qui voulez » était inscrit sur l'en-tête coloré de la carte.

Evan avait la gorge tellement sèche qu'il eut du mal à déglutir.

Il poursuivit sa lecture du rapport. Danika était une grosse joueuse, habituée des tables *no limit* de Caesars. Ella avait accumulé de sérieuses dettes, mystérieusement réglées le

7 décembre — soit deux jours après qu'Evan ait tué William Chambers, et trois jours avant que Katrin ne lui fixe rendez-vous à la Bottega Louie. Les informations partagées avec d'autres casinos faisaient état d'arriérés dans tout le Strip, des dettes qui avaient également été payées deux semaines auparavant.

Une montagne de mensonges. Il n'y avait jamais eu de salles de jeux clandestines, ni de Japonais écorché vif, pas plus que de mari fortuné qui l'aurait laissée dans la dèche. Danika s'était simplement endettée jusqu'au cou parce qu'elle avait trop misé pendant trop longtemps. Slatcher, ou celui qui était derrière lui, était intervenu pour éponger ses dettes, et c'est comme cela qu'il l'avait achetée.

Mais il n'aurait pas pu le faire si elle n'avait pas été disposée à accepter l'accord. Tout au long de sa carrière, Evan avait été témoin de dizaines d'histoires tout aussi sordides : un type aborde une personne désespérée, lui offre une deuxième chance et, dès qu'il la tient sous son emprise, il lui serre la vis.

Au moment où Danika White avait compris la véritable nature du pacte qu'elle venait de conclure, il était déjà trop tard.

Maintenant qu'il connaissait son véritable nom, les recherches d'Evan devenaient considérablement plus faciles. Les parents de Danika étaient bien vivants et jouissaient d'une paisible retraite à Boca Raton. Elle n'avait jamais été mariée et avait une fille de vingt ans nommée Samantha.

Evan repensa à sa réaction dans le motel, lorsque le coup de feu avait retenti dans le téléphone : « Sam ! Papa ? Non. Non. *Non !* »

Dans la panique, Danika s'était trahie. Elle avait utilisé le nom de la personne qu'elle croyait blessée, avant de se reprendre.

Evan poursuivit ses recherches en s'intéressant à présent à Samantha. La photo de son permis de conduire montrait une belle jeune femme ressemblant beaucoup à sa mère. Après deux ans au Santa Monica City College, elle avait obtenu une bourse pour étudier à l'UCLA. Malgré cette bourse, elle cumulait deux jobs en plus pour pouvoir payer ses frais de scolarité, sans parvenir à empêcher les retards de paiement de s'accumuler. Evan trouva un numéro de portable qu'il appela aussitôt.

Une voix jeune et enjouée répondit.

— Ouais ? C'est Sam.

Evan entendit qu'on s'agitait derrière elle et que quelqu'un l'interpellait. C'étaient peut-être la fin d'un cours, ou bien elle vaquait à ses occupations dans les locaux de l'université. Il soupira de soulagement en comprenant qu'elle n'était pas retenue en otage. C'était une bonne tactique de la part de Slatcher : il était de toute façon facile de lui mettre la main dessus, alors pourquoi s'exposer aux complications et aux risques d'un enlèvement ?

— Salut, Sam, dit Evan. Je suis un ami de ta mère et…

— Ouahou ! Ça fait presque dix mois, cette fois. Impressionnant. Je pensais qu'elle avait vraiment laissé tomber.

— Pardon ?

— De quoi elle a besoin maintenant ? Combien il lui faut, ce coup-ci ? Comme si je ne travaillais pas déjà assez comme ça pour juste pouvoir survivre. Je lui ai déjà dit. Je veux plus avoir affaire à elle. Et ça inclut tous ses petits intermédiaires miteux.

— Non, non, ce n'est pas ça. C'est juste que… Ça fait deux semaines qu'elle ne répond plus au téléphone…

— Il faudra vous y habituer. Écoutez, je sais pas qui vous êtes, mais laissez-moi vous épargner quelques années de votre vie. Il y a qu'une seule chose à savoir sur elle, c'est que tout ce qui compte pour Danika, c'est Danika.

— Je comprends, répondit Evan en essayant de prendre un ton découragé. Très bien. Merci.

— Hé, reprit Sam. Je suis désolée. J'essaie simplement d'éviter que vous en passiez par tout ce que j'ai dû endurer.

Et elle raccrocha.

Evan s'inclina dans son fauteuil et ferma les yeux, essayant de reconstituer tout le puzzle. Danika, probablement à la demande de Slatcher, s'était construit ce personnage de Katrin à partir d'éléments de sa vraie personnalité.

Elle avait gardé son nom de famille et son addiction au jeu. Elle avait choisi le prénom de sa fille pour fabriquer ce père fictif. Son prétendu mari avait investi dans des complexes résidentiels à Boca Raton, là où vivaient ses vrais parents.

Evan se souvint du moment où il avait créé son premier double opérationnel avec Jack, devant un feu de cheminée, à la ferme. Jack lui avait appris à élaborer une couverture en se servant de plus de vérités que de mensonges, de façon à mieux se souvenir spontanément et à moins se perdre dans les détails. Evan avait également appris à s'identifier à cette fausse personnalité et à se forger un véritable attachement émotionnel pour ce fantoche afin que ses instincts correspondent à sa description. Il avait enfin appris à s'immerger dans son rôle et à oublier la partie de lui-même qui n'y croyait pas.

Slatcher et son équipe avaient fait la même chose avec Katrin. Après avoir réglé ses dettes, ils l'avaient terrorisée et traumatisée, la forçant à vivre dans un état de désespoir constant. Après la mise en scène du meurtre de Sam par Slatcher, Evan se souvint avoir enlacé Danika sur le lit du motel pour la laisser pleurer contre sa poitrine. Slatcher et son équipe avaient dû menacer de tuer sa fille si elle ne suivait pas leurs instructions. Ils s'étaient assurés que le sentiment de culpabilité et la terreur qui la rongeaient étaient bien réels. Il le fallait, s'ils voulaient dissiper le moindre soupçon dans l'esprit de leur ennemi.

Ancien Orphelin, Slatcher avait créé une histoire sur mesure pour Orphelin X. Une femme apeurée, confrontée à une situation impossible, et ayant désespérément besoin de son aide. Le père, séquestré, était mort du fait d'un mauvais calcul de *sa* part. « Katrin » avait mis à nu sa culpabilité secrète. *J'ai merdé, et c'est mon père qui va payer les pots cassés. Peut-être même qu'il est en train de les payer à l'instant où je vous parle. Est-ce que vous avez la moindre idée de ce que je peux ressentir ?*

Oui.

Donc Slatcher et celui qui l'avait engagé savaient pour Jack. Étaient-ils responsables de sa mort ? Cette hypothèse rebutait Evan mais il était résolu à en explorer la possibilité.

Dans le loft, Danika avait laissé son passeport bien en vue dans son sac à main afin qu'il le lui subtilise et en vérifie l'authenticité. L'employeur de Slatcher était en mesure de falsifier des documents à la perfection, tout comme il était capable de générer de fausses informations dans les différentes bases de données.

Evan posa les coudes sur le bureau en tôle et se frotta les yeux.

Les derniers mots du faux père à sa fille au téléphone n'avaient fait qu'enfoncer le clou : *La personne à tes côtés, qui que ce soit, j'espère qu'il te protège.* Malgré ses soupçons et contre son propre jugement, Evan l'avait protégée. Bien que leurs poursuivants aient plus d'une fois retrouvé leurs traces, bien que les Commandements aient été enfreints, les uns après les autres, Evan était resté auprès de Katrin jusqu'à ce qu'elle lui plante un couteau dans le ventre. Qui de mieux pour remplir ce rôle qu'une joueuse de poker, douée pour étudier les autres, évaluer les différents cas de figure, bluffer pour gagner ? Danika avait joué en vraie professionnelle, et elle avait parfaitement résumé ce que cela voulait dire : *Au poker : tu ne joues pas ton jeu, tu joues le jeu des autres.*

* * *

Suspendu à la barre de traction, Evan s'entraînait à lever les genoux pour éliminer le tissu cicatriciel de son estomac. Il se déplaçait lentement, s'efforçant de se concentrer au maximum sur sa respiration afin d'atténuer la douleur. Il était si concentré qu'il n'avait tout d'abord pas entendu la sonnerie du RoamZone.

Il courut à petites foulées jusqu'à la cuisine et saisit le téléphone sur le plan de travail.

L'appel venait de Las Vegas. D'un téléphone public.

— Morena ?

— Tout va bien ?

— Quoi ? demanda Evan, perplexe.

— La dernière fois, vous aviez l'air mal en point.

Il respira et sentit le tissu cicatriciel lui tirer la peau.

— C'est vrai, répondit-il. Rien de grave.

— Je pensais que vous étiez mort. Je voulais juste être sûre.

Evan s'efforça de ne pas lui mettre la pression, essayant d'imaginer ce que Jack aurait fait à sa place. Le Vieux avait toujours su gérer les situations délicates : il savait quand se taire et quand parler, et plus précisément quoi dire et comment le dire.

Evan marchait le long des écrans du pare-soleil, se laissant traverser par des taches de lumière tamisée.

— Tu m'as appelé pour ça ?

— Au début, je pensais que c'étaient ses copains flics qui venaient pour le venger. On est seulement deux à savoir ce qui est arrivé à Chambers. C'est pour ça que j'ai décidé de m'éloigner de ma sœur et de ma tante.

— C'était très courageux de ta part. Et la bonne chose à faire.

— Mais ce sont pas ses copains policiers, n'est-ce pas ?

— Non, répondit Evan. Ces types-là sont bien pires.

— Ils pensent que je sais quelque chose. Mais je sais rien. Pour moi, j'ai plus rien à tirer de mon existence. Mais Carmen, elle, elle peut encore faire sa vie.

— Mais toi aussi.

— Je ne peux plus m'approcher de vous, autrement ils me prendront.

Evan se retint de répondre et pensa de nouveau à Jack. Qu'aurait-il fait à sa place ? *Je ne vais pas te mentir, ni maintenant, ni jamais.* Sans confiance, aucune relation humaine n'était digne de ce nom.

— Oui, répondit Evan. C'est vrai.

Un sanglot.

— J'ai peur. C'est normal d'avoir peur, non ?

— Oui.

— C'est dur de vivre comme ça. Invisible. Séparée de tout le monde. Comme si j'existais pas.

Il pensa à Mia dans sa chambre, dansant sur les notes du trio Oscar Peterson.

— Oui, très dur, confirma-t-il.

Elle étouffa quelques gémissements. Elle avait dix-sept ans et était la cible d'un assassin impitoyable. La rage monta à la gorge d'Evan, mais il déglutit pour la contenir.

— Si tu ne me dis pas où tu es, dit-il, je ne pourrai pas te protéger.

— Je sais bien, répondit-elle d'un ton lugubre et résigné.

53

Un dos crawlé sans eau

L'excitation gonfla la poitrine déjà vaste de Slatcher lorsqu'il vit Morena changer de bus. À bord de la Scion, il suivait la Downtown Express vers le nord. Il avait ralenti en constatant que la jeune fille avait traversé la rue pour prendre le bus dans la direction opposée, vers le Strip. Une diversion qu'Orphelin X lui avait sans doute suggérée.

Pendant trois jours et trois nuits, Danny Slatcher avait surveillé Morena de très près. Elle avait été encore une fois visiter sa petite sœur dans la cour de récréation et avait vendu des frites et du guacamole dans un fast-food sordide. Mais, jusqu'à présent, rien dans sa routine ne pouvait la relier à Evan.

Slatcher fit demi-tour et alerta l'unique survivant de l'équipe, que des parents cruellement désinvoltes avaient baptisé Don Julio.

— Big Daddy à Tequila Un. Laisse la petite sœur et rejoins-moi.

De son pouce géant, il activa une application qui envoya ses coordonnées.

— T1 à BD. J'y serai dans… sept minutes.

Même à l'heure du déjeuner, l'embouteillage menant au Strip pouvait rivaliser avec ceux des heures de pointe de

Los Angeles. Slatcher attendait patiemment, la climatisation poussée au maximum. Trois véhicules le séparaient du bus de Morena.

Il était toujours surpris par l'aspect terne et anonyme que revêtait Las Vegas à la lumière du jour. Ce n'était rien d'autre qu'une collection de bâtiments aux formes étranges, répartis çà et là, comme une rangée de Legos piétinés et poussiéreux. Il progressa lentement dans Sahara Avenue, passa devant l'hôtel Stratosphere qui s'élevait à la manière d'une antenne extraterrestre dans un vieux film de science-fiction. Dans le rétroviseur, Slatcher vit le SUV gris slalomer derrière lui.

Il reprit la radio.

— Tu avances quand elle bouge, sinon, elle pourrait me reconnaître.

— Bien reçu.

Le bus déboucha sur Sands Avenue, s'approchant de l'hôtel Treasure Island, connu pour son bateau pirate à l'entrée et ses fameux spectacles nocturnes. Au vu de la foule et de la profusion de caméras, le Strip avait sûrement été choisi pour une nouvelle rencontre entre Evan et Morena. Le bus vira vers l'est, entre le Wynn et le Palazzo, longeant un extravagant terrain de golf. Le bus s'arrêta juste avant Paradise Road, et Morena en sortit, tête baissée. Elle marchait vite, les mains dans les poches de son manteau, lançant des regards nerveux autour d'elle. Elle passa devant un parking géant de sept étages qui ressemblait à un épi de maïs en béton, puis elle franchit les portes automatiques du hall de La Rêverie. Une lueur violette illuminait la façade de ce nouvel hôtel-casino.

Slatcher abandonna la Scion sur le trottoir, devant le parking géant, sans se préoccuper d'éventuelles contraventions. Le SUV le dépassa et, quelques instants plus tard, il vit Julio donner les clés du véhicule au voiturier et franchir les portes en verre fumé de l'hôtel. Au-dessus de la tête de Slatcher, une passerelle ouverte reliait le dernier niveau du parking à un côté de l'hôtel. Pendant une seconde, il envisagea d'utiliser cet accès pour parvenir au lieu de rendez-vous mais, n'ayant aucune idée de l'endroit où Orphelin X s'était installé, il opta pour le hall du casino.

En entrant, il remarqua que les portes de l'ascenseur se refermaient. Au même instant, il recevait un SMS de Tequila-Un :

8e étage.

Julio avait pris l'ascenseur avec la fille.

Slatcher tira la lourde porte de la cage d'escalier et monta les marches quatre à quatre. Il était très agile malgré son imposante carrure, une sorte de miracle physiologique. À la hauteur du cinquième étage, quelques fêtardes aux jambes fuselées descendaient sur des talons improbables. Slatcher passa au milieu du groupe comme une boule de bowling, les obligeant à se plaquer au mur. Lorsqu'il atteignit le palier du huitième, les poumons lui brûlaient. Il patienta quelques instants derrière la porte et entendit l'ascenseur s'ouvrir. Un instant plus tard, il vit passer Morena à travers le verre trempé de la porte, à moins d'un mètre de lui. Julio la suivait, vêtu d'un costume décontracté et parfaitement ajusté qui embrassait les contours de son corps athlétique.

Slatcher ouvrit la porte. Morena continuait à marcher d'un pas résolu, les bras le long du corps et les poings fermés, sans doute trop préoccupée pour penser à surveiller ses arrières. Les grandes enjambées de Julio le maintenaient à proximité de la jeune fille. Slatcher s'éloigna de l'escalier et se déplaça rapidement derrière eux, se servant de Julio comme écran afin que Morena ne puisse pas l'apercevoir dans le cas où elle déciderait de se retourner subitement. Si Julio et lui étaient bien coordonnés, ils arriveraient à la porte tous en même temps et Morena leur servirait de bouclier en cas de d'attaque.

Elle s'arrêta au milieu du couloir, frappa à une porte, tourna la poignée et entra. Julio pressa le pas, glissa une main sous le revers de sa veste et en sortit un pistolet. Slatcher avait également accéléré et saisi son arme. Ils arrivèrent dans la pièce parfaitement alignés, comme un train de trois wagons entrant en gare.

* * *

Huit étages plus haut, depuis le balcon d'une chambre d'hôtel kitsch, Evan avait suivi le convoi le long de Sands Avenue, d'abord le bus, puis la Scion violette et le SUV noir. Il avait attaché une longueur de corde de rappel autour d'un balustre du balcon, la laissant pendre au-dessus de la passerelle ouverte, un étage plus bas. Il avait garé sa Ford F-150 sur le toit du parking, de l'autre côté de la passerelle, le plus au fond possible, de façon à pouvoir prendre de la vitesse. Du balcon, il pouvait voir l'arrière du pick-up qui l'attendait bien sagement.

Cette position avantageuse lui avait permis d'observer Morena lorsqu'elle était descendue du bus et s'était précipitée dans le hall. Il avait vu Slatcher quitter la Scion, et le SUV suivre Morena. Puis il s'était dirigé vers la porte de la chambre 8124, avait forcé la serrure et s'était posté au milieu de la chambre. Compte tenu de la corpulence de Slatcher, Evan avait songé à utiliser le fusil Benelli, mais son plan demandait une plus grande précision. Il devait appliquer l'enseignement de Jack : « Le placement importe plus que le calibre. »

Armé de son Wilson 1911, Evan adopta la position isocèle (debout, bras tendus, le pistolet tenu à deux mains) et visa la porte. Slatcher avait espéré que Morena le mènerait à lui.

Son vœu allait se réaliser.

Evan était attentif aux moindres vibrations du sol. La blessure en cours de cicatrisation de son estomac irradiait une douce chaleur que l'excitation du moment répandait jusqu'à sa cage thoracique.

La poignée de la porte se baissa. Le moment était arrivé.

Morena entra, se jeta aussitôt au sol et effectua une roulade le long du chemin qu'Evan avait tracé entre les meubles. Au moment où elle arrivait au niveau d'Evan, Julio apparut sur le seuil de la porte. Evan lui tira deux balles dans la poitrine et une troisième au milieu du visage. Il commença à s'écrouler, révélant la figure imposante de Slatcher derrière lui.

Evan entendit Morena se précipiter sur le balcon, saisir la corde et entamer sa descente jusqu'à la passerelle.

Contrairement au mercenaire, Slatcher fit irruption dans la pièce prêt à tirer, de sorte qu'Evan commença par viser sa main. Le pistolet de Slatcher vola dans les airs, mais le géant se lança à terre, poussant le corps de Julio devant lui avant qu'il ne se soit effondré et forçant Evan à reculer.

Une soudaine douleur au ventre fit perdre à Evan quelques précieuses fractions de seconde qui allaient lui coûter cher. Slatcher, les yeux fixés sur le canon du Wilson, évalua sa ligne de tir et leva ses bras massifs pour se protéger tandis qu'il chargeait Evan.

La première balle fut déviée par l'avant-bras de Slatcher. La deuxième traversa sa main droite, lui offrant la fraction de seconde nécessaire pour écarter son front.

Il poursuivit son assaut sur sa lancée comme si de rien n'était.

Son avant-bras blessé frappa le poignet d'Evan comme un tuyau de plomb. Ce coup de *Shotokan* renversa Evan, qui roula au sol et put voir son Wilson glisser et tomber du balcon ; il aperçut également, plus bas, la silhouette de Morena qui traversait la passerelle. Tout en se relevant, Evan réévalua la situation. Il avait eu, jadis, l'occasion de s'entraîner avec un maître de *Shotokan* qui lui avait enseigné à durcir ses mains, ses pieds et ses tibias, si bien qu'il était à présent capable d'enfoncer des clous dans le sol avec ses poings. Ce maître lui avait également montré comment tuer un adversaire d'un seul coup de poing ; Evan savait donc maintenant que Slatcher en était aussi capable. Il ne pouvait pas se permettre une lutte au corps-à-corps avec un adversaire de ce gabarit.

Ils tournèrent l'un autour de l'autre, sur la défensive, les mains ouvertes, les paumes tournées vers l'intérieur et les phalanges au-dessus des tempes. Evan devait attaquer les centres nerveux de Slatcher : yeux, nez, oreilles et gorge. Mais le plus vaste organe à faire souffrir, c'était sa peau. Il fallait que Slatcher ait mal, et tout de suite.

Il attaqua avec un coup de *Pencak-Silat*, un style de lutte indonésien à main ouverte, exécutant une feinte sur la gauche avant de frapper l'oreille droite de Slatcher du talon de la paume. Les yeux du géant se révulsèrent un instant, puis ses pupilles réapparurent, comme un robot qui se réactiverait. Evan attendit la contre-attaque de Slatcher qu'il esquiva en se jetant de côté, avant de lui planter le pouce dans la trompe d'Eustache. Son doigt s'enfonça violemment dans le conduit auditif de Slatcher, mais, du fait de cette manœuvre, Evan se retrouva trop près de son ennemi et en paya immédiatement les conséquences, sous la forme d'une puissante pluie de coups. Il fit de son mieux pour protéger sa tête en croisant les avant-bras et s'efforça de faire front.

Il n'y avait cependant aucune pause dans l'assaut qu'il subissait, aucun temps mort dont il aurait pu profiter : il fallait qu'il en crée un. Il tourna le coude et projeta son avant-bras en avant de toute la puissance de ses muscles. L'extrémité de son cubitus, tel une hache, fendit le menton de Slatcher jusqu'à l'os. Le géant rejeta la tête en arrière en gémissant tandis que le sang giclait de sa blessure.

Le combat se poursuivit en différentes langues, toutes mortelles. Dans cette bagarre cosmopolite, les déviations philippines contraient des parades japonaises à deux mains, des clés de bras venues d'Indonésie faisaient grincer les os, et des coups, particulièrement brutaux, assénés la main ouverte, se succédaient à un rythme effréné, jusqu'à ce qu'un coup de pied frontal d'Evan vienne rétablir la distance de sécurité entre les deux hommes.

Evan sentit que sa joue droite était en train de gonfler et espéra que cela n'entraverait pas sa vision. La luxueuse moquette était désormais si piétinée et tachée de sang qu'elle aurait pu tout aussi bien trouver sa place dans un garage automobile.

Quelqu'un passa devant la porte ouverte, hurla et s'enfuit à toutes jambes. D'un coup de pied, Slatcher dégagea le cadavre de Julio pour faire de l'espace. Les épaules du géant avaient l'air de deux rochers sous sa chemise. Malgré ses blessures, il paraissait à peine essoufflé. Si Evan ne trouvait pas rapidement un moyen pour s'échapper, Slatcher allait le mettre en pièces.

Le géant tenta de frapper Evan d'un coup de poing de *Shotokan* que celui-ci intercepta grâce à un teep de *muay-thai*, projetant la plante de son pied vers les tendons du bas-ventre de Slatcher. Compte tenu de la taille considérable de ce ventre, le coup eut peu d'effet mais permit de mettre la tête du colosse à la portée d'Evan.

Celui-ci serra le bras autour de la tête absurdement démesurée de Slatcher, dont il comprima les carotides avec ses avant-bras. Tout en le tirant vers le sol, Evan asséna à son adversaire une série de *tangs*, de redoutables coups de genou qui écrasèrent les avant-bras blessés de Slatcher contre ses joues et son nez, qu'il tentait en vain de protéger. Tout en faisant cela, Evan tordit le géant d'un côté puis de l'autre afin de lui faire perdre l'équilibre et de l'obliger à lever alternativement une jambe puis l'autre.

Mais Slatcher était trop puissant. Il souleva Evan du sol et l'envoya bouler comme une mouche contre le miroir du placard. Sa plaie au ventre se rouvrit d'un coup et le tissu cicatriciel se déchira tandis que les éclats du miroir tombaient en cascade sur ses épaules.

Evan, étendu de tout son long sur la moquette, vit Slatcher reculer, sans doute pour mieux reprendre son souffle. Il tenta de s'enfuir par le balcon en sautant par-dessus un fauteuil, mais Slatcher le frappa par-derrière et le lança contre les balustres. Cependant, Evan fit en sorte de passer par-dessus la rambarde et tenta de saisir au passage la corde de rappel. Il parvint à l'attraper une première fois, mais elle lui échappa des mains, puis il la rattrapa de justesse pour se laisser glisser de quelques mètres en se brûlant les paumes, et enfin il lâcha prise. Après deux mètres en chute libre, son coccyx et ses omoplates encaissèrent le choc de sa chute sur la passerelle. Avant même que la douleur ne se manifeste, la silhouette de Slatcher, qui descendait lui aussi par la corde, bloqua le soleil. Ses bottes de taille cinquante se rapprochaient à une vitesse ahurissante pour un homme blessé.

Evan roula en arrière et se remit debout en jetant un rapide coup d'œil autour de lui à la recherche de son Wilson. Il ne le vit nulle part. Il se précipita alors sans plus attendre vers le parking. L'atterrissage de Slatcher fit trembler la passerelle. Après quelques secondes de course, les pas tonitruants derrière Evan se transformèrent en un véritable roulement de tambour.

Malgré les coups de poignard qui lui traversaient à nouveau le ventre et les douleurs causées par la chute, Evan poursuivit sa course en essayant de trouver dans la poche de son pantalon la clé de la malle cachée de son pick-up. En changeant de direction pour rejoindre son véhicule, il dérapa et perdit presque l'équilibre.

Morena devait maintenant être à l'abri. Evan lui avait ordonné de s'enfuir et lui avait assuré que personne ne la suivrait plus. C'était une promesse sur le long terme. De l'autre côté du parking, un ascenseur s'ouvrit soudain et une famille sortit sur le bitume. Le père se mit à blêmir en voyant la scène qui s'offrait à lui. Héroïque, il appuya frénétiquement sur le bouton de commande de l'ascenseur jusqu'à ce que les portes s'ouvrent à nouveau et les engloutissent.

Les mains meurtries et douloureuses, Evan sortit maladroitement les clés de la malle, les laissa tomber, les ramassa fébrilement, sans cesser de sentir l'approche fatale de Slatcher dans son dos. Il parvint tant bien que mal à ouvrir la première malle et à saisir la crosse du fusil, dispersant le katana et le plateau de munitions au passage.

Slatcher arrivait déjà sur lui.

Evan n'eut pas le temps de le viser avec le Benelli, tout juste put-il se pencher pour esquiver la masse qui se jetait contre lui. Slatcher fit tomber le fusil des mains d'Evan mais s'écrasa de tout son poids contre le hayon baissé du véhicule. La collision fut sismique. Les os du géant craquèrent, mais il ne lâcha qu'un léger grognement. Evan se lança à ras de terre vers le fusil qui glissait vers les barres métalliques protégeant la rambarde en béton du parking. Slatcher se redressa, manquant de glisser sur les cartouches qui roulaient sur le sol, mais il retrouva aussitôt son équilibre et se planta devant Evan qui, pantelant, avait du mal à se remettre debout.

Slatcher se tenait voûté, évitant visiblement de s'appuyer sur sa hanche cassée. Son menton fendu avait transformé sa chemise en un bavoir pourpre. Le sang coulait le long de ses bras et tombait à grosses gouttes de ses doigts. La collision avec le pick-up l'avait étourdi. Evan devait saisir l'occasion.

Slatcher s'avança vers lui, les mains en position de combat. Evan esquiva, le forçant à se retourner et à faire porter son poids sur sa hanche brisée. Le géant serra les dents et fit un pas en avant. Les os craquèrent. Avant qu'il puisse se ressaisir, Evan lui envoya un coup de pied droit oblique de *wing chun* en pivotant pour donner un maximum d'élan à son talon. Celui-ci frappa violemment le tueur au genou, et on entendit un nouvel os craquer. Slatcher hurla et parut fléchir, mais demeura malgré tout sur ses pieds. L'espace d'un instant, Evan vacilla, et il n'en fallut pas davantage pour que le géant en profite pour s'avancer en boitant, pivote sur ses hanches et lui envoie un formidable coup de poing inversé en plein plexus solaire.

Evan sentit une explosion de douleur à l'endroit de sa blessure. La force du coup le renversa et il n'eut plus qu'une vision latérale du toit tandis qu'il partait en arrière jusqu'à heurter la rambarde du parking. Sa tête cogna contre le métal et la commotion embruma sa vue. Le béton réchauffé par le soleil lui brûla la joue, et il ressentit un curieux détachement en regardant Slatcher se traîner sur le parking, grossissant démesurément à chaque pas.

Evan cligna des yeux pour rétablir sa vision et tourna la tête. De l'autre côté de la rambarde, il ne vit que le porte-à-faux en béton qui formait un anneau de trois mètres autour du parking. Cette structure était recouverte de panneaux solaires qui ressemblaient à des pétales vert foncé. Au-delà, c'était la chute de sept étages assurée. Il cligna de nouveau des yeux, avec plus de force cette fois, et se rendit compte que, lors de sa glissade jusqu'à la rambarde, il avait percuté le katana ainsi que plusieurs cartouches de fusil qui tournaient encore comme des toupies sur les panneaux solaires. Mais ce qui intéressait Evan, c'était le fusil Benelli gisant un peu plus loin.

Il s'agrippa à la rambarde et l'enjamba, comme un boxeur sortant du ring. Le poing de Slatcher passa soudain à quelques centimètres au-dessus de sa tête. Des cartouches continuaient de tomber tandis que le sabre concluait doucement sa lente giration en tombant entre deux panneaux.

Evan rampa le long de la corniche incurvée vers le fusil ; ses mains et ses genoux glissaient sur la surface lisse des panneaux solaires. Il entendit un panneau se briser derrière lui : Slatcher venait de le rejoindre. Evan tendit les doigts, à quelques centimètres seulement de la crosse du fusil.

Le géant se précipita aussitôt sur lui et le saisit au mollet, secouant Evan qui lâcha le Benelli. L'arme flotta quelques secondes sur l'élégant fond de verre de La Rêverie avant de disparaître. La brise agita les cheveux d'Evan qui, dans une étonnante fulgurance de poésie, put goûter la chaleur apaisante du soleil sur sa joue.

Slatcher le tirait maintenant en arrière. Tournant la hanche, Evan lança son pied avec toute l'énergie qui lui restait. Le coup frappa le colosse juste en dessous de la mâchoire, lui fit pivoter la tête et le déséquilibra.

Tandis qu'il glissait sur les panneaux solaires, les doigts épais de Slatcher égratignèrent la surface en silicium, dispersant les munitions qui avaient roulé là. Ses jambes finirent par tomber dans le vide, puis ses hanches. Son poids était en train de le faire basculer. Il s'appuya des coudes sur le rebord de béton, mais ceux-ci glissèrent à leur tour. Slatcher agita une main ensanglantée et s'agrippa à quelque chose.

Le katana tombé entre deux panneaux.

Le sabre, toujours dans son fourreau, dépassait du bord du toit et Slatcher s'y tenait d'une main comme à la hampe d'un drapeau planté sur une façade. Le poids de l'homme sur la poignée de l'arme déplaça légèrement le katana qui se coinça entre les panneaux et le rebord bétonné du toit.

Le bras puissant de Slatcher tremblait. La balle avait déchiqueté ses tendons et ses doigts ne pouvaient plus complètement se serrer.

Le temps s'arrêta.

Mais l'autre main de Slatcher finit par surgir pour se cramponner elle aussi au fourreau.

Perché à trente mètres du sol, Slatcher entreprit de se hisser grâce au sabre. La lame commença à glisser du fourreau de quelques centimètres. Quelques centimètres encore, et Slatcher tombait. Mais le fourreau ne bougea plus. Après un instant de repos, le géant reprit sa lente ascension.

Se mordant la joue pour dominer la douleur, Evan s'approcha du géant. Le visage de l'ennemi se tendit, une veine palpitait sur sa tempe. L'homme n'était pas près de se rendre.

Evan parvint à sa hauteur et se positionna de façon à pouvoir lui décocher un coup de pied, mais Slatcher l'observait, prêt à réagir, même depuis sa position compromise. Si Evan s'approchait trop, le colosse l'entraînerait avec lui dans sa chute.

Evan tourna donc son attention sur le sabre et s'efforça de le dégager d'entre les panneaux, mais le poids de Slatcher le bloquait. Il saisit alors le fourreau par une extrémité et tenta de le faire glisser le long du sabre, mais la pression exercée vers le bas était trop forte.

Slatcher continuait de s'élever à la force des biceps, ses coudes se trouvaient à présent très près du rebord en béton.

Un craquement les paralysa tous les deux.

Les yeux d'Evan se posèrent sur la fissure dans le fourreau survenue après la chute accidentelle du sabre. Le craquement se répéta. La fissure s'élargit. Des sillons s'étendirent jusque sous les mains de Slatcher.

Le souffle d'Evan se bloqua dans sa gorge. Les yeux du géant s'élargirent, injectés de sang ; ses lèvres tremblaient et sa pomme d'Adam s'agitait comme un yoyo.

Les deux hommes s'observaient, immobiles.

Le fourreau se brisa en morceaux sous les doigts de Slatcher qui lâcha prise. Il retira une main, puis l'autre, laissant tomber les fragments, avant d'agripper le métal de ses paumes.

Evan s'attendait à ce que le tranchant fasse son œuvre, mais la chance voulut que Slatcher soit suspendu au dos de la lame.

Les dents serrées, Slatcher laissa échapper un sifflement amusé devant sa bonne fortune. Tendant ses muscles, il fléchit les bras, gonflant ses biceps gros comme des melons, et souleva son corps de colosse.

L'acier *tamahagane* vieux de deux siècles se courba et le fil du sabre grinça contre le béton. Ce métal avait été utilisé pour fabriquer les boulets de canon durant l'ère Meiji : il ne se briserait pas.

Slatcher s'éleva encore de quelques centimètres, son visage se trouvait à présent au-dessus du rebord du toit.

La poignée du sabre était large, conçue pour qu'un samouraï la prenne à deux mains. Au-delà de la partie coincée entre les panneaux solaires, dix centimètres supplémentaires dépassaient. Juste assez pour y laisser les doigts d'Evan. Le cordon qui entourait la poignée lui procurait une bonne prise. Le *tsuba*, la garde ronde, lui pinçait le bord de la main.

Agrippant la poignée aussi fort qu'il le pouvait, Evan essaya en vain de libérer le sabre. La chance n'était visiblement pas de son côté.

Quasiment à portée de main, Slatcher se tractait avec force, centimètre par centimètre, et son ombre progressait sur le béton.

Evan parvint à faire tressaillir le sabre. Il comprit qu'il ne pourrait pas le déloger, mais peut-être pourrait-il le retourner.

Dans un effort ultime, il tenta de tourner la poignée. Au début, rien ne se passa, mais la lame commença doucement à se mouvoir.

Ces petits mouvements firent retomber Slatcher d'une dizaine de centimètres.

Evan poursuivit ses efforts. Le sabre tournait par à-coups. Slatcher perdait du terrain. Ses énormes mains déchiquetées et ensanglantées tremblaient violemment.

Lâchant un rugissement terrible, Evan parvint à tourner encore un peu plus la lame dont le tranchant pointa enfin vers le ciel.

Il y eut un instant de tension. Le regard frénétique de Slatcher se posa sur Evan, puis le katana exécuta pleinement ce pour quoi il avait été conçu.

La lame trancha les phalanges de Slatcher. Les bras du géant se mirent à tourner en arrière dans une sorte de dos crawlé aérien.

Un instant, son regard croisa celui d'Evan. Puis il tomba. Evan observa sa chute dans le reflet des vitres de La Rêverie.

Il ne vit pas Slatcher s'écraser sur le toit de la Scion violette en bas du parking, mais il l'entendit parfaitement.

54

Non

Evan réussit à se hisser dans la F-150 et à descendre les sept niveaux par la rampe du parking. Il atteignit la rue tandis que des sirènes de la police retentissaient aux alentours, les voitures de patrouille étant bloquées dans les embouteillages du Strip. Un attroupement de badauds horrifiés entourait le corps de Slatcher, aplati contre le toit de sa voiture. L'impact avait rendu le géant méconnaissable. Plusieurs de ses doigts jonchaient le trottoir autour de lui, tristes confettis d'un spectacle macabre.

Evan enfila un sweat-shirt pour couvrir sa chemise ensanglantée et sortit de son véhicule. Il traversa la foule, le pas rapide et la tête baissée, dans l'espoir que personne ne remarquerait son visage contusionné.

— Excusez-moi ! Je suis médecin !

Sous prétexte de vérifier son pouls, il fouilla les poches de Slatcher, ne trouvant qu'un mince étui en métal dans la poche avant de son pantalon. Les spectateurs semblaient trop terrifiés pour faire attention à lui, ils jetaient des regards furtifs au cadavre et agitaient leur smartphone dans sa direction. Une jeune femme pleurait contre la poitrine de son petit ami en tapant nerveusement du pied.

Evan s'éloigna et finit par retrouver son fusil dans une haie au pied du parking. Son Wilson 1911 se trouvait sur le trottoir de l'autre côté de la rue, près de La Rêverie. Plusieurs des employés du casino entouraient l'arme, si bien qu'il ne chercha pas à la récupérer.

Il remonta dans son pick-up et quitta les lieux au moment où les voitures de la police arrivaient enfin en faisant crisser leurs pneus. Pendant qu'il attendait sur la bretelle d'autoroute embouteillée, il souleva sa chemise pour examiner son ventre. Les sutures s'étaient déchirées et la plaie était béante, mais l'artère ne s'était pas rompue.

Il passa plus d'une heure à rouler au pas sur l'autoroute avant de se garer pour jeter un œil à l'étui métallique.

Dix ongles. Une lentille de contact.

Il donna une chiquenaude sur la lentille qui scintilla comme un écran d'ordinateur.

Il se rendit dans une pharmacie où il acheta une solution pour verres de contact. De retour à la Ford, il se déplaça jusqu'à un parking où il se rangea, puis il arrosa soigneusement la lentille de liquide pour éliminer d'éventuelles traces de poison.

Enfin il l'appliqua sur son œil, colla les adhésifs à ses ongles et attendit.

Un curseur apparut et clignota en rouge pendant un moment.

Puis il devint vert.

Evan attendit encore, impassible.

Une unique ligne de texte surgit.

ORPHELIN O ?

NON, tapa Evan avant de tout déconnecter.

55

Faire son travail en silence

Plus tard cette nuit-là, après être passé chez lui pour recoudre sa blessure et se laver, Evan se rendit sur Sunset Boulevard, au sixième étage du Kaiser Permanente Medical Center. Il sourit à l'infirmière de garde en soulevant deux gros sacs de la cafétéria du rez-de-chaussée.

— Je reviens juste avec de la bouffe pour mes amis, ceux de l'accident de voiture.

Elle vit son œil au beurre noir et lui fit signe de passer.

Une rapide recherche dans la Voûte avait confirmé ses pires craintes et expliquait sa présence ici.

Des guirlandes argentées ornaient les couloirs — des décorations de Noël qui semblaient avoir été suspendues là à la hâte. La chambre 614 était sur sa droite. Evan prit la carte du patient apposée à la porte, entra et traversa les rideaux.

Un homme gisait, inconscient, la tête enveloppée comme celle d'une momie, le bras droit dans le plâtre, une jambe en traction. Un tube trachéal sortait de sa gorge, mais un rapide coup d'œil aux moniteurs indiqua à Evan qu'une ventilation mécanique ne s'était pas révélée nécessaire.

Memo Vasquez. Le clandestin demeuré invisible pendant tant années se trouvait enfin, bien malgré lui, visible aux yeux de tous.

Evan examina les différents rapports médicaux : fractures, contusions, affaissement pulmonaire, perforation intestinale. Les narcotrafiquants lui avaient fait chèrement payer la disparition de la drogue. Mais avaient-ils également tenu leur promesse d'enlever sa fille ?

Evan appuya une main sur le bras de Memo et, un instant plus tard, l'homme s'agita faiblement. Des yeux noirs s'ouvrirent sous les bandages. Sa main se souleva de quelques centimètres au-dessus des draps, et Evan la saisit. Memo la serra en tremblant. Sa tête était penchée en arrière selon un angle peu naturel.

— Je suis désolé de ne pas vous avoir cru, dit Evan.

Il prit une profonde inspiration et demanda :

— Est-ce qu'ils ont pris Isa ?

Memo lâcha la main d'Evan et fit un petit geste pour qu'il lui donne de quoi écrire. Evan lui tendit un bloc-notes et un crayon.

D'une main incertaine, Memo écrivit : « sí » avant d'ajouter : « votre visage ? »

— Vous devriez voir l'autre type, répliqua Evan avec un léger sourire. Et eux, vous savez où les trouver ?

La main bougea à nouveau. Il fallut à l'homme près de cinq minutes d'efforts pour noter l'emplacement d'un entrepôt. Pas une adresse, mais un itinéraire approximatif dans un mélange d'espagnol et d'anglais phonétique. Ce serait suffisant.

Evan prit la feuille.

— Tout ira bien maintenant.

Memo eut un nouveau geste vers le crayon, qu'il saisit du bout des doigts pour écrire péniblement quelques mots de plus : « on nous expulsra sui ilégal pas documan ».

Evan reprit le bloc-notes.

— Plus maintenant, dit-il. Votre nom est dans la liste des admis du Service de l'Immigration. Ils vous enverront la green card chez vous dans la matinée. Un petit cadeau de Noël.

Il jeta un dernier coup d'œil à la carte du patient et la posa sur la table de chevet.

— Ils vous ont bien arrangé.

Memo griffonna quelques mots sur le bloc-notes : « vous devrié voir l'ote tipe. »

Evan sourit. Un instant, il lui sembla que le regard inquiet de Memo s'était illuminé.

— Il faut vous reposer, dit Evan. (Il tapota sa main bandée et se tourna pour partir.) Je me charge du reste.

* * *

Evan se trouvait maintenant sur le toit en zinc de l'atelier désaffecté. Il y pénétra par une grande fenêtre à guillotine et pivota pour s'asseoir sur le rebord intérieur de celle-ci. Ses bottes pendaient à trois mètres au-dessus du sol de béton. Il poussa sur ses jambes et se réceptionna, genoux pliés, puis laissa son corps tomber sur le côté afin de ne pas absorber l'impact sur un seul point.

Dans un coin se trouvait un vieux lit, mais la gamine dormait à même le sol. Cette partie du local, une réserve sans doute, était vide et constituait une excellente cellule improvisée. À travers les murs de parpaings, on pouvait entendre des éclats de voix masculines provenant d'un bureau délabré au bout d'un couloir. Quelques minutes plus tôt, Evan avait observé, par une lucarne, trois hommes en train de se disputer autour de balances numériques. Ils avaient tous une larme et d'autres symboles tatoués sous les yeux. Dans cette pièce, il avait également repéré une caméra de surveillance qui envoyait sans doute les images enregistrées à un autre site. Le reste de l'ancien atelier clandestin était abandonné. Un mur du rez-de-chaussée s'était effondré et les décombres s'éparpillaient sur des métiers à tisser rouillés.

Evan se redressa de toute sa taille dans cet espace réduit et se dirigea en silence vers Isa, soucieux de ne pas l'effrayer. En s'approchant, il vit qu'elle avait renoncé au lit pour y faire dormir sa peluche. L'ours rose à l'oreille mordillée était confortablement allongé sous l'unique drap du lit, la tête bien posée sur un oreiller.

Evan posa doucement sa main sur l'épaule de la jeune fille.

Elle se réveilla. Elle pouvait avoir quatorze ou quinze ans, mais il était difficile de lui donner un âge étant donné son handicap. Ses yeux obliques paraissaient sourire.

— C'est ton père qui m'envoie, murmura Evan.

Elle hocha la tête. Le bout de sa langue reposait sur sa lèvre inférieure.

— Comment il s'appelle ? demanda Evan en montrant l'ours en peluche rose.

— Baby.

— Tu en prends bien soin, on dirait.

— *Sí*. Elle a facilement peur.

— Elle a de la chance de t'avoir, dit Evan.

La jeune fille lui sourit fièrement et leva ses pouces potelés.

— Je dois partir, maintenant, dit Evan. Toi, tu restes ici avec Baby et tu fais en sorte qu'elle se sente toujours en sécurité, d'accord ?

— Mmh mmh.

Evan fouilla dans la poche de son pantalon.

— Maintenant, je vais mettre ce masque. Dis à Baby de ne pas avoir peur.

Il enfila un masque thermique Polartec noir qui lui couvrait tout le visage, à l'exception des yeux.

— Un masque, fit-elle en souriant. Comme les super-héros.

— Comme les super-héros, c'est ça !

Evan déplia son équipement de vision nocturne, l'ajusta sur sa tête et plaça la lentille haute résolution devant son œil, ce qui lui permettait de garder les deux mains libres.

— Ça ira si tu es toute seule ? Ça sera vraiment pas long.

Elle montra le lit.

— Je suis pas seule.

— C'est vrai.

Evan portait son couteau de combat à la ceinture. Des coups de feu auraient pu effrayer la jeune fille. Il devait exécuter son travail en silence.

Il posa doucement les mains sur les épaules d'Isa et la regarda avec son œil de cyclope.

— Les lumières vont s'éteindre. Mais la police va arriver très vite. Je te le promets. Tu me fais confiance ?

— Mmh mmh.

Il sortit un jeu de crochets de sa poche arrière.

— Tu es très courageuse, dit-il avant de se concentrer sur la poignée de la porte.

— *La puerta* est fermée à clé.

— Ça ira. (Il fit jouer les crochets dans la serrure.) Je peux passer les portes.

Elle cligna des yeux et il disparut.

* * *

Plus tard, de retour chez lui, sous la douche, Evan appuya ses paumes contre les carreaux de faïence et s'inclina sous le jet brûlant. Il laissa l'eau laver les taches cramoisies sur son visage et se frotta les mains et les avant-bras, libérant des ruisseaux pourpres. Il y avait beaucoup de sang sur lui.

Mais ce n'était pas le sien.

56

Le Dixième Commandement

Evan était plongé dans un sommeil profond et réparateur lorsque le bourdonnement de son téléphone le ramena à la surface du monde. Il pivota pour s'asseoir sur le rebord du lit et tendit le bras vers le RoamZone. Les nouvelles sutures lui tiraient l'estomac.

Avant qu'il puisse dire un mot, il entendit la voix de Danika.

— Aide-moi, Evan, s'il te plaît, je t'en supplie. Je sais que je t'ai trahi, mais j'avais pas le choix. J'avais pas le choix.

Les mots arrivaient par saccades et sa respiration était haletante, comme si elle était en train de courir.

— Il y a toujours un autre choix possible, répliqua Evan.

— Je n'ai personne d'autre. (Il entendait ses pas résonner entre des murs étroits. Une cage d'escalier ?) Je leur sers plus à rien, maintenant. J'ai peur.

— Tu sais qui te poursuit ?

— Le gars au-dessus de Slatcher, j'imagine. Celui qui tire toutes les ficelles.

Le froid en provenance du sol de béton engourdissait les pieds nus d'Evan, il se rendit soudain compte qu'il était debout.

— Je suis chez toi, dit-elle.

Evan tourna lentement la tête vers la porte de la chambre.

— Chez moi ?

Il entendit un coup à une porte, puis elle lui lança, hors d'haleine :

— Le loft de Flower Street.

Il laissa échapper tout l'air qu'il avait retenu entre ses dents serrées.

— Il faut que tu viennes me chercher, dit-elle.

Il traversa la salle de bains et entra dans la Voûte.

— Ils connaissent cet endroit.

— J'ai nulle part où aller, dit-elle en sanglotant. Ils ont payé ma dette. Je devais leur obéir. Si je ne t'avais pas livré, ils auraient…

— Je sais tout ça.

Les doigts d'Evan parcoururent fébrilement le clavier jusqu'à ce qu'apparaissent les images de surveillance du loft.

Il vit la femme qui, pour lui, était encore Katrin, dos à la porte d'entrée de l'appartement, un bras ballant, son autre main appuyant sur sa joue ce qui ressemblait à un téléphone prépayé. Elle haletait et une rougeur se diffusait depuis son cou jusqu'à son visage.

— Ils m'ont dit que chaque coup de feu que j'entendrais, ce serait une balle qu'ils mettraient dans le corps de ma fille, dit-elle en sanglotant. Quand on était dans le motel, je pensais que c'était ça qui se passait, je pensais qu'il lui avait fait du mal. Elle ne veut plus me voir, mais ça reste ma fille. Ma *fille*. C'est le seul truc de bien que je suis arrivée à faire dans ma vie. Mais j'ai merdé comme mère. J'ai merdé, encore et encore, c'est vrai, mais je pouvais pas les laisser faire ça. Je pouvais pas les laisser toucher à ma fille.

Elle avança de quelques pas à l'intérieur du loft. Le téléphone toujours à l'oreille, elle leva les yeux et porta son regard droit sur l'une des caméras de surveillance. Un frisson parcourut Evan. Elle avait donc toujours su où se trouvaient les caméras. Durant les trois jours où il l'avait observée, elle ne s'était pas trahie une seule fois. Les milliers d'heures qu'elle avait passées à des tables de poker lui avaient à l'évidence été très profitables.

— Qui t'a donné le passeport ? Celui qui veut te tuer maintenant ?

— Non, lui, je l'ai jamais vu. C'est par Slatcher que je l'ai eu.

— C'est-à-dire ?

— Il m'a conduit au bâtiment fédéral où j'ai récupéré le passeport. À Westwood.

Un nouveau frisson secoua d'Evan.

Le bâtiment fédéral expliquait tout.

Le froid de la Voûte avait maintenant gagné ses os et il dut se contenir pour ne pas trembler.

— Ils m'ont dit ce que je devais faire, expliqua Danika. Et j'ai fait tout ce qu'ils m'ont dit de faire. Mais maintenant ?

— Tu en sais trop. Ils vont te retrouver, tu peux en être sûre.

Quelques sanglots silencieux secouèrent la poitrine de la jeune femme.

— Je t'en supplie, Evan. J'ai jamais demandé pardon à Sammy. Je m'en fous de mourir, mais j'aimerais au moins avoir cette chance-là. J'ai besoin de toi. J'ai besoin de ton aide.

Ne laisse jamais mourir un innocent. C'était le Dixième Commandement, le plus important de tous. Certes, Danika n'était pas innocente, mais elle ne méritait pas de mourir pour autant. Evan devait lutter contre tous ses instincts. Des décennies d'habitudes et d'automatismes.

Après un immense effort sur lui-même, il finit par lâcher :

— Je ne peux pas t'aider.

Danika s'approcha de la caméra, qu'elle fixa comme si elle pouvait le voir de l'autre côté.

— Tu ne peux pas ou tu ne *veux* pas ?

Il cessa de lutter contre le froid et se laissa frissonner.

— Je ne peux pas, répondit-il.

Elle s'approcha encore davantage de la caméra encastrée dans un meuble haut de la cuisine, levant les yeux d'un air désespéré.

— Tu vas les laisser me tuer ?

Sa peau d'un blanc laiteux.

La courbe de sa hanche.

Ses lèvres rouges et charnues contre les siennes.

— J'aurais pu t'aider, répondit-il. Si tu m'avais fait confiance, j'aurais pu tout arranger.

— Je le sais. *Maintenant*, je le sais. (Ses joues brillaient de larmes.) Mais ils m'ont trouvée en premier.

À l'autre bout de la ligne, Evan entendit un crissement de pneus, puis il vit Danika diriger son regard vers le mur de verre.

— Oh, putain ! s'exclama-t-elle. Il est déjà là. C'est sa voiture, Evan. Qu'est-ce que je fais ?

Elle était prise d'une terreur panique.

Evan sentit sa gorge se nouer.

— Je suis désolé, Danika.

— Evan, dis-moi ce que je dois faire. Qu'est-ce que je dois faire ?

Elle courut à la fenêtre et se mit sur la pointe des pieds pour voir tout en bas. Puis elle se précipita vers la porte d'entrée. Elle l'ouvrit, hurla, et la referma aussitôt.

— Il est dans le couloir, Evan ! (Elle se précipita au milieu du loft, tendant le cou pour qu'il voie son regard suppliant.) S'il te plaît, Evan, putain, aide-moi, *je t'en supplie !*

Ne

laisse

jamais…

La porte d'entrée s'ouvrit avec fracas. On entendit des coups de feu étouffés par un silencieux. La tête de Danika s'inclina. Elle tomba sur la hanche, ses mains amortissant sa chute. Ses bras rigides glissèrent le long de son corps, et elle resta là, inerte.

Une imposante silhouette pénétra dans l'appartement et ferma doucement la porte, dos aux caméras de surveillance. On pouvait distinguer de multiples éclats autour de la serrure, comme des épines de cactus. Bien que les deux verrous aient été détruits, la porte pouvait encore se fermer. Du couloir, personne ne noterait rien d'anormal.

La tête toujours baissée, l'homme s'approcha du corps et tira à nouveau dans la poitrine qui se contracta. Elle était morte.

L'homme rangea son pistolet dans le holster qui se trouvait sous son aisselle, puis il s'accroupit pour ramasser le téléphone de Danika. Il se releva, approcha le portable de son oreille et regarda la caméra de surveillance en souriant.

— Salut Evan, dit Charles Van Sciver.

57

Une fenêtre éclairée

Quelques kilos supplémentaires, les joues encore plus charnues, le teint rubicond toujours plus prononcé.

— Salut, Charles, répondit Evan d'une voix rauque.

Van Sciver faisait tranquillement le tour du loft.

— Il y a trois cent soixante-sept mille cent cinquante-neuf personnes, aux États-Unis, qui portent ton prénom, dit Charles. Ce qui fait un Américain sur huit cent cinquante-quatre.

Les mots arrivaient à Evan avec un léger décalage par rapport aux mouvements des lèvres de Charles, ce qui conférait à la conversation une aura d'étrangeté.

— Tu as bien sûr abandonné ce prénom à la noix depuis longtemps. Bien avant Oslo. C'est pour ça que ça n'a pas été simple.

— Tu vois, je suis bien content de ne pas m'appeler Ignatius.

Charles sourit, s'arrêta devant Danika et l'observa. La flaque sombre sous la tête du cadavre s'étendait lentement.

— Ils sont sans défense, et toi t'as vraiment trop de pouvoir, poursuivit-il. C'est ton point faible, Evan, et ça l'a toujours été. T'es trop bon et trop sensible.

Evan pensa à ce faux passeport délivré par le Département d'État. Il pensa à la façon dont ils avaient retrouvé sa trace jusqu'à l'appartement de Joey Delarosa malgré les quinze commutations téléphoniques disséminées à travers le monde. Il pensa à Slatcher qui ne s'était jamais donné la peine de changer la Scion pour un autre véhicule, tout simplement parce qu'il n'était pas recherché.

— Tu n'es pas un électron libre, dit Evan. Tu travailles avec l'aval du gouvernement.

— Comme je l'ai toujours fait. Mais oui, je suis toujours dedans, si c'est ça que tu veux dire.

— De qui tu dépends ?

— De qui *je* dépends ?

Charles lui adressa un sourire qui ramena Evan au temps de l'asphalte craquelé des terrains de basket, aux repas de macaronis au fromage, aux dortoirs surpeuplés du foyer de Pride House.

— Je ne dépends de personne. Je gère tout, tout seul.

— Tout quoi ?

— *Tout.*

Evan sentit son estomac se retourner. Des mensonges s'étaient accumulés sur des mensonges jusqu'à ce que les lambeaux de son passé lui tombent dessus comme une coulée de boue.

— Le Programme Orphelin n'a jamais été interrompu. On a juste changé d'objectif. Et, désormais, c'est moi le chef.

— Combien il en reste ?

— Assez, répondit Charles.

— Comment as-tu retrouvé ma trace ?

— Ah ça, tu peux pas t'imaginer comme ça a été dur de suivre la piste de l'Homme de Nulle Part. On a dû créer, juste pour toi, un programme de recherche de données et d'analyses des rapports de police. On est tombé sur le meurtre de William Chambers. De là, on est remonté à Morena Aguilar.

— Qu'est-ce qui t'a fait penser que c'était moi ?

— La cible. Un ripou avec un tas d'affaires sur le dos… c'était un travail dans tes cordes. Et le rapport d'autopsie qui montrait qu'on l'avait abattu avec un 1911, ton pistolet préféré — même si ça ne collait pas avec les munitions. D'habitude, tu te sers de pointes creuses, mais là, tu avais utilisé des balles de quinze grammes, je crois. Mais j'ai vite pigé que le quartier était très passant et que tu avais pris une balle subsonique pour éviter le bruit. Mais ce qui t'a vraiment trahi, c'est l'argent que tu as laissé pour payer le loyer de la fille. Tu ne t'es pas demandé ce qu'on penserait d'une pauvre fille du Salvador qui se baladerait avec des billets de cent tout neufs ?

« Foutue négligence », pensa Evan.

— On voulait pas qu'elle se doute de quelque chose au cas où on aurait eu besoin d'elle plus tard, expliqua Charles. Mais on pensait pas qu'elle t'amènerait un nouveau client aussi vite.

— Parce que ça interférait avec ta fausse cliente et ta petite mise en scène.

Charles donna un léger coup de pied dans le corps de Danika.

— Exact.

— Tu voulais placer quelqu'un à mes côtés pour savoir où j'étais.

— Tu sais comment ça fonctionne. Avec des types comme toi, il faut connaître en permanence leur position, si on veut pouvoir organiser une attaque coordonnée. Encore plus dans un périmètre surveillé.

— Comme le motel.

— Voilà. Et même là, tu as vu comment ça a fini. C'est pour ça qu'on a changé de client et qu'on a pris ce pion pour pouvoir te faire bouger sur l'échiquier.

Ses yeux se posèrent à nouveau sur le cadavre à ses pieds.

— On pensait que tu allais dormir dans ton loft, mais t'es comme un requin, toi, toujours en mouvement.

— Où est-ce que tu as trouvé Danika ?

— On avait plusieurs candidats, mais on attendait d'avoir ta piste. Ça faisait un petit moment déjà qu'on l'avait repérée. Ça semblait être la meilleure option.

Il fallut un moment à Evan pour remettre toute l'histoire en ordre dans son esprit.

— Alors, c'est pour ça que tu me poursuis ? finit-il par demander. Parce que je travaille sans être payé en retour ?

— Mais non, lâcha Charles en fermant les yeux de frustration. On te poursuit à cause de toutes les informations en ta possession. C'est pas prudent d'avoir un élément comme toi en circulation.

— Je pourrais dire la même chose de toi, répliqua Evan.

— Mais moi, je suis pas en circulation.

— On m'a dit que tu étais passé de l'autre côté.

Charles eut l'air vraiment surpris.

— Je suis *jamais* passé de l'autre côté, s'écria-t-il.

— Cet été, après Oslo, on m'a chargé de te tuer. J'ai refusé.

— On était deux à devoir t'éliminer, cet été. C'est la première fois qu'on a permis à deux Orphelins de travailler ensemble. Ton superviseur t'a menti. C'est toi qui as toujours été la cible. C'est juste qu'on n'arrivait pas à te mettre la main dessus. Jusqu'à maintenant.

— Alors, pourquoi... ?

Soudain, à la faible lueur des moniteurs, Evan comprit. Jack lui avait envoyé une photo de Charles en sachant qu'il le reconnaîtrait, et en sachant qu'il préférerait passer dans la clandestinité plutôt que de tuer un autre Orphelin.

Jack lui avait assigné une fausse mission afin de l'avertir et de le faire disparaître des radars. Si Evan avait su la vérité, il se serait peut-être dressé contre les Orphelins et contre le gouvernement. Il se serait fait tuer.

Le visage de Charles révéla que lui aussi venait de comprendre, mais il reprit aussitôt son sourire habituel. Le téléphone à l'oreille, il continuait de faire les cent pas autour du cadavre de Danika.

— Oh, elle est bien bonne, celle-là. Tu ne savais pas, alors ? Pourquoi tu crois que Jack Johns est tombé ? Parce qu'il essayait de te protéger.

Evan tendit la main derrière lui pour saisir une chaise et s'asseoir. L'image de Jack, à table, enroulant des spaghettis autour de sa fourchette, remonta à la surface de sa mémoire. *Le plus dur, c'est d'arriver à ce que tu gardes ton humanité.* Il se souvint de sa voix tendue avant leur rencontre fatidique sous le Jefferson Memorial. *Je ne veux pas être découvert. Je dois faire attention.*

Jack avait enfreint d'innombrables protocoles pour protéger Evan. Il savait les risques qu'il prenait. Et il les avait acceptés en pleine connaissance de cause.

Le chagrin causé par la mort de Jack ne l'avait jamais abandonné. Il était resté enfoui au plus profond de lui et, à présent, il s'agitait, fissurant son être jusque dans ses fondations, le laissant oppressé et suffoqué. Evan ouvrit la bouche mais aucun son n'en sortit.

Par chance, Charles ne pouvait pas voir sa réaction, mais il réussit à la percevoir. Il se tourna lentement et fixa la caméra dissimulée entre les meubles de la cuisine.

— Pourquoi voulaient-ils me tuer ? demanda péniblement Evan.

— Tu ne comprends pas, ils n'ont rien contre toi, personnellement. Il y a juste que les drones ont tout changé. Maintenant, le Département d'État peut appuyer sur un bouton et un camion plein d'extrémistes explose à l'autre bout du monde. Pourquoi est-ce qu'ils prendraient le risque de faire intervenir des humains avec tous les problèmes diplomatiques que ça implique ? Ils ont plus besoin de nous. Ça fait des années déjà. Et là, ils commencent à nous liquider.

— Tu veux dire qu'ils nous laissent nous liquider les uns les autres, plutôt, non ?

— Voilà. Et on doit éliminer tous ceux qu'on juge à haut risque.

— Mais on est *tous* à haut risque, Charles.

— C'est vrai, admit-il. Mais certains profils sont plus enclins à l'insubordination.

— Comme le mien.

— Comme le tien.

— Alors si j'avais accepté de te tuer, et si tu avais refusé de me tuer, chacun serait en ce moment à la place de l'autre.

— Tu pourras pas me dire qu'ils avaient pas raison, pas vrai ?

— Donc, le nouvel objectif du Programme Orphelin, c'est d'assassiner les Orphelins ? Tu vois pas où ça nous mène, Charles ? On va continuer à s'entretuer…

— Jusqu'à ce qu'il n'en reste qu'un.

— Et ça ne te fait rien ?

— Rien.

— Pourquoi.

Charles s'approcha de la caméra pour répondre :

— Parce que ce sera moi.

— Oui, et ensuite ? demanda Evan.

Pour une fois, Van Sciver n'avait pas de réponse.

Evan attendit et, comme il s'y attendait, Van Sciver fit un nouveau pas vers la caméra. Evan espérait qu'il avancerait encore un peu, mais Charles resta là, les yeux plantés dans l'objectif.

— Ça prendra le temps qu'il faudra, dit-il, mais je te retrouverai.

— Adieu, Charles, répondit Evan.

Charles changea d'expression et tressaillit un instant avant qu'Evan ne clique sur la souris, faisant exploser la charge cachée dans la caméra.

Fin de la transmission.

Evan resta longtemps à fixer la neige sur l'écran comme s'il se trouvait devant un code à déchiffrer. Il réfléchit à la distance entre Charles et la charge explosive, et se demanda si le rayon d'action avait été suffisant.

Quand il se leva enfin, il sentit ses jambes défaillir et dut faire appel à toute sa volonté pour qu'elles le portent jusqu'à la cuisine. Là, il agita quelques doigts de vodka Jean-Marc XO dans un shaker jusqu'à ce que ses mains collent au métal. Il versa le précieux liquide dans un verre, ajouta une olive et se dirigea vers le balcon qui donnait sur le centre-ville.

Mille et une questions et hypothèses s'entrechoquaient dans son esprit. Evan le savait désormais, il figurait sur une liste secrète, une liste des personnes les plus recherchées au monde, une liste où ne figuraient ni grands criminels, ni barbus à turban, mais des individus qui avaient reçu un entraînement particulier et des ressources illimitées de la part du gouvernement ; ce même gouvernement qui cherchait à présent à les liquider. Ce qui signifiait qu'Evan n'avait pas seulement des ennemis, mais aussi des alliés potentiels. Qui d'autre se trouvait sur cette liste ? Et qui orchestrait les opérations ?

Charles lui avait affirmé que le Programme Orphelin était toujours actif, sous son commandement. La structure avait donc pris une nouvelle forme, plus réduite en effectifs mais toujours aussi meurtrière. Evan ne voyait aucune raison de ne pas le croire sur ce point. En ce moment même, les membres du Programme se consacraient à l'élimination de leurs anciens collègues considérés comme étant à haut risque. Evan pensait que son ex-camarade disait également vrai là-dessus. Mais vers quel autre but Charles aurait-il fait basculer le programme une fois seul aux commandes ? C'est ce qu'il n'arrivait pas à concevoir.

Evan s'appuya à la balustrade, le verre à la main, et contempla le paysage singulier de Los Angeles. Quelque part, au milieu de ces lumières scintillantes, des individus étaient à ses trousses. Mais ils ne le trouveraient pas. Pas ce soir.

Pour l'instant, il n'était qu'une fenêtre éclairée parmi des millions d'autres.

58

Un cadeau d'adieu

Cela faisait à peine deux jours que le corps de sa mère avait été retrouvé à Griffith Park, dans un ruisseau, non loin d'un vieux manège. Samantha White savait, depuis des années, qu'un jour elle recevrait un coup de téléphone qui lui annoncerait la nouvelle, mais une partie d'elle-même était malgré tout sous le choc. Une autre partie avait finalement accepté cette défaite sur sa propre vie. C'était comme si sa mère avait ouvert la voie à Sam pour qu'elle puisse s'avancer à son tour et occuper l'endroit misérable qu'elle avait laissé derrière elle.

Elle traversa le campus en direction du bureau d'aide financière, portant une pile d'avis d'impayés concernant son prêt étudiant. Sa conseillère lui avait laissé trois messages, et le fait qu'elle était prête à venir ce jour-là pour rencontrer Sam pouvait signifier que la situation était encore plus grave que prévu.

Elle dépassa une équipe de garçons portant l'uniforme des Bruins, toujours en effervescence depuis le match du week-end. Les étudiants en médecine sortaient en masse du Boyer Hall avec, sous le bras, tous leurs cahiers colorés et leurs manuels. Qu'est-ce qu'elle s'était imaginée, de toute façon ? Elle n'avait jamais eu sa place ici. C'était une pauvre fille qui avait toujours été une fille pauvre et qui le resterait toujours. Et il était temps qu'elle l'accepte enfin.

Elle avait une amie qui travaillait comme croupière au Casino Hustler à Gardena. Le job était sordide, bien sûr, mais la fille gagnait suffisamment pour louer un appartement et s'était même payé une voiture. Peut-être qu'elle aussi pourrait trouver un boulot là-bas et commencer à rembourser ce qu'elle devait à l'UCLA. Et peut-être qu'après, elle pourrait aller à Las Vegas pour se faire un peu plus d'argent. Comme sa mère.

« Eh bah, c'est du joli », pensa-t-elle.

Après avoir grandi en dormant dans des breaks sur le parking de casinos indiens et de snacks ouverts la nuit, Sam rêvait d'une vie ordinaire et tranquille. Sa mère apparaissait et disparaissait sans cesse, plus souvent porteuse de problèmes que d'affection. Mais elle avait quand même parfois de petits gestes, quand la situation le permettait. Un cadeau par-ci, un peu d'argent pour l'essence par-là. Jusqu'à ce que le vent tourne définitivement.

Une fois le corps remis par le médecin légiste, Sam devrait utiliser tout ce qu'elle avait sur son compte pour payer l'enterrement. Cette facture de pompes funèbres n'était pas vraiment le cadeau d'adieu qu'elle avait espéré, mais Danika restait sa mère, et elle méritait de reposer en paix.

Sam s'arrêta devant le bureau d'aide financière. La brise agita les avis d'impayé. C'est ainsi que finit le monde, non pas sur une explosion, mais sur un gémissement par un froid matin de décembre[1].

Elle entra dans les locaux et fut aussitôt assaillie par une moiteur chaude où flottait une odeur de pin. Il n'y avait personne à la réception, mais la porte du bureau de Geraldine était ouverte.

Samantha entra dans la pièce et Geraldine lui jeta aussitôt un regard rempli de compassion.

---

1. Allusion aux derniers vers du poème *Les hommes creux* de T.S. Eliot [N.d.T.].

— Je suis désolé pour votre mère.

— Comment vous l'avez su ?

Geraldine désigna la chaise devant son bureau.

— Prenez un siège.

— Écoutez, dit Sam, je sais ce que vous allez me dire : je dois payer. Donnez-moi juste un peu de temps pour que je trouve un vrai boulot, pour que je puisse commencer à…

Geraldine l'interrompit :

— Sam, asseyez-vous.

La jeune fille se laissa tomber sur la chaise.

— Apparemment, tous vos prêts ont été remboursés.

— Je suis dans une période difficile, Geraldine. C'est pas drôle.

— J'ai été contactée par un avocat spécialisé dans les successions qui représentait les intérêts de votre mère. Elle avait visiblement mis de l'argent de côté dans une sorte de fonds à votre intention.

— Un fonds ? Quoi ? Mais *où ?*

— Un fonds aux Baléares.

Sam sentit une bouffée de chaleur lui monter au visage. Elle eut peur de fondre en larmes et que Geraldine pense que c'était à cause de l'argent. Elle avala sa salive et se mordit la lèvre inférieure.

— Elle a fait ça ?

— Il reste suffisamment pour couvrir vos deux dernières années de scolarité, expliqua Geraldine. Mais vous devrez quand même travailler pour payer votre logement.

Sam hocha la tête, incapable de prononcer une parole. Elle devait sortir tout de suite de ce bureau si elle ne voulait pas se mettre à hurler comme la gagnante d'un jeu de téléréalité. Elle se leva et Geraldine l'imita en lui tendant une main fine et froide par-dessus son bureau.

— Joyeux Noël, dit-elle.

59

La prochaine fois

Pour la première fois depuis des mois, Evan se réveilla avec un sentiment de paix. Huit jours s'étaient écoulés depuis la découverte du corps de Danika dans le parc, à presque dix kilomètres de l'endroit où elle avait été abattue. Le *Los Angeles Times* avait signalé une explosion de gaz dans un immeuble du centre de la ville, sans mentionner de victimes.

Quelqu'un avait tout nettoyé.

Van Sciver lui-même, ou bien, si la charge explosive l'avait effectivement tué, d'autres personnes de son entourage, des personnes qui allaient sûrement se mettre à leur tour à la recherche d'Evan.

Et lui aussi les rechercherait.

Comme il le faisait chaque matin à son réveil, et chaque soir avant de s'endormir, il prit l'étui d'argent de Slatcher, appliqua la lentille sur son œil et colla les ongles connectés à ses doigts.

Il mit le système sous tension et regarda le curseur clignoter.

Rouge, rouge, rouge.

Aucun signe de Van Sciver.

Après une bonne minute d'attente, vaguement rassuré, Evan rangea l'équipement.

Tout en s'habillant, il pensa à ce qui se profilait à l'horizon. Ses missions comme Homme de Nulle Part devait continuer, mais, dans l'immédiat, il allait avoir à gérer certaines complications. On connaissait son lien avec Memo Vasquez, tout comme pour Morena Aguilar. La meilleure chose à faire était donc de ne plus entrer en contact avec eux. Étant donné les circonstances, Evan aurait à identifier lui-même son prochain client.

Mais, avant cela, il ressentait le besoin de faire une pause.

Il se rendit dans un magasin de bricolage et acheta quelques bonnes planches de chêne rouge, du mastic à bois et de la peinture. De retour dans la Voûte, il se brancha sur les caméras de surveillance de Castle Heights dans le but de surprendre Ida Rosenbaum sortant de chez elle pour son habituelle promenade matinale. Puis il se dirigea vers l'appartement 6G.

Cette bonne action faite, il passa le reste de la matinée à remettre en ordre ses différentes planques, modifiant le programme d'éclairage automatique, récupérant les courriers publicitaires, vérifiant l'état des véhicules de secours qui s'y trouvaient.

L'Interstate 405 en direction du sud était tellement bouchée qu'elle ressemblait davantage à un parking qu'à une route, et Evan préféra prendre le chemin du canyon en traversant la colline. Vingt minutes plus tard, il se trouvait au Wally's Wine & Spirits, examinant leurs offres. Il ne leur restait plus qu'une seule bouteille de vodka Kauffman Luxury Vintage.

Près de la caisse, un présentoir contenait toutes sortes d'ouvre-bouteilles, de bouchons et de décanteurs, mais aussi d'autres articles plus généraux comme des lunettes de soleil ou des crèmes à bronzer. En attendant son tour, Evan tourna le présentoir à la recherche d'un éventuel paquet de pansements Muppets.

— Monsieur ? Euh, Monsieur ?

Evan leva la tête.

— Ce sera tout ? demanda la caissière en montrant la bouteille.

— Oui, oui, fit-il.

De retour à Castle Heights, Evan arrêta sa voiture près de la porte cochère.

— Ouah, Monsieur Smoak, dit le voiturier en se précipitant pour prendre les clés du véhicule. Je peux vraiment la garer ?

— Tant que tu ne renverses pas quelqu'un avec, répondit Evan en faisant sourire le garçon.

Dans le hall, affublé d'un chapeau de Père Noël, Hugh Walters rajustait des décorations au sapin de l'immeuble. Du haut de son échelle, il plaçait un bagel à la place d'une étoile. En voyant Evan, il haussa les épaules.

— On est à Los Angeles, quoi ! s'exclama-t-il.

Plus loin, au niveau des boîtes à lettres, Johnny Middleton se retourna en lui lançant un « tope là ! » un peu trop enthousiaste. Depuis qu'Evan l'avait sauvé de la fratrie bagarreuse, les tentatives de rapprochement de Johnny s'étaient intensifiées. Malgré le ridicule de la scène, il lui tapa dans les mains et vérifia s'il avait du courrier.

Il trouva dans sa boîte un emballage rectangulaire provenant de GenYouration Labs.

C'était ce qu'il attendait.

Il ouvrit le paquet et commença à compulser l'épaisse liasse de papiers qui se trouvait dedans en se dirigeant vers l'ascenseur.

— Vingt et unième étage, s'il vous plaît, dit-il à l'agent de sécurité.

— Tout de suite, Monsieur Smoak.

— Et bonnes fêtes, Joaquin.

— À vous aussi.

Il monta dans l'ascenseur dont les portes allaient se refermer quand une main ridée se glissa dans l'ouverture et les fit se rouvrir. Mme Rosenbaum entra. Légèrement penchée en arrière, elle observa Evan.

— Je vois que vous vous remettez de votre accident de moto.

— Oui, M'dame.

— Ce cher Herb — paix à son âme — disait toujours qu'il aurait préféré enfermer nos enfants à la cave plutôt que de les laisser monter sur un de ces engins de malheur.

— Vos enfants ont eu de la chance de vous avoir comme parents.

Elle soupira en signe d'approbation. Ils montèrent quelques étages en silence.

— Ces bons à rien du syndic se sont finalement décidés à réparer le cadre de ma porte ce matin même. Incroyable !

— Vous devez être contente.

— Bah, c'est évidemment pour faire savoir à tout le monde qu'ils s'en sont occupés avant la fin de l'année, ça va de soi.

Ils arrivèrent au sixième étage et, en sortant péniblement de la cabine, elle ajouta :

— Bon, eh bien, au revoir !

Evan sorti au douzième étage et avança dans le couloir. Au moment de passer devant le 12F, il sentit qu'on le regardait par le judas.

— Très bonne après-midi, votre Honneur.

De derrière la porte lui parvint la voix étouffée de Pat Johnson :

— À vous également.

Evan s'arrêta devant le dernier appartement du couloir. Des échanges animés se faisaient entendre.

— Je veux pas me coucher avant minuit. Je veux voir la fête de New York !

— Mais il sera *9 heures* ici. T'as pas besoin de rester debout jusqu'à minuit.

— Mais moi, je veux voir le feu d'artifice… Et si on en regardait juste la moitié.

— Je ne négocie pas avec les terroristes !

Evan sonna à la porte.

On entendit quelques pas, puis le visage de Mia apparut derrière la chaînette de sécurité. Elle recula légèrement la tête en le voyant.

— Evan ?

— J'ai un cadeau de Noël en retard pour Peter. Ou, mieux, j'imagine, un cadeau d'adieu. Rassure-toi, je ne passerai plus par ici, comme on en a convenu.

— Ah, fit-elle. D'accord.

La porte se ferma une seconde puis Mia recula pour le laisser entrer.

— Ton œil, reprit-elle. Qu'est-ce qui… (Elle leva les mains.) Laisse voir. Non. Rien.

Il sourit. Même avec le peu qu'elle savait de lui, il aurait dû faire ses valises et quitter Castle Heights. Mais il avait décidé de rester et d'accorder un peu de confiance à d'autres que lui-même.

Assis sur le canapé, Peter le salua d'un petit signe de la main tandis qu'il approchait. Mia retourna à la cuisine pour les laisser seuls tous les deux.

Evan s'accroupit devant Peter, qui éteignit la télévision. Il tendit au garçon l'épais dossier de GenYouration Labs.

— Tu sais ce que c'est ?

— De l'ADN de dinosaure ?

— Pas loin. C'est *ton* ADN.

Evan ouvrit le rapport.

— Tu es à cinquante-huit pour cent méditerranéen, à trente et un pour cent européen du nord et à onze pour cent asiatique du sud-ouest.

— Asiatique !

— Ouais. Regarde.

Peter se rapprocha du bord du canapé, captivé.

— La classe !

— La classe, tu l'as dit. Ton plus vieil ancêtre a migré d'Afrique il y a soixante-cinq mille ans, et il a traversé la mer Rouge jusqu'à la péninsule arabique. Il appartenait à un peuple de chasseurs nomades qui fabriquaient des armes et des outils. Et ils en avaient du courage ! Ils n'avaient pas peur de conquérir de nouvelles terres et de relever de nouveaux défis.

Evan tourna la page.

— À cause de la sécheresse, tes ancêtres sont partis chasser des animaux dans ce qui est l'Iran aujourd'hui, et jusqu'aux steppes d'Asie centrale.

— C'est quoi, une steppe ?

— Une grande plaine plate, répondit Evan.

Il passa deux pages.

— Regarde cette carte. Tu vois comment ton peuple a migré à travers l'Europe ? C'étaient des chasseurs de gros animaux.

— Ouah ! fit Peter.

— Ouah, en effet !

Evan continua à faire défiler les pages.

— Ensuite, il y a eu une ère glaciaire et d'autres migrations, et on t'a aussi trouvé des ancêtres qui remontent aux agriculteurs du Croissant fertile. Mais tu pourras lire ça tout seul.

Il lui tendit le rapport.

— Tu as dit que tu voulais savoir d'où tu venais. J'ai pas oublié. Alors, voilà.

— Ah, merci. C'est trop génial. Maman m'a dit que tu pourrais plus venir très souvent.

Il avait prononcé ces deux phrases l'une à la suite de l'autre, comme si elles étaient liées. Et peut-être qu'elles l'étaient.

— C'est vrai, dit Evan.

— Elle a dit que je comprendrai quand je serai plus grand, mais je crois que c'est ce qu'ils disent, les grands, quand ils savent pas quoi dire.

— Et ça arrive souvent, tu sais.

— C'est nul, répondit Peter. Parfois je me sens seul, sans frère et sœur.

Evan réfléchit un peu avant de répondre.

— Tu sais, il y a quelqu'un de très proche de moi qui m'a appris quelque chose à ce sujet. Il m'a enseigné qu'on pouvait créer un espace dans sa propre tête. Et y mettre tout ce qu'on souhaite. Tu n'es pas obligé que quelqu'un y entre si tu ne veux pas. Mais tu peux y faire venir qui tu veux.

— Comme Batman. Ou Jack Sparrow.

— Exactement.

— Ou toi.

Evan hocha la tête.

— Ou moi.

— Au revoir, Evan Smoak.

— Au revoir, Peter Hall.

Le garçon ouvrit le rapport d'ADN à la première page et se mit à lire.

Evan se leva et se dirigea vers la porte. Mia jeta un coup d'œil par la porte de la cuisine et vit le sac en papier qu'il tenait à la main.

— Tu as enfin pu avoir ta vodka.

— Comme tu vois.

— Tu vas fêter le réveillon ?

— Plus ou moins.

— Tu as déjà des résolutions pour l'année prochaine ? demanda-t-elle encore.

— Pas encore.

— Il te reste pas beaucoup de temps.

— Tu as raison.

Il se tut instant.

— Bonne année, Mia.

Elle repoussa ses cheveux en arrière et se mordit la lèvre.

— Bonne année.

Le post-it collé juste à côté de la porte de la cuisine devant Evan disait toujours : « Considérez-vous vous-même comme une personne sous la responsabilité de qui vous seriez. »

Il se dit que peut-être il avait maintenant une idée de ce que cela signifiait.

Une fois remonté chez lui, il s'astreint à une intense session d'entraînement. Puis il nettoya ses points de suture, prit une douche chaude et lut pendant un moment.

Un peu avant minuit, il versa quelques doigts de Kauffman sur des glaçons. Debout derrière les écrans du pare-soleil, il laissa la vodka réchauffer sa bouche, sa gorge. La texture de l'alcool était soyeuse, fraîche et franche.

Au loin, des rafales de feux d'artifice inauguraient la nouvelle année. Il contempla les splendides cascades de feu et de lumière en savourant sa vodka, gorgée après gorgée. Lorsqu'il ne resta plus que le tintement des glaçons, il alla rincer son verre dans l'évier de la cuisine.

L'explosion d'une fusée blanche illumina les traces d'une paume enfantine sur le Sub-Zero. Evan se souvint de Peter, appuyé contre le réfrigérateur, s'efforçant d'embuer l'acier inoxydable. Il observa l'empreinte, et décida de la laisser.

Il traversa le long couloir et passa devant le mur où le katana avait été suspendu. Après s'être préparé pour se coucher, il s'assit sur le bord de son lit et appliqua la lentille haute définition et les ongles adhésifs connectés, comme il l'avait fait au cours des neuf dernières nuits.

Le curseur clignota.

Rouge, rouge, rouge.

Soulagé, il enleva l'équipement et le rangea dans son étui argenté.

Il éteignit la lumière et s'allongea, flottant dans l'obscurité, détaché des autres, du monde, et même du sol sous ses pieds. Absorbé par toutes les possibilités de cette nouvelle année, il ferma les yeux.

Il compta à rebours à partir de dix et commençait à s'assoupir lorsqu'une alarme sonna. Il ouvrit les yeux avec un léger sourire, tendit la main pour récupérer la télécommande sur sa table de nuit et éteignit l'alarme. Il n'avait pas besoin d'aller voir ses moniteurs pour savoir ce que c'était.

Il se leva, alluma la lumière et s'approcha de la fenêtre.

Contre la vitre flottait un ballon. Une main d'enfant y avait gribouillé trois mots au marqueur.

LA PROCHAINE FOIS.

Il ouvrit la fenêtre, attrapa le ballon et coupa la ficelle de cerf-volant avec un nouveau couteau Strider qui n'avait pas encore été utilisée pour poignarder quelqu'un. Il laissa le ballon monter lentement au plafond et partit se recoucher. Il allait éteindre les lumières, quand il ressentit le besoin de faire un nouvel essai.

Il remit l'équipement. Le curseur apparut dans les airs, à quelques dizaines de centimètres de son visage. Il clignota.

Rouge, rouge… Vert.

Evan fixa l'écran virtuel pendant quelques instants, notant que son pouls s'accélérait. Il ne fit aucun mouvement pour écrire et aucun texte n'apparut. Dix secondes passèrent, puis trente. Enfin, très prudemment, il éteignit le dispositif et ôta la lentille et les ongles.

Transportant l'étui d'argent avec les mêmes précautions que s'il s'agissait d'un explosif, il le laissa dans la Voûte et retourna au lit.

ÉPILOGUE

Perte

Dans un lieu isolé, au milieu des monts enneigés des Allegheny, un feu brûle dans un chalet. Des spirales de fumée montent dans la cheminée. À travers les fenêtres, des grognements se font entendre. À l'intérieur, un sac de cent quarante kilos rempli d'eau est suspendu à une poutre du plafond. Un garçon combatif de douze ans le frappe de toutes ses forces : poings, avant-bras, genoux. Un homme trapu se tient derrière lui, un chronomètre à la main.

Les coups du garçon deviennent plus faibles et plus lents, et l'homme finit par arrêter son chronomètre. Le garçon est à bout de souffle.

— Albuquerque, moléculaire, trente-sept, Henry Clay, Grand Chelem, rayons X, perte, dix-neuf, Monaco, indiqué, dit l'homme. Le neuf ?

La petite poitrine du garçon se soulève.

— Monaco.

— Le deux ?

— Moléculaire.

— La somme du trois et du huit ?

— Cinquante-six.

— En octal ?

— Soixante-dix.

Une série de bips attire l'attention de l'homme. Il se dirige vers le comptoir où repose un gros téléphone satellite. Il déplie l'antenne, la pointant vers le plafond, et appuie sur un bouton pour prendre l'appel.

— Jack Johns.

La voix est difficilement audible, pleine de parasites.

— Il a repris le large.

— En sécurité ?

— Oui. Pour le moment.

Jack ferme les yeux, baisse la tête, pousse un soupir. Puis il ouvre les boutons supérieurs de sa chemise de flanelle et gratte le coin de peau tendue et brillante près de son épaule. Bien des années se sont écoulées depuis l'événement, mais la blessure le démange toujours comme un vieil eczéma.

La voix chevrotante se fait à nouveau entendre.

— Reçu ?

— Reçu, dit Jack avant de retirer la batterie et de jeter le téléphone dans la cheminée.

Le garçon est à ses côtés. Il s'est rendu compte du changement d'humeur du vieil homme.

— Est-ce que je t'ai dit de t'arrêter ? demande Jack.

— Non, Monsieur.

Le garçon retourne près du sac de frappe.

Sur les bûches ardentes, le gros téléphone noircit et fond. Jack fixe du regard les flammes dansantes. Il doit se racler la gorge par deux fois avant de parvenir à continuer le test.

— Le sept ?

— Perte, répond le garçon.

Remerciements de l'auteur

Un village entier est nécessaire au lancement d'un livre. Dans le cas d'une nouvelle série, c'est une ville. Cela en tête, je tiens à remercier les personnes suivantes :

— Sensei Brian Shiers, pour m'avoir enseigné les arts martiaux mixtes. J'ai acquis énormément de connaissances tout en recevant un tas de clés d'étranglement, de coups dans les yeux et de balayages aux jambes. Mon généraliste et moi vous remercions.

— Billy S____, homme de l'ombre des forces armées et maître d'armes. Si quelqu'un est bien digne de porter des bottes de combat, c'est bien toi. Merci de m'avoir prêté ton cerveau et tes armes.

— Jeff Polacheck et la charmante Pearl Polacheck, pour m'avoir fait connaître la vie en haute altitude dans le Wilshire Corridor. Merci d'avoir écouté mes questions pendant que je parcourais les couloirs et les vides sanitaires, tentant d'imaginer la « forteresse de solitude » d'Evan.

— Geoffrey Baehr, grand connaisseur des nouvelles technologies. Merci d'avoir appris à Evan comment passer inaperçu dans l'univers virtuel.

— Professeur Jordan Peterson, celui des proverbes. Merci d'avoir montré à Mia la voie à suivre pour élever son fils et m'avoir enseigné à m'élever moi-même.

— Melissa Little, reine de la restauration d'affiches anciennes, pour m'avoir montré les ficelles du métier concernant tout ce qui relève de la falsification d'objets d'art et de documents.

— Les médecins Melissa Hurwitz et Bret Nelson pour s'être occupé des blessures de mes personnages, ou leur avoir permis d'expirer avec la dignité de la vraisemblance.

— Mon éditeur, Keith Kahla, à l'œil vif et à l'éthique infatigable, pour m'avoir aidé à donner forme à Evan Smoak. Et le reste de mon équipe à Minotaur Books — Andrew Martin, Kelley Ragland, Paul Hochman, Jennifer Enderlin, Sally Richardson, Hector DeJean et Hannah Braaten) — pour lui avoir offert un foyer.

— Caspian Dennis de l'agence Abner Stein, et Rowland White et sa fine équipe chez Michael Joseph/Penguin Group UK pour s'être occupé d'Orphelin X lors de ses opérations hors États-Unis.

— L'incomparable Lisa Erbach Vance, et également Aaron Priest, John Richmond et Melissa Edwards de l'agence Aaron Priest.

— Mon équipe extraordinaire à Creative Artists Agency — Trevor Astbury, Rob Kenneally, Peter Micelli et Michelle Weiner pour avoir donné une excellente promotion à Evan.

— Marc H. Glick de Glick & Weintraub et Stephen F. Breimer de Bloom, Hergott, Diemer, et tous les autres qui me soutiennent depuis déjà deux décennies.

— Philip Eisner, pour son œil critique d'écrivain et sa sensibilité sombre.

— Dana Kaye, extraordinaire publiciste.

— Maureen Sugden, bien sûr, la relectrice-correctrice de mes rêves.

— Chose Un (Simba) et Chose Deux (Cairo), qui m'accompagnent dans chaque chapitre.

— Fille Un et Fille Deux pour m'avoir rendu heureux de quitter le livre soir après soir.

— Et Épouse Un., pour m'avoir dit oui le 26 septembre 2013.

Remerciements du traducteur

À Avital Tsype, Guillaume Robert (conseiller technique pour toutes les descriptions d'armes), Christian Giroux, Benjamin Boiseau, Sarah Chipkowenski, Jérôme Chu, Anne Guérin, Vincent Vautier, Pierre Lemaitre, Pascaline Mayet et Estelle Boiseau.

Remerciements de l'éditeur français

À Tom Furey.

Table des matières

Deuxième tirage
achevé d'imprimer en avril 2022
par l'imprimerie Nørhaven
pour le compte de H&O éditions
10 rue du parc des garrigues
34380 Saint-Martin-de-Londres
Tél. 04 67 58 14 73 - 06 43 10 06 71
Courriel : heto1@wanadoo.fr
Internet : www.ho-editions.com

Dépôt légal : avril 2022
Imprimé au Danemark.